# 血雾

轩胖儿 著

辽宁人民出版社

© 轩胖儿 2021

**图书在版编目（CIP）数据**

血雾 / 轩胖儿著 . —沈阳：辽宁人民出版社，
2021.8

（暗夜悬疑小说系列）

ISBN 978-7-205-10222-7

Ⅰ . ①血… Ⅱ . ①轩… Ⅲ . ①长篇小说—中国—当代
Ⅳ . ① I247.5

中国版本图书馆 CIP 数据核字（2021）第 122146 号

---

出版发行：辽宁人民出版社
　　　　　地址：沈阳市和平区十一纬路 25 号　邮编：110003
　　　　　电话：024-23284321（邮　购）　024-23284324（发行部）
　　　　　传真：024-23284191（发行部）　024-23284304（办公室）
　　　　　http：//www.lnpph.com.cn
印　　刷：北京长宁印刷有限公司天津分公司
幅面尺寸：145mm×210mm
印　　张：12
字　　数：322 千字
出版时间：2021 年 8 月第 1 版
印刷时间：2021 年 8 月第 1 次印刷
责任编辑：赵维宁
封面设计：乐　翁
版式设计：一诺设计
责任校对：刘再升
书　　号：ISBN 978-7-205-10222-7
定　　价：49.80 元

# 目 录

第一卷　鬼瞳 ————————

# 第一章　兇瞳

万丈深渊终有底，唯有人心不可测。

人性的善和恶在人类历史上始终是一个有争议的话题，没有单纯的善，也没有单纯的恶，两者并存，不能因为做了好事就奢求一生平安，也不能因为一己私利就坏事做尽。

随着地球大气变暖，处于亚热带的 NY 市的夏天愈加闷热，几百万台空调创造了一个个凉爽的独立空间，却把整座城市变得像一个巨大的蒸笼，炎热而潮湿。

人们或钻进浴场的浑浊水中，或躲在空调房中，或是在防空洞的地面上铺一床席子，可有些人却为了生计仍在岗位上工作。

老段就是其中之一。

老段五十来岁，是一名瓦工，有着三十年的工作经验，带着几个人承包一些小工程，算是个小包工头儿。此时，他正在工地的六楼挥汗如雨地干活儿。

工地位于两座山之间，数座三十层的高层民宅像雨后春笋般挺立起来，在太阳的烘烤下，各个楼层的温度已经达到了 36℃以上，加上极高的湿度，令人浑身不舒服。

工地采用的是分包制，总包单位下分至二包单位，二包再层层下分，类似于老段的班组是最基层。

由于天气的原因，项目部接到政府主管部门通知，已经下令停工，大部分工人都已经躲在宿舍或是到山中的一个防空洞避暑，可老段却带着几个老一点儿的工人坚持施工，用他的话说，在哪儿都是热，还不如在楼里干活儿。

工地就是这样，干活儿就有工钱，停了就没钱！老段上有老下有小，缺钱得很，所以肯干。

工人王贵和老段是二十年的老朋友了，他抹了抹额头的汗水，把最后一点混凝土均匀地抹在墙上，随后抬头看了一下老段。

老段长长地叹了一口气，无奈地摇摇头，用泛黑的毛巾擦了擦脸，说道："贵儿，挺不住就歇一会儿去吧，等一会儿那哥儿几个买冰镇西瓜回来解解暑再干活儿。"

王贵摇摇头，站起身隔着安全网向楼下看："没事儿，小周怎么还没上来，混凝土不够了。"

"坐着歇一会儿吧。"

王贵应了一声，坐在楼板边缘，享受着从安全网和楼体之间蹿上来的风，粗糙的手从瘪瘪的烟盒中捏出两根烟，一根扔给老段，自己点燃一根，一口气几乎吸掉半根。

老段坐在地上，拿起巨大的塑料壶打开盖子向口中倒去，一大口凉水下肚，他长出了一口气，抹了抹嘴说道："这小犊子，肯定在偷懒。"

"行了老哥，有几个人像咱们这样拼的，要不是为了孩子上大学，谁能遭这个罪！"

老段点点头，打开手机喊了起来："周儿啊，赶紧和点儿水泥上来，再不来小心老子把你脑袋打爆，快点儿！"

说完，他和王贵同时笑了起来，露出常年吸烟熏黄的大牙。几人虽说没文化，感情却很真挚，几乎无话不说，互相之间也没有忌讳。

"好嘞叔，我马上来！"小周在微信里回着。

小周是工地倒短儿的司机，三十岁不到，已是两个孩子的父亲，从十八岁开始就跟着老段在工地混，车是一台小型三轮车，主要是给瓦工运水泥和砖块，一天一百八十元的工钱，人虽然有点懒却很听话。

王贵站起身走向墙角，解开裤腰带撒尿。

工地的工人都这样，虽说楼下有厕所，但上下一趟需要很长时间，而且这么热的天，没人愿意来回跑，小便几乎都在作业层解决。

王贵尿还没撒完，身体左右晃了几下，下意识地用手扶着墙说："靠！"

老段龇牙一笑，说道："贵儿，你是不是夜生活太多了，怎么站都站不稳！"说完话他又向楼下看小周上没上来。

"夜生活个毬儿，是热得头晕！"王贵脑袋顶在墙上，勉强把裤腰带系上，脸歪着无意中朝着楼梯口的方向瞄了一眼。

"啊！我的妈呀！"王贵一声嚎叫，让人毛骨悚然。

老段下意识地回头看王贵，却见王贵倒在地上，身体不住倒退，退到墙角靠着墙倚着，屁股下坐着的就是他刚刚撒的尿，但他却毫不在意。

王贵虽说是民工，却爱干净，身上有点土都会拍干净，更何况是一泡尿！

老段也觉得王贵有点不正常，急忙走上前，关心地问道："贵儿，咋啦？咋还坐尿上了！"

王贵用手指着不远处的楼梯，眼神中充满了恐惧，不断地吧嗒着嘴、咽下吐沫。

主体在建的楼梯还未来得及安装防护栏，只是一段斜向上的带棱角的水泥板，楼梯与楼板之间是一个门的框架，楼梯间黑洞洞的，虽说是白天，依然看起来让人不寒而栗。

老段向楼梯望去，却什么都没看到。

"啥？"老段看了一阵，表情有些不解。

王贵揉了揉眼睛，舒了一口气，说道："刚才我眼前一黑，在睁开眼睛时，看到那里……那里有一双眼睛，通红，盯着你看。"

说完王贵看向老段的脸。

老段摸摸脸："盯着我？"

王贵重重地点点头，神色一本正经。虽说两人关系好，平时也爱开一些玩笑，但大多数都是老段开王贵的玩笑，王贵说话办事都是一本正经。

老段将信将疑地走到楼梯口向上下望了望,咳嗽了两声,又喊了两嗓子。

楼梯间安装的是36V临时照明电源,为了节能,灯泡的瓦数很低,隔一层才有一个灯泡,所以整个楼梯间光线很暗。

老段见楼梯间没动静,这才摇了摇头,走回王贵身边把他扶了起来,"嗤"地笑了一声,说道:"你就是热蒙了,大脑缺氧产生幻觉了。"

王贵双手连摆,一脸焦急之色:"你没听村里人说嘛,这儿原来是个坟地,动迁的时候有几座无主坟,后来给推平了,在推的过程中发生过怪事儿,打地基的时候有人在地下车库里看到过一双眼睛,就一双眼睛,在空中飘着……开发商还请来了大师看了几回,大师说这是鬼瞳,看上谁谁就会……"

他说到这儿停了下来,向四周瞄了瞄,仿佛有很深的忌讳。

老段嘿嘿一笑:"你这个老迷信,哪有的事儿,都是吓唬人的。再说,不是有大师看过了嘛,没啥问题。晚上请你喝酒,补点阳气。"

王贵摆了摆手,一脸苦相道:"反正感觉不好,再说这天儿也太热了,要不咱回去休息吧。"

话音未落,升降机上升的嗡嗡声传来。

"小周上来了,咱怎么也得把这层楼干完,要不刚搅拌的水泥就废了,你扛不住就先回去。"老段有些担心王贵的身体。

老段属于三包队伍,所用的材料都是由他负责,损失一搅拌罐的混凝土他得心疼死!

王贵没再说什么,两人二十多年的感情,苦和难都一起度过,哪还差这一层。

升降机上来之后,老段立刻打开门,小周把车开到楼板上,连油门都没关,就向楼梯另一头跑去,三轮车的发动机还突突地响着。

"我肚子疼,王叔帮我把料卸了!"小周跑得很快,声音未落人已经不见影。

"懒驴上磨屎尿多！"开升降机的大姐白了老段一眼，用手巾在脸上不断地擦着汗，晒得黝黑的脸上一层汗珠随即又涌了出来。

老段叹了一口气，用力一抬，三轮车的混凝土卸了下来。

"哎，大热天的就你们还在干活儿，赶紧回去得了，要不我也走不了！"大姐语气有些不耐烦，把手巾甩到操作台的按钮上。

"行行行，干完这一层就撤，还得一车水泥，都搅拌好了，我给你钱还不行嘛！"老段赔笑着。

"哼，小周这一泡屎还不知道什么时候，我还得等多久啊，你看我这脸晒的，你给拿的钱还不够我买防晒霜。"大姐说道。

"他一会儿就能回来，一会儿那哥儿几个带冰镇西瓜回来，给你解解渴。"老段极力安慰着。

"谁稀罕！要不我就先走了，你们干完活儿从楼梯下去。"大姐说道，随后她透过轿厢的铁网向楼梯的方向望了望。

老段嘿嘿一笑，眼珠子瞄着大姐丰腴的胸部："别呀，你走了我水泥运不上来。"

大姐一撇嘴，裹了裹衣服，说道："把眼珠子挪远点儿，老娘可不喜欢你这种老帮子。"

"行行，不喜欢拉倒。你再坚持一会儿，我去拉车水泥上来。"老段看了看两边的通道还是没有小周的影子，便有了自己去拉水泥的念头。

老段是工头儿，少一天工期他就少付点儿人工费，就能多赚一点儿，能赶工自然是要赶工的。

一旁给墙抹灰的王贵说道："老段，你没证儿，别碰车。"

老段拍了拍车把，说道："一个破三轮要什么证儿，再说，我又不是没开过，老刘家那台三轮和小周这台一模一样，我熟着呢。"

大姐一边扇着扇子一边冲着老段喊着："要拉就快点，热死了！"

老段把车斗放回原位，骑上车扭动车把踩油门，车哼哼了两声，没怎么动，他深踩了一下油门，三轮车立刻转了一个圈朝着轿厢驶去，但行驶的速度却超出老段的意料。

"糟了！"老段心中一惊，但车辆的速度远远超过他的反应。

……

项目经理陈龙坐在经理室里吹着空调喝着茶水，总监理张庆国不住地给他斟茶。

陈龙趁着张总监泡茶的机会向外面的大楼望着，按照目前的进度，再有三个月这几栋商品房就会竣工，一个项目的竣工对于项目经理而言就是一个阶段的结束，也意味着很多钱会进到口袋中。

"来来来，陈经理。"张总监把茶水斟满。

陈龙刚端起茶杯放在鼻子下闻，突然他的瞳孔一缩，手上一松，茶杯落到了实木茶台上。

"呦，烫着了吧！"张总监急忙拽了几张餐巾纸递给陈龙。

陈龙站起身，几乎是箭一般地冲了出去，因为他看到了一台三轮车从五楼的升降机上冲下来，以弧线冲出楼梯十来米远，一阵尘土从三轮车摔落的地方升起！

张总监不知道发生了什么，顿了一下后也随着陈龙跑了出去。

……

一声女人的尖叫从停在五楼的轿厢上传了出来，声音刺耳难听，陈龙远远地看到开升降机的女人站在升降机边缘向下看着，升降机的上下拉门有一半已经落到了地面，另一半耷拉在轿厢下方。

王贵出现在女人身边，向下看了一眼后，把女人拉到楼板上。

三轮车的车头触在地面上，前轮已经变了形，车斗里的残余混凝土撒了一大片，斑斑点点的。老段在距离车十米左右的距离躺着，整个人以一种不可思议的角度扭曲着，嘴里不断地吐着鲜血，身体微微抽动着。

陈龙几乎傻了眼，愣愣地看着老段，老段也在盯着他，眼神中充满了求生欲望。

张总监跑了过来，停在陈龙身边："陈经理，这……怎么……怎么办？"

王贵也从安全通道跑了过来，几乎是扑到老段身边叫着："老段，老段！看啥，赶紧救人呐！"

开升降机的女人和小周相继从安全通道小跑着出来，小周跑到三轮车边上狠狠地踢了一脚，又跑向老段。

"段叔！"小周几乎哀嚎着。

陈龙深深吸了一口气，看了看工地大门口，门口的保安大爷也走了出来向出事的方向看着，一脸的茫然，显然他并不知道究竟发生了什么事情。

"快打 120！"张总监急忙说道。

陈龙反应很快，立刻说道："别打 120，来不及，用我的车送！"

张总监立刻反应过来，说道："对，对，用陈经理的车，小周，你赶紧开过来，钥匙在经理办公室。"

小周从震惊中反应过来，立刻跑向经理室。

……

刘天昊坐在副所长的办公室里发着呆，一名辅警敲门而入，把一份报纸送到他的眼前。

"刘所，这是您的报纸，看看吧。"辅警笑着说道。

刘天昊打了个哈欠，眼泪从眼窝中流了下来，冲着辅警笑了笑。

辅警给刘天昊倒了一杯水，说道："咱这儿不比刑警大队，几乎没什么案子，您就当来度假了。"

"没案子好啊，说明咱这片治安好。"刘天昊叹了一口气。

辅警笑嘻嘻地说道："对对，还是您高见。"

刘天昊是应了"到基层交流代职"的文件精神来派出所代职的，虽说代理的是主管案件的副所长，但这一片治安的确不错，偶尔有个案子也是打架斗殴之类的治安案件，根本用不着他出手。

算起来他已经来派出所代职一个月了，除了偶尔回一趟刑警大队，基本都处于发呆状态，连一向粘着他的王佳佳也不再找他！

辅警敬礼后离去。

"孟丹，有没有什么疑难案件需要帮忙啊？"刘天昊给韩孟丹发了微信。

令他意外的是，韩孟丹几乎是秒回："不用，齐队的推理很精彩，而且，他人比你有趣多了！"

刘天昊叹了一口气，关上手机闭着眼睛，体会着失落感！

齐维被交流到刑警大队任职，正好顶替的是刘天昊的位置，用钱局的话说，放眼 NY 市，也只有齐维有资格顶替刘天昊的位置。

窗外的警灯闪了一下，把养神的刘天昊惊醒，他打开窗户朝外面喊着："杨儿，有什么案子吗？"

小杨正准备上车，听到刘天昊的声音后转过头说道："刘所，阳光雨露楼盘工地出事了，说是死了一个人，从楼上摔下来的。"

刘天昊微微点头，表情略有失望。

工地死人时有发生，毕竟高空作业、重型机械等都属于高危作业，几乎可以断定这是一起意外死亡事件。

"据死者的工友说，在坠楼之前他好像看到了楼梯附近有一双红色的眼睛……"

"一双红色的眼睛？"刘天昊又来了精神。

"说是鬼瞳，悬空，就单独一双眼睛，看谁谁就会死的鬼瞳！"

"那个……咱一起去看看！"刘天昊立刻抓起帽子向外跑去！

# 第二章　意外

刘天昊站在升降机上向下看，五楼距离地面大约有十五六米，这种高度摔下去基本是九死一生，加上三轮车的速度，几乎是必死无疑。

上下两扇拉动的铁门只有一扇还挂在轿厢上，两侧固定门用的角铁已经被撞得变了形，可以想象三轮车当时的速度得有多快！

"刘所，您往后站点儿。"小杨好心地提醒着。

刘天昊应了一声，进入轿厢驾驶室看了看。驾驶室贴着驾驶员大姐证件的复印件，驾驶台下方的轿厢地板上放着一个很大的劣质塑料水杯。驾驶座椅上面的物件全部清空，只剩下一块铁板，铁板和一个T字形的角铁焊接在轿厢侧面的铁板上。

他捏起证件复印件的一角，翻到反面看了看，反面有一个奇怪的符号，是用红色圆珠笔画上去的。

"死者段小春，1961年生人，就是工地所在地的村民，包工头儿，所有抹灰儿的活儿都是他的。"小杨说道。

"抹灰儿"是建筑工地常说的名词，是瓦匠的工作之一。

"村里的人？"刘天昊眉头一皱。

"对，就是这片小区原住民，动迁了，开发商为了安抚和鼓励动迁居民，就让他们来工地干活赚钱，比一般的工人要多百分之十的工资，算是补贴，和死者一起干活儿的几个人都是村里的。"小杨说道。

两人从轿厢上下来，楼板上画着几个圆圈，一个是王贵撒尿的地方，另一个是三轮车曾经停过的地方，可以清晰地看到地面上有三道车辙印，还有两道是轮胎摩擦楼板产生的胶皮印记，显然这是三轮车烧胎起步留下的痕迹。

刘天昊蹲下来，用手摸了摸地面上几滴油迹，放到鼻子下闻了闻："是柴油！"

"三轮车漏油，说明这台车疏于保养……"小杨仿佛明白了一些事。

"这种工地内部用车哪来的保养，不过烧胎起步有点奇怪……"刘天昊思索着案发当时的情景。

"难道是……"

刘天昊摆摆手，说道："一切定论为时尚早。死者经过驾驶培训吗？"

小杨翻了翻手里的资料答道:"死者没有任何驾驶证,肇事的三轮车连农用三轮都算不上,三无产品,用的是摩托车的两缸引擎,加上一组减速齿轮做变速箱,低速扭矩大,适合拉重物,应该是私人小厂做出来的,但在农村很普及,没牌照。"

刘天昊拿着王贵的口供站在楼板上,他所在的位置是王贵撒尿的位置,看的是楼梯间方向,有时他竖起大拇指比画着,有时用手做成手枪模样比画,有时闭上一只眼睛左右摆动。

小杨奇怪地盯着刘天昊看,见他的模样恢复正常,便好奇地问道:"刘所,看出什么了吗?"

"你过去站在楼梯间里面。"刘天昊说道。

小杨点点头,小跑过去站到楼梯间里面。

刘天昊端着下巴思索了一阵,才朝着小杨招了招手。小杨跑了回来,脸上的汗珠噼里啪啦地落了下来。

"楼梯间没风,热死了,待不住人!"小杨抖着半截袖警服的领子说道。

刘天昊意味深长地看了小杨一眼,说道:"让工地赶紧把楼梯防护栏装上。"

小杨点头说:"好……这防护栏和命案有关?"

刘天昊拍了拍小杨肩膀,随后向楼梯走去,边走边说道:"如果不安装,就即将和命案有关了。"

小杨若有所悟地点点头,追着刘天昊而去。

……

刘天昊蹲在三轮车前,用手拨了拨车把上的刹车,附在两个后轮上的刹车橡胶随即微微动了动,又站起身向楼上看了看。

"哎呀,刘队,您在这儿就好办了。"一名警察走了过来,他脖子上挂着一个巨大的照相机。他是市刑警大队的办案警察,来协助派出所调查这件案子。

刘天昊嘿嘿一笑,说道:"哎哎,兄弟,我现在是基层派出所的民警，可不是刘队。"

"得嘞，到哪儿您都是神探，帮着分析分析。"警察说道。

"你先说说案子吧。"刘天昊神色一正。

"从目前所掌握的线索来看，应该是意外事故，当事人未经过任何车辆驾驶培训，现场车辆属于工地场内车辆，不在正式的交通车辆管理范围内。死者不熟悉车况，不顾劝阻执意驾驶车辆，最终导致事故发生，送到医院后没抢救过来。"民警说道。

"做过尸检了吗？有没有醉酒或者吸毒迹象？"刘天昊问道。

"尸体应该在韩法医那儿了。"民警摇摇头。

小杨把一些资料递给刘天昊，说道："这些是资料，其中有医院的抢救过程和死亡证明。"

刘天昊快速看完资料，问道："杨儿，项目经理呢？"

小杨指了指矗立在大门旁的项目部，说道："在项目部会议室和死者家属协商赔偿事宜呢，安监局的领导也在。"

"我要见项目经理，你把他叫出来。"刘天昊说道。

"这……刘所，这不好吧，协商赔偿可是大事，弄不好会……"小杨有些为难。

"你尽管去叫他，我有很重要的事儿要问他，和最终的赔偿有关。"刘天昊说完便走向项目部，径直走进项目经理的办公室。

……

陈龙带着满脸不乐意走进办公室，和家属协商赔偿是件大事儿，要是协商无果打上官司，那将是一场噩梦，只要案子还在审理中，工地不能开工，损失的可就不是单单赔偿死者的那些钱了。

见刘天昊盯着他，陈龙立刻变成了笑脸，说道："刘所，您找我？"

陈龙在建筑行业做了很多年，常年和政府以及公安消防等部门打交道，早已练成了八面玲珑的本领。

刘天昊坐在项目经理的大老板椅上，把资料放在桌子上，盯着陈龙问道："NY 市医科大学附属医院距离工地十三公里，经过十六个红绿灯，正常通行状态下，路程大约二十分钟。通南医院距离工地二十七公里，需要经过三十五个红绿灯，还要经过一段拥堵路段，大约需要四十五分钟。"

陈龙神色一怔，随后说道："刘所，我……"

"为什么舍近求远？"刘天昊逼问道。

陈龙叹了一口气，沉默了好久，回身关上门，走到办公桌前，小声说道："刘所，我可以相信你吗？"

"你说呢？"刘天昊反问道。

"工地出了事故肯定想私了的，通南医院我有熟人，出个死亡证明比较方便，也不用上报。"陈龙走到刘天昊身侧，从抽屉里拿出一个大信封，放到老板椅宽的扶手上。

"一旦报警，安监系统和政府都会介入，停工、罚款、赔偿一样不少，对企业安全等级评定也有影响，损失太大呀！"陈龙知道刘天昊有市刑警队的经历，不敢有所隐瞒。

刘天昊把信封拿起来，放在办公桌上，说道："现在不兴这套，说吧，还有什么？"

"没了，就是想私了，但家属要价太高，除了保险之外还要一百五十万，而且只给我们二十分钟的时间考虑，这么多钱，我也说了不算，只好逐级向集团领导报，还没等报到董事长那儿，她就报了警，结果……"陈龙一脸苦相地说道。

"段小春平时和人有什么过节吗？"刘天昊问道。

"没有，绝对没有，他人老实得很。其实这就是一件意外事件，没您想的那么复杂。"陈龙苦着脸。

刘天昊盯着陈龙看了一阵，看得陈龙低下头不敢直视，说："行，你先去处理赔偿的事吧，在允许的情况下，尽量照顾死者家属吧！"

陈龙如获重释地转身离开，临走时向老板椅扶手上的信封看了看，又冲着刘天昊微微一笑。

刘天昊虽说不是心理学大师，却对揣摩人的心理尤为擅长，看陈龙的模样，对舍近求远救人这件事显然没说实话，段小春的死说不定还有其他内幕，至于那双鬼瞳，也许其背后和这场意外有着不可或缺的联系。

一场看起来再正常不过的意外到底是不是意外？

不是每件案子都有着惊天动地的背景事件，也许只是一个很小的原因！

刘天昊有节奏地敲着桌子，眼睛盯着墙上贴着的一张小区视觉图。视觉图做得很漂亮，让人看了一眼后就有想住在这里的欲望。

门轻轻地响了一声，一个人影轻飘飘地钻进房间，一阵若有若无的香气飘了进来。

"什么事让我们的神探大人皱眉头？能不能和小女子说说，也许会有收获哟！"王佳佳的声音随着香气传了进来。

自打"冤魂"一案后，她名利双收，那台火红色的普通宝马五系也换成了宝马五系最高配GT，听说工地发生命案后，她几乎是连风带火地来到了工地，但由于案情不明朗，项目经理陈龙和监理方都拒绝她的采访。

王佳佳就是王佳佳，不会因为一点儿挫折就停手。她从外面听到经理室里传出刘天昊的声音，趁着陈龙离开后便悄悄地走了进来。

"大妹子，我现在是基层民警，没法帮你了，你看，这就是一起意外亡人案件。"刘天昊耸了耸肩。

王佳佳听到刘天昊喊她大妹子，扑哧一声笑出来，走到刘天昊身后，双手捏住他的肩膀揉着："如果单纯是意外，你早就走了，还至于在这儿愁眉苦脸吗？"

刘天昊苦笑一声，对于王佳佳他无论如何都恼怒不起来，先不说她并不烦人，再加上她头脑异常聪明，几乎所有的事一看就透，甚至能猜到对方的心理，做事极有针对性而适度，难怪齐维总是评价她：如果她进入公安系统，一定是和刘天昊齐名的神探。

"你说对了，我感到这件案子并不简单，直觉啊，没证据！"刘天昊闭着眼睛说道。王佳佳柔若无骨的手在他的肌肉上滑动着，虽说起不到按摩的作用，带来的却是另外一种奇妙的感受，让人欲罢不能。

王佳佳低下头凑在他的耳边，小声地说道："具体说说呗，就咱俩人。"

刘天昊索性靠在老板椅上，思绪放空，尽情地享受着王佳佳的温柔按摩，若有若无的香气在他的鼻孔里钻来钻去，令人心痒难搔。

过了不知多久，隔壁一阵阵家属的哭声让刘天昊从享受中清醒过来，他看到王佳佳的一双妙目盯着他，脸上一红，急忙躲开目光，轻咳两声，说道："我睡了多久？"

"很久，天荒地老！"

刘天昊叹了一口气，说道："老同学，我不敢和你说的原因就是……"

"因为我会把这件事报道出去，造成不可挽回的影响，要是报道有误，还会对你、对分局造成名誉损害对不对？"王佳佳歪着头说道。

刘天昊点点头。

"我答应你，这次在案件没了结之前，我绝不会报道一个字，而且，我还有一个消息，是关于这个工地的，也许对你会有些启发。"王佳佳的话总是让人难以拒绝。

"关于工地的秘密？"

"没错，是关于鬼瞳的。"王佳佳满脸俏皮的神色。

刘天昊轻吁出一口气，说道："好吧。"

"你先说！"两人几乎异口同声，随后又同时笑起来。

"我先说吧，我怀疑这起意外案件是谋杀！"刘天昊一语惊人。

"有证据吗？"

"目前还是我的推测，否则，我就不会在这里愁眉苦脸了。"刘天昊说道。

王佳佳拿起办公桌上的信封："这是封口费？"

"不知道算不算是，反正我是没要。"

"不少啊，两万！"王佳佳用手一捏就知道钱的多少。

"你看我像缺钱的人吗。"

王佳佳看了看门外 6.4 排气八缸的大切诺基笑了笑，说道："你肯定是不缺钱，按照你的性格，就算缺钱，也不会要这种钱的。"

"你有什么内幕，就是刚才说的鬼瞳？"刘天昊问道。

王佳佳在房间里转了一圈，最后站在视觉图前看了一阵，才说道："嗯，鬼瞳是流行在这个村子里的一个传说，据说好多年前这个村子还只是一个偏远小山村的时候，有一个女孩被拐卖到这里，给一户富裕人家当小，富裕人家的妻子不能生育，买她来就是为了给家里续个香火。"

"我怎么没听过这件事？"刘天昊问道。

"这都是新中国成立前的事儿了，你哪会知道。"

刘天昊点点头，示意王佳佳继续说下去。

"女孩是被人贩子拐来的，脾气倔强得很，趁着东家不注意就逃跑了。"王佳佳说到这里叹了一口气。

刘天昊开始被这个故事吸引了，他知道这名女孩肯定逃不掉，一名手无缚鸡之力的女人如何在一个陌生的环境下逃脱！

如果逃脱了，也就不会有鬼瞳的故事了。

# 第三章　悲惨命运

我们能生活在这个社会稳定、物质极大丰富的年代应该感到庆幸，这种幸福是无数先烈用鲜血和生命换来的，来之不易！

女孩生活在一个极其动荡的年代，前一刻还是富人，下一刻也能被横行的土匪勒索，可能被流窜的兵匪洗劫一空，更有可能被臭名昭著的侵略者吊死在村口的大榕树上。

女孩的第一次逃跑没有任何技术含量，在东家没有防备的情况下，等男主人发泄完欲望后沉沉入睡，悄悄地穿好衣服跳出院墙拼命向村外跑去。

她的脚步声引起野狗的警觉，狂吠引发了全村的狗的吼叫，其中就包括东家养的狼青，狗是侵略者留下的种，嗅觉和凶猛程度远超过一般的土狗，也只有东家这种身价才能养得起。

由于不熟悉环境，女孩被追赶而来的东家围堵在树林里。气急败坏的东家用皮鞭恶狠狠地抽着女孩，于是女孩的惨叫声和狼狗的狂吠声持续了一夜，当天快亮时，东家打累了，就让家丁抬着女孩回家。

皮肉的伤很快就会痊愈，心灵上的伤却难以泯灭。

第二次逃跑时在一个大雨天，瓢泼大雨下了很久，地面的积水能没过膝盖。为了这个机会，她隐忍着，甚至主动巴结东家，为东家做别的妻妾不愿做的一切。

东家一如既往地打着呼噜沉沉地睡去，她偷了锁在脚踝上的锁链的钥匙，打开后，消失在大雨中。

令她没想到的是，大雨让村口的那条河暴涨，她沿着河一直向上游走去，听家里的丫鬟说上游有一座漫水桥，过了河就是县城，坐上火车就可以离开令她噩梦连连的地方。

可惜的是，她身无分文，挺着大肚子，加上过漫水桥时连鞋都丢了，引起了县城警察署的注意。

当东家带着家丁赶到火车站时，两名巡捕正盘问着女孩。

对于买女人的行为，警察署收了好处便睁一只眼闭一只眼，任由东家把女孩带回村里。

由于怀了孩子，女孩没受到虐打，但东家把她看管得更加严格了，锁上了脚踝后，他当着她的面把钥匙用铁锤砸成了饼。

第三次逃跑是在女孩生了孩子之后，女孩生了一个男孩，东家对她的态度有所缓和，但她逃跑的心依然没变。

她发现虽说锁住脚踝的钥匙没了，可挂在墙头的铁链却松动了，这就意味着她至少可以带着铁链逃走。

在孩子办一周岁宴席后，趁着所有人喝得烂醉如泥，她又一次逃跑，而此时她的肚子也再次大了起来。

由于挂念孩子，她准备把孩子一起带走。但孩子并不知道母亲的计划，受到惊动的孩子哭了起来，醒来的东家见神情慌乱的女人只是叹了一口气。

可东家随后的做法却令神鬼共愤，他找来县城的一名西医挑断了女孩的脚筋，又做手术把她的眼睛挖了出来，泡在西医送给他的福尔马林溶液中，同时把舌头也割了下来，以免让女孩再说话。

他的目的是让女孩再也无法逃跑，彻底沦为他的生育机器。原本西医要把眼球拿走进行医学研究，可一场突如其来的土匪偷袭令西医丧了命，装着眼球的玻璃罐子就留在了东家的家里。

女孩失去了逃跑的条件，甚至连自理能力也失去了，又生下一个男孩后，她因为疏于照顾而得了产后大出血，东家甚至都没请郎中给她治疗，在她还没有断气的时候就把她钉进了棺材里，在后院的半山坡上草草地挖了个坑埋了，甚至连块墓碑都没有。

据说有人在半夜经过山坡时，还听见地下有敲棺材板的声音。

"咚咚咚咚！"

……

咚咚的敲门声令刘天昊从故事里脱离出来。

来人是找陈经理的，他手里拿着一沓子单子和发票，看样子应该是一个包工头儿，来找陈经理结账的，见陈经理不在，就冲着刘天昊笑着挥了挥手转身离开。

"佳佳，我发现你很会讲故事，开个直播讲鬼故事肯定能火。"刘天昊说道。虽说是白天，他也听得背后直冒凉风。

"那是，我要是做直播，肯定是平台一姐。"王佳佳有些得意。

"后来呢？"刘天昊开始期待王佳佳的故事结局。

王佳佳叹了一口气，神色一正："结局很凄惨。"

……

由于屡次受到山匪的掠夺，东家的日子一天不如一天，虽说老年得子，有了两个儿子，生活却愈发窘迫。

而此时，怪事发生了，一名小妾在半夜小解时发现半空中有一双眼睛在盯着她看，眼睛在黑夜中散发出暗红色光芒，小妾吓得晕了过去。当早起的东家在外屋发现小妾时，她已经被活活冻死了，眼睛睁得很大，嘴巴夸张地呈一个圆形，面部表情充满了恐惧，更令人惊讶的是，在她的身边不远处，就是装着福尔马林和女孩眼睛的玻璃罐子。

东家大发雷霆，问是谁把玻璃罐子放到外屋的。下人们和妻妾们面面相觑，女孩的眼睛泡在福尔马林里本身就很诡异，谁能闲着没事把它放在外屋的角落里！

东家没敢动玻璃罐子，立刻请来了方圆百里最有名的大仙儿。大仙儿哼哼呀呀地在房子里转了一圈，最后说这双眼睛阴气太重，如果单纯地毁掉，会让整个家族遭殃，得让玻璃罐子离开地面，用木制的器具隔绝起来。

大仙儿拿了一笔重金离开。

东家亲自把玻璃罐子锁到了仓库里的一口木柜子里，又把仓库上了锁，告诫所有人不得以任何理由打开仓库和木柜子。

令人震惊的是，第二天，东家的妻子死在了猪圈里，头栽葱倒进猪圈里，露在外面的脸和脖子给几头猪啃得面目全非，两只眼睛也被猪给啃了出来，眼眶变成了一个血窟窿。

而原本锁在仓库的玻璃瓶出现在妻子的身边，福尔马林中的那双眼睛正好盯着东家的妻子！

东家几乎亲自审问家里的每一个人，却并未发现有人动过玻璃罐子，只得让人再次把玻璃罐子放入木箱子里，用棺木钉把木箱钉死，又用铁链在木箱外面缠绕了几圈，用锁头锁住，放进仓库后，又把仓库锁住。

……

"等等，这儿有问题。"刘天昊打断了王佳佳的故事。

"什么问题？"王佳佳歪着头问道。

"打开仓库和木箱取出玻璃罐子的肯定是人，如果仓库的门和木箱的锁都没被破坏，那么这个人……"

"可能是东家本人！"王佳佳接着说道。

"没错，除了他还有谁能打开仓库和箱子？"刘天昊说道。

"故事发生在很久很久以前，这些事已经无法考究了，也许是他，也许是另外一个别有用心的人。"

"也可能是一群别有用心的人！"刘天昊点点头，给王佳佳倒了杯水。

王佳佳一笑："小伙子挺会来事儿嘛，还能进步！"

……

当东家年迈的母亲溺死在厕所中，那瓶福尔马林和眼珠也出现在厕所外时，下人们和姜们被恐惧占据上风，不顾东家的阻拦纷纷离去，临走时还发生了哄抢，几乎抢光了东家所有的财产。

东家受到连续打击变得疯疯癫癫，一天夜里，他一把火把仓库点燃，大火烧了一天一夜，把整个家都烧个一干二净，东家也死于这场大火，他和女孩生下的两个儿子也不知去向。

事后，一些村民觊觎东家可能遗留下来的财产，趁着夜色到废墟挖掘，却都被一双凌空的眼睛吓退，随后，数名盗窃过东家的村民纷纷暴毙。

村民们传言这是女孩的鬼瞳在作祟，她把一腔怨气注入那双眼睛中，只要有人心怀叵测，那双眼睛就会出现，被盯着的人就会死于非命！

……

"新中国成立后，村子重新做了规划，年长一些的村民大多去世，外来人越来越多，这件事也被人们渐渐淡忘。"王佳佳喝了一口茶水说道。

"你是从哪听来的这个故事？"

王佳佳一笑，说道："秘密，反正不是我编出来的，有出处。"

"你的意思是说现在的工地就是当年东家的家？"刘天昊问道。

"从叙述中应该是，东家的后院是一片山坡，女孩就埋在那里，而东家的仓库就是你现在坐的位置，那双眼睛……"王佳佳说道。

"行行行，你说得我鸡皮疙瘩都起来了。"刘天昊向后面的窗户看了看，他突然站起身，向后面的窗户走去。

活动板房和工地的围挡之间有一米的距离，地面上扔着一些啤酒瓶和饮料罐子，还有些方便面的盒、裤衩、袜子和露窟窿的鞋，显然是项目部的人不愿意去倒垃圾便直接扔在了后面，当成了垃圾场。

"你干吗？"王佳佳也凑了过来，向外望着。

板房的窗户很小，两个人都凑在窗户口显得有些拥挤，刘天昊闻到了王佳佳身上的香气，为了避免尴尬，他只好向后退了退，说道："刚才我好像看到有一双眼睛从窗户看咱们。"

"哎哎哎，你别吓我好不好，我讲的是故事，你再讲的话可就吓人啦！"王佳佳捂着胸口急忙离开窗口，回到沙发上坐了下来，拿起茶杯喝了一口。

"在那个年代，人们的知识量并不丰富，信息的传递也比较受限，传来传去的，把本来一件正常的事传成怪事，不足为奇。"刘天昊说道。

"嗯，你说我拿这个故事作为这件案子的噱头怎么样？"王佳佳饶有兴趣地说道。

"还不错，肯定又能圈一波粉丝，不过，你答应过我的，事后报道。"

"行……独家专访哟！"

"好，也许尸检结果可以带来些惊喜，否则……"刘天昊摇了摇头，意思是如果这件死亡事件是意外，最多算是个新闻，两天后就会被人们淡忘。

话音未落，韩孟丹的声音从外面传来："你的惊喜来了。"

# 第四章　死亡凝视

王佳佳走到门口打开门，两双妙目相对，相视一笑，韩孟丹走进房间，她穿着一身警服，显得英姿飒爽，看起来和风情万种的王佳佳不同，别有一番味道。

刘天昊急忙站起身，冲着韩孟丹一笑。

韩孟丹把验尸报告放到桌上，说道："死者的死亡时间是下午一点十分，到医院就诊的时间是下午一点半，这就意味着他在送到医院之前就死了。死亡原因是颅内出血和多脏器破裂引发的大出血，可以确定是高空坠落造成的伤情。"

"不过……"刘天昊话说到一半就停了下来，随后他把工地舍近求远的事向韩孟丹讲述一遍。

韩孟丹点点头，说道："我同意你的观点，工地舍近求远一定有其他的原因，但他的伤太严重了，无论如何，都无法挽救死者的生命，哪怕是世界上最优秀的医生用最先进的仪器立刻抢救也不能！"

"但在场的几个人可没有你的医学知识，他们并不知道死者当时的伤有多重。"刘天昊说道。

韩孟丹沉默后点了点头。

"这样说来，这只是一场意外！"王佳佳语气中有些失望。

刘天昊并未应声，他在派出所的半年里也管理过不少工地，知道一个人要是受了重伤，治疗费本身就是无底洞，要是再落下残疾失去劳动能力，后续的这笔费用将远远超过亡人事故造成的损失。

如果当时在场的几个人看出老段受伤很重，就算抢救过来也会落下终身残疾，很有可能会利用路途耽误救治时间，让老段死亡。

韩孟丹说道："死者是肝癌晚期，血液中未发现抗癌药物的成分，却发现了海洛因盐酸盐的成分，显然他是为了止痛而服用非法毒品。癌细胞已经从肝脏部位扩散到其他脏器，就算没有这起事故，他的寿命也不会超过三个月。"

"工地和派出所提供的资料中并未提到死者患有肝癌，很明显，死者知道自己患了绝症，却从未公开，而是暗地在毒贩手中购买毒品止痛。"刘天昊分析道。

"这就意味着，他有自杀骗保的可能性。"王佳佳小声说道，说罢还朝着隔壁的方向看了看，隔壁的隔壁是会议室，死者家属正在和项目方商议赔偿事宜。

刘天昊和韩孟丹对视一眼。

"据我所掌握的信息，段小春的两个小儿子正在念大学，每年都需要一大笔费用，大儿子结婚彩礼、买房更是一大笔支出，所以……"王佳佳耸了耸肩。

她说的虽说比较直接，却很现实和残酷，很多这个年纪的人都面临着很大的经济负担。老段隐瞒病情，再制造出意外死亡，就可以获得一大笔赔偿，但令他想不到的是，他的家属却提出巨额赔偿，在得不到满足的情况下还报了警。

要是碰到一般的法医，对于这种事故会正常履行程序，但韩孟丹却不同，严谨的她不会放过任何蛛丝马迹！

如果把老段的设计揭破并找到证据，那就意味着他的布局很可能会变成废棋，他的死也变得毫无价值。

刘天昊也不知该如何处理，到底是继续查出真相还是就此罢手，他感觉心里烦闷，叹了一口气站起身，准备走出门呼吸下新鲜空气，突然他愣了一下，因为他发现远处的山坡上突然闪了一下光，初步判断应是高倍望远镜反射的光芒。

他指着远处的山坡说道:"有人用望远镜看这里。"

王佳佳看了一眼,随后说道:"会不会是刚才在窗外的那个人呢?"

单从项目部和山坡的距离来看,要是刚才在窗外那人跑掉之后立刻回到半山坡的家中,再用望远镜观察这里的动静,应该刚好是这个时间。

刘天昊摇了摇头:"工地有监控,但活动板房后面却是死角,不敢确定。"

"山坡那儿是一户人家,户主姓刘,五十多岁,和老伴儿一起住在那个二层小楼,是村里的老户了,因为动迁问题和开发商没谈妥,死活不愿意走,和开发商发生不愉快后,他儿子住了进来给父亲撑腰。无奈之下,开发商只得改了规划,把他家给圈在了规划之外,还架起了很高的围挡,把进出的路全部封死了,水电也断了,事儿闹得很大,电视台的记者也报道过,最终还是没解决。"王佳佳指着闪光的地方说道。

"后来呢?"韩孟丹问道。

"老刘家也是硬气,自己找来铲车从山坡开了一条道,又从其他地方接了电,打了一口机井,看样子是准备长期对抗开发商,派出所出面调解过,但无法解决根本性问题,目前情况还算稳定。哦,孟丹,你怎么来这儿了?"刘天昊说道。

"我去派出所找你,他们说你跟着出现场了。"韩孟丹很冷淡地说着,显然话里有话。

刘天昊立刻会意,看向王佳佳。

王佳佳聪明透顶,连忙说道:"对了,我还有个同事在外面采访工地的工人,我去看看他有没有收获。"说完还冲刘天昊挤了挤眼睛,这才离去。

刘天昊松了一口气。

"齐队出差抓人去了,虞乘风也跟了去,队里就剩下我一个人。"韩孟丹说道。

"我听说了。"

"齐队让我转告你，像工地这种案子，你最好别参与太深，政府方面有住建局、安监局和应急局，另外，这种事情还涉及死亡赔偿的事儿，处理不善会造成一系列严重的后果。"韩孟丹说道。

"齐维知道这件事？不会这么神吧！"

韩孟丹摇摇头，说道："他不知道，是他临走时告诉我的，让我转达给你，说你管辖的这片正在搞开发，死亡事故发生率很高。你不要所有的事都阴谋化，有时真相并不是最重要的。"

"可这个意外有很多疑点。"刘天昊说道。

"他说你一定会这样说！"韩孟丹接着说道。

话音未落，就听见隔壁的办公室传来窸窸窣窣的声音。工地这种板房隔音效果比较差，邻近的两间房说话声会听得很清楚，两人所谈的事情事关机密，要是被别有用心的人听去了，弄不好会造成不良后果。

两人对视一眼，不约而同地向外走。房门开了，陈经理走了进来，带着满脸的笑意，显然是在与死者家属的赔偿协商中得到了满意的结果。

陈经理瞥了瞥桌子上的厚厚的信封，说道："刘所，事情基本都解决了，死者家属也很满意，现在就等着事故定性，这方面还得您多关照。"

"陈经理，你让两名目击者一会儿到所里找我，我有事情要问。"刘天昊说完就和韩孟丹离去。

陈经理送到大门口，看着两人开车离去，回到房间后，他满脸的笑意去了七七八八，取而代之的是满脸的杀气，拿着桌子上的大信封使劲一攥，信封破裂露出百元钞票。

……

大切诺基是专为越野而生，尤其是在未铺装的道路上，几乎把越野性能发挥到了极限。

"继续说吧，你的……观点。"韩孟丹说道。

刘天昊一笑，说道："咱俩之间只能谈案情吗？"

"哎你这人！"韩孟丹白了他一眼，脸瞥向车窗外，看着沿路蔫头耷脑的植物们。

刘天昊调整了空调的温度，一股凉风从空调吹了出来，凉爽令人精神一振，昏头涨脑的感觉去了大半。

"你就不能关心关心我这个前队友吗？"刘天昊笑着问道。

"你是来派出所当副所长，又不是让你来站岗的，安慰什么？"韩孟丹并没放过刘天昊。

"闷啊！整天也没个案子，上个月那起音乐礼堂杀人案齐维破得好啊，最主要的是他只用了三天，三天啊！"刘天昊显然他心里不服，他有信心用更短的时间破案。

韩孟丹一笑，空调的强风把她的头发吹得飘动起来，从侧面看起来绝对比化妆过的明星们要强。

刘天昊看得一愣，随后缓过神来，说道："孟丹，最近咱们 NY 市的才子作家开了一个粉丝见面会，粉丝都是铁杆，据说签名会为了抢着合影和签名，差点形成踩踏事件，这事儿你知道不？"刚缓过神的他说的话有些不着边际。

"我觉得这种事你应该和王佳佳聊，她的消息应该比较灵通，也会关注这个话题吧。我一天打交道的都是尸体，哪知道什么才子作家、签名合影的。"韩孟丹从鼻子里哼了一声。

"才子新写了一本书，是连载在网络平台上的，一天一章，我打印出来了，一会儿到所里我请你吃饭，你看看，肯定不会后悔。"刘天昊说道。

"我才不看。"韩孟丹继续冷着脸。

"派出所附近一家小龙虾比较有名，出了名的麻辣。"刘天昊知道她最喜欢吃麻辣，虽说她不列入吃货行列，但没有人会拒绝美食。

"我又不差你一顿小龙虾。"韩孟丹自言自语道。

"这本书和这桩意外案子有关。"刘天昊见韩孟丹没反应又说道。

"你直接说不就好了，干吗大费周章非得让我看书。"韩孟丹脸色恢复了些，转过脸来看着刘天昊。

"你等我一会儿，我去把打印稿拿来，咱们边吃边聊，保证你不吃亏。"刘天昊把车稳稳地停在派出所院里，熄火下车，朝着派出所办公小楼跑去。

小杨儿从一间办公室的窗户向外喊着："刘所，目击证人王贵来了，还有开升降机的庄世娟。"

刘天昊边跑边道："能不能等我回来再说？"

"安监局那边让他们录完口供过去，要不您先问呗，不然时间协调不开。"小杨为难地说道。

调查案件并非派出所一个部门的事，这种意外亡人事故都是多个部门联合调查，派出所只负责其中的一个环节。

刘天昊停住脚步，回过头看向车里的韩孟丹。

韩孟丹早已习惯了这种事，耸了耸肩，说道："我去你办公室坐坐，小龙虾就送外卖过来吧，来一份大的，超辣，我边看书边吃。"

刘天昊立刻抢先两步走到车前打开车门，学着绅士做了个"请"的姿势，惹得韩孟丹一笑，同时白了他一眼。

……

王贵是个地道的老实人，话很少，几乎是问一句说一句，但很明显能看得出来，他绝不是一个能撒谎的人。

但他提供的信息也不多，和从工地拿来的资料差不多，有一条引起了刘天昊的注意，就是他所说的"鬼瞳"。

刘天昊作为无神论者自然不相信鬼神之说，可看王贵的模样却好像他真的看到了那双鬼瞳。

但他的叙述中也有破绽，就是他如何分辨鬼瞳到底是在看段小春还是看他的问题。

王贵眼珠转了半天，最终被刘天昊的问题问倒："刘警官，我也说不清，反正挺邪乎的，村里人都信这个。"

三人成虎，刘天昊明白这个道理，对于大字不识一筐的普通村民而言，谣言传多了就变成真理了。

"是鬼瞳看谁谁就死还是人看到鬼瞳就会死？"刘天昊问道。

"看谁谁死！"王贵斩钉截铁地回答着。

刘天昊微微点头，他心里已有了数，像这种迷信传说他听得多了，无非就是鬼神诅咒之类的，他先听了王佳佳的故事后，对鬼瞳的传说大约心里有了谱。

其实在王贵的话中有很明显的逻辑漏洞，就是鬼瞳看谁的问题，鬼瞳看到哪个人是如何分辨的？是被看到的人自己还是其他人？

"之前还有谁死于鬼瞳的死亡凝视？"刘天昊问道，他觉得"死亡凝视"这个词很适合鬼瞳，就好像游戏《英雄无敌3》中的蛮牛一样，靠死亡凝视可以杀死比它强大很多的敌人。

王贵嗯了半天最终也没说出个结果。

"那你知道鬼瞳的来历吗？"刘天昊又问道。他想验证一下王佳佳的故事是否真的来自这个村子，要是故事是真的，会不会是女孩还有后人生活在这个村子里……

王贵肯定地摇了摇头："我不知道，老爷们儿都不关注这个，也许……也许那个小娟会知道，女人唠嗑儿常唠这些乱七八糟的东西。"

"开升降机的大姐？"

"对，庄世娟，她就信这些玩意儿，知道得多！"


# 第五章　连载小说


庄世娟和村里其他的妇女没有任何区别，一旦说起擅长或者是喜欢的话题就会变得没完没了，连珠般的语速让刘天昊几乎插不上话，说辞更加夸张，几乎把鬼瞳说成了神一般的存在，只要心诚而拜，就会得到好运，要是心不诚得罪了鬼瞳，就会遭遇厄运。

段小春是典型的不相信鬼瞳，所以遭到鬼瞳的诅咒，这才坠楼而死。

庄世娟是外地人，由于村子已成为城中村，开发力度比较大，就业的机会很多，她就在这里住了下来，常年在各个工地开升降机，丈夫在早年的一起工地事故中死亡，死亡赔偿金都给了儿子和婆家，她一个女人独居，经常有工地的男人找上门寻好儿，找一个合适的过起了日子，两人也不领证，就是所谓的搭伙儿。庄世娟负责洗衣做饭，男人拿出一部分收入补贴家用，各取所需，好了就好，散了就散，倒是自由。

女人间常在一起唠嗑儿，知道的事要比男人多一些，话传来传去就变了味道。经过庄世娟这么添油加醋地一说，鬼瞳还成了真事儿，但版本和王佳佳却完全不一样。由民国时期的少女死亡案变成村里恶霸欺凌致死案，鬼瞳的主人由少女变成十五岁的未成年男孩。

"老段总想打我的主意，心思有点歪，还不信邪，鬼瞳找上他也是正常的。对了，鬼瞳会找上坏人，让坏人死于厄运！"庄世娟终于停止了唠叨。

刘天昊使劲呼出胸中的一口气，像是排出多年的废气一般，感觉心里舒服一些了，才问道："除了王贵的异常表现外，在老段出事前还有没有其他的怪事发生？"

庄世娟想了想，说道："当时吧……我正在升降机里，老段这人眼睛贼溜溜的，总盯着我，我好像看到了楼梯口有一双眼睛，但是不是鬼瞳我不敢肯定，也有可能是人。"说到这里她顿了顿，又说道："就算是鬼瞳也没关系，我花了钱请了一个符，镇邪的，村里面大仙给我的，神鬼不惧的。"

刘天昊想起在庄世娟证件背后那个奇怪的符号，应该就是大仙给她的符："你贴在升降机驾驶室的证件背面……"

"对对对，就是那个，我可以给你画一个，保证好用……"

对于村里的大仙，庄世娟等妇女深信不疑，她拿到这个符应该付出了不小的代价。

刘天昊急忙摆了摆手，说道："符咒的事我再找你。我想问问咱这个工地一共有几台升降机？"

庄世娟把手指伸进嘴里咬着指甲，眼珠转了几个圈之后才说道："六台，之前是八台，那边的两栋楼完工了，拆了，我们一共八个司机倒班，都是女的，有证儿！"

刘天昊点点头，他知道再问下去也不会有更多的收获，站起身准备结束这次问话。

"她们也看过鬼瞳的，我给她们每个人画了一个符，要不信你去看，她们的证件复印件后面都有！"庄世娟几乎只要一说起来就不会停，要是不阻止，她可以噼噼啪啪地说上一天时间。

刘天昊盯着庄世娟看。

庄世娟急忙解释道："我没收她们的钱，一分钱都没收，真的！"

"好吧，有时间我去看看，您要是还能想起点什么，记得给我打电话，这是我的名片。"刘天昊有些无奈地递给庄世娟一张名片。

庄世娟接过名片边看边向外走。

刘天昊回到办公室，刚一进门就闻到一股浓浓的小龙虾味道，韩孟丹坐在沙发上静静地看着打印出来的书稿，正是刘天昊介绍的才子作家写的那本小说《第五个意外》。

"把门关上！"韩孟丹头也没抬地说道。

刘天昊关上门坐到韩孟丹对面的沙发上，问道："怎么样，有收获吧？"

韩孟丹叹了一口气，用书签做好记号后把书合上，说道："除了鬼瞳这个元素外，这本小说中写的第一个意外和老段遭遇的意外很相似，是巧合吗？"

刘天昊摇摇头，说道："我认为是模仿杀人，虽说细节上和老段有很大差异，但有很多雷同点，这就是我一直持有怀疑态度的原因。不过，如果我在现场和那帮人说有本书和这个案子的情节一样，他们肯定认为我是疯子。"

"他们不知道这本书的存在吗？"韩孟丹拍了拍打印出来的书稿问道。

刘天昊挑了挑眼眉，说道："至少没人像咱们这样敏感，能把两件事联系在一起。"

韩孟丹又把书翻到最后一页，表情上略有不甘。

"看来至少才子作家把咱俩圈粉了，我们都很期待故事继续下去。"刘天昊说道。

韩孟丹露出笑容，微微点点头。

"如果这件意外事件不是意外，就意味着凶手也看了这本书，连载这本书的网络平台只有手机 APP，使用量不是很大，一般能下载 APP 看书的大部分是年轻人，但也不排除一些上了年纪但也玩手机的人。"刘天昊分析道。

"可能是才子本人吗？"韩孟丹瞪大眼睛问道。

刘天昊一笑："可能性不大。我查过，才子作家和老段风马牛不相及，八竿子打不着，他没动机。说到凶手的作案动机，在看书的时候你考虑过没有？"

"书中凶手到目前为止还没露出来，一般这种书都是最后才把凶手露出来，作案动机也都是几乎快结尾的时候才会显现出来。"韩孟丹说道。

刘天昊点点头，说道："现实的案件中却没有书中所写的那么复杂。"

韩孟丹恍然大悟，说道："你的意思是说凶手和老段有一定的社会关系？"

"应该有！"刘天昊说道。

"嗯，这样一来，咱们的目标就缩小了范围。"韩孟丹说道。

两人说得很投机，心情好了起来，刘天昊戴上一次性塑料手套，拿起一只小龙虾说道："吃吧，凉了就不好吃了。"

韩孟丹点点头，又拿起书翻到目录页，看着章节目录。

目前作者连载了十章，相对于节奏感很快的网络小说，这部悬疑罪案小说更趋近于出版小说的写法，节奏相对缓慢一些。

小说描述的是凶手利用概率来杀人的故事，也是工地上一个人，开了一台车，但因对车况不熟悉，从楼顶坠落身亡。但故事就是故事，情节作者可以随便虚拟，在实际生活中有诸多的不可控因素，不可能像小说写的那样容易把握，做不到位没效果，一旦做过了火，就会很容易地暴露在警方视野中。

"概率杀人，需要凶手有相当高的智商才行！"韩孟丹显然已经同意了刘天昊的观点。这起看起来简单的意外如果是谋杀，而且还是模仿小说杀人案，就意味着小说的情节凶手会继续模仿下去。

"如果是一味地模仿还好办了，咱们只需要找到作者，提前知道后续的内容，就可以把凶手揪出来。"刘天昊说道。

"要是这么简单就好了。"韩孟丹合上书。

"概率杀人的手法虽说概率比较低，但只要设计合理，还是有成功的概率的，最重要的是凶手能一直藏在暗处，几乎不会留下任何证据。"刘天昊说道。

韩孟丹放下书，戴上手套开始吃小龙虾，边吃边问道："现场你勘察过了，说说你的想法和推断。"

刘天昊把一个扒好的小龙虾肉递给韩孟丹，随后说道："行，那我就说说，这段时间在派出所可把我憋坏了！"

韩孟丹冷哼了一声，从刘天昊手里接过小龙虾："还算你会来事儿！"

刘天昊呵呵一笑，说道："首先死者是癌症晚期，经济比较拮据，需要很多钱，有自杀骗取赔偿金的嫌疑，但有个问题，如果他要骗取赔偿金，没必要非得开车从五楼冲下来，万一升降机的拉门结实，或者是三轮车的冲量不够，他的计划就会落空，而且这种事也不可能提前做验证。作为瓦匠，高空作业的机会多得很，随便一件事情就可以令其坠落死亡。"

韩孟丹点点头，喝了一口可乐，辣味令她的眼泪流了下来。刘天昊急忙递上一张纸巾。

"三轮车属于低速高扭矩的车，刹车系统是好的，但输油管有漏油的现象，司机小周一直在开这台车，也没见有任何问题，这说明车辆是正常的。死者选择驾驶一辆正常的车出意外，至少他要承担一部分责任，赔偿金的金额会大大缩减，这与死者策划自杀的初衷有所违背。从以上两点来看，老段利用三轮车死亡的可能性不大。"刘天昊又扒了一个小龙虾给韩孟丹。

"你说得有道理。"韩孟丹一点儿也不客气，拿过来之后直接放到嘴里。

"还有，死者身上并未发现毒麻药品，这说明死者利用早晨和晚上的时间注射止痛。"刘天昊说道。

"嗯，从毒麻药品的效果来说，可以维持很长一段时间。"韩孟丹解释道。

"从工友们的叙述来看，没人知道老段曾经注射毒麻药品止痛，说明毒麻药品的副作用不明显，不可能让死者做出疯狂行为，这就意味着死者因注射药物导致事故发生的可能性消失了。"刘天昊说道。

"嗯，那就只剩下两种可能，纯意外或者是和小说一样，谋杀！"韩孟丹扒了一只小龙虾，小龙虾的壳子几乎没有遭到破坏，完整地放在桌子上。

"不愧是法医，连吃小龙虾都这么精致！"刘天昊夸赞道。

"继续说吧！"

"再说意外。王贵的口供里说过，工地用的三轮车在村里很常见，老段曾经开过这种三轮车，不至于失控。天气虽然炎热，但老段没有任何身体不适，他的情况甚至比王贵都要强一些，意外也就无从谈起。"刘天昊说道。

"照你这样一说，那就只剩下一种可能了，谋杀！"韩孟丹说道。

"你再看看小说的第九章，在高空坠落案后面应该是什么案子？"刘天昊问道。

韩孟丹翻到第九章看了看，随后说道："看不出来。"

"作者在这里埋下了伏笔，他对升降机的描述很细致，按照才子作家的手法，他肯定不会随便浪费笔墨，这就意味着下一个受害者可能与升降机有关。"刘天昊分析道。

韩孟丹摇了摇头，说道："这我可看不出来，你这么说好像有点牵强吧。"

"但愿这只是一场意外。"刘天昊本想解释一番，但一想他毕竟不是作者，无法确定小说的写作方向。对于现实而言，未来可能发生的事谁都不敢确定，而且有些事情只能意会不能言传，不懂就是不懂，再多的解释也没用。

"那调查还继续吗？"

"当然，我是主管刑事案件的副所长，还是刑警大队下来代职的，不查个清楚怎么行，会丢你哥的脸。"刘天昊说道。

"哎，你就是你，不要把我哥扯上。"韩孟丹提出反对意见。

两人话还没说完，就见一个人推门而入，刘天昊立刻站起身，冲着来人微笑点头致意。

"吴所。"刘天昊冲着来人打招呼。

来人是派出所的所长吴文军，五十多岁的年纪，两个鬓角已经有些花白，但整个人看起来却是精神抖擞。

"挺香哎，韩法医这是准备来我们基层代职吗？"吴文军笑着说道。

韩孟丹抿嘴一笑，说道："我整天和尸体打交道，所里有我的职务吗？"

两人说完哈哈一笑。

吴所长收住笑容，说道："都不是外人，我就直说了啊。昊子，工地那件案子尽快结了吧，安监局和建筑集团、死者家属都已经沟通好了，答应尽快给死者家属赔偿，案子不结，赔偿款就拿不到，万一中间死者家属反悔，事情就不好处理了。还有，工地的几栋楼都是回迁楼，回迁户等着回迁安置，一旦延期，肯定会造成恶劣影响，所以工期不能耽搁。"

"吴所，有些疑点……"

吴文军摆了摆手，打断刘天昊的话："你的意见我都知道，但现在我们掌握的证据证明这就是一场意外，至少目前是，你所说的疑点只是疑点，是推测，没有实证，对不对？"

刘天昊点点头。

"韩队应该教过你破案的程序，现场勘察、摸排得到基本信息，进行推理分析得出基本论点，针对论点进行验证最终得出定论，这是作为一名侦探最起码的常识，不用我再教你了吧！"吴文军笑着说道。显然他也是精于此道，这才讲得头头是道。

"我明白。"刘天昊点了点头。

吴文军把手上的一份资料递给刘天昊，说道："如果没什么问题，把案子结了，韩队和钱局也是这个意思。代职的时间很快就会过去，等你回刑警大队，很多疑难的案子还等着你呢，没必要在这件案子上多费工夫。"

刘天昊与韩孟丹对视一眼，接过资料拿起笔在上面签字……

# 第六章　巨额保险

吴文军离开后，韩孟丹叹了一口气，说道："昊子，这可不像你啊，要是从前，你肯定会拍桌子和吴所干一场，再去把案子查个清楚。"

刘天昊没反驳韩孟丹的话，只是摇了摇头。

岁月是把磨刀石，再锋利的刀，也会被磨得圆滑。正像齐维所说的，有时候真相并不是最重要的，在这个世界上，很多事情都比真相重要。

韩孟丹看到刘天昊的反应赞许地点点头，说道："看来这半年的代职经历让你成熟多了，性格也变了不少。"

"这个世界每天都在变化，跟不上就会被淘汰。"刘天昊笑着说道。

"嗯，也不知道这是好还是坏！"韩孟丹摘下一次性手套，用湿巾擦了擦手。

"要走了吗？"

"嗯，队里还有一大堆的事儿呢。"韩孟丹拿着打印出来的书向外走去，边走边说道，"谢谢你的小龙虾，还有这本书。"

送走了韩孟丹之后，房间又变得空空荡荡，只有小龙虾的麻辣味儿还弥漫在空气中。

刘天昊半躺在办公椅上愣神，他心里的确有些苦恼，"冤魂"一案中凶手纪福山超快的节奏和完美的作案给了他巨大的压力，本来紧张的节奏能令他很快忘却压力，可突如其来的代职让他一下子陷入闲置的恐慌中。

面对基层民警琐碎的事务，他不得不耐下性子做事。但他并不知道，代职的事是韩队和钱局刻意安排的，他们担心刘天昊太过锋芒毕露，如果不加以磨炼，一旦受到打击，脆弱的承受能力就会成为他的致命伤。

派出所的位置偏远，但离市监狱比较近，刘天昊有时间就去监狱看叔叔刘明阳。

刘明阳两鬓的白发越来越多，神色也变差了很多，他坐在接待室时甚至表现得有些呆滞，完全失去了当年刑警神探意气风发的神采。

"叔……"刘天昊看到叔叔的状态，心中一酸。

"孩子，你以后少来看我，对你的前途不利。"刘明阳几乎头也不抬地说道。

刘天昊轻轻地叹了一口气。

"又遇到难事了？"刘明阳的感官依然敏锐。

"没事。"刘天昊知道眼前的这件事一言两语也说不清。

"我在新闻里看到你辖区的工地发生了一起意外亡人事故，是不是它？"刘明阳问道。

"您怎么知道？"刘天昊心里一惊。

在监狱里人身自由受到极大的限制，外界的信息来源受到管控，工地亡人事故并不明了，不可能上正式的新闻，最多也就是王佳佳之类的自由媒体人会做一些简单的报道。

刘明阳一笑，说道："我到刑侦支队任职前，在基层做了十年的片警，当时那一片的情况和你现在工作的片区有些相似。"

刘天昊点点头，说道："我最困惑的不是现在，而是您最后办的那件案子。"

虽说刘天昊并未明说，但刘明阳立刻知道他说的就是震惊 NY 市的五号案件，他的神色立刻沉了下来，说道："我说过，你不要查这件案子，甚至连关注都不行。你应该知道，我的能力不比你差，要是能查清，当年我就查了，至于在监狱过这么多年吗？"

站在刘明阳身后的狱警轻咳了两声，看了看刘天昊。

"真相不代表一切，有时候真相反而并不是那么重要！"刘明阳说道。

"可真相就是真相。"刘天昊反驳道。

刘明阳站起身："小昊，我知道你的性格。但你不是太阳，地球不可能围着你转，有些事该放下的就放下吧。"

狱警打开接待室的门，刘明阳朝着监区走去。

"还有两年零十五天您就出狱了。"刘天昊说道。

"里面和外面有什么区别？心宽广了，哪里都是天地！"刘明阳头也不回地说道。

"叔。"

刘明阳站定脚步，回头笑。

"保重。"刘天昊脸上的神色慢慢变得坚定起来。

……

脏乱差永远是工地工棚的代名词，就算再利索的一个人，住进了这里，也会变得邋遢起来。

小周的家就在村里，但在施工期间，他更喜欢住工棚，累了以后可以直接躺下睡觉，个人卫生之类可以抛之于脑后，但到了家里则不同，家毕竟是家，得洗得干干净净才能上床睡觉。在工地上累了一天的人，哪还有精力洗漱！

还没等刘天昊走进简易房，一股酸臭的味道就和热浪扑面而来。房间里有六张上下床铺，上铺放着的都是工人各自的行李，下铺则是住人，几乎每个床头都放着一个电风扇，一些工地用的工具无序地堆放在床下。

小周躺在床上吹着电风扇，手里拿着手机刷着抖音，随着手机没有节制的外放不时地发出嘿嘿的笑声。

"周月发？"刘天昊弯着腰走进房间向小周问着。

小周不太情愿地向门口看了看，见刘天昊穿着警服，这才从床上坐起来点了点头。

"我有事问你。"

"不是都问过一遍了吗，怎么还问？"小周有些不乐意，屁股向外挪了挪。

虽说小周和老段没有血缘关系，但毕竟共事很多年，论感情也是有一些的，每一次接受警方询问时，他都非常难过。

其他躺在床上的工人听到刘天昊的声音后纷纷抬起头看向小周，他们对工地发生的事情颇感兴趣，却碍于小周和老段的关系不敢多问。

刘天昊看到房间里还有其他的工人，便冲着小周招了招手："咱到外面说吧。"

小周长出了一口气，挥手关了床头的电风扇，起身趿拉着鞋，和刘天昊走到工地相对凉快一点儿的地库里。

刘天昊递给小周一根烟："我想问关于老段的事。"

小周见刘天昊给他的是中华，脸上终于露出了笑容，深深地吸了一口烟，说道："还是警察好，能抽起这么好的烟。"

刘天昊索性把一盒烟扔给小周，小周接过来也没客气，直接放到口袋里，脸上的笑容更加灿烂。

"老段常开你的车吗？"刘天昊问道。

小周脸色逐渐沉重，摇了摇头，说道："应该是头一次。老段岁数大了，把握不好油门，开车有点猛，之前工地有一部农用三轮，拉料的，他开了一回，差点撞树上，后来安全员罚了他钱，还给我们这些司机开会，不准让老段碰车。"

"嗯。"刘天昊应了一声。

"我的车废了，还不知道工地能不能赔给我。"小周语气中有些埋怨。

"你把混凝土送到五楼后，为什么着急去方便？"刘天昊又问道。

"昨天吃了一些海鲜，感觉肚子一直不太舒服，拉稀了。"小周说道。

"海鲜？"

"对，海鲜！"小周说话期间，刘天昊一直盯着他的脸看，从他的微表情上看，看不出说谎的样子。

虽说现代的物流比较发达，但海鲜在 NY 市依然算是稀罕玩意儿。

"你离开后没熄火吗？"刘天昊问道。

"没呀，干吗要熄火？"小周瞪着眼睛反问道。

"你知道老段会碰你的车吗？"刘天昊问道。

小周还算是聪明，听出了刘天昊话里有话，立刻双手连摆："老段是工头儿，他总想开我的车，不过工地的安全员抓得紧，抓到就要罚钱，所以我一直没敢让他开。"

"我听王贵说老段曾经开过这种车的？"刘天昊问道。

小周点头，说道："这车便宜，新的才三千多，村里卖货、拉料什么的都用这个，方便，也不用上牌子，只要不往市内跑就没人管。老段超喜欢车，应该是开过别人家的车吧。"

　　"你的车有什么故障吗？"刘天昊又问道。

　　"没故障，柴油的引擎，结构比较简单，就刹车、油门，也不存在挂挡的问题，最多算是带着发动机的电瓶三轮车而已。"小周说道。

　　"你对没动迁走的老刘家熟悉吗？"

　　"不太熟，老刘家原来就比较有钱，和我们这种穷人接触很少。不过你问这些和老段的事有关吗？"小周有些疑惑。

　　刘天昊笑了笑："我就随便问问，了解一下这里的民情社情，没事了，你忙吧！"

　　小周呵呵一笑，拍了拍口袋里的烟，说道："谢谢啦！"

　　刘天昊正准备上车离开，王佳佳打来了电话。

　　"大侦探，我有最新消息，你要不要听听？"王佳佳的声音从电话里传出来，充满着诱惑力。

　　"我现在比较闲，地点？"刘天昊说道。

　　"红房子咖啡厅！"

　　"能不能先透露点消息？"刘天昊按捺不住好奇心问道。

　　"不行，绝对不行。"

　　……

　　红房子咖啡厅是 NY 市最有名的咖啡厅，几乎一半以上千万级别的生意都是在这里谈成的，一杯咖啡的钱可以在正儿八经的饭店吃顿饭了。

　　王佳佳和刘天昊坐在咖啡厅的角落里，享受着两杯拿铁和一碟小点心，整个空间里充斥着轻柔的钢琴曲。

　　"是关于老段的！"王佳佳说道。

　　"快说说。"

　　"你就知道疑点，没疑点就不能说吗？"

刘天昊呵呵一笑，喝了一口咖啡。

"两件事。第一件是你说的那个才子作家的贴吧讨论很激烈，其中有一个网名叫'大闷炮'的网友出现的次数最多，分析小说后续的可能性和凶手的身份。后来作者本人也站出来加入讨论的队伍，在众多网友的呼声中，他透露出小说的下一个死者是开升降机的女工！"

刘天昊听到这里第一时间想到的是庄世娟，急忙问道："怎么死的？"

"作者没说，不过'大闷炮'说升降机的主要死亡方式就是防坠器失灵或是轿厢冒顶，升降机的防护门缺失也可能导致工人高空坠落。"王佳佳说道。

"作者没更新吗？"刘天昊说道。

王佳佳点点头说道："没，这篇小说是在平台上连载的，贴吧上也有，不过作者更新很慢。"

"我现在就问工地，人命关天！"刘天昊拿出手机拨了一个号码。

号码的主人是工地的陈经理。陈经理对刘天昊提出的问题进行了详细的解答。

防坠器是防止升降机失控急速下坠的一种安全装置，是最后一道保险，如果失灵，失控时整个轿厢就会坠落到地面，这种装置一年一检，工地所有的防坠器都在有效期内。

冒顶是升降机在上升的过程中，由于固定在升降机两侧的齿轮条顶端也采用了齿轮条，升降机冲出齿轮条的范围进而导致失控坠落，这基本都是由于安装时失误造成的，只要有一点儿常识的装卸工就会规避掉这条风险。

防护门这条几乎用肉眼就能看见，所以很少会出现问题。

刘天昊一再嘱咐陈经理要把整个升降机的安全隐患排查一遍，之后才放下电话。

"第二个消息是老段买过巨额意外保险，受益人是他老婆，如果加上工地和正常保险的赔偿，她这次可以拿到三百万！"王佳佳把一张单子从包里拿出来，放到刘天昊的面前。

"这么多钱！"刘天昊看了看单子，是一张意外保险的复印件，买保险的时间显示是三个月前。

"算不算疑点我不知道，但一个民工有什么必要买这么高的意外险？就连咱们这种高收入群体都不可能买那么高额的保险，除非是有目的。"王佳佳问道。

刘天昊挠了挠脑袋，手指在保险单上点着："事情越来越奇怪了。"

"难道老段知道他最近会出意外吗？"王佳佳问道。

"谁能知道什么时候发生意外，如果能知道，那还能叫意外吗？"刘天昊又看了一遍保险的复印件，说道。

"要不咱们去老段家里一趟？"王佳佳试探着问道。

刘天昊琢磨了一阵，最终还是摇摇头，说道："现在正是谈赔偿的时候，这个时候去，一旦有闪失就会影响到全局，在没有确凿证据的前提下，还是先不去。"

王佳佳一笑，抿了一口咖啡说道："你有顾忌可以不去，我可没有，你就等我的好消息吧。"

她一口把咖啡全部喝光，站起身向外走。

"哎，佳佳，你可别胡来。"刘天昊嘱咐道。

"放心吧，我能在这行干这么久，尺度还是能把握得好的。"王佳佳的声音随着她人的离开而消散。

刘天昊闭上眼睛闻着咖啡的香气，听着轻音乐享受着。这种享受还没持续多久，一阵刺耳的铃声响起，是派出所发的手机的特有铃声，掏出一看，是民警小杨打来的电话。

"刘所，工地又出事了。"

刘天昊几乎是一个激灵地坐了起来，问道："不会吧，出了什么事？"

小杨有些气喘吁吁地，显然他在向前跑着："摔了一个女工，就是老段事故里那个开升降机的女司机庄世娟。"

刘天昊向外跑去，边跑边问道："人怎么样？"

"还不知道，送医院了，120接走的。"

他刚刚还和陈经理通了电话嘱咐排查升降机的安全隐患，下一刻就发生了事故，难道这次又是意外？

刘天昊飞快地上了车，朝着工地的方向飞快地驶去……

# 第七章　女工之死

一个工地连续出现两次意外，不但警方和政府职能部门不相信，连开发商和建筑商的领导层也不肯相信，前一个意外事故还没处理完，第二个又出现了。

可意外就是意外，无论从哪个方面看，升降机女司机的死都是意外。

出事的楼与老段摔下来的那栋楼挨着，老段摔下来的那台升降机还悬在五楼，而出事的这台升降机则是悬在六楼。

升降机所在的地面上有一块歪扭着的钢板，钢板下方是两根横着的角铁，钢板四周和角铁的边缘满是锈迹，八个焊点锈得完全脱落。

钢板前方有一摊有些发黑的血迹，巨大的塑料水杯已经摔裂，地面上有很大一块半干的水迹，不远处有一个半米厚的泡沫垫，包着它的布已经撕开，其中两层泡沫碎裂。

工地的项目部停车场停放着几台百万级别的豪车，显然是开发商和建筑方的老总级别的座驾。另外一台车车门上写着"安监"两个字，应该是安监局的公车，另一台闪着警灯的桑塔纳是派出所的警车。

陈经理苦着脸在案发现场站着，身边还有几个穿着西服的人，指手画脚地说着话，应该是开发商和建筑商的老总，还有两人穿着安监的制服，背着手拉着脸，指手画脚地冲着升降机比画着。刘天昊和民警小杨走到现场，看着悬在六楼的升降机。

陈经理向众人致歉后立刻走到刘天昊面前，一个劲儿地点头："真对不住，刘所，你看我这又给您添麻烦了，真对不住。"

陈经理的性格本就如此，加上的确犯了错误，道歉的态度也是诚心诚意。

"行了，道歉的话留给死者家属吧。把升降机降下来，悬在半空怎么调查？"刘天昊指着悬着的升降机说道。

陈经理向安监局领导的方向望了望，见那领导微微点头后，才冲着项目部的方向喊着："老谢，赶紧把升降机降下来。"

老谢的动作很麻利，升降机很快降到地面，安监局一名工作人员和小杨拿着照相机上前照相。刘天昊走到升降机的轿厢里，用脚踩了踩钢制的地板，地板微微颤抖了几下。驾驶室的地板是空的，只剩下一个操作台，四周立壁钢板与地板结合处的缝隙全都是锈迹，八个焊点全部脱焊，操作台对面的立壁钢板上有几处变形，还有大大小小五个窟窿。

刘天昊用手摸了摸五个窟窿，窟窿的边缘锋利但不均匀。

安监局的小伙儿边照相边说道："焊点锈掉了，典型的意外事故。"

"据当事人说，当时升降机从十三楼向下运行，准备停在六楼把里面的杂物运下来，在停下的瞬间，驾驶室的底掉了，驾驶员庄世娟掉了下去。"小杨介绍道。

刘天昊又走到另外一个升降机里观察了一阵，随后走到升降机外面的地面看了一阵，冲着陈经理喊了一嗓子。

陈经理跑了过来，说道："刘所。"

"现场缺了一样东西。"刘天昊指着完好的升降机驾驶室里的座椅位置说道。

"不……不可能吧！"陈经理走到出事故的升降机轿厢里看了看，又走出来找了一阵，抹了抹额头上的汗，喊道："老谢，你过来一下。"

工地的安全员老谢从房间里跑出来，来到陈经理面前。

"出事后有人动过现场吗？"陈经理问道。

"没有，绝对没有，出事后我就让门岗把大门锁上了，防止无关人员随意进出，现场我一直看着，除了这几位领导外没人来过。"老谢说道。

"驾驶室的座椅没了，你去查查监控，务必要找到。"陈经理吩咐道。

老谢应了一声，从项目部喊了几个人四散开来寻找丢失的驾驶座椅。

刘天昊正在出事的升降机看着，手机响了起来，是王佳佳的电话。

"昊子，你出来接我一下呗，我进不去工地。"

"那个……我……"

"快点吧，我看到你的车了！"

刘天昊叹了一口气，放下电话，走到工地大门口。

王佳佳正和门岗保安对峙着，见刘天昊走了出来，便拨开保安的手："刘所，刘所！"

保安见刘天昊冲着王佳佳招手，就没再说什么，从门岗拿了一顶安全帽递给她。

"这还差不多！"王佳佳戴上安全帽走了进去。

两人走到工地的空地，王佳佳小声问道："我听说又出事了？"

刘天昊点点头，说道："现在还不能报道，否则，我只能让你出去。"

王佳佳举起双手做投降状，说道："放心吧，没有你的允许我绝不报道。"

小杨走了过来，冲着王佳佳兴奋地挥手："佳佳姐。"

小杨是王佳佳的忠实粉丝，经常看她的节目和抖音，今天见到真人，哪能放过机会。

两人聊了几句，又合了影后，小杨开始向刘天昊汇报："刘所，这是一场意外，不过，这工地也太大意了，上一件事还没处理完呢。"

"不是意外！"刘天昊说道。

"你快说说！"王佳佳看起来比小杨都着急。

"升降机驾驶室地板生锈掉底，表面上看起来这的确是一场意外，但仔细勘查现场后，我发现了几处疑点。"刘天昊看向小杨。

小杨耸了耸肩，说道："刘所，你别看我，我新人一个，还等着向您学习呢！"

刘天昊点点头，说道："第一个疑点是驾驶室侧壁铁板上的五个窟窿。"

小杨打开相机，调出升降机的照片来，王佳佳凑了过去看。五个窟窿大小不一，形状也并非是圆形的，形状不一，从窟窿的边缘看，有被撕裂的痕迹。

"我看了另外一台升降机，这是驾驶室座椅加固角铁的五个焊点，把座椅牢牢地焊在驾驶室侧壁上，而座椅是由铁板和角钢焊接而成，连成一体，这样的结构非常牢固。我之前接触过死者，她的体重大约七十公斤，就算升降机突然停下，造成底板掉落，她的体重带来的冲击力也不足以把焊在侧壁上的座椅拽下来。"刘天昊说道。

王佳佳拿过小杨手里的相机，把照片放大："还真是那回事，你看这个点，很明显是很大的力量把座椅的焊点拽开的，绝不是一个七十公斤的女人能做到的。"

"难道是有人知道底板会掉落，提前把座椅弄开焊，于是庄世娟和座椅一同掉了下去？"小杨疑问道。

刘天昊摇摇头："现场并没有发现座椅，却发现了一个半米厚的泡沫板，是由六块保温用苯板摞起来，再用透明胶带缠起来，显然是庄世娟用来坐的。小杨，把驾驶室的照片调出来。"

小杨从王佳佳手里接过相机，调出驾驶室的照片。

"驾驶室的面积很小，除了操作台还有个座椅，人坐进去后几乎没有可活动的余地，如果原装的铁板座椅还在，半米厚的苯板座椅根本放不下！"刘天昊说道。

"这就意味着原装的座椅被卸下去了！"小杨接道。

"应该是昨天或是今天被卸掉的！"刘天昊说道

"刘所，这你是怎么知道的？"小杨满脸的仰慕之色。

王佳佳拍了拍小杨的肩膀，指着另外一栋楼说道："这个简单啊，叫我一声姐姐，我就告诉你。"

刘天昊挑了挑眼眉，静静地看着王佳佳。

"佳佳姐。"小杨的嘴很甜，叫得王佳佳一阵高兴。

"老段意外坠楼案发生时，庄世娟在一号楼开升降机，出事后，她调整到了这栋楼继续开升降机。而这几个焊点被拽开的痕迹是新造成的，所以不是昨天就是今天喽。"王佳佳说道。

小杨若有所思地点点头。

"你还记得老段出事那台升降机的驾驶室吗？"刘天昊问道。

小杨点点头："座椅就是一块铁板，上面却没有坐垫。"

"一号楼就快封顶了，也就意味着升降机就要被拆掉，庄世娟也会跟着调整岗位。"刘天昊说道。

小杨摇了摇头，两眼中尽是迷茫。

"如果她以前也拆过那个座椅，要到了拆卸升降机的时候，她会怎么办？"

"装回去！"小杨说道。

"卸下座椅时原装的坐垫不知道丢到哪里去了，所以才变成了一块光秃秃的铁板。如果猜得不错，一号楼那台升降机的座椅应该是刚刚被焊上去的！"刘天昊说完便向一号楼走去。

……

三人走到一号楼升降机前，小杨手疾眼快地拉开铁门。刘天昊和王佳佳走了进去，王佳佳一头钻进驾驶室。

驾驶室的座椅的角钢和侧壁之间的焊点果然是新的！

"神了，昊子！"王佳佳惊道。

小杨进入后也向驾驶室的座椅看去，又向刘天昊伸出大拇指。

王佳佳坐在座椅上，用手比画了一下头顶距顶棚的高度，又踢了踢腿，几乎刚一伸腿就碰到了操作台。

"佳佳，你跺跺脚。"刘天昊说道。

王佳佳点了点头，跺了跺驾驶室地板，金属的空响声传来。

"使点劲！"

"哦！"王佳佳用力跺了几下脚。

"哎哎，佳佳姐，你看地板的边都裂开缝了。"小杨指着地板的边缘喊着。

王佳佳使劲跺了一脚，盯着地板边缘看，果然地板和驾驶室侧壁的焊点已经开焊，被她用力一跺便裂开了一条缝隙。

"我查过，这一批安装的升降机外表看起来很新，但实际上是六年前出厂的，由于钢材的质量不好，很多地方都已经上锈，焊点在受到外力的情况下会发生开焊的现象。"刘天昊说道。

"呀！"小杨惊叫了一声，摸着阻挡拉门的滑道和歪曲的角钢。

"如果是刚出厂的升降机，老段撞击那一下，说不定可以挡住！"刘天昊说道。

"经你这样一说，还真是那回事儿！"王佳佳低着头走出驾驶室，在轿厢的地板上跺了跺脚，轿厢的地板发出颤抖，部分区域和轿厢侧壁裂开一条缝，显然也是开焊造成的。

"这是典型的概率杀人。"刘天昊说道。

王佳佳刚要说话，她的手机响了起来。

"佳姐，你说的那部小说又更新了，死者是一名升降机女司机，驾驶过程中驾驶室的地板掉落摔死了！"话筒传出王佳佳小伙伴的声音。

"知道了。"王佳佳平淡地说道，随后放下电话，向刘天昊说道："下一步怎么打算？"

"分头行动，我继续调查庄世娟和老段的社会关系，你去找小说作者。"刘天昊答道。

王佳佳做了一个"OK"的手势……

# 第八章　目击者

小周永远想不到，一个星期之内居然会有两个人死在他身边。老段的事故他虽在现场，但并未亲眼所见整个事故的发生，可庄世娟的事故他就在她的身边，而且两人还说着话。

庄世娟表面看起来是个比较粗糙的妇女，但内心却比较细腻，不了解她的人以为这人不太好惹，但实际上她很热心。因为是外地人，在生活上她更加小心翼翼，生怕得罪当地人遭欺负，因此她对待周边的人都很好，对小周更像弟弟一般。

她坐在用胶带缠好的泡沫板上，操作着开关，升降机匀速向上驶去。

小周推着一辆两轮车，车斗里装着调和好的混凝土。自打老段出事后，工地进行安全大整顿，所有无牌照车辆一概不准进场，他的车因为公安局取证被封存起来，他就改成了用斗车推水泥。

因为老段的死，两人并没有像往常一样嬉笑聊天，只是拉了拉家常。升降机经过六楼的时候，在六楼干活的工人喊了一嗓子，准备乘升降机下楼。

庄世娟挥了一下手，笑着说道："等一会儿，我送小周上去，马上下来。"

小周叹了一口气，揉了揉酸痛的胳膊，说道："娟姐，你怎么总坐这个泡沫垫？"

庄世娟呵呵一笑，说道："我这是老毛病，坐骨神经痛、腰间盘突出，原来的驾驶椅太硬了，坐不住，还有点高，我坐着还得弯腰，疼啊，这个好，又软乎，高度也合适，你看看。"

庄世娟的个子比一般的妇女要高一些，站在小周面前也仅仅矮了一点点。

"可别让老谢看着，你把座椅卸了，他肯定得罚你。"小周好心提醒道。

"嗯，拆的时候得恢复原样，一号楼的座椅我又给焊上了，看不出来，再说平时老谢也不爱看我，这个垫子我用布一包，他看不出来。"庄世娟拍了拍泡沫垫说道。

小周微微点了点头，他知道工地上每一个工种都不容易，看着人好像都很健康，实际上都有相应的职业病，像小周作为一名司机，两个肩膀常年受风，一到冷天就疼得厉害。庄世娟这种升降机司机需要常年坐在狭窄的驾驶室里，腰病是免不了的。

老谢是工地的安全员，相对而言工作能轻松一些，但有时候迫于责任和安全不得不对某些行为作出处罚决定。

到了十三楼后，庄世娟把升降机停了下来。升降机比不了电梯，因为是施工用的重型机械，只考虑到功能性不考虑舒适性，因此启动和停下的时候都比较生硬，就是硬生生地启动和停止，给人的感觉很不舒服。

小周拉开门，费力地把斗车推到楼板上，边推边喊了一声："娟姐，你等我一下，我把车放这儿下楼一趟。"

庄世娟答应了一声，通过驾驶室的窗户向外望去，天气热得厉害，在这个狭小的空间更为凸显，她拿着毛巾擦了下汗，把胸口里憋着的一口气尽力吐了出去，仿佛要把体内的热量都吐掉一般，她的脸红里透黑，汗水不停地从浑身上下的毛孔中冒出来，洇透了衣裳。

过了不大一会儿，庄世娟见小周又匆匆跑了回来，放下毛巾准备启动升降机。小周进入轿厢后愣愣地站在原地，扶着轿厢侧壁的手有些颤抖。

"周儿，门没关！"庄世娟提醒着。

升降机的拉门和电源开关是连动的，如果在门不关的情况下，驾驶室就无法操作升降。

"哦。"小周魂不守舍地答应了一声，顿了一下后才走向门口，拉下了铁门。

庄世娟并没有开动升降机，反而关注地望着小周："周儿，你没事吧？"

小周看了看庄世娟，说道："我……刚才看到了鬼瞳。"

庄世娟扑哧一笑，脸上尽是不相信的神色："别胡说，吓唬姐呀！"

"真的，骗你我不是人！"小周有些着急。

见小周神色不对，庄世娟也收起了嬉笑的神色，问道："是不是太热了，喝口水吧。"

庄世娟把大水杯递给小周。在工地本就没有那么多讲究，小周和庄世娟也不会太客气，有时渴了就拿她的杯子一顿狂灌。

小周却摆了摆手，咽了一口吐沫，皱了皱眉头，因为他闻到了巨大的塑料杯上有股酒的味道，随后说道："娟姐，我看到鬼瞳看的是……"

"你这孩子，别瞎说。"庄世娟把水杯重重地放在操作台上。

"是你！真的是你！"小周说道。

庄世娟神色一变，嘴上却"切"了一声，白了小周一眼，敲了敲证件，开动升降机向下驶去。

就算真有鬼瞳，庄世娟的证件背面还画着符咒，可以克制一切邪魅！

"娟姐，要不咱们换个地方，段叔出事后，我就感觉这工地邪门儿。"

"你个大老爷们儿，肩膀上三把火，怕什么，有邪门的事情也找不上你。"庄世娟并未在意小周的话。

对于庄世娟而言，老段只是个再普通不过的意外，在全国的工地上，不知要发生多少这种事，只是有的事已被建筑方或者开发商摆平，没摆平的才会暴露在公众面前。

升降机匀速下降着，楼下传来工人的喊声。

"娟啊，我们在六楼等着呢啊！"

"大妹子，给留个门儿啊！"

……

工人的话带着暧昧，惹得其他的工友一阵阵邪笑。

"这帮人，一天没个正经的。"庄世娟小声嘀咕着，脸上却尽是笑意，似乎并未在乎工人的挑逗。

升降机发出"咯噔"一声，停在了六楼，小周正要上前帮着开门，却发现庄世娟的身体迅速地消失在驾驶室，随之而来的是一声惨叫。

"啊……"

随即钢板落地的声音和人体撞击地面的闷声传来。

"娟姐！"小周转身望向驾驶室，原本封闭的空间已经没了底，而庄世娟倒在原本属于升降机轿厢的地方，一摊暗红色的血已经从她的头部缓缓地流了出来。

一阵风吹来，原本坐在庄世娟屁股下面的泡沫座椅顺着风骨碌了很远才被一堵红砖墙挡住。

那个原本属于她的水杯在地上翻滚了一阵后终于停下来，里面的水顺着裂开的缝隙流到地面上。

"怎么了，周儿，怎么了？"六楼平台的工友喊着，他们把门打开走进轿厢，当看到空空的驾驶室时，众人都愣住了！

……

"事情就是这样！"

刘天昊坐在办公桌上，递给小周一支烟，并给他点燃。

小周说到此处时，嘴唇还是颤抖的，眼神中尽是悲戚之色，深深地吸了一口烟后半天没吐出来，过了好一阵，他才轻轻吐出一口气，眼圈中含着一包泪。

刘天昊没再继续问下去，而是走到设备间泡了一杯茶，放在小周面前。

"谢谢刘所。"小周和庄世娟的关系很好，眼泪是发自内心的。

能想象得到，前一秒钟这个女人还在和他聊天、关心他，转瞬之后就变成一具尸体，此后再也见不到她，这种感觉绝不是从新闻上看到亡人事故那么简单，对人的冲击力要强烈很多。

小周几乎用了三口气就抽完了一支烟，随后说道："刘所，你问吧，我知道你有所怀疑，其实我也觉得古怪，只是说出来没人肯信……"

"你是说现场出现鬼瞳的事？"刘天昊问道。

小周点点头，说道："段叔出事前，王贵叔也见过，说鬼瞳一直盯着段叔。"

刘天昊脸色严肃，说道："你能具体说说吗？"

小周点点头，说道："前段时间我不知道吃了什么，肚子一直不好受，总是拉稀。陈经理给大伙儿开会，说不让在楼层里拉屎撒尿，抓着扣工钱，三次就开除，所以我准备把车放在楼层上之后到下面上厕所。当我停好车往回走时，我看到楼梯通道里有一双眼睛，很古怪，是一双飘在空中的眼睛。"

"只有一双眼睛？"

"对，只有一双眼睛！"

刘天昊微微点头，示意小周继续说下去。

"那双眼睛直勾勾地盯着升降机的方向……"

"你等一下，你说你看到那双眼睛盯着升降机方向？"刘天昊特意把"看"字说得很重做以强调。

小周犹豫了一下，说道："应该……是感觉吧，是感觉，至少那双眼睛看的不是我，另外一边什么都没有，所以也不可能是那边。"

"这就是你上升降机后失魂落魄的原因？"刘天昊问道。

小周点了点头，说道："娟姐对每个人都很好，从不和人急，对我更好，就像亲姐姐一样。"

小周又拿起桌子上的烟盒，磕出一支烟，点燃。

"鬼瞳的事工地的人都知道，有人信，有人不信，但对于这种恶事儿，大多数人们宁可信其有，我不希望娟姐出事，但我知道我说出来她肯定不信。"小周说道。

"老段出事时，她的说辞表明她相信有鬼瞳的存在。"刘天昊反驳道。

"你对娟姐不了解，她说归说，但压根就不信那东西。"小周说道。

"那她还在证件背面画符？"

小周苦笑着摇摇头："娟姐是外地人，当地的工人排外，她要不是利用这个，怕是那些开升降机的女司机都不理她！"

刘天昊点点头，又问道："娟姐不愿意坐升降机上的座椅吗？"

小周一愣，点点头，说道："娟姐腰不好，还坐骨神经痛，升降机的座椅太硬，我之前让我媳妇给做过一个海绵垫子，但坐着还是太硬。"

"座椅是谁帮娟姐拆下去的？"刘天昊问道。

小周摇摇头，说道："不知道，拆座椅这种事肯定不能在上班时间，运料送人上上下下，没闲着的时候，再说，座椅也不让卸。"

"为什么不让卸？"

"那是设备呀，卸下来不就坏了嘛。但我们平时都不太在意这个，大热天的，自己都管不过来，哪有心思看别人坐什么椅子。"小周说道，说罢看了看办公室的空调，脸上露出些许的羡慕之色。

"除了刚才你说的，还有没有其他事发生？"刘天昊问道。


# 第九章　一尸两命


"没有，没有了！"小周摇了摇头。

"娟姐和谁搭伙过日子？"刘天昊突然问道。

小周听后一愣，叹了一口气，说道："这个说不好，我从来没见过，娟姐自己租的房子。"

刘天昊点了点头，岔开话题道："娟姐出事时，六楼的那几个工人有异常吗？"

小周想了想，说道："没有，他们看到娟姐掉下去后立刻给谢工打了电话，还把我拽下了电梯，怕我掉下去。"

工地的人管升降机都叫电梯，属于工地的俗语。

刘天昊点点头，正要再问，就看到安监局的小伙儿走了进来，打了招呼后，他把一沓子资料递给刘天昊，说道："刘所，这是工地所有升降机的资料，我们已经和住建局的同志确认过了，安装手续和检测手续都正常，但都是年久翻新的机器，表面看起来还行，实际上锈蚀得很严重。"

"所有的吗？"

"所有的，监理和安装单位进行了测试，所有的升降机轿厢地板都锈蚀得很严重，有掉落的可能，从理论上来讲，这又是一起意外。"小伙儿说道。

"绝不是意外！"刘天昊心里说着，但他只是朝着小伙儿点了点头，他知道，在这些政府人员的眼里，这只是一场意外而已，甚至在所有人的眼里都是一场意外，他想起了王佳佳，也许只有她才相信他的说法！

……

尸检对于一名法医再简单不过，只要按照固定的程序做下去就可以。

韩孟丹把白布单轻轻地盖在庄世娟的尸体上，破碎的尸体她已经做了最大程度的复原，算是对死者最后的尊重。

洗手之后，她坐在窗前的椅子上静静地望着窗外，仿佛石雕一般，直到刘天昊的脚步声响起，她才有了些生气。

"人生无常这句话说得真对。"韩孟丹头也没回地说道。

"你知道是我？"刘天昊走到办公桌前，翻看着尸检报告。

"走路这么急的，在刑警大队除了我哥就是你。"韩孟丹回过头，朝着刘天昊苦笑。

"啊……你没事吧？"刘天昊愣了一下，他从没见到韩孟丹有过这种表情，就算在纪福山的案子里，在迫人发疯的压力下，也没见到她有丝毫的感情波动，可现在她的笑容里不但有着痛苦，还有一丝若隐若现的悲哀。

"庄世娟有了身孕，一尸两命。"韩孟丹说道。

刘天昊先是一愣，随即翻看着尸检报告，最终重重地在一张纸上敲了一下。

一条还未见到这个世界精彩的生命黯然离开，这是多可悲的一件事啊！

"庄世娟三十八岁了，丈夫不在身边，就算有相好的，按照她的条件，也不应该要孩子啊！"刘天昊疑惑道。

"如果不是尸检还看不出来，死者身体比较肥胖，三个月的身孕并不显眼。"韩孟丹说道。

"还有其他的吗？"刘天昊问道。

"她生前十二小时内有过房事。"韩孟丹说道。

刘天昊耸了耸肩。

"另外，从她的胃里，发现未消化完的鲍鱼、海螺，血液里有酒精的成分，浓度很高，达到了140 mg/100 mL，超出了醉驾的浓度。"韩孟丹说道。

刘天昊看了看手表，时间刚刚指向下午一点。

"如果是昨晚吃的东西，不可能现在还没消化，酒精也是一样。"刘天昊说道。

"死者的死亡时间是上午十一点半，她出事时还没到午饭的时间，所以这顿饭应该是早晨吃的。"韩孟丹说道。

这些食物对于高收入的家庭算不上什么，但对于一名开升降机的女工来说，这顿饭就比较奢侈了！

"太反常了，有几个人会在早晨吃鲍鱼、海螺，还喝了这么多的酒？"刘天昊感到事情越来越怪异，不单是鬼瞳的屡次出现，就连两名死者也充满怪异。先是老段靠着毒品抵抗癌症，还隐瞒着所有人，最后鬼使神差地开车冲下楼。再是庄世娟出事前的早上吃了一顿大餐，还喝了大量的酒！

刘天昊的手机突然响起，把沉默中的两人吓了一跳，刘天昊抱歉地向韩孟丹点点头，接通了电话。

"昊子，你快点看贴吧，就是才子作家写作的那个贴吧，小说更新了，题目是'女工之死'，女工怀了孩子，一尸两命……"王佳佳的声音从话筒传出来。

刘天昊和韩孟丹四目对视，几乎同时陷入巨大的震惊中，甚至忘了通话中的王佳佳。

"喂……喂……昊子。"

"电话别挂。"刘天昊走到韩孟丹写报告的那台电脑前操作着，搜索了一阵后，才子作家的帖子出现在屏幕上。

小说更新了两章，写的是女升降机司机死亡的过程和她的经历，除了姓名和工地不一样外，情节几乎一模一样！

贴吧里讨论得很热烈，显然这些读者并不知道工地上已经发生了事故，还在讨论案子出自哪个工地等，而那个叫"大闷炮"的粉丝说的话引起了两人的注意。

"大闷炮"：这几天贴吧总是出故障，本来昨天发的帖子，却延迟了一天才发出来，郁闷、郁闷！好期待才子的小说，却足足等了一夜，苦哇！

"佳佳！"刘天昊盯着屏幕说道。

"我在！"

"你看网友'大闷炮'的回复！"

"我看到了，这帖子的正文是昨天晚上发的，但因为网络或者是贴吧本身的问题，现在才正式发出来。"

刘天昊叹了一口气，和韩孟丹对视一眼。

和老段的事故一样，小说发表在先，庄世娟的事故在后。只要故事一发出来，在现实中就会有一个相同的事情发生！

但小说发表只有短短的一夜时间，而且是刚刚才公布出来，就算是凶手想模仿小说内容杀人，也来不及部署！

如果凶手是模仿小说杀人，就必须要看到这部小说，这就意味着凶手不是贴吧的后台管理员就是作者本身。

"昊子，你还在吗？"

"我在，你找到才子作家了吗？"刘天昊终于从震惊中缓过神来。

"找到了，但也没找到，事情比你想象的要复杂一些，要不咱们见面谈吧，当面说能好些。"王佳佳的声音显得有些急躁，显然她也遇到了不可思议的事情，否则凭她的能力不会如此。

"我还有点事，咱们下午四点在红房子咖啡厅见。"

"OK，正好我也有些事要调查，可能和这两起意外有关，你就等我的好消息吧！"

刘天昊挂了电话后沉默了一阵，才说道："贴吧是本市的一家文化传媒公司做的，服务器就在本市，也许他们能给我提供一些有用的信息。孟丹，咱们分头行动，你去查庄世娟的那顿早餐，我去传媒公司。"

"哎，你忘了你的身份了吧？"

刘天昊一拍脑门，说道："糊涂了，糊涂了，我现在是派出所的副所长啊！"

"算了，就帮你跑一趟吧，反正队里又来了几名法医。"韩孟丹转身离去。

刘天昊向韩孟丹离去的身影投去感激的眼神："谢谢！"

……

随着 NY 市经济的飞速发展，一大批科技网络公司应势而生，源力传媒就是其中之一，它的主营业务是做关于本地的贴吧，虽比不上百度等贴吧火热，但 NY 市本地人对这个贴吧还是很有感情的。

公司规模不大，男男女女十几个人，年纪大都在二十多岁。公司老板和网站技术是一个人兼职，他叫卢正雨，是一名三十岁左右戴着黑边眼镜的斯文男子。

刘天昊亮明身份后，卢正雨一惊，随后解释道："刘所，我这个就是一小网站，从不做非法营生，你看，就这规模，勉强生存而已。"

在来这里之前，刘天昊找技术科的同志查了这家公司的底，公司曾经做过一些三观不正、不可描述的文字内容，最终被网警和当地的网络办约谈和处罚，要不是认罪态度好，卢正雨怕是要遭受牢狱之灾。

"我想问问你关于咱们市才子作家在你的贴吧发表连载的事情。"刘天昊开门见山地说道。

卢正雨松了一口气，把刘天昊请到办公室，泡了一壶茶，才缓缓说道："我就是一个做网站的，虽说靠他们赚钱，却没什么来往，说到这个人，名气不大，但写的东西着实不错。你也知道，贴吧没有读者订阅，靠的都是广告收入，也没法给作者们固定稿费，因此对这些作者的情况知道得并不多。"

"网站的后台谁能操作？"刘天昊问道。

男子笑了笑，脸上有些为难之情："我原本就是学这个的，兼职做了。"

"就是说公司的其他人只是负责外围，接触不到后台？"刘天昊问完便盯着卢正雨。

"他们都不懂，就只有我能接触到后台。这几天我身体不好，网站程序出了点小问题，导致网站更新时间延时，您别看我这网站小，NY市很多人还挺喜欢这个贴吧的。"卢正雨话语间有些得意。

卢正雨说话时并未犹豫，表情很自然，看起来并未撒谎。如果他是凶手，就算在后台看到作家发表的小说，也不太可能有时间到工地部署杀人。

难道凶手是公司的其他人，虽然对后台程序很懂，却装作不懂？

# 第十章　两处住所

卢正雨公司的员工做的都是网编工作，就是上其他的网站拉一些作者到贴吧来写文，如果完不成任务，就自己做一个 ID，然后再盗取一些文章发到贴吧。而网站后台需要两道密码才能进入，单从技术来说，员工根本无法进入后台进行操作。

刘天昊有些失望，又问道："才子作家在你这儿写作多久了？"

卢正雨思索了一下说道："大约半年吧，都是零零散散地发表，量比较少，NY 市这些人还挺认他的，对他的小说讨论得比较激烈。我是在一次网络作家大会上认识他的，互相交换了名片，之后我打电话邀请他来贴吧写小说，本来没抱希望，没想到他还真来了。"

卢正雨从桌上的名片盒拿出一张名片递给刘天昊。刘天昊也递上一张名片，随后看了看卢正雨的名片，名片设计得非常文艺。

刘天昊收起名片说："卢总，昨晚他是几点发表的？"

卢正雨挠了挠脑袋，走到电脑前操作了一阵，才又回到茶几旁坐下，说道："根据后台的记录文档显示，他是昨晚十一点半发的，我那个时候已经睡了，今天快到中午时才起床，来到公司后，我更新了网站的程序，昨天积攒的帖子才发出去。"

"你为什么不雇用一个专门做程序的技术员？"刘天昊问道。

卢正雨摆了摆手，一脸苦笑："您不知道，我们这种小企业生存空间很小，技术员的工资待遇可不像他们。"说到这里卢正雨看了看外面工作的员工："一个稍微好点的网站维护技术员月工资都在一万五以上，能顶四个普通员工的工资，实在养不起。"

小说发表延时这件事全对上了，但这条线索也等于是掐断了，基本可以排除卢正雨作案的可能性。

"卢总，有件事你还得帮个忙。"

卢正雨一笑，说道："警民一家，有事儿您说话。"

"我需要联系到才子作家和他的一切消息，包括他写的小说，如果更新了，第一时间转发给我。"刘天昊起身告辞。

卢正雨愣了一下，随后一笑，说道："这个没问题，保证您是第三个看到小说的人！"

两人寒暄一番后，刘天昊离开了源力公司，刚进电梯，所长就打来电话："刘所，钱局刚才打电话来，让咱们尽快处理工地的案子。是意外，单纯的一场意外，不要让媒体乱报道，什么鬼瞳、概率杀人的。喂……你在听吗？"

"我在听，明白！"刘天昊放下电话看着电梯里傻得冒烟的广告皱眉……

走出大厦，他看了看手表，时间已经指向下午四点，抹了抹脸上的汗，他开着车驶向红房子咖啡厅。

……

当刘天昊坐到两人定好的位子时，时间刚好是四点，却没见王佳佳的影子。

王佳佳虽不是军人和警察出身，但时间观念超强，既然约好了四点就绝对不会迟到。

咖啡厅的老板走了过来，递给刘天昊一张字条，字条上的字是王佳佳的字，上面写着：我有事先走，容后再联系你。

"刘所，来杯咖啡吗？"老板轻声问道。

"一杯拿铁。"

老板微微弯腰点头，随后回到了吧台。

刘天昊看到字条后一怔，在信息如此发达的时代，一条微信、一条短信就可以解决问题，但王佳佳却采用了传统的联系方式，和她平时的风格完全不符，难道说……

刘天昊立刻拨了王佳佳的手机号。

"对不起，您拨打的电话无法接通，请稍后再拨。Sorry……"

刘天昊随即给王佳佳的合作伙伴打了电话，但合作伙伴却说王佳佳这几天都是单独行动，并未在一起。

刘天昊又打了王佳佳的另外两个电话，不是关机就是无法接通，发了微信也没有反应。

"应该不会出什么事，可能是手机坏了、没电了。"刘天昊知道王佳佳古灵精怪，加上和曲老先生学过一段时间武术，论智谋、论武力，一般人还真不是她的对手。

……

受人之托，忠人之事。

韩孟丹受到刘天昊和齐维的影响，逻辑推理能力有了很大的进步，对于庄世娟的那顿豪华早餐，她已经有了调查方向。

现代化的工地施工速度虽说很快，但也有诸多的受制约因素，几乎所有的施工都离不开升降机和塔吊。

工地一般都是早晨六点就开始施工了，升降机必须要在这个时间同步启动，因为有很多料需要升降机运送上去，这就意味着庄世娟在这个时间之前就要吃完这顿豪华早餐。

调查了附近的几家饭店后，发现这些饭店在这个时间并未营业，几家营业比较早的早餐店只是提供简单的饭菜，比如油条豆浆、小咸菜之类的。

附近还有两家会所是二十四小时营业的，明明庄世娟不可能去这种地方消费，韩孟丹还是走访了两家会所，结果不出所料，会所早晨接待的两拨客人都是刚下飞机的贵客，没有庄世娟这样的人来消费过。

韩孟丹又走访了几家送外卖的快餐店，得到的也是否定答案。快餐店做的生意基本没有超过五十元钱的，别说是鲍鱼，就连海螺这种相对奢侈的食材也不可能有。

再剩下的就只有一种可能，庄世娟是在自己家吃的这顿饭！

当韩孟丹通过社区找到庄世娟临时租住的房屋时，民警小杨已经在房间里取证了。

庄世娟所在的小区也是个城中城，和工地的距离不足一千米，属于20世纪90年代的老式小区，建设规划相对落后，四面是数栋楼房，中间是一块较大的广场，有两个相对比较狭窄的进出口，物业在进出口临时架设了障碍，以阻止小区以外的车辆随意进出。广场上停放着各式各样的老旧汽车、摩托车和自行车。楼的东边是城市市政道路，另外三条路是狭窄的路段，只能容下两台车经过。

"韩法医，您怎么来了？"小杨迎了上来。

"还不是你们刘所！"韩孟丹环顾着这间房子。

房子是一栋六层的楼房的六楼，大约五十平方米的一室一厅，房间里的东西很乱，很多红红绿绿质量很差的衣服挂在狭窄的阳台上。

破旧的餐桌上放着些没收拾的碗筷，里面是一些方便面残渣等，一个电饭锅放在桌子的一角上，里面有些干巴巴的米饭，还有数个啤酒瓶子放在地上。锅碗瓢盆上已经很久没用过了，桌子上布满了一层灰尘。

韩孟丹叹了一口气，自言自语道："无论如何，这顿豪华早餐都不可能在这儿吃！"

"韩法医，您说什么？"小杨好奇地走过来询问。

"死者生前的行为很可疑，她吃了一顿非常丰盛的早餐，还喝了大量的酒。"韩孟丹说道。

小杨点点头，问道："这和意外有直接联系吗？"

"还没有证据，不过，你们刘所坚信这不是意外。"韩孟丹说道。

"应该会按照意外结案吧，各方的压力太大了，如果没有充足的证据，不可能将其定性谋杀。而且这种事儿处理起来极其复杂，涉及政府各个部门和保险公司、死者家属之间的协调，一个不慎就会引起很多不良的连锁反应。您和刘所常年在刑警大队，接触的刑事案件比较多，可能在处理这种事时会有些偏差。"小杨直言不讳地说道。

"明白，谢谢你小杨，我会提醒刘所的。"韩孟丹转了一圈后准备离开。

"不是说庄世娟有个相好的男人嘛，就这样也不像有个男人的样子啊，两人就算都是民工，也不至于邋遢到如此程度吧！"小杨说了这么一句。

韩孟丹听罢脚步一顿，转身走进卧室。

从整个房间看，完全不像是一个家的样子。从卧室的被褥来看，不但脏，上面还长了一层白毛，要是有人住，不可能是这样！

这就意味着庄世娟虽然租了这套房子，却很少在这儿居住。

"庄世娟还有其他的住所吗？"韩孟丹问道。

"没听过，工地的人说她就住在这个小区，有时候工友和她一起下班，顺道送过她。"小杨说道。

"她相好的那人也在这个小区里租了房子，这是唯一解释。"韩孟丹说道。

"这是为什么？"

"庄世娟虽说独居，却是已婚的身份，如果相好的男人住进她的房子，一旦她家人来找她，怕是要引起纠纷，所以……"

"所以她宁可多花一份钱租个房子当幌子，反正租房子的钱由那个男人出！"小杨兴奋地说道。

对于小杨而言，基层民警的事务充斥着他的所有时间，能像今天这样和著名的神探和法医探讨案情实属难得，同时他也见识到了什么是真正的推理。

"也许是这样吧。"以韩孟丹的世界观完全无法理解庄世娟的行为。

韩孟丹是经过正统高等教育体系培训的人，无论是法制还是道德观念和庄世娟不可能一致，难以理解对方的行为也就很正常了。

"小杨，你对这个小区的所有居民进行排查，目标也是外来务工人员，年纪应该在四十岁上下。"韩孟丹说道。

"好嘞！"

……

等待是最考验人的耐心的。

韩孟丹在广场上已经转了十几圈，却还不见小杨出来，她不时地看一下手机，偶尔到出口的街道上观察着过往的行人。

"孟丹！"刘天昊的声音传来。

韩孟丹回过头，看到满头大汗的刘天昊小跑着到了面前。

"没开车吗？"

"就这道路，车开进来估计没一小时出不去，我停在附近的停车场了，跑过来的。"刘天昊抹了一把汗说道。

"这么急？"

"我知道庄世娟的住处了。"刘天昊说着便向小区里面走去。

"三栋二单元 601？"

"当然不是，这处房子是庄世娟的幌子，另一处才是她真正居住的地方。"刘天昊嘿嘿一笑。

"你是怎么知道的？"韩孟丹有些疑惑。

"是王佳佳告诉我的。"

韩孟丹冷哼一声，小声嘀咕着："也不知道谁是警察！"


# 第十一章　奢华早餐


庄世娟的男人看起来老实、木讷，可能是在工地上工作的原因，他看起来要比同龄人老一些。他已经知道了庄世娟的事，但因为两人之间没有夫妻关系，也不方便露面处理这件事。

房间中的布置很简单，几个破旧的柜子加上一张双人床，破旧的电饭锅和煤气罐、煤气灶等物随意地放在地面的角落上。

一张用工地上的废旧模板钉起来的简易桌子算是饭桌，上面放着一些碗和盘子。

"有什么你们尽管问，我和娟儿之间也没什么，就搭伙过日子。"男人很老实，蹲在地上抽着烟。

"今天早晨庄世娟是在哪里吃的饭？"刘天昊开门见山地问道。

"早晨她起得早，很早就走了，应该是在早餐店吧，楼下就有家卖油条和豆浆的，娟儿就爱吃那个。"男人说到这里眼圈里含着泪，把脸瞥到一边。

"我们能看看她的个人物品吗？"韩孟丹问道。

男人用粗糙的手背抹了抹眼泪，起身向其中一个房间走去。

房间比较小，地面上堆放着一些女性的衣物和被褥，还有一些化妆品等，可能是庄世娟的个人物品。

"这些都是她的东西？"韩孟丹蹲在地上看着。

"嗯，知道她出事后，我把她的东西都收拾到这里，准备送到她的房子里去。"男人说道。

对于男人的行为也可以理解，毕竟两个人是搭伙过日子，不是真正的夫妻关系，庄世娟发生了意外，男人对此肯定也比较避讳，所以才把她的东西都弄到另外一个房间放着，如果死者家属不来，最后这些东西很可能会被扔掉或烧掉。

刘天昊和韩孟丹翻看了一阵，并没有发现有用的信息。

"庄世娟最近和什么人来往比较紧密？"刘天昊问道。

男人犹豫了一阵没说话。

"就是相对比较有钱的那种！"韩孟丹补充道。

男人摇了摇头："我们接触的人哪有有钱人，都差不多是我这样的，不过你这样一说，我还真想起一件事来。"

"快说说！"

"记得前段时间，娟冷落过我一段时间，我开始不知道怎么回事，后来才知道，她经常去村里比较富裕的老刘家做客，又是吃又是喝的。"男人说话时脸上带着幽怨之色，显然他对庄世娟的行为十分不满。

"老刘家？"韩孟丹问道。

"就是没动迁走的那户钉子户，半山坡的小别墅那家，老刘家。"男人哼了一声说道。

"和老刘家走得近有什么奇怪的？"刘天昊疑惑道。

人本就是这样，这一段时间和这个人关系比较近，过一段时间可能会和另外一个人关系比较近，这是很正常的事。

男人摇了摇头，说道："老刘家原来是村里的首富，有钱有势，别说是我们这些民工，就是村干部和一些有钱的人家都不理，可自从动迁后，老刘家就变了，也能和我们这些人打成一片。"

"是不是老刘家和开发商对抗需要你们的支持？"韩孟丹问道。

刘天昊摇了摇头，说道："这不太可能，开发商现在也不允许强制拆迁了，都是单对单地做工作，老刘家不需要任何村民的支持，更何况是庄世娟这种外来户。"

男人点点头，说道："这位警官说得在理，是这么回事。但事儿怪就怪在这儿，老刘家那么高傲的一家，怎么可能变得这么平易近人？"

"是有点怪。"刘天昊破案无数，知道人性其实是很难改变的，通过一两件事就改变人物性格的事例也只能出现在影视故事里。

老刘家富裕而有势力，很难想象和庄世娟这样的外来民工走到一起，还经常请她去家里吃饭。

"老刘家还和谁关系比较近？类似于庄世娟这样的人。"刘天昊突然想起老段，按照男子所说，老段也应该归于庄世娟一类人，区别是老段是本地人，生活条件稍微优越一些。

男子摇摇头，说道："老刘家养了好几只大狼狗，有时候还让狗到外面散着，很少有人敢从他家那边溜达，反正我是从来没去过。阿娟回来后什么事也不和我说，尤其是老刘家的事，她特别忌讳，一提起这事儿她就急眼。"

刘天昊点点头，说道："随后会有民警把庄世娟的物品带回局里调查，你配合一下。"

刘天昊要了男子的电话，递给他一张名片后便和韩孟丹离去。两人上车后，刘天昊沉默了好一阵。

"昊子，我知道你的想法，想查就去查吧。"韩孟丹对他非常了解，一旦他认定的事，就要做到底，如果遇到了阻碍做不下去，说不定会憋出点毛病出来。

"上面的压力很大，不单是所长的，还有支队和市局领导的压力，更有来自死者家属、建设方、开发商、待回迁的百姓们的压力，在基层干的这几个月，我深深领会到了这些，在诸多因素干扰下，真相反而显得并不是那么重要。"刘天昊一本正经地说着。

"不会吧你，不到半年的时间，就把你这把尖刀给磨平了？"韩孟丹有些惊讶。

"当然不会，说是要那么一说，事还是要做的。走，咱们去会会老刘家，看看是何方神圣。"刘天昊发动车辆，缓缓地驶向工地附近的老刘家。

这两件意外要是放在一般的民警身上，也许就这样结案了。但刘天昊不同，从一开始，他的直觉就告诉他这两件案子并不简单，而且韩孟丹的话的确刺激到他了，这几个月的派出所生活几乎磨平了他的棱角，在刑侦队的那股干劲儿完全消失不见，更多的是有劲儿使不上的感觉。

未完工的高楼大厦在尘土和大卡车的包围下，老刘家已经没有了往日的辉煌，三层的小楼看起来破败不堪，院子里的几棵不知什么品种的果树也蒙上了一层灰。

老刘家门前的道路被工地的围挡封住，仅有的一条小土路还是自己开出来的，沿着山坡绕了很大一圈才通到市政道路上，一辆长城皮卡斜斜地停在大门前的斜坡上。

还未等走近，便听到几种不同的狗吠声不断传来，单从声音判断，应该是烈性犬种。

刘天昊的敲门声让狗叫得更加厉害，作为女生的韩孟丹下意识地躲在刘天昊身后。

"别怕，有我呢。"刘天昊终于可以在韩孟丹面前挺起腰杆说一次话。

"谁呀？"一个岁数挺大的女人声音从院里传来，声音未落，大铁门的小套门向内打开，一个长相不善的女人从门缝向外看了看。

"我不认识你们，你们快走！"女人的三角眼中散发出一种极度不信任的光芒，伸手把门用力一关。

刘天昊手疾眼快把门推住，另一只手出示了警官证："我们是派出所的，有事向你们了解。"

"我们没报警，什么都不知道，没啥可了解的。"女人说完又是用力一关门。

刘天昊的手依然推着门，心中有了些不快，原本脸上的笑意变成了严肃。韩孟丹急忙解围："大姐，这位是派出所的刘所长……"

"我管你什么所长，和我有关系吗？"女人语气有些不善。

刘天昊正要发作，却听见屋里一个男人的声音传来："刘所长不是外人，让他们进来吧。"

女人哼了一声，转身进院。

刘天昊慢慢推开门，见几条大狼狗都拴着，这才向里面走去。

……

房间装修得有些土气，但能看得出来没少花钱，巨大的客厅中间摆放着一个老板的标配——茶台。

男主人叫刘天保，大约六十多的模样，脸上写满了沧桑，坐在茶台旁喝着茶，见刘天昊两人进入，起身向两人迎了过去，当地口音非常浓："刘所是无事不登三宝殿呀，快来，请坐请坐！"

刘天昊也没客气，径直坐到刘天保对面，看门见山地说道："我想问问庄世娟的事。"

刘天保没说话，涮了两个茶杯放在两人面前，慢悠悠地倒了两杯茶，才说道："庄世娟是外来户，在工地打工，开电梯！"

刘天昊一笑，喝了一口茶水。

从"开电梯"这三个字就足以说明刘天保对工地的事情非常熟悉，只有常年从事施工的人才会把升降机叫作电梯。

"她死了！"刘天昊说道，说话时他一直注视着刘天保的眼睛。

刘天保本来正在沏茶，听见刘天昊的话后，手微微一抖，随即又归于平静："啊，这事儿我知道，村里都传开了。"

"您说啊，这一个在工地开电梯的女工，一个月 4500 元的工资，一大清早地吃鲍鱼和海螺，再来一瓶好酒，这是什么待遇呀？"刘天昊说道。

刘天保给刘天昊倒茶，叹了一口气："哎呀，现在的海鲜便宜，想吃就吃呗。"

"您早晨吃的也是鲍鱼吧？"刘天昊突然问道。

"啊……没有啊！"刘天保脸色一变，随即又变成一副笑脸。

韩孟丹偷偷用胳膊肘捅了捅刘天昊。

刘天昊继续说道："我进门时看到你家的垃圾桶里可有几个鲍鱼壳和海螺壳，还有一个泸州老窖的瓶子。"

农村用的垃圾桶基本都是使用过的油漆桶之类，尤其是在工地附近的居民，大多都从工地淘一些塑料的涂料桶当垃圾桶用。

刘天保呵呵一笑，说道："那是昨晚上的，家里来了客人。"

他的反应很快，几乎可以在一瞬间弥补之前的破绽，却逃不过刘天昊的眼睛。韩孟丹在一旁也是看得暗暗惊奇，两人一问一答有攻有守，虽比不上战场上的刀枪剑戟，紧张程度却也差不多少。

"老段和你熟吗？"

刘天保倒水的手一顿。

"段小春！"刘天昊提醒着。

刘天保的脸色逐渐凝重起来，把茶壶重重地向地上一放："刘所的话可是不善啊，有事儿直说吧，别拐弯抹角的。"

# 轩胖儿作品推介

## 画魔

一块神秘的画对，一个隐藏于背后的秘密，牵连出了了惊险的事端

## 极凶之地

一情诡异的相聚，却迷倒令人都给成为怀？那居竟是惨境，还是人为失定？

## 血雾

人口末现案离奇，背后到底隐藏着什么可怕的诡骗？

## 暗夜悬疑小说系列

《画魔》

《血雾》

《极凶之地》

出版发行：盛元文溯
投稿信箱：shengyuanwensu@163.com

"其实也没什么事儿，就是好奇。原来村里人说您不太好客，一般人都看不上，但您可不像是传说的那样，连段小春和庄世娟您都能结交，怎么是不好客呢？"刘天昊话里有话。

# 第十二章　矛盾激化

刘天保毕竟还是老江湖，他尴尬地笑了笑，抿了一口茶水，慢悠悠地说道："哎呀，这人哪总会变，对吧，谁都不会一成不变，您不也是从刘队变成刘所了吗？"

刘天昊一听，也是一笑。

刘天昊自打到派出所任职以来，基本保持低调的行事方式，很少出头露面，除了完成既定的工作之外，他又重新学习了刑警学院上学时的教科书。

刘天保对他一定研究过，否则不可能知道他的经历，而且他所说的话都是模棱两可，让人听起来云里雾里，却还有那么点意思。

刘天保把最后一点茶水倒进自己的茶碗里，仰起脖子一饮而尽，随后把茶碗放在茶台上，又看了看刘天昊。

韩孟丹平时很少和人交往，并不知道刘天保的意思，但刘天昊识人无数，知道刘天保这是在送客。

"既然您还有事，那我们就告辞了，咱们以后再聊。"刘天昊起身说道。

刘天保笑着拱手抱拳，说道："实在不好意思啊刘所，我夫人脾气古怪，不太喜欢穿制服的人，等我有时间，咱们另约个地方，好好聊聊！"

"等我有时间"在社交场合就是暗喻我永远不会有时间，只是和客气而已，当不得真。

刘天保把刘天昊两人送到大门口，再次拱手抱拳，说道："刘所，您的名字叫刘天昊，我的名字叫刘天保，咱们是同辈人，只差一个字，按照族谱上来说，咱们可能还真有亲戚也说不定哟！"

刘天昊看了看刘天保身后的保持沉默的大狼狗，说道："你家的几条狗可是真听话呀。"

刘天保脸上肌肉抖动，没再说话，只是伸手做了一个"请"的手势。

刘天昊两人转身离开，沿着山坡向下走的时候向工地的方向看了看。工地的围挡原本很高，在刘天保家里这一块却比其他的部分矮了半截，应该是刘天保和工地交涉后的结果。

半山坡的位置虽然比在建的高层低一些，却将整个工地看得一清二楚，连最远的项目部也收在眼下。

"昊子，就这样？"韩孟丹对刘天昊的行为有些不理解，到人家来一趟，什么话都没问明白就灰溜溜地被请出家门。

"该问的都问了，该看的也都看了，收获不小，上车我和你说。"刘天昊笑着说道。

见韩孟丹还有些疑惑，他又靠近韩孟丹轻声说道："隔墙有耳。"

韩孟丹突然想起出事那天在刘天保家的方向有人在用望远镜偷窥，很有可能就是刘天保，而刘天保这样的钉子户每天所需要做的就是和开发商做斗争，想尽一切办法争取自己的利益，因此在附近安装监控录像和录音都很有可能。

两人上了车之后，韩孟丹系上安全带，问道："这回你可以说了吧，到底发现了什么？"

刘天昊发动车辆，边开车边说道："首先可以肯定的是庄世娟早晨就是在他家吃的饭，证据就是垃圾桶里的鲍鱼壳、海螺壳和一些其他海鲜的残渣，还有那瓶泸州老窖。你再看看刘天保家的装修，现在看起来很一般，可在当年，绝对是土豪级别的。"

"我明白你的意思，你是说像他这样一个人请庄世娟来家里吃豪华早餐不太正常，对吧？"

"没错，还有，刘天保身上没有酒气！"刘天昊说道。

"我怎么没闻出来？"韩孟丹纳闷地问道。

"我的鼻子很灵敏，喝过白酒的人身上都会散发出一股酒气，你平时不喝酒，肯定感觉不出来。"刘天昊说道。

"庄世娟喝了一瓶酒？"

"应该是，从泸州老窖瓶口的痕迹上看，应该是刚打开不久的新茬儿。"刘天昊说道。

"他请庄世娟吃饭喝酒，自己却滴酒不沾，的确好奇怪啊。"韩孟丹说道。

"对呀，就算你家里很有钱，能在大清早吃这么多海鲜，还喝了一瓶泸州老窖吗？"刘天昊问道。

韩孟丹摇了摇头："喝那么多的白酒还怎么工作，而且一大早吃海鲜好像也不太对劲儿！"

"但这就是事实。"刘天昊踩住刹车等红灯，思索了一阵又说道："这么奢华的早餐，难道说刘天保有事求庄世娟吗？"

韩孟丹摇摇头，说道："刘天保有钱有势力，庄世娟只是一个外来的民工，有什么可求她的！"

"老段和庄世娟的两件案子里有很多疑点没解开，虽说现在以意外结案，但我不会放弃调查。"刘天昊继续向前开着车，他的手机叮叮当当响了好几下，他瞥了一眼。

"我先送你回去。"刘天昊一打方向，向刑警支队的方向开去。

……

自打王佳佳进入传媒行业以来，几乎是一帆风顺，后来遇到旧爱刘天昊，便仗着他破获的案件获得了巨大的成就。

可她在才子作家的事上却遇到了阻碍。

在如今信息发达的社会，想要找一个人相对要简单得多，哪怕只有一张相片、只有一个笔名、只在一处网络上登录过，根据这些痕迹都能把人找到。

但王佳佳用尽了所有手段，包括利用她现有粉丝、黑客朋友、私人侦探，但依然没找到才子作家。

在她几乎已经放弃时，突然在车里看到才子作家开着车路过，一路跟踪下来后，令她更加惊奇的是，才子作家也来到了红房子咖啡厅。

红房子咖啡厅哪里都好，就是停车有些困难，王佳佳好容易找了一个地方，勉强把车停了进去，却在下车的时候把口袋里的手机掉在了地上，恰好地面上是一个下水井，手机又恰好掉了进去。

王佳佳担心会失去才子作家的踪迹，顾不上手机径直向红房子跑去。遗憾的是，当王佳佳进入咖啡店时，才子作家正好要离开。

两人几乎是对视了一眼，才子作家向王佳佳报以微笑，随后快速离开。

"怎么可能这么快？"王佳佳心里有些疑惑。一般来说，到咖啡店来都是为了休闲或是来谈生意，最少也得在里面泡上一段时间，但才子作家从进来到出去，用了才不到五分钟的时间。

王佳佳急忙向吧台要了一张纸，告诉老板下午四点刘天昊会来这里，到时再把字条给他。

如果是为了写作或者是见人，他不会这么快离开，那么最有可能的是他来取一样东西。才子作家经过王佳佳身边时，她特意观察了他，他随身没带什么，甚至连手包都没有，牛仔裤的两个口袋微微鼓起，从形状上看，一个口袋装的是手机，另一个口袋装的是钱包或者是驾驶证之类的。

随后，才子作家的行为更加古怪，他并未开车离开，反而是招了一辆出租车，向城东驶去。

王佳佳也顾不得开车，招了一辆出租车跟着离去。

NY市虽说不是北上广，但也算是国内数一数二的发达城市，交通拥堵的程度比不上北京，但也堵得人心惶惶。

王佳佳乘坐的出租车司机不紧不慢，在她的一再催促下依然开得非常稳健，绝不会因为她的催促就违反交通规则，虽说司机对路况很熟悉，但城市道路比较复杂，在连续等了两个红灯后，终于失去了才子作家那台车的踪迹。

面对王佳佳的质问，出租车司机态度还是一贯地好，他笑着告诉王佳佳，凭着他的职业敏感性，那辆车的去向应该就是不远处的机场。

王佳佳想了想，司机说得有道理，因为在飞机场停车的费用很贵，而红房子咖啡厅停车虽然很困难，却是免费的，而且距离环城高速最近，如果把车放在红房子，然后打车去机场是最经济也是最省时间的一种方案。

王佳佳的经济条件一直很好，从来没考虑过这个问题，经过司机这一点拨，她才明白其中的奥妙。

她借了司机的电话打给黑客朋友，让他帮着查查才子作家是不是要乘坐飞机离开 NY 市，去向是哪里。

黑客朋友很给力，立刻悄无声息地黑进航空官网，找到了才子作家的行程，他要去的地方是一个南方的小城市，与这座小城市相关联的新闻是一个所谓的网络作家论坛在小城召开，他应该是去参加论坛会。

当王佳佳到达机场准备买票时，却发现飞往小城的那班飞机刚刚起飞，由于是小城市，NY 市飞往那里的飞机只有明天下午才有。

虽然没跟上才子作家，但得知他的落脚点后，王佳佳的情绪算是安稳下来，她立刻联系了刘天昊，而此时的刘天昊，刚刚把韩孟丹送回到刑警大队鉴定中心。

刘天昊的任务很重，他先到红房子把王佳佳的手机从下水井中取出来，用她的手机订了两张火车票，然后开车到火车站与王佳佳汇合，坐晚上七点的火车前往小城。

刘天昊立刻向所里请了假，拿到手机后开着王佳佳的车来到火车站，当他看到王佳佳一脸幽怨的时候，他用东北口儿幽默了一句："吃了吗？"

……

安监局和公安局刑侦的效率很高，在充分取证并论证之后，对庄世娟的事故很快得出了结论——意外。

经过专家检测，工地所有的升降机和起重设备都严重老化，幸运的是这次掉落的是驾驶室地板，只有一名司机遭遇了意外，要是轿厢的地板掉落，那可就是一起重大事故，要是塔吊倒塌，估计连市长的帽子都会不保。

NY市为了两起意外开了紧急会议，处理了一批责任人。

工地就更不用说了，一批又一批的工作人员进驻，责令项目方把工地所有的设备检测一遍，不合格坚决不允许开工。

鬼瞳的传说在工地越传越邪乎，最后民工们纷纷卷起铺盖卷，到项目部索要工钱准备离开工地。包工头儿们和项目经理一再解释鬼瞳只是传说，却挡不住民工离开的脚步，最后陈经理只得以目前正在接受政府职能部门调查，项目部拿不出钱为由推搪。

工地的停工让回迁户的情绪变得暴躁起来，毕竟在外面租房子一个月需要两三千元，而开发商只负责报销百分之八十左右，没有谁会和钱过不去，于是回迁户们约了一个时间来到政府门前聚集，向政府讨要说法。

形势渐渐开始紧张起来……

# 第十三章 还是意外

就在刘天昊和王佳佳赶到小城的时候，NY 市的工地上却再次发生了大事件。拿不到钱的民工们把项目部和工地入口围了起来，吵吵嚷嚷地要钱，这种行为虽然可以理解，却严重干扰了政府部门和工地对两件意外事故的善后处理。

工地上的民工并不都是外地人，还有一部分是本地人，而且就是动迁的这个村的村民，老段、小周、王贵都是其中一员。

本地的民工不担心要不到钱，就聚集在一旁看着热闹。

建筑公司的两名副总开着路虎赶到现场，好不容易把大伙儿劝得平静下来，让工人们出一个人做谈判代表，其他人回到宿舍等待消息。

民工们在本质上是朴实的，在一名工长的劝说下，众人闷闷不乐地回到了宿舍，工长进了项目经理的办公室。

双方谈得比较愉快，但最终拍板还得建筑公司老总亲自来。

……

小周为人比较老实，加上老段的死对他的打击很大，因此他在停工时就躺在宿舍里看手机。天气的炎热超出了人们的想象，床头的电风扇不停地转着，吹出来的却只是热风。

身上的汗珠不断地涌出来，身上衣服湿了又干、干了又湿，抖音虽然很有意思，但他的心却静不下来，只盼着天气凉爽一些，或是工地能够把工钱发下来，好让他回家避避暑。

自打开工以来，安全员老谢从来没有像现在这样忙碌过，政府各个部门的检查，建设集团各个部门和领导的检查，让他忙得有些头晕脑胀。

他来到宿舍，看到小周后便说道："周儿，你帮哥一个忙，去一楼前面的平台把卫生弄弄，一会儿集团的领导要来现场。"

小周应了一声，动了动身体。

"真要来，陈经理和王总这不正和那帮兄弟谈工钱的事嘛，最后得老大拍板儿！"老谢一脸着急地上前拽小周。

小周懒洋洋地坐起来："现场不都挺干净的嘛，还清理什么呀！"

老谢哼了一声，上前拍了小周脑袋一下，说道："三……三轮车、升降机地板什么的，还有那个血，一……一定要用土掩埋上，不能让领导来了看着膈应！"

"就我一个人啊？"小周从窗户看着一大片空地和那台三轮车就有些发愁。

"外地的民工都闹事儿呢，躺在屋里不动弹，要不你也去闹一会儿？"老谢说着反话。他平时对小周照顾有加，小周有些违规行为他都轻描淡写地一说，从来没处罚过，所以他和小周有什么事也不会客气。

小周嘿嘿一笑，说道："工地出了这么档子事，段叔没了，娟姐也没了，我不能给你再添乱，去扫还不行吗？"

小周说完便开始穿衣服。

俗话说得好，福无双至，祸不单行。

小周穿上长袖劳保衣服后感觉有些热，开始找破旧的短袖穿，穿鞋又磨叽了一阵，这才懒洋洋地到仓库拿了一副手套、一把铁锹和扫帚，来到一楼前的平台扫地。

地面的两摊血迹已经发黑，若不仔细看，甚至看不出这原本是两摊血迹。清扫完之后又把掉底的钢板和泡沫坐垫拽到地库里。当他回到三轮车前面时，他皱起了眉头。

三轮车的前轮已经损坏，发动机也从原本的位置脱落下来，歪歪扭扭地挂在车体上。

开肯定是开不走，推又推不动。

小周放下铁锹来到项目部，把正在开会的老谢叫了出来。

"谢叔，三轮车我实在弄不动，不行你叫塔吊司机把它吊起来得了，五分钟的事儿，反正现在政府监管部门也没在这儿，都是咱们的人。"

老谢说话有些磕巴："那……那不行，塔……塔吊现在动不了，万一让人家看见，咱不得被罚死。"

"车都摔坏了，我推不动，老沉了。"小周苦着脸说道。

见老谢没反应，他把手套一摘，说道："那我不干了，反正也干不动，我去找陈经理要钱，回家去。"

老谢一把揪住小周，瞪着眼睛说道："小……小子，你可不够意思啊。"

"塔吊！"小周指了指塔吊说道。

老谢叹了一口气，说道："好……好吧，我去找司机，你给捆结实点啊，可……可不能再出事了。"

小周点点头，到仓库去领取了缆绳，把三轮车捆了又捆，拽了好几下，确定没问题后，这才向头顶看去。

塔吊已经开始动了起来，钢丝绳很快落到小周面前。

小周把钢丝绳缠绕几圈后锁死，冲着塔吊驾驶室方向挥了挥手。

塔吊开始起吊，三轮车轻而易举地被吊了起来，目标是准备把三轮车吊到楼体后方的临时仓库中存放。

小周用扫帚随便比画两下，准备到楼后接三轮车。

令人意想不到的事发生了，吊在半空中的三轮车突然坠落下来，吊装用的钢丝绳发出"啾"的一声，带着呼啸声抡向地面，而小周此时的位置正在钢丝绳抡的半径之内。

负责开塔吊的司机蒙了，在项目部门前看着吊装的老谢蒙了，眼睁睁着钢丝绳就要抡在小周的身上。

老谢的第一反应就是：钢丝绳断了！

而此时，三轮车已经砸了下来，落在楼前的水泥地上，巨大的冲击力把车体彻底撕碎，整个车体几乎扭曲着翻滚了几下，最终撞到楼梯外墙上。

小周虽说平时有些懈怠，但精神头儿却够用，他听到半空中传来异样的声音后便立刻抬头向上看，眼见着一条钢丝绳冲着自己抢了过来，他立刻向左一跳。

事后证明，他的选择是正确的，因为塔吊运行的方向是向右，如果他是向右跳，钢丝绳照样会抽在他的脑袋上。钢丝绳抽动的力量是异常强大的，别说是一个人，就算是一头牛也能当场抽得脑浆迸裂。

但小周没想到的是，钢丝绳的尾端并不是直的，由于常年绑在钩子上，钢丝绳尾端已经变弯。变弯的钢丝绳尾端甩出一道弧线扫在了小周的肩膀上，一瞬间便把这个有些瘦弱的身躯带离地面，飞行一段距离后才重重地落下。

老谢疯一般地跑了过去。此时的小周满是恐惧的眼睛还睁着，嘴巴和鼻子还在剧烈地喘着气，整条右臂以一个非常诡异的角度平摊在地面上，鲜血从肩膀部位不停地涌出来。

"啊……啊……"小周的痛觉刚刚传输到他的大脑，令他不由自主地嚎叫起来。

项目经理陈龙从项目部出来，向小周的方向望着，跟着一同出来的还有几名穿衬衫打领带的中年人和一名民工模样的人，看气势几名穿衬衫的应该是开发商或者是建筑商的高管，民工模样的人是工长，和开发商正在为发工钱的事谈判。

"别愣着，赶紧看看去。小王，把大门关上，什么人来都不让进！"其中一名老总喊着，随后他跑步上车，向小周的方向开去。

陈龙哭丧着脸跑到小周跟前，轻声问道："老谢，这是怎么回事？"

老谢磕磕巴巴地回答道："我让小周清扫地面卫生，用塔吊把三轮车吊走，没想到……"

"什么没想到！这个节骨眼你还敢动塔吊！"陈经理蹲下来，翻看着小周的伤口。

小周穿的是短袖，整个肩膀已经被鲜血染红，胳膊以不可能的角度向后方扬起，显然是胳膊断了，外表的皮肤血肉模糊，伤口处一根骨头茬子支了出来，咕嘟咕嘟地冒着血泡。

"啊……啊……"小周仍旧叫喊着，喊叫的声音却越来越微弱。

塔吊的钢丝绳已经不再晃动，耷拉在楼梯外墙上，钢丝绳的顶头儿鲜血向下滴着，塔吊司机从驾驶室出来，顺着梯子向下爬。

一辆路虎停到小周面前，车窗摇下来，高管吼道："赶紧把他抬上车，我送医院。"

老谢应了一声，说道："王总，都……都是血，你的车……"

"车个屁，先救人！"王总恶狠狠地瞪了老谢一眼。

老谢急忙把身上的工作服脱了下来，给小周的伤口裹上，和陈经理把小周扶上车，路虎一溜烟地向外驶去。

塔吊司机下到地面，来到楼体前看着还在摇晃的钢丝绳。

很明显，从钢丝绳顶头的痕迹来看，是钢丝绳断了，这种情况在工地很少发生，偶尔可能会有钢丝绳脱钩，也就是从钢丝绳卡子里脱出来，但钢丝绳直接断了也只有在吊极重的物体时才会发生。

一辆三轮车总重量也不过半吨，怎么可能令钢丝绳断掉？

塔吊司机叫林茂开，开了二十年塔吊，他是塔吊维修工出身，对塔吊上每一处零件都很熟悉，也包括这根钢丝绳。他摸着钢丝绳的顶端，突然感到有人在盯着他看。

人是存在第六感的，就像有人在一边盯着你看时，你会有感觉一样。

他抬起头向楼顶上方看去，通过未安装门窗的预留孔洞，他看到了一双眼睛，血红的眼睛。

"靠，什么东西！"林茂开吓了一跳，向后退了两步又向上看，同时拿出手机向上拍着。

他也是本地人，和老段家离着不远，虽说他不太相信鬼瞳，但听说和看到是两种概念，当他看到那双血红的眼睛时，内心的恐惧不由自主地释放出来，但他还想留下证据，等日后给人看，以免别人说他吹牛。

还没等他打开手机的照相机功能，楼里那双通红的眼睛便消失了。

"唉……"

林茂开叹了一口气，向工地外走去，他暗暗发誓：无论工地给多少钱，他都不干了，要不，早晚得死在鬼瞳下！

# 第十四章 崩老师

刘天昊和王佳佳火急火燎地赶到网络文学大会的现场，却发现所谓的大会也就只有十来个人，男男女女、胖胖瘦瘦的，主办方的路演已经结束，人们三三两两地聚堆谈论着。

在会场的主席台上方大横幅写着"第三届国际网络文学大会"，现在的人都比较崇尚国际化，无论多大规模的会，都要挂上国际的名头。

刘天昊拦住一名正在向外走的眼镜男，问道："请问才子作家李保红在哪儿？"

眼镜男摇了摇头，说道："不认识。"

刘天昊连续问了几个人，都说不认识。

"哎，应该问笔名吧。"王佳佳提醒道。

刘天昊走到讲台旁，向一名主持人模样的人询问出了才子作家的笔名——崩皮。

"你说崩皮呀，他早就走了，说是去见一个女粉丝了。"主持人的笑容有些暧昧。

王佳佳一听到作家的笔名叫"崩皮"，差点没笑掉下巴，幸好刘天昊在一旁暗中怼了她几下，她才止住笑意。原本她也是知道李保红的笔名，但在刘天昊的儿化音说出来后就觉得特别搞笑。

"有他的联系方式吗？"

"有，在门口登记簿上每个人都登记了，您去查查就知道。"主持人说完话便继续和身边的一名美女聊了起来。

"你说奇不奇怪，一个活在现代的人，弄个联系方式居然这么费劲。"刘天昊叹道。

"换号了呗，这种作家写的东西很有可能被人不喜，有人打骚扰电话或者是直接找上门都有可能，换号码也是常态。"王佳佳解释道。

她曾经有段时间专门曝光社会上一些不良现象，虽说积攒了大批的粉丝，但也受到一些不明人士的骚扰，还有人直接找上门使坏，弄得王佳佳换了数次电话号码，搬了三次家。

崩皮写的小说以纪实为主，很可能会映射到一些人身上，麻烦自然少不了，加上他单身一个人，拎着一台笔记本电脑就可以行走天下，一般人想找他也不容易。

两人走到门口，看到桌子上放着一个登记簿，上面第四个人的名字就是李保红，在笔名一栏里写着"崩皮"两个字，后面是一串号码，字迹比较潦草。

刘天昊拨了电话号码，电话几乎是瞬间接通："喂，请问是崩老师吗？"

当他把"崩老师"三个字说出来的时候，王佳佳笑喷了，要不是看还有过来过往的人，她几乎要扑到刘天昊的怀里去笑。

"你……谁呀？"对方一口东北话，特意把"你"字拉得很长，噔硬。

刘天昊噎住了一下，正想表明身份，王佳佳立刻挥手示意她来接电话。刘天昊很不情愿地把电话递给王佳佳，王佳佳原本的笑脸一变，边擦着眼泪边说道："崩老师，您好，我特别崇拜您，是您的忠实粉丝，想和您见个面聊聊，就是您最近特火的那部小说《第五个意外》。"

王佳佳的声音很媚，听得人心里直痒痒。

"好厉害，一瞬间几乎是变了个人，从笑掉大牙到媚意十足只需要一秒钟，演技堪比影帝影后！"刘天昊心中暗暗赞道。

"啊，那……行吧，你加我微信，不过，我挺忙的，可能回复比较慢啊！"李保红说完就挂了电话，显然是第一次听到人家叫他"崩老师"有些不高兴。

崩皮名字虽怪，却是笔名，要叫也要叫"崩皮老师"，叫成"崩老师"也只有刘天昊才能做得出来。

王佳佳放下电话，再次笑了起来，粉嫩的拳头也捶在刘天昊的胸膛上。

刘天昊摇摇头，说道："这是什么才子作家，狗屁不是，崩皮，崩屁吧。"

"你别看他笔名搞笑，写的东西可不差，要不你也来写一篇小说试试。"王佳佳趁机调侃道。

刘天昊刚要接话，手机响了起来，民警小杨的声音从话筒中传出："刘所，不好了，工地又出事了！"

刘天昊和王佳佳听到后心里"咯噔"一下，立刻问道："又是那个工地？"

"是，您还记得开车的小周吧，就是他，被塔吊断掉的钢丝绳甩身上了。"小杨说道。

"人怎么样？"刘天昊急忙问道。

"应该没生命危险，胳膊能不能保得住还不知道，整个肩膀都抽烂了，骨头都碎了。"

"又是意外？"刘天昊听到人没事后松了一口气。

"我现在就在现场，从目前的情况看，应该是意外，吊那台出事的三轮车时塔吊的钢丝绳断了，甩到了小周身上。"

"行，你先拍照取证，那根钢丝绳和三轮车、掉底的钢板、泡沫坐垫你都拉回所里，放后院。"刘天昊说道。

"都拉回去呀？"

"一样也别落，我有用，缺一样我拿你是问。"刘天昊说话时异常严肃，与平时嘻嘻哈哈的风格完全不搭。

"保证完成任务。"

刘天昊放下电话，冲着王佳佳摆了个无奈的表情，意思是说这么多的意外还可能是意外吗！

"你的意思……"

"嗯，不是意外，咱们打个赌。"

"好，赌就赌。不过你得先陪我去买个手机，我得加一下才子作家的微信，吊他！"王佳佳说话间满脸的俏皮。

不得不说，能陪女人逛街还不喊累的男人都是好男人。刘天昊陪着王佳佳在商场的手机专柜转了一遍又一遍，当他几乎失去所有耐心时，她才选中了一款手机。

"你那个手机也没怎么坏，买它干吗。"刘天昊语气中有些埋怨。

"怎么没坏呀，都磕掉茬儿了，万一把我手划伤了可不值。一天不吃饭没事，没手机我可受不了。"王佳佳手上一阵操作，微信叮叮当当的声音不断传来。

"哎哎，崩皮加上我了。"王佳佳语气中有些兴奋。

刘天昊瞥了一眼王佳佳的手机，冷哼一声，表示对她的不满。

王佳佳的微信图片是她的性感艺术照，按照他们对崩皮的了解，这人是典型的好色之徒，只要是漂亮性感的女人，他都会热情如火，要是男人，十有八九会拒之千里，这也就是王佳佳能够迅速加上崩皮微信的原因。

"哎，昊子，他的小说更新了，快看！"王佳佳刷了崩皮的朋友圈，指着朋友圈最新的一条更新说着。

刘天昊的微信也同时响了一下，他一看，是源力文化传媒卢正雨发来的微信。

微信的内容是一章小说和一个链接，链接的是卢正雨的贴吧，内容也是崩皮的小说。

两人迅速地看完小说，几乎同一时间抬起头，对视一眼。

"这崩皮难道是神仙不成，这边刚刚出事，他的小说就出来了。"王佳佳叹道。

"小说中的小民工被断掉的钢丝绳甩中头颅成了植物人，这是小说与现实唯一的区别，其他的情节几乎分毫不差！"刘天昊惊道。

这件事情从一开始大家都以为是一场普通的意外，但刘天昊指出事件和小说的关联后，至少韩孟丹和王佳佳两人相信这并不是偶然。当小周的意外发生后，崩皮的小说几乎是紧贴着意外而出，要说前两件事还有可能是巧合，但眼前的事实绝不可能再是巧合。

"如果真是谋杀，可能凶手就是想让小民工死亡，可惜计算还是出了些差错，所以小周才得以幸免。"王佳佳说道。

"按照连载小说的名字'第五个意外'，应该有五个人死于意外，段小春、庄世娟，小周是第三个人。"刘天昊说道。

"还有两人要遭受意外吗？"王佳佳问道。

"不好说，如果真的按照小说的发展，还真说不定。所以我们要在下一次意外发生之前抓住凶手，可凶手的动机是什么？"刘天昊说道。

"肯定又是和'冤魂'案或者是'画魔'案一样，有一个背景事件。"王佳佳说道。

刘天昊点点头，说道："每一件预谋案件几乎都有一个背景事件，否则就属于激情犯罪的范畴了。"

"既然凶手是制造意外作案，那让工地停工，排除各种安全隐患，让意外不可能出现不就得了。"王佳佳说道。

她的说法有些天真。工地一旦开工，就会有几百人在工地上忙活，有些工人安全意识不强，加上管理人员疏忽，以及各种因素的出现，出事的概率就会大很多，就会有被凶手利用的机会。

"停工几天还行，太长时间不可能，毕竟动迁户的回迁也是大事。佳佳，我问你，如果你是崩皮，能不能在案发的一瞬间就得到线索，然后写成小说进行发表？"刘天昊问道。

"绝不可能！那得有多少眼线呀，另外还需要有各种关系，就像之前庄世娟的意外，如果不是你在的话，我连工地都进不去，等从外围得到消息，估计都得是几个小时之后的事了。再说了，从搜集的素材到写成小说也要一个过程，打字再快也不可能这么快就出来的。"王佳佳说道。

"这就是说崩皮这篇小说是提前写好的？"刘天昊问道。

"应该是。"

"崩皮难不成还真有未卜先知的能力？"刘天昊皱着眉头小声地说道。

"什么呀！不过他肯定有他的渠道，只是咱们不知道而已！"

"无论如何，必须得找到崩皮，你快约他！"刘天昊说道。

"你当我是什么啊，让我约他！你明知道他不安好心的。"王佳佳转过身去嘟着嘴。

"我保证，向苍天保证，不会让他碰到你一根汗毛！"刘天昊说道。

王佳佳扑哧一声笑了，说道："那我和他握手呢，还不是碰倒一大片汗毛！"

……

崩皮从来没有像今天这么高兴过，因为参加网络文学大会认识了一大批美女，而且还有粉丝专程来这里看他，还和他讨论贴吧小说《第五个意外》，两个人讨论着讨论着，就讨论到宾馆的床上去了。

虽说女粉丝长相一般，但毕竟送上门来，用崩皮的话说，有胜于无！

# 第十五章　有惊无险

说到崩皮，在现代社会并不少见，他们有着光鲜亮丽的外表，有着能迷惑人的一张嘴，很多人会因此而受骗。

崩皮连续给王佳佳发了一大堆的小表情包，又发了一些暧昧的文字诗歌之类的，见王佳佳给他回复，他越来越兴奋，撵走了女网友，他坐在床上思索着如何能博取王佳佳的芳心。

当敲门声响起，崩皮几乎是一个跟头从床上翻下去，连鞋都没穿就跑到门口打开门，他看到站在门口的是一名媚眼如丝、性感漂亮的美女时，眼珠子几乎都要跳了出来。

"请问您就是王佳佳小姐吗？"崩皮讨好地问道，说罢还侧了侧身，让出一些地方好让她进来。

王佳佳脸上显出一丝不快，崩皮这样做对于一名陌生女性来说是非常不礼貌的，要不是有事相求，怕是王佳佳立刻就要翻脸。

王佳佳还是从缝隙中蹭了过去，崩皮趁机用手背摸了一下王佳佳的胳膊。

两人坐在沙发上，崩皮用宾馆提供的茶叶包泡了两杯茶。王佳佳脸上的肌肉抽了抽，要知道她现在的身价很高，无论到哪里去采访都要住五星级酒店，吃的喝的也都是最优质的，哪里喝过宾馆的茶叶包。

"挺香的！"王佳佳勉强笑了笑，把茶杯放在茶几上。

"佳佳小姐真是漂亮，是我有生以来……不，是今生今世见过的最漂亮的美女，没有之一。"崩皮眼睛瞄着王佳佳的胸部说着。

王佳佳看了看手表，勉强一笑，说道："崩老师，我今天是慕名而来，想和你讨论《第五个意外》这本书的发展趋势，我有点个人想法，不知道成熟不成熟。"

"成熟，特成熟。"崩皮咽下一口吐沫说道，心思一直放在王佳佳身上。

"我听说 NY 市一个工地发生了和小说情节一模一样的意外，崩老师你好神奇呀！"王佳佳说完这话，感到身上的鸡皮疙瘩掉了一地。

"是啊，我也听说了，有人说是模仿小说情节杀人案，我写的小说怎么可能有人模仿得了，我这可是中国高智商的小说，没有之一，一般人要是有这个智商，早就发大财了，干吗要杀人！"崩皮把自己捧得很高。

"那高智商的凶手的下一个目标是谁呀？能不能提前透露一下给我，让我在圈子里也有显摆一下的机会。"王佳佳说道。

"胸部……啊不是，凶手的下一个目标还不能透露啊，露出去就没意思了，不如你关注我的微博、贴吧、微信，它们会告诉你的，现在只有我们两个人，不如讨论点其他有意思的事情。"崩皮几乎就要暴露本相，他的手逐渐在向王佳佳的肩膀靠拢。

"那你先告诉我前面三个事件的凶手是怎么酝酿出来的！"王佳佳推了一把崩皮的胳膊。

崩皮故作神秘的模样，说道："当然是由我这个超级大脑想出来的，意外嘛，就像杰森·斯坦森演的那个什么来着……"

王佳佳几乎瞬间接道："《机械师》吧！"

崩皮嘿嘿一笑，说道："对对，就是《机械师》，男主不就是制造意外杀人嘛。我这个也是，就是凶手制造意外杀人。"

"应该是概率杀人吧，设计需要更加精妙绝伦，比杰森那个还要高明一些，您要是早出道两年，恐怕好莱坞那帮编剧都得失业。"王佳佳夸赞道。

崩皮听了王佳佳的赞扬之后心里乐开了花，手舞足蹈地说了起来："那是，我崩皮可是中国高智商犯罪小说的领军者。"

王佳佳心里暗哼了一声，心道：写悬疑推理小说的作者，几乎都标榜自己写的是高智商小说，眼前这个崩皮更过分，还成了领军者！

"每次凶手作案都是在您小说发表后不久，为什么这次工地民工小周发生意外在你发表小说之前呢？"王佳佳脸上依然保持着笑容。

崩皮眼珠转了转，嬉皮笑脸地把手伸向王佳佳的手。王佳佳轻轻一巴掌打在崩皮的手背上，嗔道："你不是想和我讨论小说，就想占我便宜，那我走了！"

王佳佳起身就走。

崩皮立刻抓住王佳佳的胳膊，说道："我错了还不行吗，我告诉你，但你得替我保密才行，只属于咱俩的秘密。"

崩皮几乎每句话都带着暧昧和暗示，只要王佳佳稍微一松口，崩皮肯定会冲上去将她拿下。

"你说吧，我肯定替你保守秘密。"王佳佳退后一步说道。

崩皮犹豫了一下，说道："秘密我可以和你说，但你得陪我玩会儿。"

说到这里，他眼睛有意无意地瞄了瞄床，床上的被子还是散放着的状态，床单也非常褶皱。

王佳佳看到床后眉头皱了皱，说道："你这人，太不正经。"

王佳佳说完后准备向外走去，因为她感到了崩皮的眼神有些不对，一旦他要用强，在狭小的空间里很难抵抗得住，就算她曾经和曲大师学过一些功夫，但毕竟男人力量比她大得多，万一玩起命来，恐怕也不是她能抵抗得了的。

最重要的是，不知道为什么，原本约定好的十分钟后刘天昊就来房间救她，可现在已经快半个小时了，他还是不见踪影。

崩皮终于撕破了脸，他一下子扑上去，抱着王佳佳，鼻子在她的身上拱来拱去，说道："你既然肯来宾馆见我，你心里想什么我也知道，不就是钱嘛，等我的小说炒热了卖出去版权，你要多少钱我都给你，都是你的。"

王佳佳用力地推着崩皮。

……

刘天昊坐在宾馆的一楼大厅休闲区，他一直在看着时间，只要他和王佳佳约定好的十分钟一到，他就会立刻冲上去救王佳佳。

事情总会有意外发生，就像老段等人一样，无论是凶手给创造的机会还是自己的疏忽，总之意外发生了。

宾馆突然进来几个老外，看起来年纪并不大，走到前台后，发现双方在语言上无法沟通。

老外在中国人的印象里好像素质都是很好的，都是欧美电影里演的那种超绅士、超帅、身材超好、脸蛋超漂亮的那种，但实际上外国人和中国人差不太多，有素质高的也有素质低的，有好有坏，有高有矮，有胖有瘦。

眼前的几个老外做出的事儿出乎了服务前台的意料，几句话没说明白，老外们便闹了起来，甚至还冲进前台抓住前台小姐开打。

刘天昊作为人民警察自然不能让这种情况发生，立刻上前阻止并出示证件。

这些老外并不是不懂中文，反而对中国文化非常了解，甚至连普通话也比一般人说得要利索一些。

其中一名老外立刻指出刘天昊并不是辖区的民警，没有权力管理这个辖区的事情。

刘天昊收起警官证，让前台小姐报警的同时，再次阻拦几名闹事的老外。

老外仗着人高马大开始推搡刘天昊，双方开始有肢体冲突。令他们没想到的是，看起来比他们矮一头的刘天昊却是搏击高手，在数个回合之后，四名外国小伙儿倒在了地上，抱着胳膊和腿不断呻吟着，嘴里喊着"中国警察打人，我们要到大使馆去寻求庇护"之类的话。

属地的派出所很快赶来，因为涉及外国人的问题，他们按照程序把涉事人员一并带回派出所，也包括动了手的刘天昊。

刘天昊出示证件并解释，可出警的民警却管不了这些，一股脑把所有人带上了警车。

……

王佳佳已经被崩皮推到了床上，衣服已经被撕破了好几处，她极力抵抗着疯子一般的崩皮，同时心里期盼着刘天昊赶紧过来救她。

崩皮虽然长得比较瘦，却有一股干巴劲儿。一力降十会，王佳佳虽说会一些技巧，却抵不过崩皮的力量。

"你这样做是要坐牢的！"王佳佳喊着。

此时的崩皮已经迷失了本性，哪还管得了她在说什么。

"不就几年的牢狱之灾吗，能把你办了坐牢也值！"崩皮双眼通红，手脚却没闲着。

突然，房间的门咔嚓一声被打开，骑在王佳佳身上的崩皮一愣，向门口方向一看，只见一个年轻人急急忙忙地冲了进来，二话不说地拎着他的脖子一甩，他就像棉花一样飘了起来，落地时杀猪般的嚎叫声同时响起。

"你他妈谁呀，滚出去！"

刘天昊扶起王佳佳，从浴室拿出一条浴巾裹在她身上："我是谁你很快就会知道，靠墙蹲好了别动！"

一副手铐"当啷"一声扔在崩皮面前。

"还敢冒充警察给我玩仙人跳啊，老子可不吃这套。"崩皮从地上爬起来向刘天昊走去，一边走一边把一把椅子拎了起来。

刘天昊一个转身飞踹把崩皮再次踹倒在地，他捂着腹部痛苦地嚎叫着，显然受创不轻。

刘天昊慢慢走到崩皮面前，蹲了下来，出示了警官证，一字一句地说道："我是警察，本来是调查你所写的小说和工地意外之间的事，但现在多了一条，强奸未遂！"

王佳佳此时也缓过劲来，拿着手机给崩皮照相。

门口的服务员不知所措地站着，小声向刘天昊问道："警官，这件事情要不要我报案？"

王佳佳走到门口，说道："先不用，他就是警察，我们自己会处理的。"

服务员看到刘天昊也点点头之后，这才缓缓离去。

王佳佳挂上了请勿打扰的牌子并把门关上，走到崩皮面前说道："昊子，这事儿你替我做主吧。"

此时的崩皮已经反应过来，这根本就不是他所谓的仙人跳，他犯的就是强奸罪，就算是未遂，也要判两年以上，而且随着新闻的报道，他崩皮的名声也就算完了，出狱之后他不会再有机会东山再起。

"佳佳小姐，刚才是我不对，你看看要我怎么赔偿，只要别报警，怎么都行！"崩皮说道。

王佳佳也没客气，上前狠狠地打了崩皮一顿耳光，直到他的鼻血流了下来才住手，抖着有些发麻的手说道："先说你的小说是怎么回事！"

崩皮被打得有些发木，眼睛直勾勾地说道："小说就是小说喽，什么怎么回事？"

"为什么小说的情节和工地的意外高度一致？"王佳佳问道。

"啊，您问的是这事儿啊，其实吧，这小说不是我写的……"崩皮嘿嘿地笑着。

# 第十六章　神秘手稿

自入夏以来，NY 市的天气又闷又热，手术室却始终保持着恒温。

"我的胳膊还在吗？"小周轻声问着做手术的医生。

医生一笑，反问道："你希望它在吗？"

小周立刻答道："希望，希望啊！"

护士给医生擦了擦汗，冲小周说道："它好好的呢，你放心吧，侯主任的医术很高明，你的胳膊保住了。"

小周心里松了一口气，他把眼珠转向另一边，突然他看到一双通红的眼睛在看着他，恐惧立刻涌了上来，他的身体不由自主地颤抖着。

"鬼瞳，是鬼瞳，它一直跟着我，阴魂不散！"小周说话时瞳孔突然放大。

"这里是医院，你很安全。"医生安抚着小周。

但小周却并不领情，继续喊着："追过来了，追过来了！"同时他的左手臂抬了起来胡乱比画着。

"麻醉剂过量了吗？"医生向麻醉师问道。

麻醉师摇摇头："正常量，再说也不可能造成幻觉呀！"

"加量，全麻。"医生说道。

麻醉师立刻向小周的静脉插管中注射了一些麻醉剂，小周的声音逐渐小了下来，眼皮越来越沉。

……

对于一名作家，最怕的就是承认自己没能力写作。但崩皮却不得不承认，因为他的确没有，他只能靠着招摇撞骗或是剽窃来维持生计。

"是一个人寄给我的手稿，我扫描、校对再稍加润笔就成文了，我担心这本小说又是剽窃别人的，所以没敢在大平台网站上发表，只发在卢总的贴吧上。"崩皮垂头丧气地说道。

"谁给你寄的？"刘天昊问道。

崩皮摇了摇头，两眼中尽是茫然之色："不知道，我真的不知道。"

"谁给你寄的东西怎么会不知道？"王佳佳伸手又给了崩皮一个巴掌。

崩皮眼睛一瞪，正要发作，却想起自己的犯罪之举，眼睛中的戾气又立刻消散，说道："真不知道，我也查过，但在各个快递系统中查不到，可能是他自己送过来的。"

"都查过？"

"都查过，顺丰、京东、圆通什么的，连邮政的快递我也查了，最后把快狗、闪送、同城运之类的也查了，没发现有这个快递，所以我觉得就是他自己送到我的邮箱里的。"崩皮说道。

"嗯……"

"这事儿我也好奇呀，你想想，突然有一天有个人给你一大堆书稿，里面的内容还挺吸引人眼球的，你不好奇这个人是谁吗？"崩皮说道。

"别废话，说正事儿，你住的小区里没有监控吗？"王佳佳问道。

"监控我也查了，邮箱设在单元门的门口，监控不好用，没发现是谁。"崩皮抢着说道。

"这么说来，你已经没用了。"刘天昊说道，语气中带着威胁。

崩皮也知道此时要是没了用，王佳佳肯定报警抓他，急得他直挠头："警官，你让我再想想。"

刘天昊冷笑着，在房间里悠闲地踱来踱去。

"有线索了，警官！"崩皮突然站起来，脸上有些兴奋。

"蹲下！"刘天昊暴喝一声，吓得崩皮立刻又蹲下。

"第一次啊，就是发现稿件的第一次，那天，我去楼下取报纸，突然感觉有双眼睛在远处盯着我，那种感觉很怪，就像……"

王佳佳和刘天昊对视一眼，心里冒出一个词"鬼瞳"。

"反正很怪，我按着感觉找过去，那是小区里面的一处绿化，高高的一片竹子，结果除了一只野猫外什么也没有，等我再回到楼梯口取报纸时，就发现邮箱里多了一封很厚的信，信里的内容就是这篇小说。"崩皮说道。

"你具体说说有双眼睛盯你这件事，时间、地点，还有细节。"刘天昊预感这双眼睛很可能就是所谓的"鬼瞳"，某个人的一双眼睛。

崩皮点点头，说道："每次我取报纸都是在晚饭后散步的时候，那双眼睛就藏在竹林子后面，有点红，就像施瓦辛格演的那个终结者里面的T800机械人的红眼睛，可我钻进竹林子里面时，却发现只有一只猫，猫的眼睛有点绿。"

"听过鬼瞳吗？"刘天昊问道。

"听过呀，传说工地两起意外就和鬼瞳有关，我还琢磨着借着这个噱头好好炒作一下自己呢。"崩皮说道。

"鬼瞳不是你故意弄出来的吧？"王佳佳问道。

崩皮双手连摆，说道："不是，绝对不是！"

"前两次意外都是你先发表了小说，再发生的意外对吧？"刘天昊问道。

崩皮思考了一下，随后点点头。

"最后这次为什么不一样？"刘天昊问道。

崩皮脸上露出苦涩，说道："本来稿子早就到我手里了，这不是参加了网络文学大会嘛，就耽误了点时间，后来又有粉丝找我，就耽误了发表的时间。"

"最后这篇稿子是在昨天拿到的？"

"对，昨晚。故事还行，但文笔没法看，所以得润笔，时间就是这么耽误的。"崩皮说道。

刘天昊又问道："稿子呢？"

"烧了，我不能留呀，万一让人看到就麻烦了！"崩皮比画着。

"一点儿没留？"

崩皮向宾馆的卫生间的方向看了看，耸了耸肩，意思是不但烧了，还冲进了下水道中。

刘天昊心里连叫可惜。从崩皮的叙述可以肯定写稿子的人就是酝酿这三起意外的凶手，但概率杀人最难的就是证据，如果有手写的书稿作为证据，就不难将凶手绳之以法。

线索就在眼前，却被崩皮给毁了。

"怎么办？"王佳佳对于如何处理崩皮心里也没了主意。

"都录下来了吗？"

"都录下来了。"王佳佳晃了晃新买的手机。

"你们就饶了我吧，我又没做什么坏事。"崩皮眉头的疙瘩皱得像个大头菜。

"还要脸吗？强奸妇女未遂，这还叫没做坏事！"刘天昊把崩皮拎了起来，"我给你个机会！"

"行，行，我愿意戴罪立功。"崩皮恨不得跪在地上。

"那个人再给你书稿，第一时间交给我，还有那人的身份。"刘天昊说道。

崩皮立刻点头哈腰地答应着。

"我提醒你一点，从现在开始，警方开始对你进行二十四小时监控，有任何行动，你都得联系我，否则……"

"行，行，我哪都不去，现在立刻回 NY 市，等书稿！"崩皮慢慢站起身，见刘天昊没再发作，就站直了身子。

"哎，我这身衣服都被你撕破了，你得赔。"王佳佳暗中捅了一下刘天昊。

"赔，我赔，多少钱？"崩皮从床头柜上的电脑包里找钱。

"你留个车票钱，剩下的都得赔给我，我这衣服是限量版的，一万多呢！"王佳佳说道。

崩皮听到后吓得差点没坐地上，手哆哆嗦嗦地拿着一千多元递给王佳佳："大姐，我就这么多了，都给你，车票我再想办法。"

王佳佳一把抓过钱，又狠狠地摔在崩皮脸上。

"立刻订票回去，另外当从来没见过我们，记住了吗？"刘天昊拉着王佳佳向外走。

"记住了。"

"哎，你为什么起这么一个怪笔名？"刘天昊回头问道。

崩皮边捡钱边可怜巴巴地回道："给我书稿的人让我叫这个名字的，原来我的笔名叫'社会我红哥'。"

刘天昊摇了摇头，心道：一听这笔名也知道这人不是什么好鸟！

两人走出宾馆，街上已经是灯火通明。王佳佳深吸了一口气，问道："昊子，你为什么不和他一起回 NY 市？"

"说不定凶手就在暗处盯着他，咱们要是和他在一起……"

"哦，我明白了，那咱们……"王佳佳的话还未说完便停住了，紧紧地用浴巾裹着身体。

原来她本来穿的是短袖和牛仔短裤，浴巾裹在上身后盖住了短裤，路人还以为她里面没穿衣服，所以都投来了好奇的目光。

"到附近的商场，我得买件衣服。"王佳佳说道。

刘天昊点了点头，抬头看了看崩皮的房间，崩皮也在向下看，刘天昊用手指了指崩皮，崩皮吓得立刻躲回房间。

"走吧。"

"他不会跑了吧？"

刘天昊冷笑一声："他不敢，刚才我处理外国人闹事的事情时已经和这里的警方打招呼了，他除了回 NY 市没有别的地方可去。"

刘天昊冲着对面人行道上的一个男子点点头，对方回应了一下。

"你安排得倒是挺好，差点害了我！"王佳佳觉得非常委屈，眼泪噼里啪啦地掉了下来。

"真对不起，我也没想到……哎，你别哭，别哭，你裹着浴巾在大马路上哭，得让多少人误解！"刘天昊劝着。

"我就哭，就哭，除非你答应我一件事。"王佳佳撒起娇来。

"好好，我都答应，来车了，先去商场买件衣服，然后回 NY 市，小周还在医院躺着呢。"刘天昊一声长叹。


# 第十七章　失心疯


从进化的角度来说，人类对身体伤害的抵御能力远远超过对精神上的抵御能力。身体受伤后，能借助先进的医疗手段治疗，加速人体愈合，但精神上的伤害却几乎只能依靠自己，精神科医生和药物只是起辅助作用。

当王佳佳和刘天昊看到小周时，他们终于明白了这点。

在"画魔"一案中徐静被凶手杨红买通黑社会折磨成了精神病，直到最后，她也没有走出她的悲惨世界。

小周侧躺在床上，身体不断地扭动着，嘴里发出嗬嗬的声音，要不是有几根限制带绑着他，恐怕他会从病床上蹦起来。

刘天昊绕到床的另一侧，盯着小周的眼睛看。眼睛是人心灵的窗户，人的心灵有了问题，从眼睛上就能看得一清二楚。

小周的眼神飘摆不定，嘴唇不停地哆嗦着，好像是在说着什么，但仔细听，又不是在说话。

用手指在他的眼前比画了几下，他完全没有反应。

刘天昊在徐静的身上也见过，病人已经深深地陷在自己的世界里，完全感受不到外界的情况。

"病人的肩胛骨和大臂粉碎性骨折，无法再从事强体力劳动，另外，他的精神受到很大打击，用俗话说就是得了失心疯。"医生介绍道。

"能不能治愈？"刘天昊心里有些忐忑。

医生摇了摇头："我是外科医生，这事儿你得问精神科医生，不过从目前的情况看，治愈的可能性比较小！"

刘天昊望向苦着脸的工地安全员老谢："老谢，怎么出的事？"

"刘所，这事儿都怨我，又给您添麻烦了。"老谢先向刘天昊道歉，和项目经理陈龙是一个风格。

老谢很详细地把小周的遭遇讲了出来，虽说他有些磕巴，但讲述得还算是客观。

当听到塔吊司机林茂开在事故发生后看到鬼瞳时，刘天昊不禁眉头一皱。为什么一直被认为是迷信的鬼瞳总会出现在事故现场，难道真的是人所产生的幻觉，还是有其他的东西在，被人误当作鬼瞳？

在老段的意外事故中，庄世娟和王贵都说看到了楼梯间里面有一双眼睛，而且是凌空存在的一双眼睛；在庄世娟一案里，从小周的叙述上看，也有这样一双眼睛出现；而在小周意外受伤的案子里，又有鬼瞳出现。

老谢眨了眨眼睛，磕磕巴巴地说道："听林茂开所说，钢丝绳断得很蹊跷……"

"有问题你就说嘛！"刘天昊有些着急。对于老谢的行为他能够理解，这算是一起意外事故，受害人只要没死，事情就好办得多，保险会赔偿大部分的损失和医疗费用，但老谢对警方所说的影响了保险的赔偿，可能就会对工地造成巨大损失。

"要不，刘所您自己去看吧，杨警官不是把证物都带回所里了吗？"老谢笑着说道，他笑起来褶子堆了一脸，一副老奸巨猾的样子。

刘天昊能理解老谢的处境，毕竟是给人家打工的，一句话没说好，饭碗就没了，但如果是刘天昊自己发现的问题，那就和老谢没关系了。

"老谢，你们工地是怎么搞的，三天两头出事故！"刘天昊语气中带着埋怨。

"该排查的隐患也排查了，您说说这事儿！"老谢欲言又止。

"这个老滑头！"刘天昊知道有很多话老谢不敢说，只好作罢，嘱咐了几句后转身离开。

两人走到医院院子里的一个花坛边，王佳佳突然停了下来。

"你有什么想法？"刘天昊问道。

王佳佳没立刻回答，背着手绕着花坛转了一圈，才说道："现在最关键的问题不在于鬼瞳，鬼瞳只是一个噱头、一个幌子，这点我不相信你看不出来。"

"关键不是鬼瞳，而是下一个受害者究竟是谁以及凶手是谁。"刘天昊说道。

"先说目击者，基本都是当事人或是下一个当事人，老段案的目击者是庄世娟和王贵，庄世娟案的目击者是小周，小周案的目击者是塔吊司机林茂开，这说明……"

"下一个受害者很可能是林茂开，至于凶手，只要才子作家崩皮按照咱们的计划行事，应该很快能确定身份。"刘天昊分析道。

"单从推理上来说是这样，下一个受害者也有可能是王贵哟。"王佳佳说话间满脸的俏皮。

"刚才老谢说了，林茂开已经辞职了，就算工地有意外，也不可能是他，而王贵因为身体不好早就在家歇着了。"刘天昊说道。

"也不好说呀，民工说不干就不干，但说干随时可能回来，我的线人告诉我，工地自打出了事故后，工资都比其他工地要高一些，能多赚钱，谁还在乎事故。"

"到目前为止，小周是这三起意外事故的唯一幸存者，线索还得从他的身上找才行。"刘天昊说道。

王佳佳笑着说道："哎，你现在对我没以前那么排斥了啊！"

"角色不同了嘛。以前我在刑警队工作，专职破案，有纪律。现在我是基层民警，工地的事又没立案，算不上案子，咱属于私下行为，你能帮助我，为什么要抗拒。"刘天昊解释道。

"不用解释，理解。不过，眼前你打算怎么办？"王佳佳的性格很好，从来不过多计较，这是一般女人所不具备的，有需求她就来，没需求就走，绝不会给人带来任何不快。

刘天昊拿起电话拨了一个号码。王佳佳不用看就知道，小周现在需要的是心理治疗师，而在 NY 市，数得上号的心理治疗师中就有公安局的赵清雅，所以每当遇到这种问题时，他都会向大师姐求助。

"大师姐，我遇到了一个难题，还得请你老家人出马才行。"刘天昊说道。

"哎，师弟，你这可不是求人的语气呀，我哪里变成老人家了！"赵清雅的声音从话筒传出来。

"是是是，师姐说得对，师弟求你了，求你了，帮个忙吧。"刘天昊不得不服软，看得王佳佳在一旁偷笑。

"好吧，什么事？"女人还是心软，赵清雅见刘天昊服了软便答应了下来。

"见面说吧，事情很复杂，不是三言两语就能说得清楚的。"刘天昊苦笑着说道。

"那行，什么时间？在哪儿？"赵清雅问道。

"现在，医院对面有个小茶馆，我在那儿等你，还有王佳佳。"刘天昊冲着王佳佳挤了挤眼睛。

"佳佳也来啦，好，正好我有事要和她好好聊聊。"赵清雅答应得很痛快。

……

医院对面的小茶馆面积不大，还兼职做着鲜花的生意，人来人往，生意很好。

天气炎热，好在茶馆中的空调够凉，刘天昊向店家要了一壶龙井，随后把工地的意外事故讲了一遍。

赵清雅喝了一杯茶水，说道："师弟，目前 NY 市贴吧比较火的那篇小说《第五个意外》连载的和你说的一模一样哎！"

刘天昊看了看王佳佳，苦笑一声，说道："是一模一样，所以我才怀疑这是模仿小说杀人案，而且还是作案最难、案发后几乎无法破解的概率杀人案。"

"嗯，有意思。让你这一查，说不定还真能查出一个谋杀案来。"赵清雅伸出大拇指说道。

刘天昊耸了耸肩："嗨，还说呢，查不好我都得被免职。眼前的三起事故都被定性为意外，工地赔钱受处罚就拉倒了。如果没有确凿证据，以后想翻案都难，阻力太大了。"

"这不太像神探刘天昊说的话呀？"赵清雅调侃道。

"我还是那个我，只是这半年来经历的事太多，圆滑了。"刘天昊自嘲道。

赵清雅毕竟年长几岁，又从事心理咨询的业务，见过的黑暗比刘天昊只多不少，对于他的说法非常理解。

"继续说案情。"刘天昊给赵清雅倒了一杯茶。

赵清雅点点头，说道："从犯罪心理学来讲，能策划概率杀人案的凶手应该拥有很高的智商，作案基本都有其独特的动机，报复社会作案的可能性很小。凶手可能酝酿很长时间了，绝不是仓促行事，很有可能他针对的不是人，而是工地。"

刘天昊和王佳佳对视一眼，沉默了一阵，才说道："我们刚刚和小说作家崩皮接触过，那篇小说不是他写的，而是另有其人，是通过手稿把内容交给崩皮的。"

"有些可疑呀？"赵清雅问道。

"对，两个疑点。一、写稿子的人很可能就是凶手。二、凶手不具备使用电脑的能力，否则，在电子商务极其发达的现代，有谁还会用笔在纸上写字呢。既然咱们定位凶手是高智商，他肯定不会让自己的笔迹留下来给警方当证据是吧。"刘天昊说到这里时突然想起了动迁户老刘。

"崩皮不愿意透露这篇小说是别人写的，这也是他的弱点，凶手并不担心他的手稿会落在警方手里，至少从心理学上说是这样的。"赵清雅说道。

"放心吧，崩皮有把柄在咱们手上，他不敢造次。"刘天昊有些歉意地看向王佳佳。

"这个可不好说，万一凶手捏着的把柄大于你的……"赵清雅挑了挑细长的眉毛。

刘天昊端着茶杯一动不动，思索了一阵才点点头："你说得有道理，看来我还得给崩皮加把火。"

"你觉得是他？"王佳佳也想到了刘天保。

"他的嫌疑目前是最大的。"刘天昊说道。

"哎，你们俩打什么哑谜呢？"赵清雅疑惑地问，她并不知道动迁户老刘家，所以听得云里雾里。

刘天昊毫无意义地摆了摆手，说道："大师姐，其他事我还得去验证一下再和你说，你先帮我去和小周沟通一下吧，说不定在他的身上能获得些线索。”

“行，这件事就交给我了，但有没有收获我不敢保证啊！佳佳，我有点事微信和你联系，很重要，记得看啊！”赵清雅一口把茶水喝光起身离去。

王佳佳冲着赵清雅摆了一个“OK”的手势。对于赵清雅所说的事，王佳佳并未在意，但这件事日后却发展成轰动 NY 市的案件，丝毫不逊于当年的五号案件，这是此时的刘天昊和王佳佳所想不到的。

“咱们呢？”王佳佳喝了一口茶。

刘天昊大步流星向外走去，边走边说道：“去找林茂开和王贵。”

# 第十八章　峰回路转

对于警察抓人，大部分人只看到抓捕时的惊心动魄，却很少有人知道抓捕前的准备工作。

说到蹲守，是非常痛苦的一件事，不但要求蹲守的民警有耐心，还要克服各种困难，如寒冷、饥饿、蚊虫叮咬，等等，其中一大项就是上厕所，人有三急，一旦来了之后就算再强悍的人也憋不住，所以民警们在蹲守时尽量少喝水、少吃饭，能保证基本的生存条件就好。

民警小杨和另外一个小伙儿已经在崩皮的小区外蹲守了两天了，基本上连几点几分外卖和送牛奶的人的特征都弄得一清二楚，但神秘人却始终未出现。

幸运的是，这个小区只有两个出入口，其中一个因为被物业上了锁，人和车都不能进出，所以只要守住现在的大门，所有人和车的进出都会收于眼下。

小杨每隔几分钟就看一次微信，他看的是崩皮的微信，两人早已约定好，一旦神秘人给崩皮发出取书稿的消息，他就立刻告知小杨。

"杨哥，这蹲守得什么时候能结束啊？"小伙儿从警经历短，并未经历过这么长时间的蹲点任务。

"兄弟，知道破案什么最重要吗？"小杨已然成为小伙儿口中的"杨哥"。

"推理！"小伙儿有些兴奋起来。

小杨摇摇头，说道："你呀，就知道推理，柯南动画片看多了，被影视剧害了的一代人。"

小伙儿挠挠头，眼睛又盯着繁忙的小区门口。

"抓人是破案的环节之一，如果你知道了谁是凶手，但凶手逍遥法外，这还算破案吗？"小杨问道。

"当然不算。"小伙儿嘿嘿一笑。

"抓捕要靠蹲守，蹲守才是破案最重要的条件之一，没有那么多的推理，没有那么多的当场拿下，没有那么多惊心动魄的追逐，人海茫茫啊，不蹲守，怎么抓罪犯！"小杨打了个哈欠，他感到大脑明显有些缺氧，困意十足。

"哦，明白了。"小伙儿随手把车窗打开，外面的新鲜空气涌了进来，两人顿时精神一振。

小杨的手机一响，是崩皮发来的微信，微信的内容是：书稿在竹林，用牛奶瓶装着。

小伙儿伸手准备开门，却被小杨拦住。

"别急，说不定这是诱饵，你只管录好像就可以了，一个都别漏掉。"小杨说道。

小伙急忙检查车上的摄像机："都录着呢！"

"你记住，神秘人的智商很高，知道送书稿是一件容易暴露自己身份的事，所以他应该很低调，扔在人群都看不出来。"小杨说道。

其实很多人对罪犯的印象都是凶神恶煞、满脸横肉，或是眼睛贼溜溜的，但实际上，真正的罪犯和身边的张大叔、李大哥、王小弟、齐二嫂没有任何区别，也许是个送牛奶的，也许是个送外卖的，也许就是一个路人甲而已。

"你在这儿盯着，我进去看看。"小杨开门下车，伸了个懒腰，慢慢地走向小区。

小区比较陈旧，物业管理比较差，门岗破败不堪，房间里满是灰尘，显然是很长时间都没人进行过清理。

进入小区后，满眼都是车辆，汽车、摩托车、自行车没有规矩地停放着，过道几乎只能容下一台车进出。楼前原本属于绿化的位置大部分被居民种了菜，其中一栋楼下面的绿化还算保持完好，长着茂盛的竹子。

小杨装作无事的样子溜达着，此时的崩皮已经从楼道里走出来，环顾四周后，才慢慢悠悠地走进竹林中，不多时，他就拿着两个玻璃的牛奶瓶子走出来，看了看小杨后才走回单元门中。

小杨又在小区里面转了两圈，未发现可疑的人后才离开，回到车上后立刻给崩皮发了微信，询问有没有看到神秘人。

崩皮的微信回复速度很快：没看到任何人，牛奶瓶里面的书稿是空白的纸。

随后两张照片发了过来，两张纸是卷曲的，用手机压着放在桌子上，纸上一片空白。

"难道是神秘人发现我们了？"小杨心里嘀咕着。

在一旁盯着录像机的小伙儿揉着通红的眼睛，说道："杨哥，有什么收获吗？"

小杨叹了一口气，说道："可能白忙活了，神秘人没抓着，咱们可能还暴露了，你看！"

小杨把两张微信图片给小伙儿看。

"会不会是隐形墨水？"小伙儿问道。

"你是谍战剧看多了，隐形墨水哪有那么容易，再说了，就算是用隐形墨水，还是会在纸上留下痕迹的。"小杨说道。

崩皮又发来一条语音："杨警官，瓶子和纸张都没有任何异常，没见着书稿。"

"崩皮，你是从什么渠道发现神秘人给你的取书稿信息的？"小杨发语音问道。

"我信箱里面的信，但信封上面没有邮戳，应该还是神秘人亲自送来的。"崩皮语音回道。

"信上面是手写的还是打印机打出来的？"小杨问道

"手写的，咋啦？"

"所有的信还在吗？"

"在呀，都留着呢，他只说让销毁书稿，并没说把信件也销毁呀。"崩皮又发回语音。

"我上楼去找你，你把所有的信准备好。"小杨放下手机，笑着说道："这回咱们可以和刘所请功去了！"

……

刘天昊第一次发现找一个人是这么困难。

林茂开和王贵是村里人，因为动迁到外面租了房子，打了两人手机，王贵的手机关了机，林茂开的手机欠费，又让项目部的人去找，好不容易通过一个工头儿找到了两人的住处，却发现已是人去楼空。

项目部的回复是可能他们去其他地方干活儿了，对于这些工人而言，整个身家就两床被和几只破锅，分分钟就能搬完家。

五十多岁的王贵这代人本身就没有二十四小时开机的习惯，想起来就打个电话，想不起来，手机没电关机几天都是有可能的。

林茂开虽说是年轻人，但手机号并不固定，今天哪个营业厅有活动了就去办一个号，把钱用光了就再去换一个。

把寻找两人的任务布置给所里的片警后，刘天昊和王佳佳来到派出所的后院。由于证物较大，升降机驾驶室的底板、塔吊的钢丝绳、泡沫坐垫、小周的三轮车等都堆放在配电室一侧的空地上。

刘天昊戴好手套拿起钢丝绳仔细观察着。

钢丝绳的一端绝大部分的钢丝已经锈迹斑斑，还有几根是新断的茬儿，刘天昊把钢丝冲着阳光看了一阵，又摘下手套在钢丝断处摸着，过了一阵，他面露喜色。

王佳佳一直在他身边用手机拍照，见刘天昊面色一喜，这才跑过来问道："大侦探，发现什么了？"

"小周的这起事故不是意外，是谋杀。"

"这么肯定？"王佳佳盯着钢丝绳问道。

"这次有证据，终于可以立案侦查了。"刘天昊拿着钢丝绳抖了抖。

王佳佳却看不出异常来，疑惑地摇摇头。

"如果是钢丝绳因为生锈而断掉，那未生锈部分的钢丝绳一定会在重物的作用下发生拉伸，可你看看这根钢丝绳，生锈的部分有拉伸现象，但未生锈的部分却没有，断处还是平的，你不觉得奇怪吗？"刘天昊问道。

"照你这样一说，还真是那么回事。"王佳佳伸手摸了摸生锈部分的钢丝绳，生锈部分钢丝已经发生拉伸变形，尖端扭曲着。

"如果凶手把未生锈的部分用钢锯锯断，从理论讲，这部分钢丝要比未锯断的部分短一些。"刘天昊把钢丝绳断处用力接在一起，很明显可以看到未生锈的部分短了一点点，如果不是仔细观察，根本看不出来。

"呀，昊子，这样看的话，未生锈部分不但短了一点，而且还呈微微倾斜状态，很明显是用钢锯锯开的。"王佳佳说道。

刘天昊松开手，把两段钢丝绳摆放在地上，用手机给断头的部分照了相。

"是钢丝锯锯断的，不是普通的锯条。"刘天昊说道。

"钢丝锯是什么锯？"王佳佳不知道钢丝锯很正常，毕竟是个女孩子，整天都是和化妆品、衣服、包之类的东西打交道比较多一些，没有女孩子还到五金商店去买一些工具来玩的。

"锯大部分是用于锯质地比它软的东西,但有一种钢丝锯叫宝石锯,是专门切割宝石用的,也可以用作切割钢材和铁质物体,切割钢丝绳再好不过了。"刘天昊答道。

"那凶手有没有可能就是塔吊司机林茂开?他每天都接触塔吊,作案的机会很多。"王佳佳问道。

"从理论上来讲可能性不大,毕竟他是开塔吊的责任人,一旦出现意外事故,他本人也会受到相应的处罚,扣工资、吊销证件都有极大的可能,这就意味着他的职业生涯结束了,如果不是很大的诱惑,一般人不会选择做这种事。"刘天昊说道。

"可现在林茂开避而不见,很可能就是畏罪潜逃啊。"王佳佳又说道。

"先找到他再说吧,但有一点可以肯定,这场所谓的意外绝不是意外,而和这场意外相关联的两次意外也很有可能被推翻!概率杀人案,世界上最难破解的案件,即将在我的手上破解。"刘天昊兴奋地说道。

概率杀人案是凶手通过提高意外发生的概率杀人,由于是意外,杀人成功后很难被抓,堪称完美犯罪之一。

# 第十九章　中毒

概率杀人需要凶手做的是加大意外发生的概率。

先分析老段事件。老段喜欢开车,因无驾照无法开小轿车,所以他就把注意力转向工地无牌照的三轮车,只要给老段不断地创造机会开车,他的瘾就会越来越大。然后再制造小周离开三轮车的机会,这样老段开车的概率就会加大很多，最后再给老段摆弄车制造借口，比如因为天气炎热庄世娟着急下班，一旦她下班，就意味着料运不到施工楼层，老段等人就得跟着一起下班回家。老段是工长，包了活儿，少干一天活儿他就少赚一天的钱，所以老段就会顶替小周开车，把料运上楼层！

再利用的就是让老段对小周的三轮车车况不熟悉。出事的三轮车在村里有很多辆，按理说老段应该比较熟悉，加上本身这种车的驾驶没有技术含量，也就是油门和刹车两种功能，如果凶手刻意地调教了小周的三轮车的油门和刹车，或者是调教了其他三轮车的油门和刹车，那么意外发生的机会就会很高了。

本来工地管理相对比较严格，不允许非司机开车，但缺少惩戒的措施，导致老段的好奇心越来越强，越不让开就越想开！

一切布置好后，剩下的就是等待。天气炎热，大部分工人放假，小周闹肚子，庄世娟着急下班，当这些因素凑到一起时，意外就发生了。

至于庄世娟的意外也是一样。首先必要条件是升降机必须为老旧产品，底盘严重生锈腐蚀。施工单位为了省钱，不可能对轿厢进行更换，一般都是做翻新处理。施工机械的翻新比较粗糙，不存在除锈再刷漆的程序，所以表面看起来崭新的升降机已经埋下了很大隐患。

但升降机驾驶室的座椅是和立面焊接在一起的，只要驾驶员坐在座椅上，就算轿厢的底板掉了，依然不会掉下去，所以凶手要做的就是去掉驾驶室座椅。

根据资料显示，半年前，庄世娟的体重是55公斤左右，半年的时间，她的体重飙升到70公斤，上身的重量增加令庄世娟的坐骨神经痛加剧，她大部分工作时间是坐着的，升降机原装座椅为钢制的，质地很硬，如果加上一层软质的坐垫，庄世娟的头就会碰到驾驶室上方的顶棚，所以办法只有一个，把原装座椅砸掉。

庄世娟选择的代替品是用几层泡沫板加上一层海绵缠在一起当座椅，既轻便又柔软，而且泡沫座椅比较矮，坐着时身体呈向前倾的状态，可以减轻坐骨神经痛的症状。

这种行为违反安全规定，在项目部和监理每月一次的安全大检查中肯定过不去，因此在每次安全大检查时，她都会把升降机座椅放回原位，等检查过去后再搬走藏起来，原配的座椅垫就是在搬来搬去的过程中丢失的。

升降机属于施工机械，不用考虑使用者的感受，因此运行起来比较粗暴，坐过升降机的人都知道，每次上升或者停下时都会突然一顿，凶手利用的就是这个特点。庄世娟的体重加上原本轿厢底板的重量终于把底板的焊接点冲击掉落，最终导致意外的发生。

至于小周的事故就更加简单了。

项目部的管理人员正忙着处理两起意外的善后，机械管理人员忙于对升降机轿厢的加固和维护，凶手熟悉工地工作流程，警方、安监、政府职能部门几波调查后，公司和集团领导也要到现场进行查看，而此时事故已经基本上定性，事件应已经被摆平准备再次开工，在开工前，集团领导和公司的管理层肯定是要到工地进行检查，实际上也是在进行安抚，目的是排除晦气。

为了迎接集团领导，工地会把出事的痕迹清理干净，血迹、死者留下的物品等，其中还包括老段出事的那台三轮车。

三轮车本身是运装混凝土的，出事后车身里残留的混凝土并未清理，因此重量比空车要重很多，而场内的无牌照车辆都已经清离现场，用人搬走更不现实，最后能够使用的就是塔吊，凶手只要在上面做点手脚就可以完成概率杀人最重要的一步。

此时，外地的民工都在和项目部要钱准备离开，安全员老谢唯一能调动的也就剩下小周一个人。

当塔吊把三轮车吊起来时，左右摇摆产生的力量令存在隐患的钢丝绳断裂，巨大的力量把钢丝绳荡了起来，无论是坠落的三轮车还是钢丝绳都足以致命。

"这是我对目前三起意外事故的分析，你觉得如何？"刘天昊问向王佳佳。

"精彩绝伦，真如你所分析，那凶手绝对是高智商，一环套一环，细节设计得几乎完美。但我有个问题，凶手制造'鬼瞳'的动机是什么呢？"王佳佳说道。

刘天昊摇了摇头，说道："鬼瞳的故事很有震撼力，早就存在，只是和凶手作案结合在一起，就变得诡异无比。"

王佳佳歪着头呵呵一笑，说道："鬼瞳的故事虽说比较假，但很多细节值得推敲，比如说每次鬼瞳出现的地点都在楼梯间通道，出现的时间都在意外发生之前，难道都是巧合？"

"唔！"刘天昊应了一声，大脑中高速转着。

"鬼瞳应该和凶手有关。"王佳佳说道。

很多幽冥事件在现代都能用科学理论来解释，比如传说的雷公电母，实际上就是打雷和闪电，一种自然现象而已。比如说坟场在夜间出现的鬼火，是人体中含有磷，尸体腐化后会产生磷化氢，磷化氢在空气中燃烧造成的现象。

如果用科学来解释鬼瞳，也许它就是两个红外摄像头，最多再加上一架无人拍摄所用的飞机，便可以令两只红色的眼睛凌空而起，形成所谓的鬼瞳。

至于无人机，现在淘宝、天猫、京东等电子商务平台到处都是，稍微有一点电子常识和动手能力的人，买回来后经过一番改装，就可以变成所谓的鬼瞳，目的自然是凶手用来监视工地的动态所用。

王佳佳的分析虽比不上刘天昊的精彩，却也说得合情合理。

刘天昊想起出事那天出现在项目部后身的人影和老刘家山坡上监视项目部的人，便说道："你说得有理，凶手可能利用无人机来观察作案的细节，但无人机起飞降落都有声音，怎么可能不被发现？"

王佳佳一笑，说道："今年的天气异常炎热，加上工地的大型机械设备比较多，噪声很大，所以无人机的声音反而不显眼。"

刘天昊突然想到王佳佳的消息那么灵通，说明她经常利用这种科技产品进行探访，她拍摄的很多视频都是从人类的视角无法实现的。

"看来你明白了。"王佳佳说意味深长地道。

"你呀，就是鬼灵精怪。"刘天昊说道。

"继续说说案子吧，别说我！"王佳佳见他的话开始向她的身上引便急忙岔开话题。

"至少小周的案子比较明显，是谋杀，但现在小周为什么得了精神病我还是想不通。"刘天昊说道。

"这就要看你大师姐的了。"王佳佳说话间带着一些醋意。

两人正说着，刘天昊的手机响了起来。

"师弟，你应该怎么感谢我才是呢？"大师姐赵清雅的声音从手机听筒中传了出来，听说话的语气，就知道在小周身上有了进展。

"只要能把这起案子破了，条件任由你提。"刘天昊嘿嘿一笑。

王佳佳翻了翻白眼，小声嘀咕着："也不知道你答应过多少女孩子，把你分成八瓣都不够用吧！"

"能在电话里说吗？我现在要去找所长谈谈这件案子。"刘天昊说道。

"当然可以，听你的语气，你也有了突破？"赵清雅好奇地问道。

"嗯，小周这起意外是谋杀，只是凶手在细节把握上差了那么一点点，这才让小周逃过一劫，等我和你见面细说，你先说说小周的事。"刘天昊说道。

"好吧，其实小周的病比较简单。"赵清雅说道。

虽说小周在看到鬼瞳后又经历了意外差点殒命，但对他的精神上却没造成太大伤害。赵清雅在和小周沟通的过程中，发现他的神智时而清醒时而混沌，无精神分裂症的典型特征，所以她怀疑小周很可能是中了毒。

在现代医学的加持下，毒不再神秘，例如古代所谓的鹤顶红、迷魂散等药物，用现代化学理论都可以解释得清楚。

经过抽血化验，赵清雅最终得出小周所中的毒是一种新型毒剂，很有可能是罂粟的衍生产物，毒性虽说不强，却会影响人体一周左右才会被代谢出体外，在此期间，中毒的人会产生轻微的幻觉和行为失常。

中毒的途径有两种，一种是静脉和肌肉注射，另外一种就是口服，小周身体并无注射过的痕迹，说明他应该是通过口服进入体内的。

经过了解，小周并无吸毒史。

"也就是说，这种毒是经过食物进入小周体内的！"刘天昊说道。

"庄世娟的那顿丰盛的早餐！"王佳佳和刘天昊几乎同一时间想起这件事。

难道庄世娟也曾经服食过这种毒，所以产生了幻觉，看到了鬼瞳？

刘天昊摇摇头，他知道这种可能性不大，就算是吞服了致幻药物，每个人所产生的幻觉不太可能一样，不可能都是鬼瞳！

"还有其他的线索吗？"刘天昊又向赵清雅问道。

"没了，我已经给小周注射了解毒剂，等毒性完全清除后我再问问，你记着事后如何感谢我就行了。"


# 第二十章　隐形墨水


当刘天昊把自己的推理和所长陈述一遍，又拿出钢丝绳作为证据。所长吴文军沉默了好一阵，慢慢地走到茶几旁招呼刘天昊坐下，泡了一壶茶，倒上两杯。

刘天昊不知道所长葫芦里卖的是什么药，却也不好拒绝，只好端起茶杯，又立刻放下。

茶杯很烫，几乎拿不住。

"做事就像喝茶一样，急不得，太急了就会烫手。"吴文军笑着说道。

刘天昊叹了一口气，说道："所长，我知道您的意思，但现在我已经有了证据，谋杀就是谋杀，如果不立案侦查，万一再发生案件可就坏事了。"

吴文军吸溜着喝了一杯茶，说道："我明白，但这件事影响很大，如果处理不好，会造成连锁反应。我先和局长沟通一下，然后再给你答复。你先查着，有线索咱们及时沟通。"

刘天昊心里暗暗地赞着，吴文军的老道真不是盖的，这件事又让他学到了不少东西。

他有做大事的能力，但缺少镇定，说白了，他还是缺乏磨炼，现在他终于理解韩队和钱局的良苦用心了。

"查归查，不能向任何人透露这件案子，等我跟钱局沟通完再说。"

"明白！"

离开了所长办公室，他到所里的后院又看了看几样证物，几件事故的情景不断地在他的脑海里闪现着，像一颗一颗的珠子一样，最后用一根绳把它们穿在一起，成了一串。

"刘所，我就知道您在这儿。"小杨手里拿着几封信扬了扬，脸上尽是笑意。

刘天昊转过身来，看到小杨的模样，便说道："你小子是不是到我这儿来领功的？"

小杨呵呵一笑，说道："领不领功那得看您，反正线索我是带来了，神秘人的书稿没拿着，但他和崩皮之间的联络信件我拿到手了。"

刘天昊一听，面色一喜："杨儿，你这回可是真立功了。不过这个崩皮果然留了一手，当初我们向他要神秘人的书稿就是想得到神秘人的字迹，他能成为作家，逻辑联想能力应该不差，怎么可能想不到呢，这家伙，说不定还有其他的线索。"

小杨点点头，说道："我这也是连哄带诈才拿到手的，这人真的有点狡猾，挤一点儿他吐一点儿，不挤他就退回去了。"

两人回到了办公室，刘天昊打开信封和信纸，却发现信纸上什么都没有。

"哎呀，这是怎么回事？"小杨惊讶着。他得到神秘人的信件后立刻开车赶回派出所，一路上也没顾上看。

"还真是隐形墨水，神秘人够狡猾的，上面的指纹看来也别想了，当初神秘人给崩皮信件和稿件的时候早就做好了准备，就算崩皮不按照他的要求把稿件烧掉，最终稿件上的字迹也会消失。"刘天昊说道。

"找刑警大队技术科还原吧，他们应该能做到。"小杨说道。

"这种把戏太 LOW，技术科当然可以做到。"刘天昊嘴角露出一丝冷笑。

无论墨水多隐形，但人在书写的时候会在纸上留下一点痕迹，这点痕迹对于普通的老百姓而言等于没有，但对于技术科专门做痕迹检验的高手们却是小儿科。

"正好我回刑警大队看看大伙儿，顺便把这事儿办了。杨儿，还有件事我得拜托你。"刘天昊说道。

"刘所，您见外了，有事儿您吩咐。"小杨笑着说道。

"帮我调查一下钉子户老刘家，他家的社会关系、背景，尤其是他们家和工地之间的纠纷，最好能弄到录像之类的。"刘天昊说道。

"没问题，我有个哥们儿做开发的，专门管动迁。"小杨拍着胸脯说道。

……

姚文媛是个文静的女孩，能够耐得住性子，认真地完成每一项工作，除此之外，她就看些专业方面的书籍充实自己。

她和虞乘风之间的关系刑警队无人不知，但两人却不知为何，谁都不愿意捅破这层窗户纸。

"文媛啊，这画的是谁呀？"刘天昊突然出现在姚文媛的身后开着玩笑。

姚文媛专心致志地在画画，被突然出现的刘天昊吓了一跳，轻轻地拍着胸口说道："刘队，吓死人了啦！"

刘天昊环顾四周，见办公室里并没有人，便小声地说道："有件事还得请你帮忙。"

姚文媛刚才心里还纳闷，刘天昊已经去派出所代职了，怎么会突然回到刑警大队，而且有话没话地搭讪，原来他是有事求她。

"那么神秘干吗？"姚文媛瞥了瞥刘天昊手上的信件。

"事关重大，暂时还得保密。"刘天昊把一沓信放在桌子上。

"这是什么？"姚文媛伸手拿起信件。

"一起案件的证物，已经鉴定过了，上面没有指纹，内容是用隐形墨水写的，看看你能不能帮着还原。"刘天昊小声说道。

"做这些事要进实验室的，实验室的管理你又不是不知道，登记、报备……非常严格！"

刘天昊摆了摆手："手续我后补，现在着急要。"

姚文媛低着头、咬着嘴唇沉默着。

"案子我已经报给所长了，涉及动迁户和受害者家属的赔偿问题，在钱局没审批之前不能公开调查，但凶手可不会停下来，要是……"刘天昊见她没反应便又解释道。

"好吧，那等他们午休的吧，我加班把这个做出来。"姚文媛答应道。

刘天昊做了一个"OK"的手势，说道："事儿办妥了我请客，乘风也来啊！"

姚文媛没说话，只是笑着点了点头。

刘天昊回到原本属于他的办公室，看到桌子上摆放着齐维和妻子孩子的照片，其他同事见刘天昊回来了，便纷纷站起身打着招呼。

虽然刑警队长这个职务危险性很大、工作时间也远远超出法定的八小时，但他喜欢这种感觉，喜欢破案之后的畅快淋漓，喜欢和战友们共享与犯罪分子战斗的经历，喜欢这里的一切。

正琢磨着，就听见赵清雅的声音传来："小师弟！"

同事们听到后纷纷捂着嘴偷笑，惹得刘天昊一阵白眼，随后他迎着声音走了出去。

"师姐，小师弟那是咱俩之间的称呼，你不能在他们面前这么叫我，我都这么大岁数了，多尴尬！"刘天昊小声说道。

"你才多大，还不到三十呢，少来。"赵清雅毕竟年长几岁，对刘天昊更像是对弟弟一样。

刘天昊嘿嘿地笑了两声。

"趁着小周清醒，我又问了他一些问题，发现了一件比较奇怪的事，和你之前说的庄……"

"庄世娟！"

"对，庄世娟吃过豪华早餐的事一模一样。"

"咱们到小花园去说。"

……

刑警大队的花园依然安静，因疏于打理，原本种植的花儿有了野性，繁殖了一大片，红红绿绿的煞是好看。

"小周在出事前不久也吃过一顿饭，和庄世娟吃过的有一拼。"赵清雅说道。

"在哪吃的？"刘天昊急忙问道。

"老刘家，就是你说的那个钉子户家，按照老刘家的家世，不太可能搭理小周这种小人物，但他却隔三岔五地请小周吃饭，还让小周带着媳妇和孩子。"赵清雅说道。

"小周的媳妇和孩子没中毒吧？"刘天昊心里一惊。

"我已经到小周家看过了，他媳妇和孩子没事，让小周中毒的应该是酒！"赵清雅说道。

"果然是他！这几件事都联系上了，如果所料不错，老段也应该和老刘家来往紧密。"刘天昊说道。

赵清雅点点头："按照犯罪心理学来说，如果凶手是老刘，他应该是报复性杀人。"

"因为和强势的开发商博弈中失败，因此产生仇恨心理，既然动不了开发商，那就对工地上的工人下手，再创造出鬼瞳这个传说，两者相辅相成，最终让楼盘的销售落空。"刘天昊补充道。

"按照高智商犯罪的设定，你要想拿到他的犯罪证据恐怕很难。"

"我正在想办法找到林茂开和王贵，分析除了林茂开和王贵之外，还有谁可能成为凶手的目标。"刘天昊说道。

"好吧，我处理一些事后再去医院，看看小周那儿还能不能套出一些信息来。"赵清雅摆了摆手，随后向刑警大楼走去。

对于赵清雅，刘天昊更多的感觉像是姐姐，他知道这两种感情随时可能会突破，但他依然舍不得姐弟这种难得的感情，他更希望赵清雅能找到一个真正爱她的人，让她幸福一辈子。

想到这儿，他又想起了韩孟丹，随即向鉴定中心的办公室望去，发现窗户后面也有一双眼睛看着他。

他咧嘴一笑，冲着窗户挥了挥手。

……

刘天昊走进鉴定中心，福尔马林的味道令他一下回到半年前。

"你终于想起还有我这个搭档。"韩孟丹冰冷的声音从解剖床附近传来。

"按说到了这里我不应该笑，可当我一见到你，心里就莫名地高兴起来。"刘天昊笑着说道。

"是吗？"韩孟丹把用白布单盖住尸体，随后摘下手套，走到洗手池处开始洗手。

"你来做什么？就只是来看我吗？"

"最主要的目的当然是来看你，还想请你共进午餐。"

"其次呢？"

"其次是想让你帮我对老段和庄世娟再次进行尸检，我需要他们的血液毒性分析。"

"尸体早就拉走火化了。"

"按照你的习惯，你一定会有血液和人体组织备份。"刘天昊说道。

"好吧，那你得把掌握的情况都告诉我。"

"没问题，边吃边聊？"刘天昊夸张地做了一个"请"的动作，惹得韩孟丹冰冷的表情融化了。

# 第二十一章　崩皮的秘密

韩孟丹的效率很高，用刘天昊的话调侃，她就是解剖小达人，不到两个小时，老段和庄世娟的血液毒性报告就出来了，但结果令人失望，和小周不一样，他们的血液中并未发现毒性反应。

这就意味着庄世娟看到的"鬼瞳"并不是幻觉，而是实实在在的存在，但它究竟是什么却无从考究。

所长吴文军和钱局请示的结果令人兴奋，钱局对此事非常重视，亲自到派出所察看了几样物证，又听了刘天昊的推理分析，对于目前的定论他投了赞成票。

"小刘，你的推理很合理，但目前为止，只有小周一案有确凿的证据，我允许你立案调查，但只限于小周的案件，明白吗？"钱局语重心长地说道。

刘天昊一笑："明白。"

要是在半年前，刘天昊肯定是一番辩驳，然后坚持己见一查到底，但经历这半年的基层磨炼后，他终于明白，作为一名警察，不但要担负破案的任务，还要考虑到方方面面的因素，破得了案还得保持一定的平衡。

钱局拍了拍刘天昊的肩膀，说道："年轻人前途无量，好好干吧，有空去看看你叔！"

刘天昊一愣，因为钱局一直反对他去看望他叔，钱局的意思很明显，他叔叔刘明阳毕竟犯过罪，刘天昊要是接触多了，会对前途不利。但钱局的话表明他的态度已经发生了变化，究竟是什么原因让钱局改变了态度？

"也许是我自己本身发生的变化让钱局改变了态度吧！"刘天昊暗叹着。

纵观这半年来的变化，刘天昊由一名只知道破案和真相的侦探，转变成一名成熟的人民警察。

电话铃声让刘天昊从感叹中回到现实，一看是王佳佳打来的："佳佳，有什么好消息了吗？"

"你怎么知道是好消息？"王佳佳的声音从电话里传出来。

"唉，也许这就是未卜先知的能力吧，说说吧。"

"崩皮可能和几年前的一桩人口失踪案件有关，但案子一直悬着，得和你见面细说。"

"既然咱们要去找崩皮，那就去崩皮所在小区对面的面馆吧，正好我也饿了。"

"本姑娘可不吃地摊的面。"

"放心，保证你吃过一次之后还会想去第二次。"

……

崩皮最近总是心神不宁，让他心烦的不单是盯梢监视的警察小杨等人，更多的烦恼来自神秘人。

正如刘天昊等人的分析，崩皮强奸王佳佳未遂被抓住把柄，但要是有更大的把柄攥在神秘人手里，那就意味着他不可能帮警方抓人。

而实际情况是崩皮真就有一个"尾巴"攥在神秘人手里。

崩皮之前落魄的时候什么行业都做过，到街上卖水果、当保安，在文化用品一条街卖过成人光盘，在工地当过力工，凡是不用动脑还能赚钱的职业，他基本都干过。

NY市大搞建设、搞动迁，富裕了一批人，但也有一批人不但没富裕，反而失去了原本的营生，生活逐渐窘迫起来，崩皮的发小李红利就是其中之一。

李红利好赌，借了很多高利贷，最后只好把动迁换来的新房子抵给高利贷还债，妻子和他离了婚，带着儿子回了娘家。他孤身一人无依无靠，便投奔了同样落魄的崩皮，而这时的崩皮还不叫崩皮，他叫李保红。

两人不但名字相似，性格和行为也是一拍即合，但动迁这块肥肉盯的人比较多，轮不到两个没根基没势力的人。

李红利的父亲是个手艺非常高明的传统木匠，他从小和父亲学着认识很多木材，利用这个特长，他发现了一条发财的道儿，趁着各家各户都动迁离开老屋时，到没人的房子里去找东西，有时候可能找到一些房主忘记的值钱物品，还有些人家早年的房子是用好木头搭建的，只要发现了有好木料，便弄下来后卖给搞文玩的人。

在一户大户人家的房子里，两人发现了一些质量很好的红木，于是准备连夜把红木拆下来。

幸运的是，在拆卸的过程中，他们又发现藏在房梁上面的一袋子古钱币，其中有几枚还是很稀有的金币。

没有永远的朋友，只有永远的利益。

在巨大利益的驱使下，李红利动了歪心思，他想独吞这笔财富，于是趁着崩皮不注意时，他拿起一根红木砸向崩皮的脑袋。

也许是崩皮命大，当红木檩子即将要砸到崩皮脑袋时，他头顶的一根斜放着的房梁挡住了要命的木棍。

崩皮被木头碰撞的声音吓了一跳，看到凶神恶煞模样的李红利，他心里立刻明白了是怎么回事。

为了搏命、为了巨额财富，两人打了起来，争斗过程中，他夺过李红利手中的木方，狠狠地砸在对方的头上。

李红利哼也没哼便倒在地上一动不动，鲜血顺着头部流了一地。

崩皮尝试着摸李红利的鼻息，发现他已经断了气。崩皮没胆量报警，他喘息了一阵后终于冷静下来，决定把人埋起来。

虽说村子已经大面积动迁，但还有几户人家没走，灯光稀稀拉拉地亮着。崩皮趁着夜色，在后院里挖了一个坑，就把李红利埋了起来，随后仓皇逃离。

崩皮利用这笔钱买了几套住宅，得到巨额财富的崩皮在度过杀人的心理适应期后，又开始膨胀起来，也不再从事艰苦的写作，赌博、找女人、喝酒作乐，不到两年的时间，他的积蓄全部花光，好在他能及时收手，算是在高利贷的手下留住了房产。

崩皮重操旧业，继续码字赚钱，虽说艰苦一些，至少能够保证温饱。

可一个快递件却改变了他的命运，当他打开快递拿出里面的东西时，他愣住了，像是被雷击中了一般，十几分钟才缓过神来。

那是一张夜景的照片，依稀能看到崩皮的样子，照片上的崩皮徒手在地面上不停地挖着，在坑的旁边有一个躺着的人——李红利。

崩皮想通过快递查到谁是寄件人，但出乎他意料的是，快递封皮虽说是正规的封皮，但单号和其他的信息却是假的，随着照片来的还有一封信，手写的仿宋字体，很漂亮，但在崩皮的眼里，这些字就是恶魔，可以随时要他命的恶魔。

信上告诉崩皮如何变卖自己的房产，如何把钱放在一处任何人都不会接近的地方，尽管崩皮想尽了办法，却还是没能和神秘人见上一面，他赖以生存的房产就这样化为泡影，又重新回到了从前的苦日子。

让崩皮松口气的是，他一无所有后，神秘人便不再找他，他一度以为噩梦就此过去，于是开始潜心创作，经过几年的打拼，他的名气和身价有了逐步的提升。

当他感到生活充满希望时，神秘人再次出现。

这封信上的内容很简单，要他注册叫崩皮的一个笔名，在 NY 市贴吧里写小说，题目就是《第五个意外》，还要求他在发表完小说之后要把寄给他的书稿立刻销毁。

崩皮真的害怕了，他尝试过各种手段、各种渠道寻找这个掌握着他命脉的神秘人，但都一无所获，不过他留了一手，没有按照神秘人的指示烧了书稿，而是把它藏了起来。

当刘天昊等人找上门的时候，他的心再次悬了起来。

他绝对不能让刘天昊等人抓到神秘人，因为神秘人的暴露，一定会把当年他杀死李红利的事件带出来，那么他面临的就不是强奸未遂罪这么简单了。

为了避免暴露神秘人，他只好把藏得很隐蔽的书稿烧毁，令他意想不到的是，书稿上早已没了字迹。

这也是他敢于把神秘人联络他的信件给警方的原因！

……

此时的崩皮努力地让自己的心平静下来，端着一碗已经凉透了的绿茶望着窗外的高楼大厦。

"叮咚！"

门铃的响声让他从以往的思绪中清醒过来，他走到门前从猫眼向外看着。

"唉。"他叹了一口气，打开门，刘天昊和王佳佳笑着走了进来。

一番客气之后，崩皮苦着脸说道："刘警官，王小姐，对于我之前对王小姐做出的冒犯行为我很抱歉，经过考虑，我准备自首。"

崩皮已经意识到如果不了结这件事，恐怕要把另外一件事情牵出来，到那时，他面临的就是灭顶之灾。

刘天昊呵呵一笑，说道："我知道你肯定有困惑，所以才来找你。"

崩皮脸上肌肉抽了抽，并未接话。

"要不咱们拆个字吧，你随便说个字，你心中所想就好。"王佳佳说道，说话时还朝着刘天昊瞥了瞥。

崩皮有些不解："拆字？"

"就是占卜你的命运啊，看看你还有什么路可走。"王佳佳说道。

崩皮看了看刘天昊，见他并没有太大的反应，便呵呵一笑，说道：

"我反正都这样了，拆就拆吧。"

"那就'拆'字吧！"崩皮沾着茶水在茶几上写着。

# 第二十二章 拆字游戏

王佳佳闭着眼睛思索，手指还在上下捏着，过了好一阵才睁开眼睛，神秘一笑，说道："拆字左面是提手，属木，但木字缺了一撇，说明你要走的路一边不稳，右面是斥责的斥，诉讼的诉少了言字旁。"

她说到这里停顿了一下，看了看崩皮的反应。崩皮听完后一愣，随后又笑道："王小姐，你这字拆得可挺有意思啊。"

"你别着急，有意思的还在后头呢！"王佳佳与刘天昊对视一眼，继续说道，"你印堂发黑，眉头紧锁，近期一定遇到了一件令你极其困惑的事情。"

"比如非礼王小姐？"崩皮蔫头耷脑地说道。

"这件事只是其中之一，你命中的劫难和'木'有关，既然是'拆'字，便和拆迁也有关，因为拆迁，你将面临一场官司，而且是人命官司，最重要的是，你可能有口难辩，应了'斥'旁边缺少'言'字！"王佳佳说道。

崩皮几乎是全身一震，随即哈哈了几声做以掩饰，说道："王小姐真会开玩笑，刘警官，我现在就向你自首，我非礼了王佳佳小姐，愿意接受法律的一切惩罚。"

"李红利你认识吧？"刘天昊冷笑一声突然问道。

崩皮要不是坐着，恐怕他会腿一软倒在地上："我……不认识。"

"我调查过，李红利和你是一个村的，在落难时你们好得和一个人似的，后来他失踪了，到现在为止，也没有人知道他的下落，包括他的父母，而在失踪前，他和你在一起。"刘天昊说道。

崩皮咽下一口吐沫，抿了抿嘴，拿起一杯茶水喝了一大口："我想起来了，你说李红利呀，他是和我很好，但后来又不好了，这年头您也知道，没有永远的朋友，只有永远的利益，他去了哪里我也不知道啊……王小姐，咱们还是继续拆字吧，我再说一个字，你帮我看看。"

刘天昊并未理会崩皮："李红利是当地人，人不怎么样，但还算孝顺，他父母都还健在，不可能走太远，就算他出事了，也是在附近出的事。"

"刘警官，咱不是要说拆字的吗？"崩皮抗议道。

"王小姐拆字，我拆案子。"刘天昊说道。

崩皮笑了一声，能看得出来，他是皮笑肉不笑。对于李红利的事，他虽心里有愧，却不害怕刘天昊查，当年盖楼的时候没发现尸体，现在就更不可能。

没有尸体，李红利的案子只能算失踪案。

"如果李红利没死，那么……"刘天昊说道。

"那不可能……"崩皮几乎随口说了出来，话音刚落，他就觉得话有问题，但话已出口，再也收不回来。

"我的意思是说他很孝顺，要是还活着，不可能不管他父母的。"崩皮解释着，虽说有些牵强，也算说得过去。

刘天昊没继续追击："你的疑惑我都知道，不就是神秘人捏住你的把柄了嘛，如果我现在把李红利找出来，证明他还活着，你肯不肯和我合作？"

崩皮反应过来，却极力掩饰自己的情绪："我现在只想自首，因为我对不起王小姐。"

"我是在救你，王小姐也是。目前你牵扯的案子很大，上级领导很重视，如果深挖起来，怕是把你的事牵出来，你最好的路就是选择跟我合作。"刘天昊说道。

崩皮摇摇头，低着头一声不语。

刘天昊又说道："道理我不想讲太多，我们是真心要帮你，神秘人捏着你的脉门，随时可能给你致命一击。"

崩皮一拳敲在茶几上，叹了口气，整个人的精神完全松懈下来，问道："你还知道什么？"

刘天昊一笑："比你想象的要多，只要你和我合作，我保证把你的后顾之忧解除，否则，你后半辈子就是不进监狱，也会活在神秘人的恐惧中，没有自我。"

"你怎么知道这些的？我从来没和任何人说过！"崩皮精神有些崩溃。

"我说过，我拆的是案子。"刘天昊得意地说道。

崩皮闭上眼睛，脸上的表情变了又变，最后他睁开眼睛，松了一口气，说道："好，我愿意和你合作，不过你得帮我摆脱牢狱之灾。"

王佳佳和刘天昊相视一笑，心中暗暗松了一口气，他们都在感叹对方的智慧与能力。

崩皮问道："王小姐为什么用拆字来引我入局？"

"这都是大侦探的主意。"

"那如果我让你拆的字不是'拆'字，而是别的字呢？"崩皮问道。

"无论你让我拆的是哪个字，我都可以往拆迁和人命官司上靠，只要靠上了，你就会入局。"王佳佳说道。

崩皮叹了一口气，感慨道："其实应该当作家的不是我，而是你。"

……

王佳佳是 NY 市当之无愧的金牌记者、大 V，粉丝无数，如果她想知道点事情，只要不是太过久远的，几乎都可以通过粉丝的人肉搜索来实现。

崩皮的事自然也不会例外。

崩皮和李红利的纠葛是一个叫"中年人与海"的网友提供的，但提供的线索只有前半段，也就是李红利和崩皮之间合作弄木头的事，随后李红利失踪、崩皮暴富。

李红利失踪和崩皮暴富的事也是一个网友提供的，当时李红利失踪引起了轩然大波，因为当年涉及动迁赔偿，李红利的父母拒绝拆迁，成了有名的钉子户。李红利的父母怀疑是开发商把他给绑架了，用以要挟两人。

李红利生不见人，死不见尸。

李红利的父母最终妥协了，拿着一百万赔偿金和两套房产离开了村子，李红利却再也没回来。

网友怀疑是李红利和崩皮之间因为分赃不均而导致崩皮杀死李红利，并把李红利埋在要开发的楼盘下面。也有人说是开发商绑架了李红利，当李红利父母同意动迁之后，就放了李红利，经历过绑架事件后，李红利不敢在 NY 市逗留，带着大笔钱回了农村老家找父母生活。

事情到了刘天昊的耳朵里后，他的一番推理让王佳佳刮目相看。

高层建筑并不像农村盖房子那么简单，越高的楼房需要的地基就越深，通常一栋三十层高的楼房，所需要的地基至少需要打到地下十多米，如果当年崩皮杀死李红利后埋尸，徒手挖出三米深的坑就已经不容易了，那么在工地施工的过程中，李红利的尸体一定会暴露出来，所以几乎可以排除崩皮杀死李红利这件事，那么当年的谣传既然有，肯定是有一定道理的，但区别就在于李红利究竟是死了还是没死！

刘天昊的分析是李红利当年没死，只是被崩皮用木头打晕，但崩皮当时已处于慌乱之际，哪还顾得了其他，把李红利随便埋在地下后便慌张地离开。

而后，一直在暗中观察的神秘人把李红利挖了出来，经过一番抢救之后，李红利活了过来，神秘人不知利用了什么方法，让他彻底消失，但崩皮的把柄却抓在神秘人手里。

而开发商绑架人的事就是荒诞之谈。先说当年的开发商也许会用些不入流的手段，也仅限于堵锁眼、停电、停水、泼大粪、砸玻璃等这些威逼利诱的手段，真正敢杀人、绑架人的开发商很少见。

如果李红利带着钱回老家生活，他一定会在身份证系统里能查到，但事实是，李红利压根就没办二代身份证。

要知道，在现在的社会生活，没身份证是万万行不通的，所以也排除了李红利回老家生活。

唯一的可能就是李红利被砸晕后又埋入地下，缺氧时间太长，对大脑造成损伤进而失忆，李红利这个名字对于他来说已经是过去式，至于现在他叫什么真不好说。

只要证明李红利还活着，崩皮的把柄就会变得不存在，他就会全力以赴帮着拿下神秘人。

……

"愿意把你和李红利的事和我们分享吗？"王佳佳仿佛有着天生的魅力，令人可以很愉快地接受她的条件，尤其是男人。

"这……"崩皮还是有些犹豫，毕竟这是人命案，一旦说出来确认了，那就是死罪。

刘天昊见崩皮犹豫的模样，便从手机调出一张照片，照片上显示的日期是昨天。

崩皮一见照片上的人，立刻嘴张得圆圆的，眼睛差点儿瞪出眼眶："是他，真的是他，他没死！"

崩皮痛哭起来，这些年来，他为了当年这件事付出了太多的代价，甚至是他的人生。

他不敢相信眼前的照片是真的，可事实就摆在他的面前。

"他骗了我，我要他付出代价。"崩皮抹了抹眼泪咬着牙说道。

# 第二十三章　怪异行为

李红利的经历很多人难以想象，不单是起死回生，甚至连他复活后的经历也颇为神奇。

长时间的缺氧让他的脑部有些损伤，失去了一部分记忆，当他醒来时，发现眼前的一切都是那么陌生，但又是那么新鲜，他像个三岁孩子一样，对任何事物都充满了好奇。

好奇心让他失去了原本属于他的家，他按照自己的记忆，一路流浪回到农村老家，此时，三年已经过去，他的父母对他已不抱有任何希望，都以为他死了。

可惜的是，他不但记忆再也没有恢复，而且因为头部受伤，对陌生人异常恐惧，见到陌生人便会精神崩溃，甚至连他的父亲都适应了两年才渐渐可以接近他。

李红利的父母只好把老宅卖掉，又在附近村子买了一间比较大、相对偏僻的宅子，把荒废的靠山的后院收拾出来，把他安排在那儿生活，虽说病情没有好转，但生活得却清闲自在。

由于隐蔽工作做得好，几乎没有人知道李红利的存在。

李红利迷上了看书，看书的速度要快于常人很多倍，看书时会变得异常安静，投入的程度远远高于普通人。短短几年的时间，他所获得的知识可以用学富五车来形容，却无法与其他人交流，只有在他一个人的时候，才能在他的世界里听到他关于高数、物理等学识的惊人见解。

李红利父母的拆迁补偿金几乎都给他买了书，老两口靠着种菜卖菜为生，生活虽说贫困，却也快乐。

……

崩皮连续摇头，说道："我当年……唉……"

"他父母对他的保护远远出乎你的意料，要不是一群驴友偶尔拍到他，恐怕没人会知道这个人的存在。"王佳佳说道。

"老天让他失去了记忆，却让他多了一样天赋。"刘天昊说道。

"我还推荐了一个精神科专家帮他看病，如果他能走出自己的世界，世界上会多一个爱因斯坦。"王佳佳得意地说道，说话间还有意无意地看了看刘天昊。

刘天昊一听，心里立刻有了数，一定是王佳佳把大师姐赵清雅请了去，和李红利的父母谈，这才见到了他，怪不得赵清雅这段时间行踪飘忽不定、神神秘秘，肯定是经常来往于李红利老家和 NY 市之间。

"你是怎么知道我当年的事情的？"崩皮好奇地问刘天昊。

"分析推理，就和你写小说一样，属于一种专业。"刘天昊说道。

崩皮苦笑一声，说道："我算是什么小说作家，沽名钓誉罢了。"

自打崩皮出了一些名气后，他利用粉丝对他的仰慕做了很多恶事，看他现在的模样，应该是心生悔意。

"我会全力以赴帮你们抓住神秘人，但事后能不能让我去见见李红利？"崩皮问道。

"如果李红利的条件允许，我可以安排。"刘天昊说道。

话音未落，刘天昊的手机响起来，是赵清雅打来的电话。

"师弟，小周现在的情况很好，我给他做了催眠和心理辅导，有些内容应该对你有用，要不你回刑警大队看看？"赵清雅嘶哑的声音从话筒里传来，显然是为了做小周的工作费了不少口舌。

"好，我马上回去。"刘天昊放下电话看着崩皮，说道："崩皮，你老实告诉我，鬼瞳的事是不是你杜撰出来的"

崩皮摇摇头，说道："真不是我弄出来的，为了写作，我平时也搜集一些素材，也听说过鬼瞳的事，说是一个民工欠了高利贷的赌债，后来因为还不上被人挖了眼睛，最后感染死去，死后魂魄不散，找高利贷这帮人索命，他的那双眼睛就被传言称鬼瞳。"

刘天昊微微点头，到目前为止，他已经听到三个版本的鬼瞳了，虽说都是幽冥之说，却并不相同。

"神秘人给我稿子一般都是在晚上，地点不定，都是我所住的小区里平常没人去的地方。"崩皮说道。

"你找了那么多次神秘人，肯定也守株待兔过吧？"王佳佳问道。

崩皮点点头，说道："但都没有收获。"

刘天昊心里一怔，暗道：如果崩皮所说的是真的，很有可能神秘人早就把书稿埋好了，到时间后给崩皮指示去拿就可以了，现场自然抓不到他的现行。

想到这里，他向窗外看了看，小区的面积不小，而且绿化和百姓种地的面积都很大，相对而言死角比较多，如果在这里面埋几个瓶子不让人发现，并不是件很难的事。

"好吧，一旦你再接到神秘人的指示，第一时间通知我。"刘天昊想起小周和赵清雅，便向崩皮告辞。

……

自打老段出事以来，小周从来没睡过一个安稳觉，每天都做着各种各样的梦，醒来后精神恍惚，可今天他却满脸笑意地眯着眼睛，眉头的疙瘩也慢慢地舒展开来。

随着赵清雅轻柔而富有磁性的声音，小周领略到了催眠术的美妙之处。

刘天昊和王佳佳两人推门而入，踮着脚走到沙发旁，看到躺着的小周脸上尽是甜蜜和平静，几乎是同时向赵清雅竖起大拇指。

赵清雅冲着两人招手，随后站起身轻手轻脚地走出房间。

心理咨询室有一个暗间，从单向玻璃随时可以看到小周的状态，房间里还有一台电脑和一个巨大的操作台。

"大师姐！"

"周月发、段小春、庄世娟都和刘天保家保持着很密切的联系，这点小周没和你说实话对吧？"赵清雅说道。

刘天昊想起小周曾经说他和刘天保并不熟悉，于是点了点头。

赵清雅在操作台上鼓捣几下，一段录像画面便呈现在三人面前。王佳佳拿出手机准备录像，却被赵清雅阻止。

"佳佳，这个你不能录，涉及个人隐私的。"赵清雅虽说和王佳佳关系好，却公私分明。

录像中小周躺在沙发上，赵清雅坐在一旁的座椅和小周之间互动。小周在赵清雅的引导下，开始断断续续地讲述着一些埋藏在他心底的秘密。

……

刘天保在村里是出了名的富，平时接触的也都是村干部和街道干部一类的官员，再有就是一些商人老板之类的，对于普通村民，除非是真有事，否则绝不会多说一句话。

但奇怪的是，刘天保从不工作，每天只是和一些人喝喝茶聊聊天，他就可以生活得比任何人都好。

自打刘天保家因为动迁的问题和开发商发生矛盾后，他开始接触一些普通村民，甚至连外来的务工人员也不避讳，时不时地会请他们到家里吃饭喝酒，这种事在从前是绝不可能的。

小周虽说是两个孩子的爹，但年纪小，又没文化，老刘家这种大户人家他是从来不会奢望与其交往的，但这种奢望却实现了。

这一天，老段兴奋地叫上庄世娟、小周、林茂开、王贵来到刘天保家门口，说刘天保请客，请他们吃大餐。

另外四人根本不相信老段的话，还以为老段是在调侃他们，但当刘天保打开大门迎着几个人进入大院时，他们终于相信老段的话是真的。此时，刘天保和开发商的矛盾已达到了极致。

开发商野蛮地加高了围挡，挡住了刘天保家的大部分阳光，又挖断了水管和电线，最后把路也破坏了，让刘天保家成为一座没水没电没路的孤房。

刘天保带着兄弟姐妹和子女到工地闹了几次，双方甚至还动了手，但开发商雇用了很多人，伤也是伤别人。刘天保就不一样，几次冲突下来，兄弟姐妹见没有好处便不再来，子女也纷纷劝说刘天保不能蛮干，就算拼命也要直接找开发商老板拼命，和下面的人拼命意义不大。

刘天保在众人的劝说下终于偃旗息鼓，不再聚众闹事，但时不时地投诉工地扬尘、噪声和安全等问题，最后还到政府信访部门去上访，闹得不亦乐乎。

小周劝老段，说这个时候最好不要接触刘天保，否则让工地领导知道了，弄不好会开除他们。毕竟本村动迁村民的工资要比外来务工人员工资高，可不是刘天保请一两顿饭能弥补的。

老段的观念不一样，刘天保有钱有势，说不定以后和开发商谈妥了，动迁成了，会得到一大笔钱，多接触有钱人还是有好处的，只要几个人对外不说，没人知道他们来刘天保家吃过饭。

庄世娟就更无所谓了，虽说是女人，但比较豪爽，有酒有肉就行。

王贵老实得够呛，唯老段马首是瞻，让干啥就干啥，从不提出反对意见。

林茂开读过高中，有了知识想法就不太一样，对这件事他提过异议，刘天保为什么要请他们的客，难道是想利用他们和开发商对抗？

但老段的话打消了林茂开的疑虑，别说他们五人，就连刘天保这么厉害的人物都无法与开发商对抗。老段的意见是先吃了再说，看看刘天保到底想做什么。

令众人想不到的是，刘天保在酒局上并没有说和开发商的纠纷，而是关心他们的生活和工作，并豪言壮语地与几人饮酒唱歌。

开始他们还放不开，后来在刘天保的带领下也放开了，喝了不少酒，说了不少掏心窝子的话。

这种状态大约持续了一个月，楼盘从地基建了起来，最后眼瞅着封顶，刘天保还和最初一样，只是和他们喝酒聊天，绝对不提让他们帮忙和开发商对抗的事！

老段几人也是实在人，慢慢地也就习惯了邀请，隔三差五地就到老刘家一聚。偶尔刘天保也单独邀请他们来家里做客。

……

"刘天保果然有问题，他至少和目前的三名受害者来往密切，在聊天中又熟悉他们的工作状态。"刘天昊按下空格键暂停了录像说道。

赵清雅点点头，说道："你再向后看，也许收获会更大，看到很多出乎你意料的事！"

刘天昊再次按了空格键……

# 第二十四章　随机目标

再之后，小周的状态并不是特别稳定，尤其在讲述刘天保家事情的时候，时而皱着眉头，时而低声哭泣，时而开怀大笑。

赵清雅作为心理专家，分析小周可能是因为身份地位和刘天保不匹配所致，对于一名平时都要仰望的人，现在却近在咫尺，而且还请客吃饭，对他非常客气，但他又能感受到刘天保心中的那种冷漠，感觉的差距让他产生如此丰富的情绪。

但要说他此时真正的心态，恐怕也只有他自己才会知道。

……

小周等人是憨厚，但并不傻，但人家有酒有肉地招待着，小周、老段等人也不好戳破。

也许是刘天保的行为感动了众人，也许是小周等人憨厚老实，最终这几人到了晚上便主动到菜市场买一些菜和酒，自觉地到老刘家聚会。

偶尔他们也会带家人到老刘家，用以炫耀自己的身份和地位都上了一个层次。

刘天保是来者不拒，热情地招待五人和朋友们。但令老段等人意外的是，除了他们五人之外，刘天保对其他人并不感冒，不冷不热的态度让众家人们知难而退。

小周还清晰地记得，老段出事的前一晚，众人喝得酩酊大醉，而第二天，老段就出了事。庄世娟出事和小周出事亦是同样的情况，都是前一夜在老刘家喝了大酒。

最重要的信息是，老段经常在刘天保家里驾驶那台和小周家里一模一样的三轮车，刘天保家的三轮车是用来到地里收苞米用的，偶尔也到市场上买一些菜回来，三轮车一直都是刘天保的女人在用，刘天保开的是一台丰田凯美瑞轿车。

无论是三轮车还是轿车，刘天保从不借人，这一点所有的村民都知道，但他却能慷慨地借给老段开。

……

录像的后部分几乎没有信息量了，快进看完了录像后，刘天昊冷笑一声，说道："现在看来，刘天保并不简单。"

"没错，每个受害者都和刘天保有着密切关系，而且老段还经常开刘天保的三轮车，从犯罪学上讲，这种巧合是没有可能性的。"赵清雅说道。

王佳佳接着说道："但现在的线索都指向意外，如果没有确凿证据，无法定刘天保的罪，这就是概率杀人的优势。"

"钢丝绳，磨断几根钢丝的钢丝绳。"刘天昊说道。

"任何犯罪都有破绽！"齐维的声音从外面传来，与其一同走进来的还有虞乘风和韩孟丹两人。

刘天昊急忙上前和齐维、虞乘风握手，一番寒暄之后，齐维才缓缓说道："我和乘风出差抓捕一个人，在路上把这起概率杀人案子的资料看了，觉得你们被误导了。"

"哪方面？"刘天昊问道，他知道齐维的破案思维与他完全不一样，说不定能给他提供不一样的思维。

"杀人的时间顺序！"齐维说到这里便闭口不再说话，看着刘天昊。

刘天昊眉头紧锁，大脑高速运转着。

段小春、庄世娟、周月发……

"是这样？"刘天昊的眉头终于舒展开来，看向齐维。

"我只是过来提个醒，另外也是来告诉你，等你破了这桩案子，就可以回刑警大队了，我的代职期限到了。"齐维说道。

齐维挥了挥手，随后向外走去。韩孟丹和虞乘风两人留了下来，一头雾水地看着刘天昊。

"你们俩打的是什么哑谜？"韩孟丹问道。

刘天昊一笑，并没有急着回答韩孟丹的问题，而是转向录像又思索了一阵。

要不是齐维的提醒，刘天昊怕是还会在概率杀人的时间逻辑里兜圈子，但此刻，他的思维完全放开，几乎所有的谜团都迎刃而解。

之前他分析推理的结论是凶手针对每个人的特点和工作性质进行策划，然后制造意外的大概率杀人，但听了小周的叙述和齐维的提醒后，他发现凶手不需要逐一策划，完全可以把所有人的计划捏在一起执行，至于什么时候发生意外、谁先发生意外并不重要。

再假定刘天保就是幕后策划，他与开发商之间有纠纷，一旦工地出现意外事故，工程就会受到巨大损失，报复开发商的目的就达到了。

"看来咱们得再去会会刘天保了！"王佳佳说道。

刘天昊摇摇头，说道："现在还不行。钢丝绳虽说有部分是人为破坏的，但凶手思维缜密，应该有所准备，如果不出意料，很难查到究竟是谁做的手脚，现在就剩下崩皮这一条线索可以拿到实锤证据锁定凶手。"

赵清雅呵呵一笑："我听说姚文媛最近两天一直都在实验室工作，而且都是在下班之后，想必是为你的案子吧？"

刘天昊点点头，说道："崩皮和神秘人打交道时留了一手，神秘人的书稿虽然没留下，但是和崩皮之间的联络信件却留下了，可惜的是，神秘人用的是隐形墨水，信上的内容已经看不到了，现在就寄希望于姚文媛身上，希望她能够利用信纸上的痕迹还原出神秘人的字迹来。"

王佳佳抿嘴一笑，说道："如果按照你对神秘人的设定，这条线索恐怕也不行。"

"为什么？"刘天昊问道。

"因为凶手思维缜密，他应该预料到崩皮会有这一手，如果我是凶手的话，一定会给自己再留条后路，以免把柄落入崩皮手里。"王佳佳说道。

"也有道理，神秘人原本捏着崩皮的把柄，一旦李红利还活着的消息让崩皮知道，那神秘人就有可能陷入危险，按照神秘人的能力，是不可能出现这种意外的。"刘天昊赞同王佳佳的说法。

王佳佳冲着赵清雅一笑，调侃道："哎，哎，我们的神探大人可不像从前啊，越来越能听得进去别人的意见了。"

赵清雅只是点点头，轻描淡写地说道："这也是一名侦探逐渐走向成熟的一种表现，越成熟、越老练的侦探，就越不会轻易地发表意见，而是更多地聆听他人的意见，衡量后才会得出定论。"

刘天昊苦笑一声，说道："没错，因为人的感官是可以骗人的。"

刘天昊自打到基层代职以来，虽然没有遇到超级大案，却在无数的小案子和鸡毛蒜皮的小事中得出了不少经验，越是看似简单的案件，其实在背后的真相就越复杂，决不能凭借第一眼的印象就开始做出推断。

真正高智商的凶手作案时，留下的线索真真假假，很可能会迷惑侦探。

"正好到了中午时间了，姚文媛应该在实验室加班，咱们去看看吧。"刘天昊提议道。

赵清雅应了一声，说道："好，至少在对这件案子的判断上，我同意你的看法，这是一起利用概率杀人的谋杀案，老段、庄世娟、小周都是，说不定还有下一个受害者。"

王佳佳上前搂住赵清雅的胳膊，两人一起向外走去。

"哎，两位，我有一个问题。"

"说吧。"

"我记得你们俩并不是很熟，怎么走到一起去了？"刘天昊好奇地问道。

两人有交集是在"画魔"一案，但也只是一面之缘，并没有更深层次的交往，可女人的事还真不好说，这一刻可能还是冷面相对，下一刻恨不得成为闺蜜。

"这个……算是一个秘密吧，尤其是对你保密！"王佳佳和赵清雅对视一眼，两人都是神秘一笑，蹦蹦跳跳地向前走去。

……

姚文媛已经连续工作两天了，对于刘天昊让她做的事，她并非特别在行，但因为保密需求，她不敢找其他的技术员来还原信上的笔迹。

长时间的工作，令她有些心情浮躁，站起身伸个懒腰，活动了一下四肢，正准备坐下继续干活儿，却从窗户玻璃的倒影发现了虞乘风。

她优雅地转过身，冲着门外的虞乘风一笑。虞乘风背着手走到姚文媛身边，同时带来的还有一股花香味道。

"送给你的……也不知道你喜不喜欢！"虞乘风的脸红了起来，同时从背后拿出一束红色的玫瑰花。

姚文媛眼神中闪出一种难以描述的喜悦，却仍然没有失了优雅，双手接过玫瑰花，轻声说道："喜欢！"

姚文媛闻着玫瑰花，脸上显出陶醉的表情，两颊飞起红云，让本就有婴儿肥的她更加漂亮。

要不是在办公室，恐怕虞乘风会揽过姚文媛的腰在她的脸上亲一口。

"这么快就回来啦，我还担心着你呢。"姚文媛从陶醉的状态下恢复过来，一边插花一边说着。

"嗯，齐队可真是厉害，凭借着一些微不可见的线索便锁定了凶手，最后有惊无险地把凶手拿下，这速度怕是要超过昊子。"虞乘风一说起案子来就不再磕巴。

"刘所碰到了一个疑难案件，我正在帮他恢复证据。"姚文媛瞥了一眼桌子上的信。

"我听齐队说了，是概率杀人案，这种案子不但作案难，破案更难。"虞乘风说道。

"那你准备陪我一起恢复信件呢，还是……"

虞乘风打断姚文媛的话："陪你！"

姚文媛脸上又是一红，说道："快坐吧，我赶紧把这点弄完，几乎快成了！"

姚文媛坐下，继续摆弄着信件和一些药水。

虞乘风并未坐下，而是走到姚文媛的身后，手轻轻地搭上了她白皙的脖子，姚文媛身体几乎是立刻一颤，白皙的脖子也变得红起来。

虞乘风用按摩的手法给姚文媛捏着，姚文媛紧张的肌肉也逐渐松缓下来，享受着虞乘风的大手。一阵阵女人身上的香气不断地钻进虞乘风的鼻孔中，令他心中荡漾不已。

随着一声咳嗽，刘天昊快如流星的脚步声响起。

虞乘风急忙把手收了回来，老老实实地坐在姚文媛身边，不由自主地暗暗叹了一口气：来得可真巧！

……

# 第二十五章　背后推手

大多数人做了错事都有负罪感。

自打崩皮杀死李红利之后，他就没睡过安稳觉，几乎每天都在噩梦中醒来，刘天昊解决了他的后顾之忧后，他心中的不安变成了愤怒。神秘人利用秘密骗了他的家产和青春，他非常渴望能抓住神秘人，虽说他之前也一直这样想，但远远没有现在更加渴望，恨不得抓到他后将其扒皮挫骨。

愤怒归愤怒，他心里却有数，神秘人隐藏很深，智商和策划能力远比他高。除此外，他还担心一件事，现在的电脑科技太发达，如果 P 一张照片来骗他，那么……

崩皮决定先去李红利家求证。

崩皮在小区周边绕了几圈，利用对地形的熟悉把小杨等民警甩掉，随后便走向附近的一个公交站，三挤两挤就挤到了靠近马路的前排，等公交车一到，至少可以先上车占一个座。

老城区的道路又破又旧，却是货运的必经之地，当一辆载货的平头大卡车经过公交车站时，人群里有一只手伸向了崩皮的后腰。

崩皮从没想到过死，当他身体不受控制地倒在地上，巨大的车轮碾过腹部时，所有的一切都已经来不及了。

疼还有无穷无尽的悔意突然全部涌上心头。

但是很快，这种感觉便不存在了，他缓缓地闭上了眼睛，再也听不见周围人们的惊叫和汽车喇叭的尖叫声。

……

当姚文媛把恢复完成的信纸放在刘天昊面前时，他的眼珠子差点没掉下来，信纸上的字迹歪歪扭扭，满眼尽是稚嫩。

"这不是小学生的笔迹吗？而且还是属于不同的人的！"刘天昊惊讶地说道。

王佳佳拿过信封在台灯下仔细地看着，的确，满篇的字迹看起来都很幼稚，而且笔画的轻重程度和落笔的方式明显不一样。

"从理论讲，这应该是从小学生的课本上弄下来的字，再用隐形墨水模仿着写在信纸上。"姚文媛有些失望。

"看来神秘人早就防备着崩皮有反目成仇的一天，这样说来，书稿也是这样写的了！"王佳佳说道。

"可书稿那么多字，如果用这种方法写出来，不但很慢，而且不太好遇到合适的字。"虞乘风反驳道。

"嗯，书稿笔迹的事我找崩皮落实一下。"刘天昊说完便拨了崩皮的电话。

电话响了好一阵，才有人接起电话，是个陌生的声音："喂，你是这个机主的家属吗？"

"你是谁，我要找崩……找李保红！"刘天昊说道。

"您是他的朋友？"陌生的声音问道。

"对，我是机主的朋友，麻烦您把电话交给他！"刘天昊仍旧耐心地说着。

"对不起，恐怕不行，他正抢救呢，估计……"

"到底怎么了？"刘天昊心中一惊，他预感事情有些不妙。

"被大卡车撞了，我们来时已经没了生命体征，您能联系上他的家人吗？"陌生的人问道，从口气上能听出这个人应该是"120"的医生，还能听到他身边的人在抢救崩皮的声音。

"我是派出所的警察，你们现在在什么地方？"刘天昊问道。

医生说了一个地址，随后又说道："你们直接来医院吧，第三人民医院，伤者的情况很危险，急救车上的设备不足，得送回医院去抢救……"

刘天昊放下电话，说道："糟了，崩皮出事了。"

王佳佳和刘天昊疾步向外走，虞乘风正要跟着一起去，刘天昊摆了摆手，说道："乘风，你刚刚出差回来，旅途劳顿，就不要去了。"

虞乘风只好点了点头，望向一脸期盼的姚文媛。

……

王佳佳和刘天昊两人来到医院时，交警和大卡车的司机正在手术室的门外等候，卡车司机苦着脸蹲在地上用电话发着微信，应该是和车队的老板进行沟通。

"同志，我们是派出所的，有件案子和伤者李保红有关，现在……"刘天昊的话还没说完，就见手术室上方的指示灯亮了，两名医生推门而出，摘下口罩后向交警问道："家属来了没有？"

刘天昊急忙上前问道："伤者的情况怎么样了？"

其中一名医生摇了摇头，说道："人送来时已经没生命体征了，我们按照程序进行了抢救……唉……"

刘天昊一拳砸在墙上，发出咚的一声，吓了两名医生一大跳。

"对不起。"刘天昊说道。

两人冷眼看了刘天昊几眼后离去。

刘天昊望向蹲着的司机，说道："说说吧，到底怎么回事？"

司机看了看交警，慢慢地站起身。

司机一脸苦相，说道："我真不知道是怎么回事，就正常开车，没想到这人一下子从人群中冲了出来，摔倒在地面上，我立刻踩了刹车……"

"我调看了路口的监控录像，大卡车超载超速，在路口的时候未缓行避让行人。"交警向刘天昊解释道。

"我错了，我真的错了，这事儿咋办？"司机几乎快哭了出来。

刘天昊把警官证掏了出来，出示给交警看。

"您就是刑警大队的神探刘警官？"交警有些意外。

刘天昊点点头："死者涉及一桩命案，能不能把路口的监控录像发给我？"

"我现在就发给您。"交警很热情，加了微信后把一段视频传给了刘天昊。

"刘警官，您能联系上死者的家属吗？"交警问道。

"后面的事就交给派出所吧，您先去处理事故。"刘天昊说道。

交警又表达了一番对刘天昊的仰慕，这才带着肇事司机离开。

几名护士推着一张床从手术室出来，人已经盖上了白布单，鲜血从死者腰部不断地渗出来。

刘天昊上前，向护士出示警官证，掀开白布单看了看，随后又闭上眼睛叹了一口气。

刘天昊和王佳佳在路上几乎一言不发，沉默压得两人喘不过气来，开车的司机变成了王佳佳，6.4 排量的大切诺基在她的手里操控得游刃有余。

刘天昊坐在副驾驶上看交警发过来的视频。视频的角度是斜上方四十五度角向下拍摄的，肇事的大卡车经过公交站时，站在前排的崩皮突然向前扑了过去，他本能地向后躲，但身体前倾的力量非常大，卡车并未减速，瞬间后面车辆撞倒崩皮并把他碾在轮下。

大卡车几乎同时踩死刹车，在巨大的惯性下又行驶了十几米后才停下，鲜血随即从车轮下流了出来。

站台上的人们惊叫着，有人冲到驾驶室拍着驾驶室的门，司机从车上下来后立刻向车底下查看，随后又上了车拿了手机在路边拨打。

……

刘天昊看完视频后叹了一口气，拿着手机闭着眼睛养神。

"昊子，我知道你在想什么，可这件事并不怪你。"王佳佳率先打破沉默劝解着。

"心里难受，和案子无关。"

"现在怎么办？"王佳佳问道。

"先回派出所吧，我得再梳理一下线索。"刘天昊有气无力地说道。

回到派出所后，刘天昊一头钻进了办公室中，王佳佳很识趣地把车钥匙放在他的办公桌上便离去。

刘天昊靠在办公椅上眯着眼睛，他感到很累，不是身体的累，而是发自内心的累。

根据目前的线索来看，崩皮案件就是一起有针对性的谋杀。随着崩皮的死，神秘书稿的字迹无从查起，神秘人也不可能再通过渠道发表小说，这就意味着这条线索完全断了。

神秘人能够神不知鬼不觉地拿到不同小学生的作业本，最有可能的是两种渠道，一种是他本身是老师，另外一种就是去废品收购站。

但从崩皮之前的叙述中可以得知，神秘人的文笔很一般，是老师的可能性很小。

废品收购站里面人员成分很复杂，来往的人也比较多，作业本本身的价值并不高，多几本少几本都不会太引起人的注意，因此从这里获得小学生作业几乎不费力气。

想到这里，刘天昊找出一张地图，手指在上面不停地指点着，最后落在辖区的一处偏僻地带上，他立刻拨通了民警小杨的电话："杨儿，你帮我排查一下辖区内的几家废品收购站，尤其是城南最大的那家。"

"没问题，排查方向呢？"

"一个偷小学生作业本的小偷。"


# 第二十六章 大火


王贵是三起"鬼瞳"意外事件的目击者，传说鬼瞳看谁谁就会死，老段、庄世娟已经死亡，小周侥幸躲过一劫，却身受重伤、生死未卜。在王贵看来，下一个很有可能就是他，只有远离工地，才能逃脱鬼瞳的诅咒。

王贵明白命要比钱珍贵的道理，因此小周出事后，他把要工资的事儿委托给表弟，独自一人到朋友开在山里的客栈住下，和朋友喝酒叙旧。

王贵属于老段的三包队伍，以往都是由老段先给王贵等人发工资，然后老段再和项目部结算。如果王贵表弟领了钱直接跑路，万一王贵再来找项目部要钱，事儿就麻烦了。

王贵表弟碰了钉子，只好给王贵打电话。

王贵胡吃海喝了几天，心情好了不少，接到电话后便向老朋友告辞，起程回工地，命很重要，但工钱也不能少，他上有老下有小，家人还指望着这笔钱生活，最重要的是，他还瞒着家人欠了一笔巨额外债。

回到工地大门口时，他犹豫了。为了钱，他咬了咬牙，迈步走进项目部找陈经理。

陈经理正在和甲方领导汇报工作，瞥了一眼王贵，便不再理会。王贵是老实人，看见项目部门口停着的几辆百万级的豪车就已经肝颤了，见到气势非凡的几个大老板都盯着他，他更加心虚，立刻点头哈腰地关上了门，逃离项目部，回到他熟悉的工人宿舍，那儿虽然又脏又臭，却属于他。

见很多工友已打好了行礼准备离开，他叹了一口气，打开电风扇，连鞋也没脱，一头拱在床上，酸臭的风带来了一些清凉，让烦躁的心清净了许多。

自打从事建筑行业以来，王贵一直跟着老段混，老段去哪他就去哪，也不用操心，干好自己的活儿就行，老段没了之后，他一直在琢磨着今后的出路，想着想着就睡了过去。

隔壁宿舍已经人去房空，但床下的电褥子却还努力地工作着，破旧的褥子以肉眼可见的速度开始发黄，黄的面积越来越大，中心点逐渐变黑、冒烟，一股火焰从中心点冒了出来。

水火无情。

火焰蔓延的速度很快，从火焰冒出来到宿舍冒起浓浓的黑烟只用了两分钟，两边宿舍也跟着燃烧起来。

王贵只觉得身体周围无比的热，热得有些难以忍受，同时胸口感到像有一块大石头压着一般，让他喘不过气来。

当他剧烈咳嗽着醒来时，发现自己笼罩在一片黑烟中，高温让他疼痛难忍，毒烟令他浑身无力，他刚刚站起身，身体一晃，噗通一声倒在地上，他凭着感觉尽力地向门口爬去。

黑烟慢慢地消散着，转变成红色的火焰，吞噬着周围的一切，板房外层的铁皮在火焰的攻势下变形融化，房顶一点点地向下塌陷！

王贵心中还有挂念，求生的意志力很强，但人毕竟是人，再强大的意志力也无法抵御毒烟和烈火，当他的手够到门槛时，眼前一黑，晕了过去。

……

准备离开的工人们也纷纷放下成见，从工地各个角落拎出了灭火器进行扑救，安全员老谢还亲自把工地上原本用于洒水降尘的洒水车开了过来，接上水枪头朝着宿舍喷着。

在众人的努力下，火终于灭了，浓浓的黑烟也随着风逐渐消散。

当人们把王贵从板房里救出来时，项目经理陈龙变成了一张哭丧脸，伤者的烧伤面积达到了 70% 以上，因吸入了过多的毒气而昏迷不醒，依稀能辨认出伤者就是王贵。幸运的是，他的胸口还在微微起伏。

大老板们寒着脸质问满脸愧疚的陈经理，让他处理完这件事立刻滚蛋。不等救护车来，老谢和副经理把王贵抬上车，送往最近的医院，当护士抬着担架把王贵送进抢救室时，老谢松了口气，身体一软，顺着墙壁瘫坐了下去。

工地失火的消息再次传开，这次的事故不比以往，亡人事故还有可能封锁消息，失火却不行。

在电子信息时代，每个人都拿着一部手机，随时可能变成记者，一些来自朋友圈的病毒式传播速度绝对高于传统媒介。

而此时，开发商正如火如荼地对楼盘进行宣传，并以抽奖等形式对楼盘进行促销，当人们在豪华的售楼处看到工地方向冒起一股浓浓的黑烟时，立刻联想到了以往的鬼瞳传说。

人们相信科学，但不代表不相信玄学。

一连出了三起事故，死了两个、重伤一个，现在又在售楼的关键时刻工地失火，意外频发，说明此地的风水不吉利。

人们搬迁新居图的是安居乐业，施工阶段就出事，谁还愿意来买房子。

售楼处的人们纷纷走出豪华的销售大厅，拿出手机朝着工地的方向拍摄着。原本有购房意愿的人们拍完后发了朋友圈感慨，而后相继离开！

好事不出门，坏事传千里。

已经预订了楼盘的客户纷纷提出退房，但售楼处到手的定金怎么可能退还给客户！

双方僵持起来，客户们相约共同对抗开发商，甚至还打出了白底黑字的大横幅，要开发商把血汗钱还给他们。

事态越发不可收拾，不但 NY 市的各个媒体，甚至全国的媒体都在关注阳光雨露楼盘事态的发展。

热闹的售楼处冷清下来，原本的买楼顾客变成了蜂拥而至的媒体人，人们从各种渠道挖掘出老段、庄世娟、小周、王贵发生意外的故事，也把鬼瞳的故事挖出来晒在网上，各种各样的段子层出不穷，人们看得是津津乐道。

最让派出所头痛的就属群体性事件，一方面要面对有诉求的报警方——开发商，还要面对弱势一方——老百姓，任何一方都不能得罪，更不能想当然地去做出论断，引发当事者双方的情绪。

刘天昊原本并不擅长做这种工作，可经过半年来的基层锻炼后，他也学会了一些套路。

他带着警力来到现场，努力地维持着双方的平衡，同时向分局请求支援，随后才去查看烧毁的工人宿舍。

宿舍的燃烧点只有一处，从表面上看是因为电褥子未关闭，长时间的烘烤引发劣质褥子燃烧。王贵所处的宿舍在起火宿舍的下风，所以损毁比较严重，几乎也只剩下一个空架子。

宿舍的配电箱门已被打开，电闸处于断开状态，应该是在起火后工人们手动断开的。刘天昊用手机电筒照着里面，仔细地看定时开关，并未发现人为破坏的痕迹，电箱上方锈蚀比较严重，出现了几个漏点，水顺着漏点进入电箱中，留下了几条长长的锈蚀痕迹。

王佳佳走到刘天昊身边，冲着电箱里面照了几张相片，随后说道："这个工地可真够邪门的啊！有没有人员伤亡？"

刘天昊叹了一口气，说道："伤者已经送医院了。"

王佳佳点点头，用微信布置其他同事前往医院了解情况。

"你怎么看？"王佳佳问道。

刘天昊看了看周围盯着他的几个人，小声说道："都是政府职能部门的人，咱们到一边去说，省得造成不良影响。"

两人走到工地比较荫凉的涵洞附近，一股股凉风从涵洞冲出来，让本来燥热的两人心情好了一些。

王佳佳捋了捋头发，打开手机看着刚才拍的几张照片，问道："你怀疑这是神秘人做的吗？"

"当然，这仍是一起概率杀人案，凶手利用的就是大部分工人离开时的混乱，据我刚才了解，工地的电工也结算了工资离开了，而负责宿舍用电的电箱发生了严重的锈蚀现象，水顺着锈蚀的窟窿进入电箱中，原本负责开关电源的定时开关损坏，这才导致电源并未按照预设的时间关闭。工人们以往都已经习惯了定时关闭电源，离开宿舍时是从来不关闭电褥子的。"刘天昊喝了一口矿泉水。

"我明白了，天气炎热，板房内的温度本来就很高，加上电褥子的烘烤，导致民工的被褥起火，进而引发了这场大火。"王佳佳说道。

"应该是这样，估计安监部门很快就会有结果。"刘天昊指了指正在烧毁宿舍勘察的安监人员说道。

"伤者不会是林茂开或是王贵吧？"王佳佳问道。

"据说是王贵。"刘天昊说道。

王佳佳听后一惊。

话音未落，民警小杨从一旁走了过来，冲着刘天昊挥了挥手，说道："刘所，林茂开联系上了，他媳妇在商场买东西时中了一个新马泰三日游，他们一家三口出国旅游去了，在境外他们手机无法接通，加上在国内没有亲戚知道这件事，所以他们就失联了，今天林茂开刚刚下飞机，便联系了工友问工资的事，这才知道他出国这件事情。"

"他们人呢？"刘天昊问道。

"嗨，别提了，林茂开听说工地着火了，宁可不要工钱也不到工地来，直接回家了，就在村子东头。"小杨说道。

"走，去他家。"刘天昊说道。

此时，建筑商已经焦头烂额，也顾不上崩盘的事，几乎所有人都集中到项目部，讨论着下一步如何竣工、如何善后的问题。

对于建筑商而言，楼盘崩盘是一场噩梦，因为崩盘，开发商的资金无法回笼，建筑商前期的垫款可能会血本无归，最后落到手里的最多就是不值钱的几套房子。

更可怕的是，连续出了几起意外之后，他们还要面临着执法部门的处罚，建筑资质的降级对于一个企业才是最致命的。

# 第二十七章　鬼瞳的秘密

当刘天昊和王佳佳敲开林茂开的家门时，他们一家三口正收拾着从泰国带回来的旅游纪念品，小孩兴致勃勃地骑着大象玩具玩，媳妇收拾着从新加坡带回来的毛料衣服，用她的话说，买反季的衣服便宜。

"我是派出所的刘天昊，有些事情想问问你。"刘天昊看门见山地说道。

林茂开一愣，脸色一下子变得黯淡，把两人让到客厅，落座后才说道："是关于塔吊伤人的事吗？"

"有点联系，但不全是。你和段小春、庄世娟、周月发、王贵之间的关系如何？"刘天昊问道。

林茂开叹了一声，把电视关掉，缓缓地说道："我和他们的关系很好。"

"刘天保呢？"

林茂开差点从沙发上跳起来，定了定神，说道："刘天保有钱有势，哪儿会搭理我们这些小虾米。"

王佳佳立刻看出林茂开撒了谎，更何况是身为刑警多年的刘天昊。

"我查到段小春、庄世娟、周月发、你、王贵经常到刘天保家喝酒，你们的关系很密切。"刘天昊盯着林茂开的眼睛说道。

林茂开搓了搓手，显得有些犹豫。

王佳佳在一旁碰了碰刘天昊的胳膊，小声说道："医院那边回信了，确认了伤者是王贵！"

刘天昊点点头，说道："老段和小庄没了，小周发生意外重伤，王贵又在工地发生的火灾中受重伤，烧伤面积达到75%，能不能活下来还不好说，现在就剩下你，如果你不和我说实话……"

"我真的什么也不知道，你让我说什么！"林茂开脸上的青筋都蹦了出来，很明显他现在的心态非常焦躁。

"我想知道刘天保请你们喝酒的目的是什么？"刘天昊继续问道。

"我怎么知道，可能是他比较欣赏我们五个人吧。"林茂开说话间明显感到底气不足。

"是吗？你不担心你会步他们四人的后尘？"刘天昊把手机上王贵烧伤的照片给林茂开看。

林茂开看了一眼，才说道："我只是跟着老段去他家喝酒而已，也会聊一些工地上的事儿，反正大伙儿都是喝多了吹牛，又不用掏钱，我觉得刘天保就是没朋友，这才和我们结交。"

刘天昊点点头，他知道，从林茂开的嘴里肯定问不出什么了。

"这段时间你最好不要外出，尤其是工地，能不去就别去了。"刘天昊嘱咐道。

"可我的工资还没领呢！"林茂开说道，随后又看了看在另外一个房间收拾东西的妻子和孩子，又说道："旅游是免费的，但其他的费用都是自己出，这次出国旅行可花了我不少钱，贪小便宜吃大亏！"

"你的工资我来给你要回来，你就在家休息几天吧！"

……

钢丝绳的鉴定结果完全在刘天昊的意料之中，有锈迹的部分是重物拽断的，未上锈的钢丝是人为锯断的，虽然锯断的钢丝只有数根，却对事故的发生起到了关键作用。

工地安装了监控视频，却不是全面积覆盖，塔吊的方向正好是个死角。刘天昊给林茂开要了工资，随后便来到出事的塔吊下，突然，他看到刘天保家的方向有反光。

"是监控设备。"刘天昊心中一喜。

刘天保家和开发商有纠纷，一直对整个工地进行监控，用于对工地一些违法行为的检举。

刘天昊想起了安监站的同志在勘查现场时说的一句话，屡次举报工地违法施工行为的人应该就是刘天保，而开发商也说过同样的话。

但现在的问题是，去拿刘天保家的监控来举证他，他绝不会提供视频！如果借警方的名头硬拿，要是能锁定他犯罪还好些，一旦举证不成，可就要吃不了兜着走了。

老谢是老江湖，一直小心翼翼地陪着刘天昊。

"老谢，升降机你会开吧？"刘天昊问道。

"安监局那边……"老谢一脸苦相地说道。

"你会不会开？"

"会呀，但现在不让开！"老谢还是没明白刘天昊的意思。

刘天昊指着庄世娟出事的那栋楼说道："一会儿咱们开升降机上六楼，我让你开你就开，出了问题我来负责。"

老谢微微点头："中！"

刘天昊立刻用手机给王佳佳发了一段语音："都准备好了吗？"

王佳佳立刻回道："当然。"

当老谢熟练地操纵着升降机来到六楼时，刘天昊通过驾驶室的玻璃向楼梯间的方向一指："老谢，你看那儿！"

老谢通过驾驶室的玻璃窗望向楼梯间，他的瞳孔瞬间放大，可以清晰地看到汗水从他的毛孔里涌出来，瞬间洇湿了他的衣裳。

"鬼……鬼瞳！"老谢甚至不能分辨出声音是不是从自己嗓子里发出来的。

此时的楼梯间中出现了一双红色的眼睛，时而向上时而向下，飘忽不定。

老谢原本不相信鬼神之说，但此时此刻他亲眼看到，不由得心里一惊，更何况这双暗红色的眼睛还紧紧地盯着他。

鬼瞳看谁谁死！

老谢吓得差点一屁股坐在地上，伸手扶了一下升降机的侧壁，才算是没从驾驶室的座椅上掉下来，他咽下一口吐沫，扭头看向刘天昊。

"刘所，这光天化日的……"老谢的意思很明显，是说就算有鬼有神也不会在大白天出现。

刘天昊微微一笑，说道："人最容易受欺骗的就是眼睛。"

"可……可……"老谢手指着鬼瞳出现的方向哆嗦着。

刘天昊用微信向王佳佳喊话："可以了。"

老谢继续盯着鬼瞳出现的方向，果然，随着刘天昊的声音，鬼瞳竟然消失了。

"到底是怎么回事？"老谢问道。

"先下去吧，你很快就会知道的。"刘天昊笑得很从容。

老谢操纵着升降机落了地，刚一出轿厢，就见王佳佳和两名男子走了过来，男子手里拿着一架无人机，无人机经过改装，有两个红外摄像头，适合在夜间飞行拍摄的版本。

"刚才是这个？"老谢走到男子身边看着无人机。

"鬼瞳的秘密解开了，但传播鬼瞳的人……"刘天昊说到这里盯着老谢。

老谢眨了几下眼睛，低下头，摸了摸额头冒出的汗。

"老谢，传播谣言也是要负法律责任的。"刘天昊说道。

"是，是。"老谢磕磕巴巴地说道。

"还有一点我要提醒你，某些人对老段所做的事也要负法律责任。"刘天昊说道。

老谢一脸无辜地说道："我对老段没做什么呀！"

"我没说是你，行了，你先回去吧。"刘天昊并未和老谢争论。

老谢有些心神不宁地走回项目部，一边走一边回头看，嘴里低声嘀咕着。

"谢谢了，两位！"刘天昊向两名男子伸出手。

男子和刘天昊轻轻握了握手，呵呵一笑，说道："没什么，小事一桩，佳佳姐和我们合作多年了，很多秘密都是靠这个挖掘出来的。"

刘天昊看着男子手里的无人机一笑，说道："你们真是技术高超，能把无人机做到这种程度。"

"就是种爱好吧，经过我们的改良，无人机的噪声得到了极大改善，而且采用双摄像头后，很多单摄像头无法拍摄到的场景现在都可以做出来，就是飞行时间还是不行，现在的电池容量小重量大，不太容易解决，刘所有兴趣可以找我来聊聊！"男子说道。

刘天昊连忙摆手，说道："我就看看还行，玩这种东西很烧钱的。"

男子很轻描淡写地一笑："还行吧，一年几十万的费用而已。"

"这个最长能飞多长时间？"刘天昊问道。

"三十分钟吧，我这个改装过，装了两个摄像头，稍微重一点儿，普通的三十多分钟也是极限了，不单是电池电量的问题，时间长了电机也容易烧。"男子说道。

"如果不考虑电机烧毁和成本的问题呢？"刘天昊又问道。

"四十分钟，这是锂电池对无人机的最大支撑了，当然我指的是民间玩家，不包括专业级和军事级，我属于专业级。"男子呵呵一笑。

"遥控距离呢？"刘天昊问道。

"航模级的五百米到一千米之间，如果是航拍级别的，最高可以达到五千米，如果改装加大功率，应该能达到七千米，我这个是航拍级别的，原型机两万多，机上改装费用，四万左右。"男子言语间颇为得意。

"哦哦，好厉害！谢谢，如果有什么疑问，我再向您请教。"刘天昊心里有了数。

男子笑着点点头，没再说什么，向王佳佳告辞后，两人开着车离开工地。

"哎，你刚才和老谢打什么哑谜？"王佳佳好奇地问道。

"每个媒体人都像你这样好奇吗？"刘天昊问道。

"没有好奇心怎么做媒体人，而且我觉得，人类之所以能进步，就是因为有好奇心。"王佳佳眨了一下眼睛说道。

"嗯，有点道理。我刚才就是诈老谢一下，他的事我没有证据。"刘天昊说道。

"你是说他送老段去医院时故意绕远的事儿？"王佳佳问道。

"嗯，另外，老谢和鬼瞳的传言也有关，可一个工地的安全员应该和建筑商是一伙儿才对，为什么会拆台呢？"刘天昊皱着眉头说道。

"老谢和鬼瞳的谣言有关你有证据吗？"王佳佳问道。

"有，林茂开和小周都提过这件事，说鬼瞳的谣言是从老谢这儿传出来的。"刘天昊说道。

"整个事件难就难在没证据，立了案也不太容易破案，我现在都不明白，你为什么要蹚这趟浑水，如果立了案，而你无法破案，岂不是多了一宗悬案。"王佳佳说道。

"作为一名侦探，追求的是真相；作为一名人民警察，追求的是正义；作为普通一人，追求的是好奇心，这个道理你也懂的！"刘天昊说道。

"你这人，现学现卖。"王佳佳嘟嘴说道。

"说真的，我也不明白为什么要去蹚浑水，可能是受我叔影响吧。但我知道，真相永远是真相，它不应该被掩埋。"刘天昊叹道。

"你叔的案子我曾经调查过，但所有的线索到你叔这里就都终止了，如果他不说，这个案子就永远是悬案。"王佳佳说道。

"他不会说。"刘天昊说道。

"虽说证据都指向他，但从逻辑上分析，他收受贿赂而耽误抓捕时间导致罪犯逃离，其实这件事是很难成立的，有很多疑点在里面。"王佳佳望了望刘天昊的大切诺基说道。

刘天昊的爷爷是部队干部复原下海经商，积攒了很多钱财，子孙几辈子都花不完，在这种前提下，说刘明阳收受几万元的贿赂，并放跑了嫌疑人，有些说不太通，而且刘明阳把职业生涯看得很重，就算经济条件不好，也不可能为了点钱犯罪！

"每个人都有秘密，不是吗？"刘天昊笑了笑说道。

"好啦，别再意味深长了，说说眼前的案子吧。"王佳佳急忙终止了这个话题。

"好吧!"刘天昊和虞乘风一样,一说起案子来就精神十足。

目前所有的线索都指向钉子户刘天保,他与四名受害者都有着密切的联系,在喝酒吃饭过程中套取他们工作和生活中的一些细节,然后再利用他们的喜好和弱点进行布局。

然而在调查过程中,凶手已经知道崩皮反水,很有可能会掌握他一些证据,这才冒险将他杀害。

至于鬼瞳,其实就是用来监视工地一举一动用的无人飞行器,可能经过改装,拥有两个红外摄像头,可能拥有很高容量的电池以保证长时间飞行。

鬼瞳的故事和不断发生的意外事故一直在发酵,直到这场火灾,酝酿已久的计划终于爆发。

原本热门的楼盘无人问津,随着价格的掉落和优惠幅度的增加,之前下了定金的客户也纷纷要求退款。

随着楼盘的崩盘,开发商资金回笼不及时,会造成资金链断裂,就意味着破产,如果是针对开发商的报复,凶手的目的已经达成了,应该不会再杀人了。

"可到目前为止,除了被动过手脚的钢丝绳之外,没有其他证据,你分析得再好也没用。"王佳佳说道。

"证据可以有,只是我的身份不允许我这么做。"刘天昊叹了一声。

王佳佳俏皮地哼了一声,白了他一眼,说道:"有什么吩咐就说吧,弄得唉声叹气的。小女子没什么身份,也没有顾忌,除了触犯法律的事,其他的都能做。"

刘天昊嘻嘻一笑,指着半山坡的刘天保家,高清摄像头的反光让王佳佳的眼睛一曲。

"激光球机,夜视也能达到两百米的距离,在光线好的情况下,咱们现在的位置,它能看清毛孔的大小,价值不菲呀!"王佳佳说道。

"我就知道你专业,如果能在这台监控的硬盘里查到点什么东西,那这件案子……"刘天昊笑着说道。

"明白了，不过我得看这台机器联没联网，如果没连上网，可能就会麻烦一些。"王佳佳心里已经有了主意。

刘天保这台监控如果联网了，她的黑客朋友分分钟就可以搞定。如果没连上网就需要进入刘天保家，找到主机和硬盘，从上面拷贝下来。王佳佳团队主要是以技术为主，不是特工，可以飞檐走壁，轻松拿下任何任务。

"你呢？"

"我去趟刑警大队技术科，看看破烂王的那台监控有没有收获。"刘天昊说道。

"分头行动，有消息随时联系。"

刘天昊冲着王佳佳握了一下拳头。

"哎，要是我们进刘天保家被抓了，你得捞我们去！"王佳佳说道。

"放心，有我在，一切好说！"


# 第二十八章　密室


老谢今年五十六岁，从十八岁开始就在工地摸爬滚打，经验很足，从一个力工一步步做到安全员。安全员虽说叫员，在工地的权力却很大，相当于项目经理下一层的管理人员。

资料显示，他通过自学考了项目经理证，有数次机会能够成为项目经理，都是有人临时顶上来，导致他在安全员的位置上一干就是几十年。

项目经理是年薪制，最少也要三十万左右的年薪，而安全员是月薪制，一个月七千元左右的工资，从工资待遇上和项目经理差了好多。老谢已经到了退休的年纪，无论如何都不可能再被提升成为项目经理。

而他退休之后，也是按照目前的工资计算！

换句话说，老谢是带着一肚子怨气在工地干活儿的，可能这就是他起坏心眼绕道害死老段的原因吧。

关于人性到底是恶还是善的问题，一直都是哲学家在争论的问题。人性其实没有善恶，它会随着特定的环境而发生改变，绝不是单纯的存在。

老谢发现老段重伤同时自己可以左右行车路线时，恶念便涌了上来，拥有丰富经验的老谢知道，死一个人和伤一个人对于工地来说绝对不一样。

因此他和项目经理陈龙商量，找有关系的偏远医院去治疗，而这个关系并不是陈龙的，而是老谢的。

在死亡证明上签字的是老谢的中学同学。

至于鬼瞳的故事，老谢是从众多本村的民工嘴里得来的，加工后再通过他们传出去，恰好酝酿概率杀人案的凶手用无人机监视作案现场，和鬼瞳不谋而合。

……

刘天昊正想着，听见虞乘风的咳嗽声传来，他呵呵一笑，急忙走到门口打开门，见虞乘风和姚文媛站在门口正准备敲门。

"刘所，自打你到派出所任职后，耳朵灵了不少，加上你这鼻子，都快赶上神犬拉茜了。"虞乘风调侃道。

虞乘风平时爱看周星驰的电影，对《审死官》中的神犬拉茜印象颇为深刻。

"什么呀，当着文媛的面瞎说一气，快进来。"刘天昊坐到茶几旁开始泡茶。

姚文媛把一叠资料放在茶几上，说道："刘所，这些资料一部分是从废品收购站得来的，一部分是从李保红被害现场路面监控得来的。废品收购站的监控视频显示，在三月四日中午十一点二十、四月五日的傍晚十九点二十、五月二日的傍晚十八点三十分钟，卢正雨都出现在收购站，他卖的东西都是一些废旧纸壳和饮料瓶。"

刘天昊急忙拿起资料看着，他一眼就看出几张照片都是卢正雨，西装革履，头发整齐，拎着一个玻璃丝袋子。这三个时间正是崩皮到论坛和手机 APP 发表小说的前几天。

"我问了一下废品收购站的人，他们对卢正雨的印象很深，因为他不像是平常那些卖破烂的老头儿老太太们，根本不会计较钱的事儿，他所卖的东西还不到二十元钱，而他的公司距离废品收购站四公里左右，是开着他的银灰色奔驰 ML350 去的，每次临走的时候都说有东西在后备厢，需要一些纸垫着，他就从废纸堆里面拿一些纸放后备厢！"虞乘风说道。

"连油钱都赚不回来，所以他并不是真去卖废品的，他的目标是那些纸，小学生的作业本！"刘天昊惊道。

"没错！"虞乘风说道。

"他在李保红的被害现场也曾出现过，如果他是凶手，作案之后是想留在现场看看被害者究竟死没死！"刘天昊拿着两张照片说道。

"从犯罪心理学上讲是这样的！"赵清雅的声音从走廊传来。

刘天昊三人站起身迎向赵清雅，四人落座后，赵清雅说道："我刚刚去了一个同学的心理诊所，无意中看到有个病人的名字叫卢正雨，查看了他的档案，发现他有很严重的精神分裂症，我记得你曾经和我说过这个人，路过派出所时就顺便来拜访你！"

"太好了，真是得来全不费工夫，虽然现在还没有直接证据说明卢正雨就是凶手，但至少说明一点，他和这件概率杀人案有联系。"刘天昊说道。

"你下一步打算怎么办？"赵清雅问道。

"关键的证据还得靠她！"刘天昊说道。

"谁？"三人异口同声地问道。

"乘风、文媛，有件事还得拜托你们。"刘天昊没有说破王佳佳去刘天保家盗取数据这件事，毕竟这是违法的，知道的人越少越好。

"咱哥们儿你还客气啥！"虞乘风憨憨一笑。

"调查卢正雨，但现在证据并不充分，只能暗地里进行。"刘天昊瞄了瞄虞乘风和姚文媛。

"又让我去当黑客呀！上次的事儿还没摆平呢！"虞乘风看了看姚文媛说道。

"我帮你查吧！"姚文媛小声地说道。她在技术科，做这种事比虞乘风要方便一些。

刘天昊立刻伸出手做握手状，姚文媛脸一红，伸出手轻轻地握了握。

"乘风，你看看人家，多爽快，你们两口子怎么这么大差距呢。"刘天昊哈哈地笑着。

虞乘风脸一红，看了一眼姚文媛。姚文媛抿了抿嘴，起身告辞，和虞乘风双双离开。

刘天昊看着两人的背影轻叹了一口气，说道："多好的一对儿！"

"你别光羡慕别人，你也来一对儿！"赵清雅又发挥了大师姐的风范。

刘天昊张了张嘴，没说出什么来。

"我听说最近钱局张罗着给韩孟丹介绍对象呢，听说好像是一名中学体育老师。"赵清雅说道。

"是吗？我怎么没听说！"刘天昊面色一变。

"你多努力吧，别错过机会哟！"赵清雅说道。

刘天昊摊了摊手。

"有什么需要我帮忙的吗？"

"陪我去会会刘天保！"刘天昊说道。

"上次我听佳佳说，你去过刘天保家，好像没什么效果。"赵清雅说道。

"这次我请客，就到他家附近的海鲜酒馆，也喝泸州老窖，吃海鲜！"刘天昊意味深长地说道。

"请他？"

"对，请他全家！"

……

夜幕把 NY 市打扮得花枝招展，就连工地附近也是如此，小吃一条街生意火得不得了，每个摊位前面都聚集着几个人排队，食物的香味儿在空气中飘着，钻进每个人的鼻孔，勾着人们的味觉。

王佳佳和她的团队核心老蛤蟆悄悄地从半山坡溜到刘天保家门口，老蛤蟆背着一个双肩包，里面装的是小型的笔记本和数据线。"老蛤蟆"是外号，不到三十岁的年纪，因为长得比较像蛤蟆，团队的人都叫他老蛤蟆，他心也大，不在乎别人怎么叫他，用他的话说，只要大家高兴怎么叫都行。

老蛤蟆的特长是黑客技术，如果他的胆子能再大一些，他可以黑进世界任何地方，但他的胆子天生就很小，小到几乎和小女生差不多，与他的形象完全不匹配。

"佳佳姐，这行不行啊，入室盗窃呀！"老蛤蟆小声问道，说话的时候不断地看着四周。

王佳佳踢了老蛤蟆一脚，说道："你怎么这么怂，入室是入室，盗窃是盗窃，咱不又不拿任何东西，怎么是盗窃！"

从大院里传出狗的低吼声，老蛤蟆脖子几乎缩进胸腔里，一脸苦相地说道："佳佳姐，要不我在这儿给你把风得了。"

刘天保家的监控果然没连网，于是王佳佳启用了第二套方案，想办法引开刘天保夫妻，然后潜入他家，找到监控的硬盘把数据复制出来。

"怪不得你找不到女朋友，就这胆儿，出了事还得女人保护你！"王佳佳从塑料袋里掏出两个肉包子从墙头扔了进去。

狗不断发出嗅东西的声音，过了一阵，才发出吃东西的咀嚼声。

王佳佳一笑，小声说道："毕竟不是经过训练的军警犬，经不住肉包子的诱惑。"

其实狗能吃下包子也和刘天保有关。

刘天保家的两条狗都是早晚喂食，上午九点左右、下午四点左右两次，刘天昊提前把刘天保约走，还没来得及给狗喂食。

王佳佳托网友买了两包蒙汗药，两只狗吃下包子后哼哼两声，便没了声音。

"这药真好用啊！"王佳佳吐了吐舌头。

王佳佳用万能钥匙鼓捣着锁头，刘天保家的锁头是老式的挂锁，没几下就让她给弄开了。

两条狗趴在地上一动不动，舌头吐在外面，刘天保家的红外监控在黑夜中散发出幽红色光芒。

"有监控哎！"王佳佳心里一惊。

"只要找到硬盘，我能处理。"老蛤蟆说道。

两人进入大院，没费多少时间又打开了房间的门，钻了进去。

刘天保家的书房角落里放着两套监控设备，一个是监控自家院子的，另外两台以不同角度照向工地。

"交给你了！"王佳佳拧开手电，看着房间中的摆设。

书房中大部分是书柜和书，办公桌上放着一些手串之类的东西，书柜里的书摆放得整整齐齐，但仔细一看，都是些杂七杂八的书。

书柜上放着几样古董模样的饰品，看起来也有些年头了。

王佳佳又坐在巨大的老板椅上，身体向后一靠，没想到整个人朝着后方倒了下去。她吓得双腿立刻勾住办公桌，捂着嘴发出呜呜的声音。

"佳佳姐，你干吗，吓死我了！"老蛤蟆被王佳佳弄出来的动静吓出一身汗。

就在此时，书柜却向两旁移去，露出一个暗室来，随着书柜的移动，暗室的灯也慢慢亮了起来。

"这是啥？"老蛤蟆吓得灵魂出了窍！

# 第二十九章　怪异的洞

这是一个二十多平方米的暗室，除了几盏灯之外还有一个铁皮柜，地面上有一个一平方米左右的地洞。

洞口黑黝黝的，像一个怪兽的大嘴一般，仿佛能吞噬一切，从里面不断地喷出一股股凉气和一股奇怪的味道。

王佳佳从洞口边走过，打开铁皮柜，里面是都是些铁铲、钻机等工具，还有一些照明用的设备，在下面的柜子里还有几个缠着很多软遥控线的小型电动机械。

"老蛤蟆，快过来！"王佳佳喊着。

老蛤蟆忐忑着走到暗室中，向洞口看去。

"这是什么？"老蛤蟆流下了冷汗。

"你先看看这个！"王佳佳指着铁皮柜中的微型电动机械。

老蛤蟆盯着洞口慢慢走到铁皮柜前，看了看说道："是微型的工程机械，市面上没有卖的，应该都是私人订制或者是自制的，厉害呀！"

老蛤蟆是理科出身，学的是机械自动化专业，对机械设备比较熟悉。

王佳佳用手机把铁皮柜里的工具和微型机械都拍了下来，随后说道："把手电给我！"

老蛤蟆把手电递给王佳佳："干吗？我还得用呢！"

王佳佳顺手把手电扔进了洞里。

"哎！"老蛤蟆伸手抓手电，却没抓住，眼看着手电顺着洞口坠了下去，碰了几次壁之后，才叮叮当当地落到底，再看洞壁，只是被手电

磕碰时留下了几个小白点

　　由于洞比较深，手电的光所照的范围并不太大，在洞底显得微乎其微。根据手电坠落的时间和距离计算，洞深应该二十几米。

　　"洞壁很结实！"王佳佳说道。

　　老蛤蟆拿的是潜水手电，外壳是铝合金材料的，硬度非常大，碰到钢铁、岩石也不会吃亏。

　　王佳佳向洞壁伸手摸去，老蛤蟆急忙用手抓住她的衣服，以防止她掉下去。

　　"洞壁好像是岩石的，你看，越是到下面洞就越小。"王佳佳说道，随即她从洞壁一处扣下一块松动的部分，用手捏了捏。

　　"不会有僵尸吧！"老蛤蟆眼神闪烁着问道。

　　"你看这里的材质很硬，很像陵墓上方的夯土！"王佳佳说道。

　　"你的意思是这地下是一个墓穴，有很多财宝？"说到财宝时，老蛤蟆的眼睛瞪得比牛眼睛还大。

　　"找找绳子，我把手机绑着放下去看看。"王佳佳说道。

　　老蛤蟆正准备离开暗室，却听见外面敲大铁门的声音响起。

　　老蛤蟆一惊，与王佳佳对视一眼，小声说道："坏了，不是刘天保回来了吧？"

　　王佳佳迅速冷静下来，摇了摇头，说道："不太可能，昊子不至于那么没谱吧，你出去看看。"

　　老蛤蟆把脑袋摇得像拨浪鼓一样，胖胖的腮帮子几乎抡上了天："我不敢，万一穿帮了就完了。"

　　王佳佳在他的脑袋上敲了一下，说道："你被人家堵屋里还不是一样玩完儿，得了，你赶紧去弄监控数据，别忘了把咱们这段掐了！"

　　"这个行，放心吧！"老蛤蟆点点头，转身出了暗室，开始用手提电脑提取监控数据。

　　王佳佳走出房间，来到院子里，捏着鼻子学着刘天保夫人的声音懒洋洋地问道："谁呀？"

王佳佳这一嗓子倒是学得十足，要不是刘天保和夫人本人听到，外人很难分辨真假。

"阿姨，是我，您感冒了吗？怎么声音这么怪！"来人说道。

"他晚上喝多了睡下了，我也喝了不少酒，伤风了，有啥事明天来吧！"王佳佳说话间眼珠直转，环顾着周围的环境。

"我有急事找我叔！"来人又推了推大门旁的小套门，幸好两人进来时把小门插上了销。

"睡得和死猪一样，再急也没用！我这儿头也晕着呢，明早来吧！"王佳佳心跳加快，紧紧地盯着大门说道。

"您不是高血压不喝酒嘛！"来人语气有些急躁。

"唔，是贵客，喝了一点儿！"王佳佳继续应付着。

"行吧，你让他睡醒了立刻联系我，我真有急事！"来人说完就转身离开了。

王佳佳拍了拍胸口，叹了一口气。她有很多不为常人所能及的能力，其中一项能力就是模仿，只要对方有特点，她基本就能模仿得七七八八。

刘天保的老婆是当地人，嗓子略带中年妇女的沙哑，语速偏快。

但模仿毕竟是模仿，当不了真，要是来者比较熟悉刘天保夫人，那她的模仿就会穿帮。

王佳佳回到房间，见老蛤蟆冲着自己伸出大拇指，便轻哼一声，小声说道："得了吧你，一大老爷们儿，别忘了把指纹清理干净！"

她还是对洞下面的情况好奇，所以才想用长绳子绑手机坠下去拍两张照片。老蛤蟆憨憨一笑，把戴着医用橡胶手套的手冲着王佳佳比画了一下。

王佳佳钻到桌子底下，发现在桌子底板右角处有一个不太突出的按钮，王佳佳坐在椅子上向后倒的时候脚尖正好碰到了按钮，这才启动了机关，打开了暗室。

"找到绳子了吗？"王佳佳问道。

"没有，家里太乱，不好找啊。"老蛤蟆拿着手机电筒到处找着。

王佳佳的手机震动了一下，她看了一下屏幕，是刘天昊发来的微信，图片上显示刘天保的夫人架着刘天保向饭店外面走，赵清雅在前面阻拦。

"来不及了，他们要回来了，快走！"王佳佳伸手按动了桌子下面的按钮，书柜很快合上。

"我手电还在洞里呢！"老蛤蟆有点舍不得潜水手电。

"管不了手电了，快走。"王佳佳说道。

"哎……"老蛤蟆边说边向外走，却听见大门外汽车引擎的声音响起。

"好快，来不及了，先躲在院子里！"王佳佳和老蛤蟆急忙出门，锁好了房门，躲在院子里面的一个草垛后面。

"钥匙给我，让我给哥开门！"刘天昊的声音从门外传来。

"不用不用，我来就行！"刘天保夫人的声音同时传来。

显然他们都喝了酒，说话间带着醉意。

"嫂子你给我，瞧不起我是吧！"

"好好好，给你，你来开吧。"刘天保的夫人嘿嘿一笑，把钥匙递给刘天昊。

刘天昊走到门口用钥匙鼓捣半天，才把门打开。

刘天保和夫人相互搀扶着走了进来，径直向房门走去。刘天昊一个趔趄进了院子，随后又踉踉跄跄地跑到房门前，用了好几分钟打开房门，又把钥匙塞给刘天保夫人。

"嫂子，你和我哥赶紧休息，明天咱们再喝！"刘天昊说完便蹲在一边吐了起来，听得躲着的王佳佳和老蛤蟆跟着一阵干呕。

刘天保夫人叹了一口气，扶着刘天保进入房间。

刘天昊抹了抹嘴，站起身："我走了，嫂子！"

赵清雅也走了进来，扶着刘天昊，说道："哎呀，看你吐的，把人家给弄脏了。"

"没事没事，你们不用管，一会儿我收拾。"刘天保夫人的声音从房间里传出，同时传出刘天保哼哼唧唧的声音。

刘天昊冲着柴火垛挥了挥手，随后向门口走去。王佳佳和老蛤蟆从柴火垛里走出来，一路小跑出了门。

当赵清雅把刘天昊搀扶出门之后，院子里的红外监控头又亮了起来。

……

赵清雅的车技不算好，用她的话说，一个女人，能把车开走就算不错了，不要再挑开得稳不稳当的问题。

"得手了？"刘天昊冲着后排的两人问道。

"本大小姐亲自出马那是自然，而且还有别的收获！"王佳佳笑着说道。

"快说说！"

"说什么呀，你们吃了一晚上的山珍海味，我和老蛤蟆可还饿着肚子呢，先吃饱了再说。"王佳佳埋怨道。

老蛤蟆本身就胖，平时吃东西就多，王佳佳说话时，他的肚子非常配合地咕噜咕噜叫着，不由自主地咽了一口唾沫。

"行行行，你想吃啥就说，晚上哥请客！"刘天昊可能是酒劲儿没过，拍着胸脯子说着。

"那行，好容易逮着你，得吃个大餐。"王佳佳哈哈一笑。老蛤蟆也没客气，在一旁附和着。

刘天昊摸了摸口袋，眼珠转了转，拍了一下额头，不由自主地叹了一口气，看得一旁开车的赵清雅直笑。

"昊子，刚才你在院子里的表演太棒了，吐得和真的一样，你这演技，要是不当演员都可惜了！"王佳佳拍了一下刘天昊的肩膀。

刘天昊回头看了一眼王佳佳，又看向赵清雅，说道："我是真吐了，老刘头儿太能喝了，我这二斤不倒的酒量，愣是给干吐了！"

赵清雅开车比较新手化，油门加的急，刹车踩得也急，晃得一车人有些发晕。

"佳佳，还是你来开车吧。"刘天昊建议道。

赵清雅一脚刹车停住，冲着刘天昊说道："瞧不起人咋地，我开得不好吗？"

刘天昊朝着赵清雅伸出大拇指，随后打开门几乎是连滚带爬地下车，在路边哇哇地吐了起来。


# 第三十章　无事不登三宝殿


酒菜一下肚，原本闷屁的老蛤蟆突然换了个人，喋喋不休地讲个不停，把他和王佳佳如何进入房间、如何盗取监控数据的事讲得和007谍战片似的。

王佳佳配合得也好，老蛤蟆讲到哪儿，她就发一张相应的照片。

当他讲到暗室中的地洞时，刘天昊心中一惊，立刻想起了王佳佳的那个关于鬼瞳的故事，当他看到了密室和洞口的照片后，放下手机便陷入深思中。

故事里面的东家曾经把泡着眼睛的玻璃瓶锁进仓库里，而之后东家的家世开始败落，在被土匪抢劫一轮后，还能拿出重金来请大仙，就说明东家一定留了后手。虽说最后东家和其家人都惨死，却还是有村民相信东家的身家绝不止于此，到东家的残垣断壁去挖宝藏，王佳佳发现的这个洞下面有没有可能就是东家藏珍贵物品的地方呢？

还有就是去刘家拜访的人也令人起疑。

刘天保是出了名的暴脾气，一般人就算想拜访他，也得是白天，还需要提前打电话预约，大半夜突然拜访，搁着他的脾气，肯定是臭骂一顿。

　　而且自打刘天保家和开发商发生纠纷后，他的亲戚不再和他亲近。走得比较近的几个人，例如段小春、庄世娟等人又相继出了意外。

　　"那人多大年纪？"刘天昊问道。

　　"三十来岁吧！"王佳佳说道。

　　刘天昊捅了捅吃得正酣的老蛤蟆，说道："源力老总卢正雨的声音源你能找到吗？"

　　老蛤蟆把羊排放下，油腻腻的手在身上蹭了蹭，说道："我试试。"

　　"这个人我知道，在一次创业会上他出尽风头，在意识和境界上，就算比不上马云也差不了太多，就是机遇太差了。你怎么想起他来了？"王佳佳问道。

　　"刑警这行干长了，就有那么一种感觉，没法说明白！"刘天昊说道。

　　老蛤蟆拿出笔记本，把分析监控录像的软件放到后台，随后不知用什么软件鼓捣着，不到三分钟的时间，他一拍桌子："找着了，全民K歌上有他录制的歌曲。"

　　老蛤蟆点了一下录音，录音发出五音不全加上各种特效的刺耳声音，几人不约而同地皱着眉头，王佳佳更是一脸苦相，侧着身体似乎要躲开难听的声音。

　　"佳佳，当时那人说话的内容是什么？"

　　王佳佳想了想，说道："好几句，最后一句是'行吧，你让他睡醒了立刻联系我，我真有急事！'"

　　"把这句话用卢正雨的声音模仿出来！"刘天昊说道。

　　"小意思，不过得需要点时间！"老蛤蟆手指在键盘上急速操作着。

　　一段已经录了音加了各种特效的音频对于普通人来说那只是一段音频，但老蛤蟆不一样，他可以把人的声音还原并单独摘出来，用软件加以分析后再模仿本人说话！

　　刘天昊喝了两碗粥后酒劲儿过去大半儿，惨白的脸色渐渐恢复了些红润，轻咳了两声说道："你曾经给我讲的故事里，说东家破败被烧毁后，村民们仍到他家来挖掘！"

"没错儿！"王佳佳一边吃着一边回答。

"也许东家当初的地基没被开发商征用！"刘天昊说道。

"是老刘家！"赵清雅和王佳佳几乎异口同声地说道。

"本来开发商的楼盘也是这一片，经过这么多年了，中间又经历了几次重建，谁还知道当年的东家到底是哪一家！"刘天昊说道。

老蛤蟆嚼着鸡腿满不在乎地问道："那又怎样？"

刘天昊把王佳佳照的洞口照片通过微信发给了一个人，随后眼睛就一直盯着手机。

"发给谁了？"王佳佳问道。

"肯定是和盗墓人有关的人，也可能是考古学家之类的！"赵清雅盯着刘天昊分析道。

刘天昊冲着赵清雅竖起大拇指，说道："大师姐厉害，一下就能猜到我心里。我这个朋友曾经是个盗墓人，后来转行古玩界，眼睛很毒、很专业。"

刘天昊的手机振动了一下，内容显示：洞壁的材质应该是糯米加上黏土、碎砂石搅拌而成，加上夯实，可以和现代工艺下的混凝土相媲美，理论上可能是盗洞，但盗墓手法不高明，从洞的深度和夯土结实程度来看应该是一个王公贵族。

光一个洞就二十几米深，在现代人眼里，这个深度算不得什么，但在科技并不发达的古代来说，这可是一件很大的工程，就算不是皇陵，至少也是诸侯或富甲一方的大财主级别的。

刘天昊的手机再次振动：从洞口的宽度来看，应该没下去过人，很可能是用一些机械手臂之类的进行操作，所以对墓穴内的宝藏破坏并不是太大。

"是那些微型机械！"王佳佳随即把铁皮柜里的发现也说了出来，并把照片发给刘天昊。

"制作微型机械的零件在淘宝上都能买到，但需要很高深的机器人理论知识和动手能力才能做出来，毕竟这是手工打造的，不是电脑建模3D打印那么简单。"老蛤蟆说道。

"我对刘天保的经济来源也质疑过，从表面上看他没有营生，但经济条件却是村里最好的，他的祖上只留下这套房产，那么问题来了，他的钱是哪儿来的？"刘天昊问道。

"盗墓！"赵清雅说道。

"就是这个盗洞，这件事只要到古玩市场一查就知道。"刘天昊笑着说道。

"古玩市场那么大，怎么查？"赵清雅有些不明白。

"古玩市场其实并不大，里面大部分的东西都是假的，一旦有真家伙进入市场，一定会引起商家的注意。"刘天昊说道。

"可咱又不知道刘天保卖的是什么古董啊？"老蛤蟆把鸡腿啃完，又拿起一块羊排。

王佳佳在老蛤蟆脑袋上砸了一个爆栗，说道："古董可以有很多，但刘天保就一个呀，他拿着真家伙，商家肯定有人认识。"

"哦哦，没错，也可能是他夫人去卖古董！"老蛤蟆说道。

刘天昊鼓捣着手机，把刘天保和他夫人的照片发给古玩界的朋友："老哥，你帮我认认这个人，有没有印象？"

"老蛤蟆，你也别光顾着吃，监控录像什么时候帮我分析？"刘天昊问道。

老蛤蟆用满是油的手拍了拍笔记本的包："正分析着呢，我可不像你们技侦，还得用人排查，筛选条件我已经写进程序里了，这都是全自动的，刚才做声音合成时放后台运行呢！"

刘天昊哈哈一笑，说道："行，那今天晚上我就管饱管好，吃着喝着！"

老蛤蟆也不客气，一口酒一口肉地吃着，突然他眼睛一亮，说道："声音合成完了，你听听！"

老蛤蟆按下播放键，电脑发出声音："行吧，你让他睡醒了立刻联系我，我真有急事！"

王佳佳伸手又点了一下，音频又放了一遍。

"是他，就是他！"王佳佳说道。

老蛤蟆挠挠头，脸上露出为难之色，微微摇头。

"我相信佳佳的话，一个能模仿人惟妙惟肖的人，最基本的是听力，如果不能分辨出别人的声音特点就无法模仿。"刘天昊刚说完，手机便再次振动起来，是古玩界朋友发来的微信："这个男的乔装来过古玩城，卖的是明朝的真家伙，价值不菲，但他是个小白，两眼一抹黑瞎要价，让人给唬得一愣一愣的。"

刘天昊发语音给朋友："除了他之外，还有其他人卖过真古董吗？"

语音很快回来："有啊，还有一个，文绉绉的，一看就是文化人，说是做网站和手机 APP 软件的，叫卢什么来着，也是小白一个，一个明朝官窑的成化斗彩，他才卖了一百万，大肚子老李当场把现金拍给他了。"

刘天昊回复："收到，收到，谢谢啊。"

随后他脸色一正，说道："全对上了，卢正雨和刘天保之间一定有关系。"

"这两人八竿子打不着啊。"赵清雅说道。

"现在看是八竿子打不着，查清楚之后就不一定了。师姐，你进老刘家院子里的时候看没看到他家有三轮车？"刘天昊突然问道。

赵清雅一愣，想了想，说道："没啥印象！"

"应该没有吧，他家除了柴火垛一条路之外都是菜园子，而且他家的门都很窄，三轮车不可能开到屋子里放着吧。"王佳佳说道。

"没有，我反正是没看到有！"老蛤蟆跟着附和道。

"欲盖弥彰，狐狸的尾巴越露越长了。"刘天昊呵呵一笑。

老蛤蟆打了一个饱嗝，拍了拍肚子："我吃不动了。"

"佳佳，你帮我查查卢正雨的底子，现在就要，我让小杨去档案室看看有没有收获。"刘天昊知道案件已经到了关键时刻，必须争分夺秒。

王佳佳拍了老蛤蟆一下，问道："监控分析怎么样了？"

老蛤蟆看了看后台数据，说道："早着呢，几个月的监控哪有那么好分析的，估计得明天了，撤吧。"

"撤！老板，结账，再来一份羊排和卤鸡爪打包！"

……

赵清雅在刘天昊的指挥下来到了交警队，交警队值班室还亮着灯，他拎着打包好的羊排和鸡爪下了车，冲着大楼喊着："小糊涂！"

"哎，你大半夜的跑交警支队耍酒疯来了！"赵清雅急忙下车，拉着刘天昊。

二楼值班室的窗户刷地一下打开，露出一个人："昊子，你这要什么酒疯啊，是不是想让我把你按酒驾拘了？"

"我没开车，我姐带我来的。"刘天昊扬了扬手上的塑料盒。

"他叫胡庆丰，原来和我是警校的同学，分到交警来了，现在是副大队长。"刘天昊小声地说着。

"那你还叫人家'小糊涂'！"赵清雅向胡庆丰摆了摆手。

"赶紧进来，你这人，肯定是无事不登三宝殿，这位是嫂子吧！"胡庆丰嘻嘻哈哈地和赵清雅打着招呼。

"少贫嘴，我有正事儿找你，你可得帮忙啊！"刘天昊说道。

胡庆丰看了看羊排和鸡爪，收起笑脸，一本正经地说道："好！"

# 第三十一章　盗墓者

刘天昊为了破这起概率杀人案几乎动用了他所有的关系，还把自己的前途命运都赌了上去，如果这件案子破不了，他就有了污点，以后在干部录用上可能就会受到影响。

钱局长满脸慈祥地看着站得笔直的刘天昊，在他的眼里，刘天昊就是曾经的他，敢于遇难而上、敢于破釜沉舟、有魄力，哪怕知道这件案子困难重重，哪怕知道会影响前途，也会冲上前。

能不能破案是能力问题，但敢不敢亮剑则是态度问题。

"我相信你！"钱局的话让刘天昊心里一暖，这句话只有四个字，却包含着钱局对他的信任和希望，也给了他巨大的动力。

刘天昊郑重其事地敬了一个礼，做了一个"请"的动作。

会议室的桌子上放着数十份资料，钱局和韩忠义站在桌子前翻看着，随着时间的推进，钱局时而皱眉，时而停下思考，当他把所有资料都看完之后，才长长地出了一口气，摘下眼镜揉了揉眼睛，又把眼镜放在桌上，敲了敲资料。

韩忠义依然是一副波澜不惊的表情。

"看来你已经准备好了！"钱局说道。

"这件案子该到真正结案的时候了！"刘天昊说道。

民警小杨带着一些人走进会议室，其中有庄世娟家属、段小春家属、小周和妻子、王贵家属、塔吊司机林茂开、项目经理陈龙、安全员老谢、刘天保和妻子、卢正雨。王佳佳、韩孟丹、虞乘风、赵清雅、派出所所长吴文军、技术科的负责人和姚文媛等人，还有几名戴着厚厚的眼镜的学者风格的人也夹着皮包走了进来。

众人都带着疑惑看着刘天昊，在他们心中，这几件案子是板上钉钉的意外事故，如果爆出是刑事案件，对众人的冲击恐怕不亚于一颗原子弹。

王佳佳和助手在会议室的几个角落都支上了摄像机，这是刘天昊答应她的，在他进行推理定论时允许她进行拍摄并独家报道。老蛤蟆坐在播放视频的电脑面前鼓捣着，大屏幕上显示的是一个播放软件。

"这个案子是作为我在派出所任职的第一个刑事案件，也是最后一个，在此，我感谢吴所长半年来对我的教导和培养。"刘天昊向吴文军敬了一个礼。

吴文军站起身，笑着给刘天昊回了一个礼。

"首先我得拿几样东西上来，请大家鉴赏一下。"刘天昊拍了拍手。

一名尖嘴猴腮的中年男人带着几个年轻人走了进来，他们手上戴着手套，捧着几个瓷瓶和金银器具，走路时小心翼翼，生怕碰坏了手里的东西。

"这三个瓷器是明朝官窑的成化斗彩，目前单个的价值大约在三百万，还有这几样金银器，也是明朝时期的老物件，价值也在百万以上。蛤蟆兄！"刘天昊对老蛤蟆喊了一声。

老蛤蟆打了一个"OK"的手势，最后鼠标轻点了几下，大屏幕上出现几张图片，可以清晰地看到图片上的人物是卢正雨和刘天保，还有尖嘴猴腮的中年男人。

卢正雨和刘天保对视一眼，微微叹了一口气，低下头来。

"这些物件都是来自一个坟墓，一个王族的墓穴。秦老师！"刘天昊说道，随即把目光转向几名学者模样的人。

其中一名学者站起身，说道："我是国家博物院的考古学者秦天路，我们组成了专家组，对这几件古董进行了鉴定，这些的确是明朝的古物，而且都是出自皇宫！"

众人听到后纷纷议论起来。

"我要给大家讲一个故事，故事的开端相信你们都已经从媒体人王佳佳的微博上看到了，是民国时期一个有钱有势的东家的故事。"

众人停止了议论，纷纷点头。

王佳佳在 NY 市媒体人中非常有影响力，很多人宁可不看 NY 日报等官媒，也要看王佳佳的微博报道。

"那个东家是真实存在的，他没有精明的头脑，更从来不剥削他的佃户，但他的财富却源源不断，根源就是一座古墓，而这座古墓就在刘天保的家中！"

刘天昊一语惊人。

刘天保几乎是浑身一震，差点儿从座椅上瘫到地上，冷汗唰地一下从额头上流了下来。

……

东家有钱，但不贪心，对村里的百姓很好，租出去的土地只象征性地收取一些租子，所以村民们的生活过得比较宽裕。

很多村民都非常疑惑，东家是地主，却不以收租子为生，那他的钱是哪里来的？

其实东家有一个秘密，是除了他自己没有任何人知道的秘密。东家的祖上是靠盗墓为生的盗墓贼，爷爷和父亲都是因为盗墓最终被官府抓起来杀了头。到了他这辈，盗墓的手艺已经失传，便遵照父亲的遗愿不再到处寻找墓穴，而选择靠父亲留下的房产定居下来。

东家在父亲留下的箱子的夹层里找到了一本日记，日记上写明如果到了极困难无法生存时，便打开压在一堵墙下面的墓穴，但要谨记一点，每年只能取一次，一次只能取出一个物件，并且只能把秘密传给家族继承人，同时日记上写明了打开墓穴的方法。

当东家按照父亲的方法打开墓穴后，取了一样古董，变卖后经济状况得到了极大的改善。为了防止万一，他在墓穴洞口上建造了一个大仓库，堆放的都是一些杂物。随后，东家每年都会取出一件古董。

天下没有不透风的墙。

东家地下有宝藏的消息很快传了出去，很多人开始打东家的主意，有飞贼、有盗墓者、有土匪，但无一例外，没有人在东家的家中发现宝藏。

事情的变化从东家买了一个女人延续香火开始。东家对这个漂亮的女人很是喜爱，在一次翻云覆雨过后，东家经不住女人的甜言蜜语，说出了心底最大的秘密，这个秘密甚至连东家的原配夫人都不知道，而这个女人成了第二个知道秘密的人。

秘密就是东家的财富全部来自一个墓穴。

女人提出想看看墓穴的请求，东家犹豫后还是拒绝了女人的请求，毕竟这关乎着他整个家族的命脉，无论多相信眼前的女人，还是不能违反祖训把这个秘密彻底公开。

令东家意想不到的是，这个女人并非善男信女，而是侵略者派来的间谍。原来东家贩卖古董的事情一直被侵略者的情报机构关注，并着手收藏了几件，经过鉴定后，得知这些古董都是皇族之物，这才派出了女间谍查探个究竟。目的就是为了把这个墓穴据为己有，以补充军费继续侵略中国。

东家所在的地方一直在国民政府的管控之下，相对来说比较安全，因为侵略者急于得到这笔宝藏，因此让女间谍不惜一切代价得到宝藏的秘密。

女人想尽了办法，仍无法从东家口中得知宝藏地点，东家的原配夫人发觉这个女人并不简单，绝对不是买卖来的流浪女子。

原配夫人开始不断地试探女子并对其进行打压。

女人最终还是利用东家一次喝醉的机会得到了宝藏的秘密，原来墓穴的入口就藏在东家最不起眼的仓库里，仓库里还养着两条狼狗，这两条狗异常凶猛，除了东家本人之外没人能够靠近，所以仓库的秘密从未被人发现。

东家也不是傻子，在女人套出他宝藏的秘密之后，他也发现了女人身体上的异常，她的大脚趾和二脚趾之间的缝隙很大，是常年穿木屐所致，膝盖上有一些老茧的痕迹，而穿木屐是侵略者的习惯，常年的跪姿也导致膝盖上有老茧出现。

当东家识破女子的身份后，开始让大夫人和其他家人不断地试探女人。女人对付女人自然是有一套的，尤其是对一个得宠的女人。

女人在大夫人等人的试探下终于露出了破绽，当她惊慌失措地准备逃跑时，被早已守候的大夫人将其拿下，并用铁链子将其锁了起来。

女人为东家生下的儿子原本很得宠，但自从身份暴露之后，小孩子也跟着受到了牵连，奶妈不再给孩子喂奶，生病了也不管不顾。

东家舍不得孩子，却禁不住众人的不断劝说！

女人虽说是间谍，却不失母性，世界上任何人都可以不爱她的孩子，但她仍然百般呵护着。东家对她的行为和身份不屑，不拿她当人看，只当作发泄欲望的工具，没日没夜地折磨她，直到她有了第二个孩子。

东家的内心还是善良的，无论母亲是什么人，毕竟孩子有他的血统。东家放松了对她的管控，而她则利用这个机会逃了出去。

令她想不到的是，此时的国内形势大变，中国和侵略方的矛盾已经趋于白热化，有些侵略者是专门来中国收集古董文物的，而此时，他们已经全部撤离到控制区。

到了城镇的她得不到接应，被赶来的东家和大夫人抓回家中锁了起来。大夫人更是利用东家不在家时，把她的脚筋挑断、挖了眼睛并毒哑了喉咙，把她的两个孩子扔到荒郊野外任由其自生自灭。

# 第三十二章　第二个故事

等东家回到家中时，女人已经奄奄一息，两个儿子也不见踪影。东家知道是大夫人搞的鬼，便逼着家里的用人说出孩子的下落并带着人去找孩子。令他失望的是，孩子未找到，只是在抛弃孩子的现场发现了一些撕碎的残破棉衣。

村落处于大山中，有很多凶猛野兽出没，想必是两个孩子已经丧生在野兽口中。不甘心的东家进山寻找孩子，找了三天三夜还是没有任何线索。

最终，失魂落魄的东家回到家中，准备找大夫人算账，却不料大夫人已离奇死亡。随后，一起起的死亡事件笼罩在东家头上，亲人的相继意外离去令东家痛苦不堪。

用人几乎作鸟兽散，原本依靠东家生活的表亲们也纷纷离去，只剩下东家孤家寡人。

东家并不相信鬼瞳杀人，经过一番探查后，才发现死亡事件与侵略者有关，应该是侵略者得到了女子的信息，来他这里盗取宝藏，制造一系列杀人案，企图将房产占为己有，再把宝藏取出来。

东家也明白，侵略者一直没杀他是因为寻找墓穴的位置需要他。

东家读书少，却深明大义，他知道这笔财富无论如何不能落在侵略者手上，因此，他趁着夜色封死了洞口，并一把火烧了宅子，而东家也从此之后消失于人间，不知所踪。在他的眼里，只有彻底在人间消失才能让侵略者死心。

此后，无人再知晓宅子下宝藏的位置。

……

刘天昊讲到这里叹了一口气，向众人说道："东家是个爱国的好人，好人有好报，他并没死，而且还找到了他的儿子。"

王佳佳的目光盯向刘天保和卢正雨，如果所料不错，这两人就是东家的后代，否则不可能知道墓穴的秘密。

众人又开始议论起来，会议室像一锅要开的水一般。刘天保歪着头暗自叹了一口气，又偷偷地看了卢正雨一眼。

"我再来讲第二个故事。"刘天昊说道。

"刘所，第一个故事还没讲完呢！"老蛤蟆听故事听得入神，放下鼠标向刘天昊说道。

刘天昊一笑，说道："听完第二个故事，就知道第一个故事的结局了。"

……

随着 NY 市经济的发展，主城区不断地扩大着，连原本很偏僻的周边农村也扩了进来。

竹琉村正是其中之一。

当地原住居民陆续签订协议动迁离开，一栋栋三十几层的高楼拔地而起，一些不愿离开的也是因为动迁补偿款的问题，开发商软硬兼施地做了很多工作，绝大多数的村民签了协议离开，刘天保家却是个例外。

无论开发商施展任何手段，刘天保就是坚持不搬家，甚至到最后开发商提出暗地里一赔三的暗杠都没能让刘天保动心。

刘天保家的位置在整个开发楼盘的计划中很重要，缺了这一块，后面山体的面积都无法利用。无奈之下，开发商动用了当地的地痞流氓等轮流轰炸，弄得刘天保苦不堪言，但对于动迁的事他依然不松口。

开发商只得重新调整规划，先把一期规划完成，巨大的高层会遮挡刘天保家的大部分阳光，居住条件会变得极端恶劣。同时，损失巨大的开发商并未忘记对刘天保进行报复，开工之后，工地的噪声就一直占据着刘天保的生活，随着打桩机的介入，刘天保的盗洞下方还有了塌陷的迹象。

刘天保为了保住墓穴的秘密只好隐忍下来，被断了路，他就修一条路，没有水电，他就找人重新接了水电，一切全靠自力更生，为的就是墓穴中的宝藏。

然而刘天保并不是一个能够长久隐忍的人，他知道开发商还有二期开发计划，他家如果不动迁，会破坏整个二期计划，开发商一定会想尽办法赶他走，摆在他面前的只有一条路，就是和开发商干到底，让二期计划泡汤。

他开始酝酿一个万无一失的计划，不但能保住墓穴的秘密，还能让开发商血本无归！

他刻意接近村里原住居民段小春、王贵、周月发、林茂开四人，几番酒局下来，四名朴实的农民几乎把工地的老底都透露给刘天保。

随后，段小春为了讨好庄世娟，有酒局时都带着她，就这样，五人成了刘天保家的座上宾。刘天保很快熟悉了工地内部的运转规律，也找到了安全漏洞，更熟悉了五人的爱好和弱点。

如果建筑商比较正规，可能刘天保的计划并不会实现，但建筑商把活儿揽下来之后又再次分包给更小的建筑商分包以降低资金风险，而较小的建筑商几乎不重视安全管理，都是以工程进度为主，这就让刘天保的计划有了实现的可能性。

段小春喜欢摆弄车，但苦于没文化，驾照考不下来，只好玩些无牌照的农用车。

庄世娟为人比较豪爽，但她因年轻生孩子时落下了腰疼和坐骨神经痛的毛病，她经常在喝酒之后发牢骚，说升降机驾驶室的座椅坐着不舒服，想换个工作却不知道干什么好，只好得过且过。

王贵没什么弱点，身体也好，唯独一点就是老实，有嗜睡症，一旦脑袋沾上床三秒钟不到就会打上呼噜。

周月发别看年轻，在五人中是胆子最大的，而且平时很少注意安全，甚至在开车运货时连安全帽都不愿意戴，为了这件事，安全员老谢罚了他两次，他只得给老谢买了一条烟用以摆平，而且他平时喜欢摆弄手机，刷短视频、搞笑 GIF 之类的，注意力比较分散。

林茂开喜欢喝酒，只要有酒局无论什么时间，他都会喝上几口，酒后该干啥就干啥，绝对不耽误活儿，但人喝了酒反应就会慢上半拍，出意外的机会就会多一些。

刘天保的计划高明在并未刻意安排事故发生的顺序，而是针对每个人的爱好和特点进行布局，而后就是守株待兔，坐等事故发生便可。

他有事没事就单独邀请段小春到家里来摆弄车。段小春超爱开车，便借着酒胆开着刘天保的三轮车在院子里转悠，刘天保只有一个要求，不能到外面的路上开，以防止撞人。

段小春对这个要求是可以接受的，他也知道现在社会风气有些问题，容易被人讹上。但他不知道，刘天保不让他到外面开车不是为了安全，而是为了不让别人知道他让老段开车这件事。

刘天保是个自学成才的机械高手，他逐渐调整着三轮车的油门和刹车，让油门慢慢变得迟钝、让刹车慢慢变得灵敏。段小春对这些细微的差别并不在意，慢慢地他就适应了刘天保家的三轮车，猛踩油门才会前进，轻点刹车就会停住。

小周好吃海鲜，刘天保便请他吃海鲜，隔三差五地掺一些不新鲜的海鲜，加上冰镇凉啤酒让小周闹肚子，时间久了，小周得上了慢性肠炎，到工地时上厕所便成了常事。

八月份的天气虽然炎热，但原本还算好过，可今年不但热，湿度也大过往年，闷热的天气给了刘天保机会。

小周闹肚子着急上厕所，把三轮车扔在楼板上。而刘天保这几天天天约庄世娟来家里喝酒，家里的三P空调吹着凉风很舒服，庄世娟自然愿意来，吃饱喝足了还可以在客房里睡上一觉。

庄世娟着急离开，便催促着赶工的段小春和王贵下班。

段小春为了赶工，就冒险开三轮车准备下楼取水泥，但他想不到的是，小周的三轮车刹车、油门和刘天保家的车完全不一样，油门轻轻一点车便飞一般地冲了出去，等他缓过神来踩下刹车时，却发现刹车非常迟钝，他本就没经过这方面的训练，加上长期服用毒品镇痛，脑神经受到很大损伤，反应比从前慢了很多，在车子快速行驶起来的瞬间脑袋已是一片空白，三轮车带着他轻松地破坏了已经上了锈的升降机拉门……

刘天保平时对庄世娟关心有加，在家里喝酒时都给她准备比较软的垫子，并劝说她可以用泡沫板加上海绵垫的形式当作驾驶室座椅。庄世娟提出驾驶室放不下泡沫板，而这时候电焊工出身的林茂开便答应帮助庄世娟把原装座椅弄下来，等升降机快拆除时再恢复上，保证安全部和监理检查时看不出来。

庄世娟如愿地坐上了高度合适并柔软的垫子，驾驶室原装座椅被她藏在地下室角落的一个房间里。

在此之前，刘天保已和安装设备的负责人打成一片，从他的口中得知整个工地的起重设备都是陈年老旧设备，因为之前用设备的工地离海比较近，对设备腐蚀得比较厉害，升降机轿厢底板开焊现象比较严重，但安装升降机时并未引起管理人员的主意，而安装单位只负责安装，升降机的产权方和使用方都与他们无关，所以也就没多事。

轿厢每次上下时都会乘坐很多人，也会上一些料，比如两三车的混凝土、钢材、木料，等等，下降时，这些物品加上人的重量，将会把底板压得脱离轿厢，所有人和货物会从高空坠落到地面！

刘天保谋的不只是庄世娟一个人，而是很多人，只是由于天气炎热的缘故，大部分工人选择休息，而庄世娟所在的楼因为老段等人坚持施工不得不坚守岗位！

当庄世娟坐在泡沫垫上操纵着升降机向下行驶时，巨大的惯性终于把驾驶室底板和轿厢的最后一点焊接冲开，庄世娟随着泡沫垫坠了下去。

# 第三十三章　第三个故事

"这桩不幸也是幸运，如果不是庄世娟先出事，等工人上工时，满载着十几人的升降机掉底……"刘天昊满脸严厉地看向项目经理陈龙。

陈龙和安全员老谢脸色一变，暗自抹了一把冷汗。

"市里派来的机械专家对所有设备进行了检测，升降机和塔吊已经使用了七年，从未进行正规的翻新维护，只是敷衍了事地在外面刷了一层油漆，就算这些设备在这个工地不出事，也会在其他工地出事。"刘天昊望着起重设备产权方说道。

"那鬼瞳是怎么回事？"一名家属问道。

刘天昊冲着老蛤蟆比画了个手势。老蛤蟆轻点几下鼠标，大屏幕上出现了一段视频，是王佳佳和朋友试验无人机的画面。

当众人看到从昏暗无光的楼梯间缓缓亮起两只暗红色的眼睛时，几乎所有人都瞪大眼睛屏住呼吸，若不是有心理准备，怕是会惊叫起来。

"这就是鬼瞳的秘密,实际上它就是一架经过改装的无人飞行器,续航力超过普通飞行器一倍以上,带航拍功能,上面有两个红外高清摄像头,但它的主人不是刘天保,而是另外一个人。"刘天昊一语惊人。

所有人都以为案子是刘天保一个人做的,却不想又牵扯出另外一个人来。众人你看我我看你,最后又把目光集中到刘天昊身上。

"没错,本来这起案件是天衣无缝的,就是由于出现了两个凶手,这才使案子有了破绽!"刘天昊望向刘天保。

刘天保已经是大汗淋漓,眼神不停闪烁,完全失去了在村里叱咤风云的气势。

钱局点了点头,做手势示意刘天昊继续讲下去。

……

连续发生两起意外事故已经引起了各方面的关注,但对于整个投入在十亿当量的楼盘而言,还不能造成致命的伤害。

随着政府各个部门和警方的介入,出事故的概率越来越小,而此时的刘天保为了计划能够继续进行,便利用了更换起重设备辅助件的机会,在夜间偷偷地潜入工地,用切割宝石用的钢丝锯割断了新塔吊钢丝绳中的数股钢丝。

他还需要等待,一旦安监和公安系统勘察完毕,开发商和建筑商老总一定会到现场查看情况,为了防止老总们看着三轮车等物闹心,懂事儿的老谢一定会用塔吊把三轮车吊到楼后。老谢是安全员,因为涉及到管理的问题,和工人的关系并不太好,肯定会用关系相对较好的周月发。

周月发平时就不太注重安全,很少带防护用具,在他绑好三轮车后,沿着既定的路线向楼后走去,如果钢丝绳断掉,三轮车就会砸下来,半吨多重的车砸在人身上必定砸成肉饼,断了的钢丝绳也会像鞭子一样抽起来,要是抽到脑袋上,就算不死也会变成植物人!

无论哪样结果发生,小周都必死无疑。

小周年轻,身体敏捷程度远远超出了凶手的预料,在关键时刻,他避开了抡过来的钢丝绳，肩部受到了重创，却保住了一条命。

原本完美无缺的概率杀人案至此变得有了破绽——被锯断的几股钢丝。

……

"这是某人装有工具箱的铁皮柜的照片，请诸位仔细看看右上角的位置，那是钢丝锯的把手，从照片上看，钢丝锯的材料应该是专门锯宝石的钢丝锯，如果所料不错，这根钢丝锯上还有和塔吊钢丝绳成分一样的钢粉！"刘天昊看向刘天保。

刘天保咽下一口唾沫，不由自主地抹了抹额头上的汗，看了一眼刘天昊又低下头。而在一旁坐着的卢正雨狠狠地白了一眼刘天保，随后叹了一口气。

"至于王贵被烧伤的事故就更简单了。"

……

王贵家庭条件不好，就算工地真的有鬼，为了钱，他也会回到工地领取工资。

项目经理陈龙办事一向谨慎，不可能冒着被人冒领工资的风险把钱给王贵的表弟，因此王贵必然会回到工地。王贵老实，一直都是靠着老段过生活，让他直接面对项目经理要钱，他肯定会畏难，畏难最直接的结果就是他回到最熟悉的地方，这是人的正常心理。

果然，王贵看到几个大老板在项目经理房间训话时，立刻回了宿舍。

小周虽说不是单身汉，但在工地的工棚中居住，想要干净也不太可能，整个房间充斥着酸臭的味道和尘土，而在这个潮湿闷热的夏天，被褥湿了又干，干了又湿。刘天保借机说家中有多余的被褥，可以先让小周用着，好让他把被褥拿到家中让媳妇清洗。

小周哪里会多想，高高兴兴地拿着崭新的被褥回到宿舍，原来已经破旧不堪的被褥也没拿回家，直接扔到垃圾堆了事。

当小周出事以后，工人为了工钱闹事，大部分工人离开，原本宿舍电箱中的时间继电器受潮不好用，而电工也在消极怠工，原本应该停电的宿舍并未停电。

工人已养成了离开宿舍不关电褥子的习惯，为的就是离开宿舍后还能用电褥子烘干被褥，下工之前宿舍供电后也会烘干一会儿，晚上能有个干爽的被褥。

然而小周的被褥里的材料不是棉花，而是更加易燃的工业丝绵。

在电褥子的烘烤下，褥子慢慢变黄、变黑、冒烟，由小火变成了大火，引燃了床上的物品，火势渐渐大了起来。

王贵嗜睡的毛病已有多年，当他睡着后除非是自己醒来，或者是受到巨大外力，否则很难醒过来。

当王贵被火焰烫醒时，他开始剧烈咳嗽，更可怕的是，宿舍板房是苯板材料，咳嗽让他吸进更多的毒气，他很想逃出去，但用尽全力也只是从床上摔到地板上。

要不是工人们不顾危险把他救出来，怕是他已经被烧成灰了。

……

"凶手的目标并不是王贵，而是宿舍，王贵的被害只是巧合罢了。只要把宿舍点燃，凭借现在人手一部手机，事故很快便会传到网上，一发不可收拾，鬼瞳的故事会发酵，就再也没人愿意买一栋受过诅咒的房子。"刘天昊说道。

经过鬼瞳事件，阳光雨露一期工程就已经让开发商破产，更不用提二期工程了，没有个三五年的缓冲，二期工程很难再启动，三年的时间足够刘天保把墓穴里面的全部宝藏取出来。

所长吴文军微微点点头，露出赞赏的表情，问道："分析得好，我还有个疑问，作家李保红在这件案子里充当什么角色？"

"问得好，崩皮原本和这件事没有瓜葛，但他曾经故意伤人的秘密被刘天保看到，当幕后真凶酝酿这起杀人案时，便觉得崩皮是一个可以利用的棋子，因为他的作家身份，这是我的第三个故事。"

……

不得不说崩皮很精明，当他拿到了古钱币后，并未一次性卖掉，他知道，若这种古钱币值钱，几枚足以，若不值钱，拿一盆去也无济于事。

当他贩卖古钱币时，正好遇到了同样前来贩卖古董的刘天保。刘天保没什么大本事，但对于古物的鉴别却很在行。

当他看到崩皮手中的古钱币时，他就知道这种钱币一定还有很多。

等双方都交易完成，刘天保就一路跟着崩皮，并讲明自己可以出更高的价钱收购古钱币。

崩皮也没客气，和刘天保约了时间和地点交易。

刘天保高价收购只有一个条件，古钱币的出处。崩皮不敢说，因为那处房屋里还埋着李红利！

刘天保并不是一个会轻易放弃的人，他把崩皮灌醉，并带着他到夜总会玩耍一番，从未见过世面的崩皮哪经得起糖衣炮弹的诱惑，三言两语便被刘天保套去了话。

刘天保把崩皮交给了一群美女，他则立刻动身前往崩皮发现古钱币的房屋，当他来到房屋时，正好看到有个人从地里爬出来！

虽说这件事把刘天保吓个半死，等他反应过来，才知道从地里爬出来的是人，不是僵尸，这个人头部有伤口，而且还失了记忆。

刘天保很聪明，靠猜也猜得八九不离十，一定是李保红和眼前的人一起发现了古钱币，李保红见财起意，把对方打晕，但误以为已经死亡，就把他埋在地下，由于种种原因，对方并未死亡，反而在醒过来后爬出了地面。

刘天保从伤者身上翻出了身份证。

至此，李保红就成了刘天保的提款机。人的欲望无止境，住上了大房子还想住更大的，开上好车还想开豪车。

刘天保的欲望越来越大，所以钱总是不够用，他便把手伸向已经很富裕的李保红……

然而，李保红以笔名崩皮写作的事却不是刘天保的主意，而是……

"你！"刘天昊把手指指向一个人。

# 第三十四章　凶手的漏洞

众人按照刘天昊指着的方向望去，被指着的卢正雨一愣，随后干笑了几声："刘所，我可是很尊敬您的，但您也不能乱说话呀！"

"本来崩皮只是被拿住把柄的被利用者，利用价值已经没了，他也就可以淡出这件事了，可偏偏在最关键的时候死了，看似意外实际上却是谋杀。"刘天昊说道。

"崩皮是在我的贴吧写作，点击率还很高，很快就能培养成一个很好的IP，我要靠着他赚钱，作为整个事业的开端，真没想到……"卢正雨扶了扶眼镜，表情略带可惜地摇摇头。

"我一直在想，概率杀人案原本是非常完美的犯罪，为什么凶手会连续两次出现漏洞？"刘天昊问道。

众人都明白，第一次漏洞就是用钢丝锯锯断钢丝绳，第二次漏洞是凶手出手杀死崩皮，这两起案件的发生完全违背了概率杀人案的原则。

如果非要有个解释，那就是概率杀人案还有一个凶手，真正的策划者智商极高，而执行者智商相对比较低，无法完全理解策划者的意图，自以为是地做了几件他认为该做的事，但实际上破坏了策划者的完美计划。

"崩皮被谋害一定有原因，或是发现了策划者的身份，或是威胁到策划者的计划，但崩皮遇害时，杀人计划已经完成，所以就只剩下一条，崩皮可能知道了策划者的身份！"刘天昊说道。

卢正雨轻蔑地一笑，微微摇摇头。

"我在卢正雨制作的手机APP上和贴吧都浏览过，按说两者是同步的，但实际上手机APP发布的时间比贴吧的时间要早一些，网友们只关注内容，自然不会注意。"刘天昊说道。

卢正雨冷笑一声，说道："刘所，我不知道延迟不延迟和案子究竟有什么关系！再说了，APP 和贴吧之间虽然是联动状态，但是网络有些延迟是很正常的。"

"我请技术科的同志查看了你的 APP 和贴吧的后台，发现两者之间几乎是并行的，不太可能出现延迟现象，如果时间不同步，那只能说明一点，你发了两次。手机就在你的手上，发布文章很方便，而贴吧则需要你登录到电脑上才能操作，这是两者的不同之处。技术科的同志同时也拿到了崩皮给你发的原始小说，它和你贴吧现在所发的小说有些不同之处，而且是很关键之处。"刘天昊说道。

刘天保站起身，身体微微发抖："警察同志……"

"请听我把话讲完！"刘天昊冲着刘天保挥了挥手，随后又说道："崩皮并不是一个很优秀的作家，这一点出乎了你的意料，他的文笔稚嫩，所以经过他润色修改的文章并不怎么样，很多细节达不到效果。"

卢正雨暗中给刘天保使了个眼色，刘天保叹了一口气又坐下。

"因此你便对他所写的小说进行再次修改，修改到几乎和现实中发生的案件一模一样，如果不是策划者，谁能写出这么巧合的小说！"刘天昊说道。

"巧合的事多了去了！"卢正雨狡辩道。

"蛤蟆兄！"刘天昊冲着老蛤蟆比画了一下。

老蛤蟆点点头，鼠标轻点几下，大屏幕上又出现崩皮出事的那个公交站点的录像。录像很清晰，可以非常清楚地看到崩皮突然冲到马路上，一辆大货车碾过他的身体。人们蜂拥一般地围上大货车，但在人群中有一个人几乎是被动地跟着人群在走，他的目光并不是看向大货车下面的崩皮，而是环顾四周，向斜上方寻找着什么。

画面继续放大，可以模糊地看到男子的面部特征和卢正雨极为相似，他所戴的眼镜和卢正雨的一模一样。

"你出现在凶杀现场不应该是巧合吧，一个身价上百万的老总，天天开着百万级别的奔驰上下班，怎么可能跑到一个和工作单位、家完全不相关的公交站点？"刘天昊盯着卢正雨逼问道。

卢正雨咽下一口唾沫，眨了眨眼睛才说道："我车坏了，那天正在维修，我刚好要去那边看望一个朋友，所以才坐的公交车，这有什么问题？"

刘天昊冷哼一声："太牵强了。"

大屏幕上画面一转，变成了一个相对比较空旷的街道，街道两边都是车，一辆黑色的奔驰 ML350 停在路边，卢正雨从一旁走了过来，径直上了车，发动汽车飞驰般离去。

"这条街道距离崩皮出事的公交站只有两条街道之隔，而那辆黑色的奔驰 ML350 车牌正是你的车牌，而两段录像发生的时间相差了十五分钟，正好是两个街道的脚程，既然你的车送去维修了，这台和你车牌号一模一样的车难道是复制出来的？"刘天昊问道。

卢正雨脸部肌肉抖动："现在的技术这么发达，这些视频是可以拼接的。"

刘天昊冲着坐在旁边的一名警察点了点头。那名警察站起身，说道："我是技术科科长侯永民，这两份录像是科里的同志从交警的交管系统录像中得来的，真实可靠！"

刘天昊把一个小日记本放到桌子上，说道："这个是从崩皮家一个隐蔽的暗格中找到的，算是日记吧，上面记述了一些事，我把复印文本给你看看！"

卢正雨犹豫了一阵，还是把手伸向复印文本。

……

今天真是一个值得庆幸的日子，原以为我杀了人，但刘警官的出现给我带来了生机，李红利没死，这个消息对我来说简直是一个大赦的圣旨，等这件事了结后，我准备到李红利家看他，并替他照顾他的父母，我对不起他们！

至于一直威胁我的神秘人，我已经有了足够的线索找到他，相信可

191

以还刘警官一个人情。

神秘人给我的小说我经过了一定的修改，当我认为满意时才会发到贴吧和手机 APP 上，可无论我修改成什么样，最终发表出来的依然是原稿件或者是和原稿件差不多，我修改润色的部分基本未被采纳。

而原稿只有神秘人手里才有！

……

"崩皮日记里面的线索告诉我，神秘人就是你，卢正雨。"刘天昊说道。

卢正雨苦笑着摇摇头。

"崩皮是个不思进取的作家，开始他看到自己修改的部分并未被采纳，心中非常气愤，本来想到公司找你算账，可当他看到原稿竟然火了起来，引发了热议后，他也成了知名作家，反而将计就计，不再追究发文究竟是不是原稿的事，后期他得来的小说虽说也经过了一些润色修饰，但贴吧发的小说大部分都是原稿，并未采纳他的修改方案。而能做到这点的，也就只有你卢正雨，我还记得你曾经说过，在公司里只有你一个人懂网站技术。"刘天昊说道。

卢正雨点点头，说道："你的记性真不错！可是不是原稿的事情你又如何证明呢？"

刘天昊指了指大屏幕，此时的大屏幕已经切换到数页稿纸上，稿纸上的字迹很稚嫩，一看就是小学生写出来的。

"这些是崩皮和神秘人的来往信件，虽然用了隐形墨水，但我们照样有办法将其复原。"刘天昊说道。

随后大屏幕又是一转，播放出一段录像，是卢正雨到废品收购站买废品的录像，卢正雨临走时拿了一摞小学生的作业本。

"就算是我捡了那点废纸，也算不上什么证据吧？"卢正雨依然狡辩着。

屏幕开始放大，小学生的作业本上一个字"崩"字清晰地显示出来，这个字和神秘人给崩皮的联络信上的"崩"字一模一样！

"经过技术科的笔迹鉴定，两个字的相似率达到百分之九十八以上，你怎么解释？"刘天昊问道。

"你说的这些事和我有什么关系？"卢正雨白了一眼刘天昊。

"真是不到黄河不死心！"刘天昊打了一个响指。

老蛤蟆调取出一段录像，是一段试车的录像，车是三轮车，和老段出事的三轮车一模一样。

第一段录像是交警骑一辆三轮车，能看得出油门比较灵敏，给油就走，速度也比较快，而刹车比较迟钝，用力踩刹车才能停住。

第二段录像中交警骑的三轮车也是同样款式，但能看得出是另外一台，三轮车油门比较缓，需要深踩才能行驶，加速慢，但刹车比较灵敏，轻点一下车就站住。

"第一台车是事故车，除了刹车油门之外，已经让修配厂进行了修复；第二台车是刘天保家卖出去的车，在老段出事的第二天就卖掉了，找到买主后，我把它借来做实验。"刘天昊说道。

当老段开惯了刘天保家的车之后，再开小周的车时，下意识地还是按照刘天保家的车的开法来开，所以当他深踩油门后，小周的车灵敏的油门带着老段冲破升降机轿厢拉门，事故就这样发生了，利用的就是老段对两台车车况的不熟悉。

看完两段录像后，刘天保的头垂得更低了。

刘天昊把一摞子资料放在会议桌上，随后又朝着老蛤蟆点点头。

大屏幕上显示出的资料的画面，是关于卢正雨的。

卢正雨的背景很强大，是曾经 NY 市财富排行榜第一位的卢家的独生子，原本他可以过着非常富裕的生活，但随着震惊 NY 市的五号案件的发生，卢家几乎在一夜之间倒塌，所有的产业不是变卖就是被封存。

卢家人也在一夜之间全部消失，据说是举家搬迁回了农村老家。卢家大公子却留在了 NY 市，成年后经营着一家规模不大的网络公司。

最爆人眼球的是一张"收养登记申请书"，上面清晰地写着"刘正雨"三个字！

堂堂的 NY 市第一世家卢家的公子居然是收养的！

而被收养人父母的死亡证明上的名字居然是刘天保！


# 第三十五章　最后一个故事


所有人都瞪大了眼睛看着刘天保和卢正雨，刘天保明明还活着，却被死亡，这究竟是怎么回事！

"钱可以买到很多东西，包括死亡证明。刘天保是在贩卖古董过程中和卢家结识的，卢家正苦于没有子嗣，见刘天保的孩子活泼可爱便提出了领养，代价是卢家成为刘天保的坚强后台，不但大量购买他的古董，同时还会帮他私下筹募拍卖会。这也是刘天保在村里横行的原因！"刘天昊说到这里看了看王佳佳。

王佳佳从摄像机处走到众人面前，微微一笑，说道："刘天保虽说有墓穴宝藏作为收入来源，但近年来国家打击盗墓和走私文物的力度加大，刘天保的古董虽真，却很少有人敢收，都是私下组织的拍卖会或者是单线搭桥才卖得出去。财大气粗的 NY 市卢家不但是最大的客户，更是刘天保的经纪人。"

"NY 市五号案件中，很多行贿受贿的古董都是来源于卢家，其中一部分正是刘天保住宅下墓穴的墓葬品！"刘天昊接着说道。

韩忠义抬头看了看刘天昊，轻声咳嗽两声。

"阳光雨露开发计划包括刘天保家，如果同意动迁，工地势必会挖地基，刘天保多年来盗墓、贩卖国宝的事就会曝光，于是他找到了已经化名为卢正雨的儿子。"刘天昊说道。

刘天保猛地站起身，一拍桌子，瞪着眼睛说道："这些事都是我做的，你不要随便冤枉人！"

门口的两名警察立刻走到刘天保身前，厉声说道："你坐下！"

刘天保犹豫了一下，还是坐了下来。

"鬼瞳是你弄出来的吧，卢正雨？"刘天昊问道。

"有什么证据？"卢正雨仍然不认账。

民警小杨从证物箱里拿出一个无线飞行器，还有一些盗墓用的工具和微型机械。飞行器上面果然有两个红外摄像头，飞行器明显经过改装，零部件设置得很复杂。

"这是从刘天保家搜出来的民用无人机，起飞重量已经达到了250克，但未发现登记记录。"小杨介绍道。

卢正雨冷哼一声表示不满，意思是从刘天保家搜出来的东西和我有什么关系！

"无人机摄像不但有影像，还有声音，虽然录像是重复覆盖，恢复起来却不是没有可能，蛤蟆兄！"刘天昊向老蛤蟆扬了扬头。

老蛤蟆一笑，一段录音放了出来，能听得出来，录音的背景是一段无人机螺旋桨高速转动的嗡嗡声，其次就是刘天保、刘天保夫人和卢正雨之间的对话。

……

"正雨，警察可能看出钢丝绳有问题了，这事儿咋办？"刘天保问道。

"都说了不要擅自行动，你怎么还随便到工地上去动手脚，你怕这件事沾不到你身上吗？上次你跑到项目部偷听刘天昊和王佳佳谈话就差点被发现，现在可倒好，直接到工地上搞鬼，姓刘的警察很厉害，正盯着这件事呢，不小心就会被他抓住尾巴！"卢正雨说话的声音有些急躁。

"正雨，事儿都出了，那你说现在咋办？"刘天保夫人的声音传出来。

"只有尽快让下一个意外尽快发生，这样就可以转移警方的注意力。"卢正雨说道。

"我……"

"你什么都不要做，最近货也不要出了，安安稳稳地等这件事过去。"卢正雨打断刘天保的话。

"好。"

"工地的最后一把火会在明天烧起来，所有人都以为还会有第五个意外，但实际上只有四个，刘天昊想破脑袋也不会想明白的，再配合鬼瞳的故事，楼盘崩盘是一定的了，咱们得想办法把墓葬一次性取出来，否则，夜长梦多！"卢正雨说道。

"夯土结实得很，比混凝土还难搞，咱家离工地宿舍近，动静大了肯定会引起人家的注意。"刘天保说道。

"放心吧，宿舍很快就没人住了！"卢正雨冷笑的声音传出来。

……

录音随着掰动开关的声音而结束，应该是卢正雨关了航拍。

"这算不算证据？卢正雨！"刘天昊盯着卢正雨。

卢正雨一下子瘫软在椅子上，长长地叹了一口气，说道："这都是命啊，命啊！"

原来在卢家败落之后，曾经过惯了富裕生活的卢正雨并不甘心，他已经熟悉了卢家商业运作模式，现在他缺少的正是启动资金，但自打他进入卢家后，就很少和刘天保联系，虽说刘天保手里可能有些钱供他东山再起，但他不知道如何开这个口。

恰好刘天保在这个时候找到他，说出了当前的苦处。两人几乎一拍即合，一直苦于无处施展手脚的卢正雨策划了一场阴谋，可以让开发商的整个开发计划流产，而刘天保答应卢正雨，只要能保住墓穴，便将变卖的钱供他创业。

"你的智商很高，但用错了地方。"刘天昊说道。

卢正雨摇了摇头，说道："很多事不是表面看起来那么简单，这其中的苦只有我们才知道。"

刘天昊看了看韩队和钱局，见他们点头，才说道："那说说你的故事吧！"

……

当卢家找到刘天保时，他还在靠干零活为生，卢家告诉他，在他家的下方有一个古墓，想飞黄腾达可以合作。

刘天保苦日子过怕了，于是便一口答应下来。

卢家和刘天保的协议是由他把墓穴中的物品挖出来交给卢家，而卢家负责转手买卖古董，就这样双方开始了第一次合作。

人都有私心，刘天保见古董这么值钱，便偷偷到古玩市场贩卖，却没想到被卢家知道，古董没卖成，还差点失了合作伙伴。

卢家为了防止刘天保耍滑，便提出让刘天保的儿子过继到卢家，表面上看很好，但刘天保心里明白，这是拿儿子去做人质，只要自己有异动，儿子说不定就会发生"意外"。

就这样，刘正雨变成了卢正雨，虽然得到了顶级的物质生活，可卢正雨感受不到一丝一毫的温暖，他在卢家过了二十五年的屈辱日子，而卢家此时的钱财和势力都已经达到极致，于是便假装受到 NY 五号案件影响，和所有合作伙伴断了联系，把全部财产转移到国外，整个家族也迁到了国外生活。

卢正雨没了作用，便留在了 NY 市！

……

"你们想不到吧，我远没有表面上看的那么风光，哪怕是曾经！"卢正雨苦笑道。

"你可以通过勤劳和努力获得财富，没必要草菅人命！"刘天昊义正词严地说道。

"你懂什么！那些大家族都是几百年的沉淀，绝非普通百姓所能企及的。"卢正雨反驳道。

"至少勤劳致富可以让你安心！"王佳佳在一旁说道。

"其实，你那个故事里的东家是真实存在的，你猜中了故事的结尾，却猜不到结尾后的事。"卢正雨转向王佳佳说道。

"我不是猜的，那叫推理！"王佳佳说完后看了看刘天昊。

"东家的后裔不是我父亲，而是卢家！你的故事虽然精彩，但缺失了最关键的部分，东家姓卢！我和我父亲只是被利用者而已。"卢正雨苦笑一声，在他的笑容里可以看到诸多的无奈和失落。

一名考古专家站起身，说道："根据勘察结果，古墓虽被破坏一部分，但大部分的藏品还在更深的地穴里。"

刘天昊点头说道："这些宝藏是国家的，决不能为个人所有，我相信，那些流失的宝物最终会回到我国的博物馆中。而你们，将得到法律的严惩！"

四名警察分别走到卢正雨和刘天保的身后，给二人戴上了手铐。

人们陆陆续续地离开了会议室，当老谢准备离开时，刘天昊叫住老谢，并给他放了一段录音。

录音的来源是他的行车记录仪，刘天昊的交警朋友巧借车祸取证把老谢的行车记录仪拿到手，再进行技术还原，把当天他和陈龙送老段去医院的过程展示出来。

老谢听后脸上流着冷汗，低着头说道："我错了，我真错了，领导再给我一次改过的机会吧！"

"老段的伤势很重，就算你不带着绕远去另外一家医院，他也不可能活过来，你的行为算不上违法，却会受到道德的谴责。老谢，人在做，天在看！"刘天昊拍了拍他的肩膀离去。

……

三个月后，阳光雨露楼盘已经卖得七七八八，人们纷纷入住，因为在楼上可以看到古墓挖掘的整个过程，而且由于楼盘所在的方位属于风水吉位，原本已无人问津的楼盘成了抢手货，开发商已经和刘天保的妻子达成协议，等古墓挖掘完成后，便签动迁协议，算是给刘天保赎罪！

韩孟丹和刘天昊站在一个看起来很古老的玻璃瓶前面，玻璃瓶里面装的是浑浊的福尔马林溶液，溶液中漂着两粒眼球，眼球应该经过特殊处理，并未发生任何物理性的改变，好像是刚刚从人的眼窝中挖出来的一般。

"这对眼球应该有五十年的历史了，如果人还活着，大约八九十岁，属于女性。"韩孟丹说道。

玻璃瓶是从古墓最外层的空穴得到的，发现的时候外面还有一个腐烂的木头箱子。

"看来王佳佳的故事是真的，这对眼球应该属于那名女间谍！"韩孟丹说道。

"很多事情都随着时间的推移而淡出历史，眼球主人的故事也许并非咱们想象的那样吧！"刘天昊感慨道。

"昊子！"虞乘风的声音从外面传来，听语调应该是有急事。

虞乘风几乎旋风般地冲进鉴定中心，喘了一口气说道："出事了，出事了！"

"你稳重点不行嘛，都多大岁数了！"韩孟丹白了他一眼。

"是文媛出事了！"

刘天昊两人一听，心中一震，忙问道："出了什么事，你快说！"

"她老家的一个姐妹失踪了，母亲不远千里来 NY 市找，却怎么也没找到，文媛便找到了王佳佳，让她帮着找小姐妹，没想到王佳佳、姚文媛一起失踪了，小姐妹的母亲找到了我。"虞乘风说道。

"失踪多久了？"刘天昊问道。

"二十四小时了！两人没回家，手机关机！"虞乘风说道。

刘天昊急忙拿出电话拨通了王佳佳的电话，果然关机！又拨了另外一个号码，依然是关机。

虞乘风拨了姚文媛的电话，也是关机。

"二十四小时没联系，这不太可能出现在一名警察身上，走，咱们去看看！"刘天昊向外走去……

第二卷　血雾 ——————————

# 第一章　第十八起失踪案

现代通信科技极其发达，几乎人手一部手机，加上微信等通信软件的流行，大部分人随时保持在线状态。

警察这个职业比较特殊，因为随时可能有案件发生，要求通信时刻保持畅通。

姚文媛是内勤，却是技术科的中坚力量，是犯罪画像师，一旦有案件需要进行犯罪画像，她就必须要到场。

然而，姚文媛已经失踪了二十四小时，连手机都关了机，而且还是和王佳佳调查一起失踪案时失踪的。

所调查的失踪女子叫洛樱，长相清纯，是一名夜总会的舞女，陪吃陪喝陪跳舞，家在北方一个小村落，父母靠种地为生，她大学毕业后不愿回老家，便留在了 NY 市。

姚文媛和洛樱是大学校友，姚文媛是美术专业，洛樱学的是模特。两人差了两届，但都是学生委员会的成员，加上两人是老乡，一直保持着联系。

姚文媛毕业后参加了警察的通考，如愿地当上了人民警察。而洛樱毕业后带着一颗雄心挺进娱乐圈，却屡次碰壁，又不肯接受所谓的潜规则，只是在模特界的外围徘徊，无奈之下只好跟着同乡到夜总会当舞女做兼职，虽说职业不光彩，但收入还算可观，不但可以维持生计，每个月还能给父母寄一些钱。

洛樱是个乖乖女，每个周末都会给父母打电话报平安，但从三月份以来，她就一个电话也没打过。洛樱母亲给她打电话发现手机处于关机状态，就联系了姚文媛。

姚文媛开始时并未当回事，以为洛樱可能是遇到点麻烦躲了起来。

洛樱在夜总会上班，经常会遇到一些社会大哥的骚扰，只能换一个夜总会工作，再换掉手机号。

姚文媛到夜总会找洛樱，领班的大姐大一肚子牢骚，说洛樱一个月没上班了，怎么联系也联系不上，到她租住的房子去找也没敲开门。

姚文媛又联系了曾经和洛樱关系比较好的几个姐妹，但都没有她的下落。此时的姚文媛才意识到事态有些严重，立刻报了案，同时告知其母亲。

洛樱母亲得到消息后，立刻从千里之外的北方农村坐着绿皮火车晃晃荡荡地来到了 NY 市，经过将近一个月的寻找之后，花光了口袋里的钱，倔强而要强的老人却无论如何都不肯接受姚文媛的帮助，一边拾荒一边找女儿。

为了帮助老母亲找洛樱，姚文媛找到了王佳佳，希望通过媒体的力量帮助这名年迈、执着的老母亲。

此时的王佳佳已今非昔比，早已一跃成为 NY 市的第一大 V，她的每一篇文章都可以轻松地得到十万以上的点击量。

她为洛樱母亲发了一篇文章——《千里寻女的老母亲》，再配上老母亲的一张照片，立刻引发了众网友的同情和热议，纷纷要捐钱给可怜的老母亲，更多的网友要王佳佳公布出洛樱的照片和个人信息，以便帮助老母亲寻找女儿。

可惜的是，王佳佳发完这篇文章后，就和姚文媛一同失踪了，完全没有一点儿痕迹地失踪了。

姚文媛是一名警务人员，她的失踪引起了公安局领导的重视，让技术科立刻对全市的监控进行分析研判，务必要找到她的下落。

而此时最着急的还数虞乘风，平时稳重的他现在像是热锅上的蚂蚁一般，在办公室里走来走去。

刘天昊和韩孟丹站在 NY 市的地图前，韩孟丹手里拿着一份资料，是最近失踪人口的资料，刘天昊用笔在地图上画着做标记。

"昊子，现在咱们是在找王佳佳和姚文媛，你在地图上画这些点干吗？"虞乘风走到刘天昊面前挡住了他。

"我这就是在帮你找人！姚文媛和王佳佳都是我的好朋友，我也很着急。"刘天昊拍了拍虞乘风的肩膀。

虞乘风叹了一口气，躲到一边。

刘天昊指着地图说道："你们看一下失踪人口的分布情况。"

地图上红点分布的区域几乎都集中在刘夏区，偶尔一个红点也是离刘夏区不远的边缘区域。

"这段时间的失踪人口要么在刘夏区工作，要么在刘夏区居住，无一例外，所以我断定，如果这是一起刑事案件，嫌疑犯一定在刘夏区工作或者居住，熟悉整个区域的一切。"刘天昊说道。

"分析得很好。"韩忠义人未到声音先到。

"师父！"刘天昊表情严肃起来，向走进来的韩忠义敬了一个礼。

"女孩洛樱失踪案引发热议，现在大家都在关心洛樱的母亲最终能否找到女儿，同时网友又挖出了之前的十七起神秘失踪案，有些人还刻意地添油加醋，把事情弄得神乎其神，整个 NY 市人心惶惶。市局领导非常重视，要刑警大队成立专案组对失踪案进行调查。天昊，你有什么想法？"韩忠义问道。

"交给我吧！"刘天昊只是淡淡地说，语气却异常坚定。

韩忠义点点头，说道："我这次来也是这个目的，如果你不接手，我就把齐维调过来。另外，局里对姚文媛的失踪非常关注。"

"我明白！任何人对我来说都非常重要，更何况是姚文媛。"刘天昊看了看虞乘风。

"如果姚文媛和王佳佳和神秘失踪案有关，营救她们最好的时间只有四十八小时，现在已经过去了二十四小时，你的时间不多了！"韩忠义说完就向外走。

刘天昊知道韩忠义给他的担子有多重，不但肩负着破十七宗失踪案，更要紧的是救回王佳佳和姚文媛两人，如果人救不回来，恐怕虞乘风一辈子都走不出失去姚文媛的阴影！

刘天昊皱了皱眉头，向虞乘风说道："咱们去姚文媛的住所看看。"

……

姚文媛所住的房子离市公安局不远，是一个相对比较高档的小区。她的家庭条件很好，父母不愿意她挤在二十来平方米的集体宿舍里，便出钱给她在工作地点附近买了一套房子。

小区的监控设施很完善，虞乘风在知道姚文媛失踪的第一时间便调看了小区附近所有的监控，但并未发现任何异常，也没发现姚文媛和王佳佳在一起，至少说明姚文媛不是在小区附近失踪的。

警方指定的开锁匠早已在姚文媛家的门口等候，刘天昊等人一到位，开锁匠便三下五除二地把门锁打开，前后花了不到三分钟的时间。锁匠还在感慨着门锁的防护级别比较高，要是遇到一般的锁，一分钟之内肯定是打开了。

这是一间三室一厅的房子，面积很大，装修不算豪华，却比较耐看，整个房间收拾得干干净净，装饰的风格偏暖色，很明显主人是一个非常爱干净的女孩。

床上干净整洁，被褥都叠好放在柜子里，厨房中所有的物品都放置得井井有条。床头的手机充电器还在插排上插着。

"房间里我已经看过一遍了，没有搏斗过的痕迹，也没有任何疑点。"虞乘风说道。

刘天昊也在房间内转了一圈。

"姚文媛的失踪应该是突发事件。"刘天昊说道。

"怎么说？"虞乘风问道。

"现在的人都离不开手机，而姚文媛的手机是小米 8 青春版，待机时间不长，如果她是有准备地离开，一定会带上充电器。"刘天昊说道。

"没错，卫生间的化妆品和女生用品一样没少，还有大衣柜上面放着的行李箱和简易背包，那个是她最喜欢的行李箱，每次出差她都带着，如果是有备而出，就算不带行李箱，也会带上简易背包。"韩孟丹从卫生间里走出来说道。

刘天昊的手机一响，是老蛤蟆发来的微信：王佳佳给他最后一条微信是在二十四小时前，说发现了重要线索，和姚文媛跟踪蹲点去了，还说可能和十七起失踪案有关，如果能把案子报道出来，她们会再火一把。

"刚才从地下车库上来时，我看到王佳佳的车，应该是王佳佳开车来找姚文媛，但这辆红色五系 GT 太扎眼了，不适合蹲点跟踪，但她们肯定得有车，所以……"刘天昊说到这里看了看虞乘风。

"她们很可能是借的车或是租车。"韩孟丹抢答道。

"王佳佳的性格我了解，借车的可能性不大。乘风，你查查王佳佳和姚文媛住所附近有没有租车行。"刘天昊说道。

"好，我马上去！"虞乘风立刻转身离开。

"根据报案记录，神秘失踪案的受害者除了工作或者居住在刘夏区外，并无太多关联，他们的身份、地位、年龄相差很悬殊，没有相同的特征，也就是说，嫌疑人犯罪是随机的。"刘天昊分析道。

"动机是什么呢？"韩孟丹问道。

刘天昊摇了摇头，说道："动机并不明显，这十七起失踪案最大的疑点就是没有受害者的遗体出现，甚至连受害者的遗物也从未出现过，而且受害者的家属也并未接到类似于绑架之类的勒索信，可以排除绑架勒索。王佳佳和姚文媛属于第十八起，依然什么都没留下。"

"王佳佳古灵精怪，姚文媛稳重文雅，这两人在一起不太可能被人悄无声息地抓走。"韩孟丹说道。

"所以咱们一定是遗漏了些什么。"刘天昊的眼睛放出精光。

# 第二章　左右为难

技术科是整个刑警大队的技术核心，工作量相当大，尤其是现在监控网络比较发达，很多案子都要靠监控来完成，大部分的视频排查都是依靠人工来查。

"技术科正在排查监控。"韩孟丹说道。严格来讲，她也算是技术科的人，只是市局刑警大队编制较大，把法医鉴定中心从技术科分离了出来。

刘天昊摇摇头："查到的可能性很小，如果十七宗失踪案是一个人或一伙人所为，至今还未发现任何蛛丝马迹，说明犯罪嫌疑人具有一定的反侦查能力，作案时会避开监控。"

"那从什么地方查起？"韩孟丹问道。

"她们是因为发现了有价值的线索跟踪时失踪的，她们能查到的线索，咱们也一样能查到，只要从案子最初一步一步地查，当咱们抓到嫌疑人尾巴时，就能找到她们的踪迹！"刘天昊说道。

"可咱们的时间不够，她们要是落在嫌疑人手里，不尽快解救出来，恐怕凶多吉少。"韩孟丹皱着眉头说道。

"先去看看洛樱的母亲，她找了那么久，应该有些线索，然后再去拜访洛樱工作的夜总会。"刘天昊说道。

……

洛樱母亲头发花白、面容苍老，她被网友安排在一家连锁宾馆里，还专门有一名志愿者网友陪着她。

洛樱母亲不善言谈，对于洛樱的失踪也仅限于一个多月没联系、电话关机这两项内容，再无其他。到了 NY 市之后，几乎都是姚文媛带着她四处寻找洛樱，后来王佳佳介入后，才有了更多的热心网友帮着寻找。

老母亲拿着的是最古老的诺基亚直板手机，从通话记录上可以看到她和洛樱几乎每个星期通一次电话，时间基本是固定的，大约都是在周末晚上。

老母亲只知道洛樱在 NY 市工作，做文职，具体什么单位她并不知道。

对于洛樱隐瞒工作的行为可以理解，毕竟在夜总会做舞女容易引起别人的误解，尤其是思想守旧的农村，会以为是见不得光的职业，让老人在众乡亲面前抬不起头来。

但老人的坚毅和韧性超出了刘天昊和韩孟丹的想象，虽说一直没找到女儿，却保持着乐观的心态，反过来安慰两人。

告别了老母亲，刘天昊和韩孟丹准备前往夜总会时，虞乘风打来电话，告知王佳佳果然在租车行租了一台丰田凯美瑞轿车，根据车行的定位显示，车就在刘夏区相对偏远的一个工业区的住宅附近。

住宅是围绕着工业区建造起来的，主要是解决工人的居住问题，大多数是六七层的楼，没有电梯，也没有地下停车库，一些比较低端的车横七竖八地停在楼间的空地上和路边。

住宅区的道路很狭窄，刘天昊只得把车停在附近的一处道边，和韩孟丹两人步行进入住宅区。

"这住宅的路真窄，也不知道当初规划局那帮人是干什么的，怎么规划成这个样子。"刘天昊指着路两旁的车埋怨着。

由于路两侧都停了车，中间只剩下一排道可以通行，要是三个人并排走都感到有些拥挤。

"王佳佳租的车停在里面，锁着呢，我已经叫了开锁匠。"虞乘风迎了上来说道。

三人边说边走到停车场中，一辆黑色的凯美瑞轿车停在靠中间的一个车位上，两边停的是厢式货车和一台五菱宏光。

刘天昊从车窗向里面看去，车内很干净，没有任何物品，座椅、车窗门把手等处无破损，排除有人强行破窗将两人带走。

开锁匠骑着一台电动摩托车赶了过来，走到近前一个劲儿地道歉，说路不太好走，又没有汽车，这才来晚了。

他花了一分半的时间打开了车门，随后车便发出刺耳的报警声，吓得开锁匠向四周直看。虞乘风打开汽车的引擎盖，把电源线拔掉，这才停止报警。

刘天昊抬头看了看周围，不禁叹了一口气，他想起了在"画魔"一案中，小秘书杨柳被害的现场就是这样一片工厂，只不过那是一片废旧厂区，而这里的工厂还在运转着。

这片住宅区属于老旧小区，并未普及天眼、海燕等监控网络，个别人家可能因为需要监控自家的车辆，安装了像素比较低的监控。

"乘风，那家有一个监控！"刘天昊指着对面的一栋楼说道。

"我现在去看看！"虞乘风心急如焚，只要有一点儿线索可寻他都不会放过，他小跑着向楼栋冲去。

韩孟丹和刘天昊详细地检查了车辆，并未发现可疑的痕迹，手套箱里只有租车的相关手续和车辆行驶证、保险单等，后备厢收拾得很干净，什么都没有。

刘天昊坐在驾驶位置上，扭动了两下方向盘，发现方向盘已自动锁死，下意识地摸了一下转向灯，却发现转向灯在最下挡的位置，挡位亦挂在了倒挡上。

"孟丹，你来看看这个！"刘天昊说道。

韩孟丹从副驾驶位置上了车，看了看挂在"R"位置上的排挡和转向灯档位。

"就算我不会开车，也能看出这不正常，姚文媛和我一起学的驾驶，也开不了车……"韩孟丹说道。

"一定是王佳佳开的车，她的车技不比我差，就算再匆忙，也不可能犯这样的低级错误，难道这是她给我的提示？"刘天昊琢磨着。

"转向灯挡位在下应该是向左转，挂在'R'挡是倒挡，这打的是什么哑谜？"韩孟丹问道。

刘天昊没做声，皱着眉头扶着方向盘思索着。

"左转是 Left，代表字母是 L，而倒挡的代表字母是 R，L 和 R 一左一右，到底代表什么？"刘天昊小声嘀咕着。

"什么一左一右！"韩孟丹问着。

刘天昊摇摇头。

"是左右为难！"韩孟丹说道。

刘天昊说道："你具体说说。"

"她们一定是在这儿遇到了难事，左右为难，跟踪也不是，不跟踪也不是，但她们还是选择了跟踪。"韩孟丹说道。

"这个解释有点牵强，不过，我到现在也想不明白，她们就不能给我或者是虞乘风发个微信吗？哪怕是一句话也好。"刘天昊说道。

"也许这正是她们左右为难的地方，按照王佳佳的行事方式，她肯定会边跟踪边录像，到了这里手机没电了也是有可能的。"韩孟丹说道。

"那姚文媛呢？手机也没电了？这么巧合？"刘天昊问道。

韩孟丹不再说话，毕竟她只是在猜测。

刘天昊叹了一口气，说道："你说的也未必不对，任何可能都有。"

虞乘风气喘吁吁地跑了回来，手扶着车门说道："昊子，那家的监控刚好能看到这个停车场，但他家的监控像素不行，勉强能看到姚文媛和王佳佳从车上下来向外走去的那一段，我截取了录像，发送给技术科做技术还原。"

"有其他的可疑人吗？"刘天昊问道。

"不好说，但监控头指向停车场，其他方位看不到。"虞乘风说道。

"至少说明咱们的方向是正确的！"刘天昊说道。

虞乘风指着小区入口的位置："她们离开摄像头范围之后就再也没回来过！"

刘天昊打开手机里的地图照片，上面已经标注着一些红点，他用手指点了点，随后说道："这个位置已经处于刘夏区的边缘，但仍在作案半径之内。"

"我有个问题，如果她们跟踪人，为什么不开车，而是采用步行的方式？"韩孟丹问道。

"这片区域道路狭窄，大部分人都不遵守交通规则，车辆随意停放，如果对面来一辆车堵了路，可能会耽误两人继续跟踪，所以她们跟踪到这里后，才决定放弃开车步行跟踪！"刘天昊分析道，说到这里还看了看虞乘风。

虞乘风一拍脑门，说道："既然她俩开车跟踪到此，就意味着被跟踪人也是开车来到这里的。"

"没错，乘风，对这片区域所有的车辆进行排查。"刘天昊说道。

虞乘风立刻打手机给交警支队安排查车辆的事。

"让你这样一分析，还真找到些线索！"韩孟丹赞道。

"找到人才算，现在的情况并不乐观，但至少知道一点，王佳佳和姚文媛是有准备的。"刘天昊说道。

"这一带有很多工厂，虽说大部分的工厂是运转的，也有部分和废弃工厂区一样，早就停了产，属于闲置状态，如果有犯罪嫌疑人作案，这里是最好的选择。"韩孟丹指着附近冒烟的烟囱说道。

"咱们可以挨个工厂进行排查。"韩孟丹建议道。

刘天昊摇摇头："这片厂区很大，还有不少仓库，要是挨个排查得需要很长时间，排查的工作就交给派出所吧。"

虞乘风点了点头。

韩孟丹看了看夕阳落下的方向，说道："也不知道她们俩怎么样了？"

刘天昊摆弄着手机，屏幕上还是那张带着红点的地图，他把地图放大后眼睛一亮，说道："一左一右，我知道是什么意思了！"

……

# 第三章　防空洞

马路上行人很少，原本很宽敞的路到了这里分成了三条路，左右两面的路比较宽敞，中间的路狭窄、路况较差。

刘天昊开车径直朝着中间的路开了过去，车辆开始颠簸起来。

"为什么走中间这条路？"韩孟丹问道。

"王佳佳的暗示你只说对了前一部分，后面的意思是既然左右为难，那就选择中间的这条路。"刘天昊说道。

"王佳佳也是，打哑谜也不是这么个打法，要是咱们猜不到怎么办？"虞乘风语气中有些埋怨，毕竟姚文媛跟着她在一起，万一有个闪失……

"我明白了，乘风，你看这幅地图，这是刚才咱们所在的那个小区，这条路和小区东面挨着。"韩孟丹解释道。

"王佳佳和姚文媛一定是在跟踪时发现了线索，而线索就沿着中间这条路，但由于两人的手机可能出现了问题，这才返回车里给咱们留下了提示。我慢点开车，你们看看路的两侧，说不定还有什么提示。"刘天昊说道。

"等等，既然王佳佳两人是步行跟着线索走的，那咱们开车是不是不太妥当？"韩孟丹立刻提出质疑。

刘天昊一脚踩住刹车："有道理！"

刘天昊熄火后下了车，三人沿着马路走了下去。

……

当王佳佳醒来时，她发现眼前一片黑暗，是真正的黑暗，伸手不见五指，她的头有些痛，用手摸了摸，额头处有些湿漉漉的，抚摸处有剧烈的疼痛感，应该是受了外伤。

"文媛！"王佳佳小声地叫着。空间传出回声，可以判断空间上方和四周都很宽敞。

王佳佳叫了好几声，才听到姚文媛有些痛苦的应答声传来："佳佳，我在这儿！"

王佳佳顺着声音摸着走了过去，一边走一边和姚文媛说着话，以确认其方位，当她摸到姚文媛的手时，吓了一跳。

姚文媛的手很凉，她平躺在地上，一条腿以一个不可能的角度扭曲着。

"你怎么了？"王佳佳急忙问道。

"我的腿很痛，应该是骨折了，流了很多血！"姚文媛的声音很微弱。

"你别动，让我检查一下！"王佳佳顺着姚文媛的手向下摸，摸到姚文媛的腿部时，倒吸一口冷气。

姚文媛的腿骨断裂处从腿部肌肉支了出来，血液从伤口不停地流出。王佳佳定了定神，说道："是腿骨折了，我先给你止血。"

姚文媛微弱地答应了一声。

王佳佳把上衣下摆撕开一条，又从地面上摸到两块薄木板，摸索着给姚文媛的的腿骨做好夹板并用布条绑扎好。

别看姚文媛平时文文弱弱的，人却非常坚强，包扎时居然一声不吭，硬生生地挺到结束后，才缓缓地吐出一口气。

"咱们这是在哪儿？"姚文媛轻声问道。

"不知道，这儿的空间很大，你听，说话时还有回声。"王佳佳从口袋里掏出一块巧克力糖递给姚文媛："把它吃了，补充点体力！"

姚文媛接了过去放在口中，说道："地面很硬，应该是混凝土的！"

王佳佳用拳头在地面上敲了敲，又用手指甲抠了抠，说道："是混凝土的，可能是在哪栋废弃的建筑里吧！"

"我记得咱们是跟着那个男人走到这里的，应该是路边的一处平地，也就是说咱们现在是在地下建筑中。"姚文媛问道。

两人的头脑渐渐地恢复过来，想起之前跟踪男人的经历还心有余悸。当两人一路跟踪男人的时候，突然脚下一滑，她们几乎毫无反应地摔了下来，在坠落的过程中，王佳佳清晰地看到上方是一个很大的四方形的洞口，随着她们掉落下来的还有一块薄木板和一些枯草。

"这个洞口应该就是他伪装的，专门对付咱俩，可恶的家伙。"王佳佳恨得咬牙切齿，心中暗暗发誓，一旦出去找到那个男人，定要将他挫骨扬灰才能解心头之恨。

"那人的警觉性和反侦查能力很强，可能是咱们在跟踪的过程中暴露了。"姚文媛说道。

"咱俩跟得那么紧，他应该没时间做陷阱，所以他应该有个同伙！"王佳佳说道。

"佳佳，我的腿和胳膊有点麻。"姚文媛小声地说道。

"得想办法赶紧把你弄出去，必须得赶紧送医院！"王佳佳说道。在她给姚文媛包扎时，能感到她的体温很低，身体不由自主地颤抖，应该是大量流血后造成的。

王佳佳摸了摸裤子口袋，又摸了摸附近的地面。

"糟了，手机在掉下来时丢了。"王佳佳的语气有些急躁。

"找找，应该就在附近，我的还在！"姚文媛轻声地安慰着，她摸了摸裤兜，掏出手机按了几下，手机完全没有反应。

王佳佳深吸了一口气，随后缓缓吐出，说道："我的手机还有一点电量，开机应该没问题。"

王佳佳开始以自己为中心，呈地毯式向周围摸索着。姚文媛也没闲着，双手拄着地一步一步向后退，直到退到一堵墙，才靠着墙壁坐了起来，她现在要努力保持清醒，因为她一旦昏睡过去，就很难醒过来，自救的可能性就会极大降低。

随后她从衣服上撕下一条袖子，忍着疼痛给夹板加固。

王佳佳摸了一阵还是没找到手机，她感到胸口有些闷，细密的汗珠从全身各处冒出来。

"怎么回事？"王佳佳一屁股坐在地上自言自语着，随后用大拇指沾了一些口水竖了起来，拇指微微感到一些凉意，但并不明显，说明空间的空气并无流通的迹象。

"咱们所在的空间可能是密闭的，空气随着时间的推移会越来越少。"王佳佳说道。

"应该有个洞口的！"姚文媛说道。

"肯定是那个男人盖上了！他不想咱们再出去找他的麻烦。"王佳佳语气中带着恨意。

"先冷静下来，一定有办法的！"

王佳佳思索一下后叹了一口气，论智慧，她绝对不比姚文媛差，却在关键时刻失去冷静。

"嗯，咱们一定能出去。你先别说话，尽量保持安静，我再找找。"王佳佳说道。

姚文媛轻声应了一声，随后便没了声音。王佳佳有些担心，屏住呼吸仔细听了听，听到姚文媛的呼吸声，这才放下心来。

人们对黑暗并不陌生，但对于未知的、绝对的黑暗肯定有恐惧心理，更何况这两人还是未经过大风大浪的小女孩。

王佳佳摸到了一处立壁，立壁上很干燥，是混凝土材质。她用力敲了敲，墙壁几乎未发出任何声音，足见墙壁的厚度。正常的建筑不可能在地下，而且一般的建筑就算质量再好，墙壁也不可能这么厚实。

立壁的旁边是一扇异常厚重的铁门，她用手敲了敲铁门，只是轻微地发出了一点闷声，她终于知道了空间的所在——一个废弃的防空洞！

大铁门中央部位有一个方向盘似的转轮，四周和立壁结合得异常紧密，应该是为了防毒气设计的水密门，这种门原本是舰艇或是潜艇上常用的，为了防止一个舱室漏水后封堵舱室所用，后来也用于防护等级比较高的防空洞。

她用力地扭动转轮，但转轮却纹丝不动，可能是长时间未进行保养绞盘锈住了。

"完了，这次真的完了！"王佳佳心中暗道，她有些后悔当初的决定，当她发现那个男人可能和洛樱失踪案有关后，便一直跟踪他。

姚文媛曾建议把这件事告诉刘天昊或者虞乘风，但王佳佳持反对意见，说一旦有警方介入很容易打草惊蛇。

其实她心里有一个梦，就是能够像刘天昊一样破一个案子，以媒体人的身份！可以证明媒体人并非人们所传说的那样，只会添油加醋地弄一些新闻八卦来博取人的眼球，媒体人也是有真本事的。

同时她也想证明自己，证明给刘天昊和齐维看，证明给团队的人看，证明给世人看。

但人要是太急着证明自己，其过程一定是极其冒险的，王佳佳绝对是一个敢于冒险的人！

"别放弃！"一个声音不知道从哪里传来，却清晰地印在她的脑海里。

"文媛！"王佳佳冲着姚文媛的方向问着，得来的只是沉默。

姚文媛腿骨骨折失血过多，虽然极力地想保持清醒，但失血过多、大脑缺氧等生理现象却令她自我保护性地晕了过去。

王佳佳叹了一口气，她感觉这声音像姚文媛的，也像是刘天昊的，和老蛤蟆的声音也有些相像，更像是她母亲的声音。

"是幻觉吗？"王佳佳内心问着自己，可她明明听到了这个声音。

"别放弃！"声音再次传来。

王佳佳笑了，无论这声音是不是幻觉，对她来说都是一种鼓励，任何情况下都不能放弃！

这次的意外是她的决定造成的，也要由她来解决才对，她要带着姚文媛走出去，再把元凶男子找到绳之以法，破了洛樱神秘失踪案！

而且她还给刘天昊留了暗示和记号，以他的智商，应该能破解！

# 第四章　自救


随着一支价值不菲的口红的出现，给茫然寻找的三人注入了一剂兴奋剂。

口红是迪奥的，用了不到三分之一，烈焰红让刘天昊想起了王佳佳极具诱惑的嘴唇。

口红对女人而言就等于男人的车。对于男生来讲，口红没什么区别，但对于女生而言，迪奥就等于豪华轿车奥迪 A8。

韩孟丹几乎一眼就认出这是王佳佳常用的口红！

这样一支价值不菲的口红是不应该出现在这条荒路上的，这就说明刘天昊对左右为难的诠释是正确的。

刘天昊仔细看了口红，却并未发现其他的线索。要是王佳佳两人有时间，完全可以用口红在路面上写个字之类或者是做一些标记，但口红并没有损坏的痕迹，说明两人依然很匆忙，没有时间做记号。

三人继续寻找着，走了将近一公里的距离，却再也没有其他的发现。

人工而成的建筑，要是缺少了保养和维护，很快就会败落。

路越来越破，很多地方沥青和石子从道路上分裂出来并散在一边，缝隙又被泥土所填满，积累久了，有些地方甚至变成了一片泥地。

前天 NY 市刚下过一场雨，路上的泥地部分还没干，韩孟丹几乎是踮着脚尖走过一片泥泞区域。

"等等！"刘天昊停住脚步，又转身回到泥地区域，蹲下来看着。

"发现了什么？"韩孟丹和虞乘风也跟着转回来。

泥泞地里除了三人的脚印再无其他痕迹，道路两侧则是荒地，荒地中部分区域堆放着建筑垃圾，部分区域还有生活垃圾，红红黄黄的塑料袋随着风呼呼啦啦地响着，和远处工厂大烟囱冒出的黑烟相呼应着。

　　这些都是早年过度开发造成的产物，过剩的产能和环保建设不匹配造成了今天的环境恶化，短短十年时间产生的恶果，可能要数十年甚至上百年才能消除！

　　"如果她们走的是这条路，肯定会留下脚印。"刘天昊提醒着。

　　"嗯，除了咱们三人的脚印之外，没有其他痕迹，这条路上废了很久，人迹罕至。"虞乘风说道。

　　"她俩跟踪的人很厉害，故意把她俩诱到这里，要么是想在这儿摆脱跟踪，要么……"刘天昊站起身看了看周围的荒地，随后又说道："姚文媛是警察，却并非刑侦出身，而王佳佳虽说经常干些跟踪人的事儿，那也只限于酒店、夜场、娱乐场等，在荒郊野外没什么经验，你们看路两侧的这一片荒地，面积很大，而且没有任何遮挡物，跟踪一个人不太容易。"

　　荒地中就算有些垃圾堆比较高，但也不足以遮挡一个人。

　　虞乘风一听着了急，说道："那赶紧叫人来，一寸一寸地找！"

　　"人多也没用，你看这片地有多大，盲目地找怕是浪费人力物力。"刘天昊拿着王佳佳的口红看着。

　　三人沉默着，除了塑料袋被风吹的响声外，还有鸟儿到垃圾堆寻食时发出的叫声。

　　"回到发现口红的地方！"刘天昊说完便向回跑去。

　　……

　　王佳佳终于找到了自己的手机，她哆哆嗦嗦地按下开机键，手机在开机画面一直闪烁着。

　　借着这个机会，她用手机屏幕照亮着周围。果然如她所推断，这是一个废旧的防空洞。水密门上用红色油漆画着一个很大的五角星，连转盘上也有一个红色的五角星，大五角星下方写着"1978"四个数字。

"是 1978 年建造的。"王佳佳小声嘀咕着，手机振动了一下，久违的画面出现在眼前。

"太好了！"王佳佳有些激动，但当她看到显示红色的 2% 电量和一个格都没有的信号时，她的心又凉了下来。

王佳佳迅速地编辑了一条短信："口红旁荒地两公里左右，防空洞，姚文媛重伤，速救！"随即点击了发送，她的眼睛一直盯着屏幕，直到屏幕自动屏保变成黑屏，也没出现发送成功的声音。

姚文媛微弱的声音传来。

王佳佳按亮屏幕，借着微弱的光芒来到姚文媛身边，这是两人掉落防空洞后第一次见到她的脸，一见之下吓得她心脏一抽。

姚文媛脸色煞白，额头处有很大一片淤肿，她的额头很烫，嘴里不断地说着胡话。

"糟了，伤口感染了！"王佳佳用手机照着姚文媛的腿。断的腿骨支出小腿肌肉，从骨头断处不断地冒着血泡，伤口红肿起来，和另一条雪白的腿形成鲜明的对比。

王佳佳的手机一暗，她打开手机开启了静音模式，以免手机的振动费电，看了看手机短信，依然是未发送状态，她再次点击发送，随后拿着手机来到两人掉落的地方。

她这样做是明智的，要知道，一个能抵御导弹的防空洞建筑质量绝对过硬，厚重的钢筋混凝土能屏蔽一切信号，而两人掉下来的入口应该是整个防空洞的薄弱处。

王佳佳心中有些疑惑，若这里是防空洞，应该让人容易进出才是，她俩掉下来的洞口并不大，而且下方没有人进出的梯子。

"难道说这个洞口是通风口？"王佳佳琢磨着。

短信仍旧未发送出去，屏幕再次黑了下来。

王佳佳又沿着墙壁走着，同时把手机高高举起，希望能将信号发送出去，刚走两步，脚下踩到了一个物体，物体发出一声清脆的破裂声响。

她点亮手机屏幕，看到脚下是一个半导体收音机。

"原来是它，这个可恶的家伙！"王佳佳捡起收音机看着，头脑不断地闪现回忆碎片。

……

王佳佳和姚文媛已经跟了男人一天，男人好像是故意吊她们的胃口，一直都在行走着，从城区走到郊区，又走到工业区，穿过工业区来到废弃而荒凉的老工业区。

王佳佳身上能扔的东西都扔在了沿路上当做记号，姚文媛的手机电池耗尽关机，王佳佳的手机虽说电量大，但一路上大都是她在录像，耗电量较大，当剩下不足3%时，姚文媛再次提出给刘天昊等人打个电话。

倔强的王佳佳拒绝了这个提议，因为她觉得两人足以破这件案子，而当她把罪犯绑到刘天昊面前时，可以炫耀一下此番的经历。

男人喜欢面子，女人也一样！

被跟踪的男子不再沿着马路走，而是走进荒地。

王佳佳看到荒地后，觉得人口失踪的最好地方就是这里，除了偶尔一个偷倒垃圾的车匆匆进入又离去，不会有人光顾，哪怕是拾荒者！

荒地不太容易隐蔽，如果离男子过近，很容易被发现，所以两人只好远远地跟着，偶尔见男子回头她们还得蹲下，藏在垃圾堆后。等她们再起身时，发现男子不见踪影，追寻了一阵，也没发现男子的踪迹。

正当两人疑惑时，一阵奇怪的声音从不远处传来。

两人慢慢地向声音源头走去，等走到近前才发现是一个收音机，收音机吱吱啦啦地响着。

"有些诡异呀！"姚文媛表面看起来很文弱，但实际上胆子很大，她向收音机走了过去，伸手去捡。

她的手还没碰到收音机，就见脚下发出"咔"的一声。

王佳佳心中暗道不好，急忙上前拉姚文媛，同时大喊道："小心！"

她抓到了姚文媛的手，姚文媛脚下的地面一陷，身体突然向下坠落，连同王佳佳一起拽着掉落下去，两人摔落晕倒之后，一声男人的冷哼声音传来，一块钢板覆盖在洞口上，随后砂石覆盖在铁板上的声音传来。

……

"收音机！"王佳佳心里一喜，伸手在收音机上摸索着，收音机顶端有一个可拉伸的金属天线。

收音机还有电，里面有半导体和天线，可以制作成一个简单的发报机，信号应该可以发送出去，如果在相应的距离内有人使用收音机，频率恰好相同，就可以收到信号！

水密门的门轴等是埋在混凝土中的，混凝土中有大量的钢筋，如果和门轴相连接，就形成了一个大型的发射天线网络。

王佳佳知道这种概率不大，但目前也只能一试了！

……

自打发明汽车以来，汽车音响就一直伴随着存在，各种交通台和电台也应运而生，甚至还有一些非法电台挤进其中。

非法电台用的是功率一千瓦到两千瓦的发射机，架在高层建筑里，覆盖面积能达到方圆五十公里到八十公里！

非法电台一般都是以广告为主要收入，内容都是以男女之间那点事儿为主，用的都是不堪入耳的语言，最后营利点都在帮助商家卖产品。

一个名叫"斑点狗"的非法电台已经存在一年之久，拥有者是一名外号叫二狗的人，他也收听其他非法电台的内容以充实自己的内容。他如每天一样打开功能比较齐全的大型收音机，带着巨大的耳包调整着频率，突然一段奇怪的声音传了出来。

要是普通人听了，怕是绝不会在乎，因为这是一段毫无意义的声音，但对于精通各种无线电的二狗来说，它的名字就熟悉得多了——摩斯密码！

二狗一笑，拿起笔在纸上写着，过了一阵，当他发现摩斯密码开始重复时，才停下笔来将密码翻译过来，他原本还带着笑意的脸沉了下来……

# 第五章　与死神赛跑

报警对于普通人来说算不上难事，拿起手机拨打"110"即可，但对于做非法电台的二狗，就有些左右为难了，如果报警，他的非法电台肯定会被取缔，不但要面临巨额罚款，还会有牢狱之灾。如果不报警，可能会让一条生命消逝，他的良心会受到一辈子的谴责。

能做非法电台的人脑子都很活，绝不会一意孤行，于是他想到了黑客朋友老蛤蟆，他和王佳佳关系好，应该能有办法既把事情通报给警方，又不让自己暴露。

此时的老蛤蟆也像是热锅上的蚂蚁一般在房间里走来走去，他擅长的是黑客技术，其他几乎一窍不通，失去了王佳佳，他就等于失去了一切。

电脑不停地响着，响得他心直烦，正想拿着锻炼用的哑铃砸电脑时，他看到屏幕上显示的是二狗发来的邮件。二狗是他早年的好朋友，当初两人一同玩无线电、一同研究电脑技术，那段日子对于他来说虽然清贫，却最快乐。

老蛤蟆点开电子邮件一看，还是一封加了密的文件。

"跟老子来这套！"老蛤蟆对于二狗的伎俩熟透于心。

老蛤蟆嘿嘿一笑，刚才心中的阴霾一散而空，手指在键盘上噼里啪啦地打了一阵，加密的文件便被他解开了，文件里面的内容居然是摩斯密码！

注解写着：刚刚收到的一个无名电台发送出来的求救信号，不便和警方直接接触，拜托！拜托！拜托！

老蛤蟆眼睛瞪得溜直，心道：你弄非法电台不方便和警方接触，我是黑客就方便了？

过了一阵，老蛤蟆还是笑了。两人虽从事的是非法勾当，是为生计所迫，内心却是善良的，正应和了"人之初，性本善"的这句话。

老蛤蟆笑着哼了一声后，耐心地把摩斯密码破译了，当他写完最后一个字时，他立刻拿起电话拨号。

"喂，刘队，我是老蛤蟆……"

……

刘天昊站在发现口红的地方，放下电话后向四周望去，荒地依然是一望无际。

"有什么消息吗？"虞乘风焦急地问道。

"是老蛤蟆来的，说有个无线电发烧友无意中得到了一段摩斯密码，内容是：口红，两公里，防空洞，密封，媛伤，速救。"刘天昊说道。

"是王佳佳和姚文媛发出来的信号，姚文媛受伤了！"虞乘风惊道，随后他也向四周望着，看到路两侧一大片荒地后，两眼一片茫然。

"如果按照从发现口红的点方圆两公里搜索需要好长时间，我叫局里支援吧！"韩孟丹说道。

"不用，来不及，集结这么多警力需要的时间很长，加上每个人搜索的能力强弱不一，万一漏了还不如咱们自己来。"刘天昊说道。

"咱们赶紧开始吧！"虞乘风焦急地说道。

"等下，乘风，你立刻联系下人防，看看有没有这一片的地下规划的图纸。"刘天昊说道。

虞乘风一拍脑袋，说道："我怎么没想到！"说罢，他立刻拿起电话到一旁开始拨打电话。

"通过王佳佳发送出来的救援信号，可以得知她们可能在防空洞里。按说防空洞除了进出口之外，不可能再有其他的入口，而防空洞的进出口都是缓行台阶。另外按照王佳佳和姚文媛的智商，不太可能被被跟踪人诱进防空洞，那她们两人是怎么进入防空洞的呢？"刘天昊问道。

"会不会是时间久了防空洞上方出现塌方,她们从漏处掉下去的?"韩孟丹说道。

刘天昊摇了摇头,说道:"防空洞是为了抵御导弹、炮弹等爆炸物,甚至可以抵御核弹的攻击,质量非常过硬,不太可能出现塌方,会不会是……"刘天昊皱着眉头不语。

"是什么?"

"密封,既然能掉下去就不可能密封,既然是密封,就代表着嫌疑犯在她俩掉下去后把入口盖上了。"刘天昊分析道。

"应该是这样吧,这么说,她俩很可能会缺氧!"韩孟丹焦急地说道。

刘天昊立刻拿起电话给老蛤蟆发了一个定位,随后打给老蛤蟆:"蛤蟆,王佳佳那个玩无人机的朋友最快多久能赶到我这里?"

老蛤蟆说道:"不堵车二十分钟吧。"

"你让他马上来!"

"干吗?"

"我需要无人机侦查方圆三公里的范围。"

虽说王佳佳给出的信息是两公里,但实际上人的测量是有误差的,所以他扩大了一公里的搜寻范围。

"无人机多慢,这事儿交给我,动一颗卫星不就得了!"老蛤蟆信心十足地说道,声音未落,话筒便传出噼里啪啦的敲键盘声。

"好,找到两公里范围内有翻过土痕迹的地方!"刘天昊说道。

"马上落实。"

"孟丹向南,我向北,乘风联系一辆救护车,随时保持信息畅通!"刘天昊留下一句话便小跑着离开。

韩孟丹亦朝着刘天昊相反的方向跑去。

虞乘风和人防联系要人防图纸,老蛤蟆通过卫星查找翻过土的地方,这两件事看似简单,真正做起来却非常复杂。

人防系统是八小时工作制,效率比警方要低得多,还得逐级向上请示，等请示一圈后，没有一个小时都下不来，最后在落到办事员去找图纸。

老蛤蟆的技术没得说，只要他想，甚至可以黑进五角大楼，但荒地的情况比较复杂，到处堆着垃圾，高高低低、起起伏伏、红白相间，有些裸露土本身就是红褐色，和翻过的土地比较像，难度非常大。

刘天昊也并非胡乱寻找，而是选择高低不平的垃圾堆集中堆放处，这是从被跟踪人的角度出发。

被跟踪人想要在相对平整的地方摆脱跟踪，就只有一个办法，专门找些不好走且容易隐蔽的路，垃圾堆是最好不过的躲避物。

……

密闭空间中的氧气越来越少，连身体正常的王佳佳都感到有些虚弱，两只眼皮像灌了铅一般，虚汗从毛孔中不断渗出来。

她时不时地咬舌头一下，用剧烈的疼痛来唤醒自己，她知道，一旦睡过去就不可能再醒过来。

手机早已没电，整个空间变得漆黑一片，只剩下半导体收音机的红色二极管还在闪着，但二极管的颜色变成暗红色，预示着电量已经不多。

经过她改造过的半导体收音机变成了发射机，但功率无法和正常的发射机相提并论，而且又是经过水密门和埋进混凝土中的钢筋传播出去，功率损耗很大，能不能发出去还不敢确定。

她尽力了，使出了全部的招数。

她慢慢地摸到姚文媛身边，摸了摸她的心跳。姚文媛的心跳还在，只是比较微弱。她松了一口气，开始默默地祈祷着。

她想起了众多粉丝热烈拥戴她的场面，想起了和刘天昊一起探案的过程，想起了洛樱的母亲，想起了好友老蛤蟆，想起不久前死去的作家崩皮，想起了她和刘天昊高中时的美好回忆，想起了父母抱着她在天安门前照相的样子。

她突然非常想念母亲，想她慈祥的脸庞和虚怀若谷的心胸。两行眼泪顺着脸颊淌了下来。她突然看到母亲伤心欲绝的场面，父亲坐在母亲身旁不停地安慰着，母亲怀里捧着的是她的黑白色照片！

忙于事业的王佳佳很少给父亲和母亲打电话，甚至连节日都在马不停蹄地忙碌着，已经失去了自我。

人为什么活着？

这个问题困扰了人类几千年，王佳佳却在一瞬间想通了，她仿佛懂得了人生的真谛，甚至宇宙奥秘。

......

不得不说，人在极端情况下可以发挥出巨大的潜能，一向老实憨厚的虞乘风居然很快弄到了一张图纸，他打过电话的所有人都感到这不是虞乘风的做派。

救护车风驰电掣地来到现场，医生不明所以地问虞乘风患者在哪里，虞乘风上车拔下了车钥匙放进口袋里。

"还没找到病人，你们在这儿候命！"虞乘风严肃的表情凝重得能滴出水来，让医生和爱挑刺的司机不敢再多言语。

老蛤蟆的能力也远远超出刘天昊的意料。

他从黑进的美国最先进的卫星中，弄到了近期的几百张地图，再利用电脑做以对比，根据其中的不同标记出三处可疑点来，又经过数次排查，剩下两个可疑点！

而此时的刘天昊正站在其中一个可疑点上，正是他分析判断的那样，这个点就在高低不平的垃圾堆集中堆放地中！

地面的土一眼就能看出是新翻出来的，捻开一个土坷垃，里面还带着些许潮气！刘天昊立刻用微信给韩孟丹和虞乘风发了定位，随后用手开始刨土。

随着虞乘风和韩孟丹的加入，刨土的速度越来越快，三人的手被垃圾中的锋利物割伤滴血，却毫无察觉，当虞乘风把一块石头搬走后，一块黑黢黢的铁板终于露了出来。

"文媛，你要挺住！"虞乘风用力地向上搬动着铁板，铁板终于露出一条缝，黑暗中暗红色的二极管还在闪烁着。

听到叫声的医生和护士也跑了过来帮忙，一缕阳光落入防空洞中，姚文媛和王佳佳躺在一起，脸色煞白，毫无生机……

# 第六章　重生

单间病房的环境很好，医疗设备齐全，窗台上摆放着两束插花，是王佳佳最喜欢的白色百合花。

她深吸了一口气，抬起手揉了揉有些发涨的太阳穴，又扭头望向门口，却见两双眼睛非常关切地盯着她。

她吓了一跳，连忙拍了拍胸口，说道："你们俩不能出点声吗？吓死我了！"

老蛤蟆和玩无人机的哥们儿嘿嘿一笑，对视一眼。

老蛤蟆说道："你都睡了两天两夜了，我是怕你睡过去！"

"你俩不会一直在这儿盯着我……看吧？"王佳佳满脸尴尬地问道。

"没，我俩刚来，晚上都是小兰陪你的！"老蛤蟆说话时给无人机哥们儿使了个眼色。

她趁机看了看自己的病号服，白花花的胸部露出三分之一，赶忙系上扣子，鼻子里哼了一声，没好气地说道："是不是偷看我隐私了？"

两人脑袋摇得和拨浪鼓一般："没有，没有，绝对没有！"

小兰是王佳佳团队中的中坚力量，团队的第二把交椅，在官场和商场中游刃有余，很多和娱乐圈密不可分的秘闻都是从她手里得来的。

"文媛怎么样了？"王佳佳突然想起了重伤的姚文媛，心中的悔意立刻涌了上来。

"经过抢救已经脱离危险了，不过腿是开放式骨折，估计……"老蛤蟆说到这里顿了一顿。

"你这只老蛤蟆，说话支支吾吾的了，快说呀，估计什么？"王佳佳有些气急败坏地说着。

姚文媛要长相有长相，要身材有身材，要是因为这件事落下残疾，王佳佳会愧疚一辈子。

跟踪可疑男子是她决定的，过程中姚文媛数次提醒她和刘天昊沟通，但由于好强心理，她并未采纳意见，最终落入陷阱，险些令二人丧命。

"虽然是开放式骨折，但处理得比较及时，不会留下后遗症。文媛的父母从老家赶了过来，和虞乘风一块儿守着她呢。"刘天昊边说边走了进来。

王佳佳脸上一红，低下头。

姚文媛能得到救治也和王佳佳对她的及时治疗有关，用木板做夹板绑住腿以防止二次伤害，又用布条做了止血包扎，否则姚文媛就算有一百条命也没了。

"你怎么样？"刘天昊关心地问着。

"我……我没事，就是头有些晕。谢谢！"王佳佳说道。

"我陪你去看看文媛。"刘天昊转向老蛤蟆，又恢复了嘻嘻哈哈的神态，说道："蛤蟆兄弟，谢谢啦！"

老蛤蟆笑着搓手，说道，"你这都说好几遍谢谢了，我都不好意思了，都是自己人，尽了一点微薄之力而已。"

"还有那位非法电台的朋友，代我说声谢谢，如果他感兴趣，我可以介绍他到正式电台工作。"刘天昊说道。

老蛤蟆连忙摇头，肥硕的腮帮子摔得横着飞了起来："不用不用，我了解他，他不喜欢束缚，还是做非法好些，你要帮他保密呀！"说到这里，他轻轻地拍了自己的嘴一下。非法电台的二狗很谨慎，但老蛤蟆嘴松，架不住刘天昊三问两问便把二狗的事儿说了出来。

刘天昊点点头："放心吧，他的电台虽说是违法的，却还没突破底线，这事儿我欠他一个人情，以后有需要我的地方尽管开口。"

"得嘞！"

"违法的事儿不行啊！"刘天昊的话音传来时，他和王佳佳已经离开了病房。

……

姚文媛住的病房是套间，在整个市医院里只有四个套间，都是给高级别领导或者是商业界大佬准备的，平时宁可空着也绝不给别人住。姚文媛的父母在第一时间联系到了一间套间病房，还是院长亲自给挑选的，房间大、安静、医疗设施好，可见其财力和实力相当雄厚。

姚文媛的手术也是骨外科出身的副院长亲自给做的，三名已经退休返聘的骨科专家全部到场，手术做得非常成功。

姚文媛的母亲非常知性，她戴着一副眼镜，看起来非常文静，一举一动都显得优雅大方，显然姚文媛文静的气质源自母亲。

她的父亲理着小平头，脸庞棱角分明，整个人像一根旗杆一样直，眼神中不时地冒出严肃，一双眼睛精光四射。

刘天昊平时天不怕地不怕，但见到姚文媛父亲后，却被他的气势所慑，居然变得拘束起来。再看一旁站着的虞乘风，本来就憨厚老实，现在更是大气都不敢喘一下，像是遇到了猫的老鼠一般站在角落里。

姚文媛的母亲是个很能活跃气氛的人，她热情地招呼着王佳佳和刘天昊，虽客气，但掩饰不住对王佳佳有股莫名的冷淡。

王佳佳小声地道着歉，不时地瞥了瞥在一旁一言不发的姚文媛父亲。

姚文媛并未在乎，和王佳佳有说有笑地开着玩笑。

"爸爸，你就不能笑笑嘛，他们都是我的好朋友！"姚文媛发了大小姐脾气。

姚文媛父亲心疼地看了一眼女儿，扬了扬嘴角，勉强笑了一下。他这一笑不要紧，其他人还好些，姚文媛母亲却乐了。

姚文媛父亲是军人出身，半生的戎马生涯令他变得极其严肃，几乎很少会笑，刚才他被女儿这一说也觉得过于严肃，便挤出一个笑容，虽说是笑容，但硬生生地挤出来就变得不伦不类了。

　　姚文媛的母亲笑了，所有人都跟着笑了，姚文媛的父亲也笑了起来，显然，他这次的笑容是发自内心的笑。在刘天昊等人看来，他也并非刚才那个高高在上的男人，而变成了一位慈祥的父亲。

　　房间中原本凝重的气氛缓和了好多，众人的话也多了起来。虞乘风也从角落里走到床边，深情地看着姚文媛。

　　姚文媛的手轻轻地碰到了虞乘风的指尖，冲着他甜甜一笑。虞乘风这两天几乎都没合眼，跑上跑下忙前忙后，下眼袋几乎变成了灰黑色，整齐的头发也凌乱起来。

　　众人聊了一阵后，最初的热情和轻松的氛围又慢慢淡了下去。

　　刘天昊和王佳佳识趣地告辞离开，而虞乘风也在姚文媛的催促下离开医院回家休息。

　　众人走后，姚文媛母亲坐在床上摸着她的手，轻声说道："媛媛，这个虞乘风哪儿都好，就是太老实了。"

　　姚文媛白了母亲一眼："妈！"

　　姚文媛父亲在一旁削苹果："老实点有什么不好，咱家媛媛文静，弄个刺毛撅腚的回家还不闹死！"

　　"我的伤还疼着呢，你俩不能安静一会儿吗？"姚文媛在父母面前像个小公主一般。

　　"好好好，我们不说话，你们的事儿你们定，好吧！"姚文媛父亲说起话来虽是一口官腔，却充满宠爱女儿的味道。

　　姚文媛一笑，从窗户看向外面，向医院外走的虞乘风也正好回头，两人相视一笑……

　　医院的花园虽小，却很精致，五颜六色的搭配非常合理，花香气息也非常浓厚，园丁们刚刚修剪完路旁的灌木丛并给花浇了水，泥土的清新味道混着的花香令人心旷神怡。

王佳佳和刘天昊坐在长凳上看着眼前的小花坛，她穿着宽大的病人服，头发也只是随意地扎着马尾辫，看起来清纯了很多，浑身洋溢着青春的气息，刘天昊拥有着挺拔的身姿和高贵的气质，过往的行人纷纷投来羡慕的眼光。

"说说吧！到底发生了什么？"刘天昊打破了沉默，也打破了原本良好的气氛。

"你这人，还真能破坏气氛！"王佳佳嘟着嘴说道。

过往的行人看了他们一眼，偷偷转过头去笑着，几乎所有人都以为这是一对小情侣在闹点小情绪。

"好啦好啦，我说还不行嘛！"王佳佳叹了一口气。

"要不我请你吃饭吧，看你都饿了两天了。"刘天昊听到王佳佳肚子里咕噜咕噜地叫着。

王佳佳昏睡的这两天一直都是靠着营养液维持身体的，原本心中带着对姚文媛的愧疚都忘了饿肚子这件事，心情放松后，她感到肚子里空空如也，饥饿感一股脑涌了上来。

王佳佳哼了一声，笑着白了他一眼，说道："好吧，你可不要勉强哟！"

"当然不会，想吃啥说话！"

王佳佳眼珠一转，说道："医院附近有一家很好的料理。"

……

虽说王佳佳的工作比较忙碌，但对于吃，她一向不糊弄，宁可花上双倍的价钱也要吃品质比较好的食品，这家日本料理是 NY 市最好的料理之一，王佳佳是常客，大快朵颐之后，她终于有了力气，脸色也红润起来。在防空洞口坠落过程中她全身的重量几乎都压在姚文媛身上，得到了极大的缓冲，身体虚弱是因为极度缺氧加上精神高度紧张过度消耗身体能量造成的，并没有实质性的伤害。

刘天昊在一旁静静地看着王佳佳，偶尔帮着她扒个生虾之类的。

王佳佳摸了摸微微鼓起的肚子，满意地点点头，开始讲述她和姚文媛的经历……

# 第七章　洛樱的噩梦

　　洛樱在 NY 市的朋友圈仅限于夜总会的那帮小姐妹，再有就是姚文媛了。洛樱脾气好，和圈子里的小姐妹大部分比较要好，但也仅限于说话聊天，当不得真。

　　和姚文媛之间既是老乡又是校友，两人一直保持着密切联系。姚文媛曾经给洛樱介绍了几份工作，但收入普遍偏低。洛樱长得比较漂亮，多次被上层领导骚扰，无奈只得继续从事夜总会陪舞、陪酒的工作，一个是在时间上比较自由，再者就是收入高，遇到大方的金主还能额外得到一笔不菲的小费。

　　洛樱失踪后，姚文媛在寻找无果的情况下，便找到了王佳佳，希望通过她的力量找到洛樱。

　　粉丝的力量真不可小觑，不到三天时间，便挖出洛樱有个隐藏的男友，他也在夜总会上班，是个保安头头儿，实际上是社会上的闲散人员，没办法才混了夜场。

　　洛樱本以为找到了终生依靠，没想到是她噩梦的开始！

　　男人叫杨派，外号羊排，手下养着几名小姐妹，从事着见不得人的勾当。洛樱之所以和他成为男女朋友，是因为有一次洛樱不愿意被潜规则，得罪了夜场的一位大佬，是杨派出面摆平了这件事。

　　洛樱拿了三千元钱感谢杨派，没想到杨派却没接受，告诉她这算不了什么大事儿，不用放在心上。洛樱见杨派如此豪气的江湖做派，便以为他是个混迹于夜场的英雄，但她不知道的是，杨派早已把她的底细打听清楚，这样做是为了放长线钓大鱼。

更令人恐怖的是，杨派除了好赌之外，还有吸毒的习惯，虽说赚的钱不少，但这两个不良嗜好把他所有的钱都挥霍一空，但这些都是两人好上之后洛樱才知道的。

杨派打起了洛樱的主意，平时不但不给她钱，还从她这里借钱。洛樱除了给自己父母寄钱之外，手里攒了些钱，她心软，架不住杨派的软磨硬泡，便逐渐把钱都借给了他，但洛樱始终不肯去和杨派手下的那几个女人去做见不得人的事。

杨派有时拿不到钱吸毒，就出手打她，有时手重了甚至会把她打得昏迷不醒。

受不了暴力的洛樱只得提出分手，并离开原来所在的夜总会换了另外一家场子谋生，还没工作多久便失踪了。

王佳佳和姚文媛调查至此，认为杨派有因感情谋害洛樱的嫌疑，而且杨派近段时间行踪诡异，和一些不明身份的外籍人士屡次接触。

杨派比较难找，但几个外籍人士的行踪却相对固定，每次来 NY 市都住在 NY 市某宾馆里，白天猫在宾馆里睡觉，晚上到夜场吃喝玩乐。

王佳佳通过国际友人调查了几个外籍人士的背景，发现几人并无犯罪记录，她并不甘心这种结果，又让老蛤蟆黑了那个外籍人士所在国家的安全局网站，终于发现这几个人曾经有前科，只是用钱漂白了。

原来这几个外籍人士竟然是走私贩卖器官的贩子，他们联系国外一些有钱但需要器官捐赠的客户，然后再到国内找匹配的货源，一旦匹配上，便带人到国外，摘取相应的器官获得高额利润。

卖器官的人大多数都是生活在贫困线以下的人，出于生计的不易才出卖器官，卖器官的钱足够他们过上很长时间的好日子！

按照这条线索推断，杨派很可能在暗地里从事贩卖器官的勾当，吸毒和好赌的人做事情可以无任何底线！

查到这里，王佳佳和姚文媛心里几乎是一颤，要是杨派打了洛樱的主意，后果不可想象！

一个人可以被贩卖的器官很多，如果不计后果，几乎整个人都可以拆着卖掉！

姚文媛以警察的身份调查过杨派，杨派是派出所和公安局的常客，对公安内部的情况非常熟悉，三言两语便看出姚文媛的破绽，指出她不是刑警，无权调查他，再后来便耍起了无赖，一问三不知，神仙怪不得。

无奈之下，王佳佳和姚文媛只得暗中跟踪杨派，以图获得一些线索。杨派除了到夜场上班之外很少外出，几乎都闷在家里。他家在工厂区家属楼里，虽说离市区比较远，但租价很便宜，平时开车上下班。

王佳佳为了跟踪时不暴露，便放弃开自己的红色宝马GT，租了一辆烂大街的凯美瑞，这样就算在比较贫困的工厂家属区也不会太显眼。

姚文媛提出让刘天昊介入，但要强的王佳佳一直不肯，理由是杨派有可能参与非法器官贩卖，但没有实证，一旦刘天昊介入调查，很可能会打草惊蛇。

而此时，杨派已经发觉姚文媛两人的跟踪，便和她们玩起了捉迷藏。

王佳佳为了取证，和姚文媛分别用手机录像，但杨派狡猾得很，一直都没有和贩卖器官集团的人接触。

眼见着姚文媛的手机没了电，两人又不得不继续跟着杨派。

当杨派带着两人到荒地附近绕圈子时，姚文媛再次提出告知刘天昊，而倔强的王佳佳再次拒绝，她觉得如果不把事情查个水落石出，便无法对得起NY市第一大V的称号。

杨派在垃圾堆比较集中的荒地绕来绕去，实际上他早已让人在垃圾场中荒废的防空洞设下陷阱。

不见了杨派踪影，二人便在垃圾堆附近寻找，却在此刻听到了广播电台的声音传来。

……

"后面的事你都知道了！"王佳佳叹了一口气，脸上露出歉意，显

234

然是对拖着姚文媛冒险表示抱歉。

刘天昊摆了摆手，思索了一阵后，才说道："杨派的确摆脱不了嫌疑。但从你的叙述中能看出洛樱虽然缺钱，但还没到卖器官的份儿上，那些贩卖器官的外国人不太可能从中国绑一个人出国摘取器官，他们犯不上冒那么大的风险。一般来说，这种事都是一个愿打一个愿挨，双方都有需求，贩子才好在中间撮合。"

王佳佳点点头，说道："有道理，但我始终觉得洛樱的失踪和这家伙有关，杨派一看就不是好人，满脸横肉、口歪眼斜的！"

"这条线索很重要，交给我吧！"刘天昊看着王佳佳说道。

王佳佳和刘天昊对视了一阵，才调皮一笑："我这些线索可都是拿命换来的，你答应我……"

刘天昊打断王佳佳的话，说道："保证给你独家，只要纪律允许，我的案子永远是你的独家，我向你承诺！"

王佳佳柳叶眉一挑，向刘天昊伸出手。

刘天昊和她握了握手，却发现她一直紧紧地握着不放，只好干咳了两声，这才抽出手来。

王佳佳随即把收集的资料一股脑传给他。

刘天昊看了一阵后，才说道："无论洛樱的案子如何，贩卖器官的集团是一定要铲除的！"

"洛樱的事儿你也得负责到底！"王佳佳说道。

"行，你身体怎么样？能不能行动？"刘天昊问道。

"没问题，不过我得先换套衣服！"王佳佳看了看身上穿着的宽大病号服。

幸好这是在医院附近的料理店，穿着病号服出入也不算扎眼。

"其实……"刘天昊看着王佳佳说着，话说了一半便停住。

王佳佳回过头，假装凶狠的表情说道："你想说什么？"

此时的王佳佳完全卸了妆，还原出原本面目，妖媚变成了清秀，眼神中的人情世故和老练变得清澈而不沾烟火，一头乌黑的秀发随意地披在肩上，更显其独特的气质。

“你现在的样子很好看！”刘天昊很认真地说道。

“是吗？”王佳佳噘了噘嘴转身向外走，心里已经乐开了花。刘天昊这个从来不表扬人的人能说出这种话实属不易，更何况两人还有些暧昧关系。

……

刘天昊在医院大门口等了将近半个小时的时间，此时他终于明白了已婚男人经常说的那句话：世界上最漫长的事就是等女人化妆，最累的事就是陪女人逛街！

当王佳佳再次出现在他面前时，他眼前一亮。

王佳佳出乎意料地化了淡妆，原本一头披肩大波浪已经变成了马尾辫，再加上她穿的衣服是运动装，更显出她浓厚的青春气息。

“想看就把我娶回家，可以二十四小时一直看！”王佳佳大胆地挑逗着刘天昊。

刘天昊脸上一红，急忙岔开话题说道：“刚才我让属地派出所查了杨派的动向，他现在去了夜总会上班，如果我带你出现在他面前，他一定会吓得丢了魂！”

“我的样子很吓人吗？”

……

到了夜晚，金碧辉煌夜总会便成了男人的天堂，前提是有钱！

在这里，男人可以享受到一切想拥有的，可以尽情放纵，沉迷于温柔乡而不用自拔，不用担心被外界干扰。在这儿，有钱的男人就是上帝！

很多男人脱去西装摇身一变，变成夜店小王子，微醺带来的狂躁得到尽情的释放。

刘天昊和王佳佳不属于这里，一进入夜总会便被安保人员盯上。刘天昊身上的警察味道太浓，而王佳佳的清纯也吸引了众多男人的目光。

刘天昊和王佳佳坐在一处散台，点了两杯酒。

两人环顾了一圈，并未发现杨派，想必是他身为保安队长一般不会出面，此时可能躲起来享受毒品去了。

王佳佳冲着一名盯了自己好久的保安招了招手。保安指了下自己，见王佳佳点头，便冷着脸走到散台前。

刘天昊把一百元钱塞给这名保安。保安原本的冷脸立刻变成笑脸，点头哈腰地询问着刘天昊是否需要美女陪酒。

"这位美女想见你们派哥。"刘天昊冲着王佳佳扬了扬头。

保安看了一眼王佳佳，眼睛中散出每个男人看到美女都会发出的光芒，说道："派哥没来上班！"

王佳佳端起酒，一手搭在保安的肩膀上，凑近他的耳朵，说道："派哥的车在停车场，如果你不叫他，以后有什么事你可能要吃不了兜着走啊。"

保安刚想说话，王佳佳又笑着说道："我不会亏待你的，快去吧！"

王佳佳把一杯酒慢慢地送到保安嘴边，又在他的耳朵吹着气，保安打了一个激灵，不由自主地喝了一口酒，随后满脸笑意地离去。

"轻浮！"刘天昊小声嘀咕着。

王佳佳放下酒杯，凑近刘天昊，小声地说道："吃醋了？"

刘天昊端起酒杯喝了一口，拉长声音说道："没！"

王佳佳咻咻地笑着，走上舞台，扔了三百元给服务生，对着他又说了几句话，服务生离去后不久，音乐声响起，是张学友的那首《一路上有你》。

王佳佳用女声深情地唱起这首歌，诸多的男人都被她的声音吸引过来，其中便包括跟着保安一同进入大厅中的保安队长杨派。

一首歌唱完，场内所有的目光都集中到王佳佳身上，而此时的王佳佳却把目光盯向杨派。

二人目光对视时，杨派突然瞳孔一缩，他终于想起了这个女人是谁，一股恐惧从脊梁柱冲上脑际，他正要转身逃走，却发现手臂被另一只非常有力的大手控制着，他挣扎了一下，那只大手仿佛铁钳一般无法撼动。

几名保安见头儿被人控制住，以为有人闹事，便一窝蜂地冲了过来，把刘天昊围了起来。

刘天昊把证件举高："警察，找杨派有事询问，你们想跟着一块儿的，我可以带着你们！"

几名保安互相看了看，慢慢地向后退去。

夜场里的保安大部分是社会上的小混混，虽说对警察比较有敌意，却不敢公开对抗！

杨派却来了劲儿："我又没犯法，快松开我，你知道这个场子是谁的吗？"

王佳佳走到杨派身边，用力扇了他一个耳光，说道："我管你谁的场子，得罪了我，我让你这场子开不下去！"

此时场内非常安静，男男女女原本沉浸在王佳佳的歌声里，却发现事情发生了戏剧性的转变，都眼巴巴地看着事态如何发展。

杨派先是被原本应该死了的王佳佳吓个半死，又被刘天昊的气势所慑，已经呆在当场。

看场子的经理走了出来，向刘天昊一笑，说道："刘队，这么巧啊，这儿说话不方便，要不咱们去我办公室说？"

经理见多识广，知道今晚的事儿不能善了，便走出来圆场。

"好，那咱们就去你的办公室好好说说！"


# 第八章　审讯


当杨派看到姚文媛和王佳佳摔下防空洞时，心中暗道可惜：如果要是能卖给那些倒卖器官的贩子，一定可以卖很多钱。

他又赌博又吸毒，但赚钱的心思却很活跃，走在路上几乎看到人就相当于看到了一沓沓的人民币。

但器官买卖完全靠自愿，绝对不强迫一个人卖自己的器官，因为到了国外，做手术的医院有一系列严格的程序，出一点岔子都有可能买卖不成，器官贩卖集团不但没赚到钱，还会搭上一笔不菲的差旅费。所以他们在贩卖器官时都会收取出售器官者一定的费用作押金，一旦买卖不成，至少还可以有这笔押金减少损失。

王佳佳和姚文媛这种女子，杨派是万万不敢沾的，但他知道王佳佳是 NY 市第一大 V，一路跟踪下来说不定真把他的老底给弄出来，等待他的便是下半生的牢狱生活了。本来他想让小混子吓唬一下王佳佳，让她知难而退，没想到王佳佳和姚文媛还找上门了，并且姚文媛还是以警察的身份对他进行调查。

杨派只得找到了他和器官贩子的中间人，大家都叫他忠哥，却没人知道他真正的身份和背景。

忠哥的能力很强，无论是在国内还是国外，没有他搞不定的事儿。

忠哥本来不愿意管闲事儿，但又不愿意失去杨派这个得力助手，便酝酿了一个计划，要让王佳佳和姚文媛神秘失踪，和另外十七起神秘失踪案一样，生不见人，死不见尸。

按照忠哥的指示，杨派带着王佳佳两人绕圈，直到杨派的两部手机都没了电启用了第三部手机，他知道王佳佳两人的手机肯定也没电了，就算她们想报警也没办法，随后才带着她们进入荒地的垃圾场附近。

意外的是，就算手机有电时，王佳佳也没打算报警，这无疑帮他计划的实现又增加了砝码。

忠哥提前给他发了一个定位图，告知陷阱所在的地方，并在一旁提供了一个收音机，告知一旦摆脱王佳佳两人后，将收音机打开放在陷阱上方，再绕到王佳佳两人后方，若只有一人掉落，杨派就冲过去把另一人推进防空洞中，然后用已经准备好的铁板覆盖洞口，再用垃圾和土进行掩埋。

杨派担心王佳佳有充电宝之类的给手机充电后报警，但忠哥的一席话又让他安了心，防空洞是抵御导弹等攻击的掩体，钢筋混凝土的厚度远远超出现有的任何建筑，早年设计的防空洞还未考虑无线通信，所以里面根本没有信号。

再加上密封后空气有限，王佳佳和姚文嫒很快就会因为缺氧而昏迷，那一片区域每天都有倒垃圾的车进进出出，很快就会把她们掩盖在地下，等若干年后发现时，两人早已成了两堆白骨。

垃圾场附近没有监控，就算警方想查也无从查起。只要王佳佳两人死了，这件案子便成了神秘失踪案。

……

夜总会经理的办公室很大，装修更是豪华，房间内一个巨大的水族鱼缸咕嘟咕嘟地冒着泡，里面养着的是血红色鳞片的金龙鱼，一看体形就知道价值不菲。

刘天昊不懂鱼，但王佳佳却识货，简单扫了一眼就知道这一条鱼至少得二十万上下！

刘天昊坐在经理的巨大老板椅上转着，观察着房间内的布置。王佳佳也未着急，在一个放着很多古董的架子旁欣赏着上面的瓷瓶和古董。

杨派和经理站在一旁面面相觑，尤其是经理，他只知道杨派赌博、吸毒，这两样虽是犯罪，但在夜场也算不上大事儿，却不知道他还有其他勾当。

杨派已经缓过神来，进拘留所和监狱对于他来说并不陌生，可现在他可能面临的是故意杀人罪，虽说是未遂，但加上非法贩卖器官、吸毒、赌博，数罪并罚，弄不好就是一个死缓，认罪态度好也是个无期，因此他打定主意咬死不说！

刘天昊早就料到杨派的做法，并未气势夺人地逼问杨派，反而聊起了一些和王佳佳、贩卖器官不相关的话题，扯东扯西地聊了半天。

经理识趣地弄来一些果盘和鸭货之类的小吃，王佳佳和刘天昊也没客气，连吃带聊，最后两人不再理会杨派和经理，聊起了当下比较流行的短视频。

两人兴致勃勃地聊了三个多小时，渴了就要瓶果汁，饿了就来点麻辣鸭货和小龙虾之类的。

经理借口夜总会有事，找个服务生在门口待命，杨派数次想溜走都被刘天昊给截了回来，问了几个问题后，又开始和王佳佳聊天。

两人聊的内容杨派完全听不懂，更不感兴趣，站着还累，最重要的是，他的毒瘾还犯了，不停地打哈欠，涕泪直流，难受劲儿就甭提了！

当王佳佳又提了一个互联网的话题后，杨派只感到胸中一股怒火奔涌而出，心脏跳动不规律造成他的头有些痛，一股无名火冲上脑际，冲到两人面前一拍桌子，恶狠狠地说道："有问题赶紧给老子问，问完了老子要回去休息！"

刘天昊和王佳佳对视一眼，又拿起一块鸭货准备放进嘴里。

见刘天昊爱答不理的模样，杨派一巴掌打掉他手里的鸭货，准备转身离开，还甩了一句："老子不伺候你了，爱咋咋地。"

表面上看杨派是忍受不了两人的无视，其实是毒瘾已经到了极限状态，要是再不走，就要露馅了，万一再被刘天昊抓进拘留所里，那毒瘾发作的滋味可不是一般的难熬。

刘天昊突然从桌子后面跳过来扭住他的胳膊将其按倒在地上，用手铐将其铐起来，又拿起桌子上的一卷胶带把他的双脚也缠了起来。

"警察打人了，警察刑讯逼供！"杨派嚎叫着。

站在门外的服务生敲了敲门，从门缝露出脑袋，看了看杨派，又看了看表情波澜不惊的刘天昊二人，只好笑了笑，问道："刘队，需要报警吗？"

刘天昊拿起一只小龙虾继续扒着，边吃边说道："我就是警察，你报什么警？"

服务生为难地看了看嚎叫着的杨派。杨派毕竟是夜总会的保安队长，在这一带也是有名的混混，一个服务生哪得罪得起。

"哦，他的毒瘾犯了，我这是在帮他戒毒，你要是报警就报吧！"刘天昊轻描淡写地说道。

杨派瞪了服务生一眼。

服务生后悔不应该打开这扇门，现在报警也不是，不报警也不是。

"滚！"杨派吼叫着。

服务生急忙把门关上，向大厅跑去给经理汇报去了！

刘天昊的手机连续响起，他擦了擦手，看了看手机，嘿嘿一笑，走到杨派面前，蹲下来把手机放在他的眼前。

手机上的图片是杨派和几名外国人的照片，外国人的脸看不太清，但杨派黄色的马尾辫头发和脸部轮廓却清清楚楚，还有几张图片是王佳佳和姚文媛跟踪杨派时的照片。

"这几名外国人的底很干净，但通过国际刑警朋友的调查，他们并不怎么样，只是用钱洗白了底而已。"刘天昊的手指拨着屏幕上的图片，图片一张张地闪过，资料都是外国人犯罪的资料。

"贩卖器官的案子暂且不说，但你谋害王佳佳和姚文媛的事……"

"我没有，你有什么证据！"杨派嚎叫着，他的鼻涕从鼻子里流出来，随着吸气时又吸进去，让他非常难受。

"还记得那部收音机吧？"

杨派的眼珠滴溜溜地转着："我不知道什么收音机！"

"就是你用来诱惑王佳佳和姚文媛掉进陷阱的收音机，上面有你的指纹！"刘天昊的话声音不大，却重重地敲在杨派的心头。

杨派想了想，整个人仿佛空了的麻袋一样瘪了下来。

他毕竟是个普通人，没进行过专业的反侦查训练，在引诱王佳佳两人去陷阱时，本身就存在着胆怯，加上知道王佳佳两人掉下去后肯定再也出不来，所以对于指纹的事情也并未多想。

"如果你的认罪态度好，我会向检察官替你求情的。"刘天昊说道。

"如果你提供了有用的线索，说不定我会撤销对你的起诉！"王佳佳在一旁说道。

杨派一听立刻又来了精神，早已将毒瘾的事忘在了脑后，他抬起头冲着王佳佳问道："真的？"

王佳佳呵呵一笑，说道："我也没什么损失，如果你能提供洛樱的线索，帮助我们救回她，那就是立了大功一件。"

"行行行，怎么都行，刘队你可得答应我，绝不追究！"杨派盯着刘天昊问着。

"你没有谈判的资本，老老实实配合我们，我会考虑从轻发落你的！"刘天昊说道。

杨派到此时，才知道王佳佳真正的目的，她们跟踪他并不是为了查他贩卖人体器官的事情，而是在追洛樱的下落。

"你说的是那个模特？"杨派问道。

"她不是你女朋友吗？连名字都记不得了？"王佳佳有些气愤，用餐巾纸沾着麻辣小龙虾的汁塞到杨派的两个鼻孔里。

不得不说王佳佳这招够狠，市面上大部分的小龙虾店都是用麻辣油调制的，很少有真用辣椒做的，麻辣油的特点就是一沾到就会感到很辣，而且不会随着时间的推移而减弱。

杨派被辣得眼泪直流，连续打了若干个喷嚏，终于把两条纸巾喷了出来。

"夜总会有那么多女人，我怎么可能每个都记得住！"杨派几乎哭了出来。

"如果你愿意和我们分享洛樱的故事，我会让这位女士变得温柔一点儿。"刘天昊说道。

# 第九章　忠哥

杨派看了一眼眼神严肃的王佳佳勉强地点了点头。

"咱们回刑警大队的路还远着呢，也许你可以仔细想想。"刘天昊轻声说道。

"我不去刑警大队，不去！"杨派边挣扎边吼着，他以为刘天昊会在这里审问他，也许会在审问之后放了他。

"要不咱们在这儿再吃一会儿吧，我好像还没吃饱！"刘天昊冲着王佳佳问道。

"那就再来两盘小龙虾，哎，你别说，味道还不错！"王佳佳又坐下拿起一只小龙虾扒了起来。

"哎，哎，别呀，咱有事好商量。"杨派叫着。

"你的态度很不好，再熬你一阵！"刘天昊索性就明说了。

"你给我弄点那个啥……我绝对配合！"杨派摆出一副奴才脸说道。他现在的毒瘾犯得厉害，要是不来点，怕是要熬不住。

"对不起，我是警察，不能做这种违法的事。"刘天昊冷着脸说道。

杨派又把目光望向王佳佳，王佳佳也白了他一眼，继续吃着。

刘天昊突然一捂肚子，说道："小龙虾好像不新鲜啊，我去个厕所啊，佳佳你少吃点！"

王佳佳点了点头，继续吃着。

刘天昊走出房间后，杨派嘿嘿一笑，说道："姑奶奶，您不是警察，能不能……"

王佳佳点点头，说道："你可别说是我给你弄的啊，不过……"

"条件您说。"杨派浑身上下像是被蚂蚁咬了一样，难受极了，别说是让他说出洛樱的线索，就算让他出卖贩卖器官的中间人忠哥，他都毫不犹豫！

"条件是你先说线索，然后再给你！"王佳佳说道。

"不行，先给，然后再说！"杨派已经难受到极点，要是再让他忍着，他连自杀的心都有！

两人来来回回折腾了好几个来回，杨派实在忍受不了煎熬，便说道："先给点总行了吧。"

王佳佳呵呵一笑，她知道杨派一定会因受不了毒瘾的折磨而妥协，于是给经理打了电话，经理屁颠屁颠地跑了过来。

刘天昊是刑警得罪不起，这位 NY 市第一大 V 更是得罪不起，万一给夜总会上一篇负面新闻的报道，他这个经理的饭碗就要丢了。

"给点儿货！"王佳佳小声地和经理说着。

经理看了看杨派的模样，暗中叹了一口气，说道："王姐，我这儿没有那玩意儿，不让搞！"

"少来……"王佳佳盯着经理看着。

经理苦笑一声，只好转身从办公桌下面的暗格里拿出一个小袋放到了王佳佳的手里。

当刘天昊从厕所回来时，见杨派精神头十足，便摸了摸肚子，说道："咱回刑警大队吧。"

杨派脸色一黯，点了点头，他终究过不了谋害王佳佳和姚文媛这一关，早晚得到刑警大队过审。

王佳佳向外面走去，路过刘天昊时，拿着毒品的手得意地抖了抖。刘天昊哼了一声，瞬间抢了过来放在口袋里。

"还是放在我这儿比较放心！"刘天昊说了一句。

到了刑警大队的审讯室，杨派老实多了，心里有一股无名火也得压着。

审讯还算顺利，杨派像竹筒倒豆子似的一点不留地说出来，把如何寻找捐献者，如何和中间人忠哥接头，对接国外的客户等一整套流程交代得清清楚楚。但忠哥却行踪不定，都是忠哥联系他，他无法联系忠哥。

忠哥的手机号用过一次就扔掉，所以刚刚打过的电话，再打过去就打不通了。

刘天昊在杨派的手机上查到了几个忠哥用过的手机号，试了一下，果然如杨派所说。

关于洛樱的事，杨派并未交代太多，只是说他们是男女朋友，在一起生活了一段时间，后来洛樱发现他吸毒，就分手了。

洛樱离开时乘坐的是一辆夜总会外拉活儿的黑出租，而且这辆黑出租最近很少出现。

这条线索引起了刘天昊的注意，也许洛樱的失踪和黑出租车司机有关。他想起了不久前新闻头条上的那条空姐被黑车司机谋害的重磅新闻，心里一凉。

可惜的是，杨派不记得车牌号，只记得车是一台大众迈腾，能来夜总会玩的都不是差钱的主，再差的车就没人坐了。他们平时对夜总会附近的黑车是睁一只眼闭一只眼，各赚各的钱。

贩卖器官的案子宜缓不宜急，需要放长线钓大鱼才能将之一网打尽，眼下最紧要的还是要找到失踪的洛樱。

"我可以放你回去，但决不能离开本市，手机要二十四小时开机待命，我会安排人盯着你，一旦你有异动就立刻拘捕，明白吗？"刘天昊把一个圆形的小物件递给杨派，又说道："这种仪器通过心跳发射信号，贴在左胸前心脏部位！"

"只要离开胸前，报警信号就响，我就抓你！"刘天昊晃了晃手机。

"行，行，刘队您吩咐，怎么都行！"杨派很痛快地把圆形物件伸进衣服里粘在左胸前。他原本以为就算王佳佳不起诉他，吸毒和贩卖器官的事也至少要蹲个几年，一听还可以放他回去，便连忙答应。

"放心，您随叫随到！"杨派冲着刘天昊拍着胸脯说道。

刘天昊知道这人不靠谱，但想要抓住贩卖器官的忠哥还得靠杨派，这才决定冒险放人。

"记住，忠哥联系你时，要第一时间告诉我，而且不能让他察觉！"刘天昊说道。

"我懂，我懂！"杨派小心翼翼地说着。

履行了手续之后，杨派兴高采烈地离开刑警大队。

"哎，你这么做太冒险了，万一中间他出点事，这盆脏水可都会泼到你头上。"王佳佳说道。

"破案不能太循规蹈矩，而且忠哥这人太过小心，要是杨派被抓，他肯定会闻风而逃。"刘天昊信心满满地说道。

"谁去盯他？"

"虞乘风，他睡了一天，该活动活动了。"刘天昊说完便给虞乘风打了一个电话。

虞乘风对忠哥恨之入骨，和刘天昊两人对忠哥进行了一番讨论。

根据王佳佳和姚文媛的叙述，加上杨派对忠哥的陈述，再加上能策划出如此完美的陷阱杀人计划，可以推断出忠哥对垃圾场那一片的地下防空洞体系非常熟悉，知道防空洞所在甚至连密闭性的好坏，说明忠哥可能从事过防空洞的建设。

工人按图施工，未必对整个防空洞了解，因此忠哥是建筑公司或设计院设计人员的可能性比较大，早年从事建筑行业无论是工资还是待遇都不差，很少有人会离职做与行业不相关的事。

刘天昊判断忠哥可能在1978年之后参加防空洞建设，因为某种原因离职，在国内混不下去，这才到国外谋生。

缩小了范围之后，虞乘风先是安排了人前往夜总会盯梢杨派，随后亲自前往建筑公司进行调查。

"身为一名警察，女朋友被人设计陷害了，要是再抓不到凶手，以后怎么在家里立足！"刘天昊呵呵一笑。

凭借虞乘风的能力，一定能够通过杨派抓到忠哥，这样也能分担刘天昊一部分工作，让他能专心地破洛樱失踪案。

"咱们继续讨论失踪案。"

王佳佳应了一声，说道："首先得找到那名黑车司机。"

"没错，按照杨派叙述中的时间和洛樱母亲反馈的洛樱失踪时间对比，洛樱就是在乘坐黑车之后就失踪的，那辆大众迈腾在洛樱失踪后就不再去夜总会拉活儿，无论如何，他都有嫌疑！"刘天昊说道。

"找黑车的事就交给我吧！"王佳佳说道。

"好。我去洛樱最后任职的夜总会查查。"刘天昊说道。

"是大都会，这就是她最后任职的夜场，我和他们经理比较熟悉。"王佳佳自告奋勇。

"带上我，让我也见识见识什么是夜总会！"韩孟丹的声音传来。

韩孟丹自打毕业后就沉浸于刑警大队法医鉴定中心的工作中，别说到夜总会，连 KTV 都没去过。

王佳佳意味深长地看了看刘天昊，小声说道："管你的人来了！"

……

大都会是 NY 市第二大夜总会，光是其中的员工就有五百多人，囊括了餐饮、住宿、高档洗浴、娱乐等项目，只要有钱，一旦住进大都会就不愿意再出去，是名副其实的销金窟。

来这里玩的一般都是男人，也有少量的富婆到这里消费的，很少见有男人带着女人来大都会玩耍的，尤其还是两名绝世美女。

当刘天昊带着王佳佳和韩孟丹出现在大都会时，几乎所有人的目光都集中到这三人身上。

刘天昊自带的气质不用说，身高、体型都是超级男模级别的，王佳佳打扮得清纯了一些，时不时放出电的眼神和傲人的身材无不展示成熟女人的魅力。韩孟丹冷得像一座冰山，却拥有着高贵的气质和绝世容貌，对男人有着致命的吸引力。

"哎，昊子，这事儿靠不靠谱，这些人怎么像狼一样地盯着我！"韩孟丹毕竟第一次来，心里有些没谱。

王佳佳就没有这么局促，显然是见多识广，左顾右盼着。

"一个豪华 VIP 包厢，再来一瓶皇家礼炮 50 年！"王佳佳冲着一名侍者说道。

侍者愣了一下，才露出职业式的微笑引领三人进入包间中。

豪华 VIP 包间面积能有三百平方米左右，整个装修风格偏重于豪华，一进入房间中便有一股高档的香水味道，绝不像一般的 KTV 包间那样充满了霉味儿和烟臭味。

不一会儿，一名身穿黑色西服的女生走了进来，无论从气质还是年纪，一看就知道她是这里的经理级人物。

"对不起先生，我们这儿没有皇家礼炮 50 年，21 年可以吗？"女经理笑着问道。不得不说，她的笑很有说服力，几乎让刘天昊心软投降。

"不行，就要 50 年，钱我有的是，但从不喝差酒。"王佳佳干净利落地拒绝了女经理，同时拿出一张名片递给她。

女经理一看名片，表情变得惊讶了一下，但瞬间又恢复迷人而自信的笑容，说道："好的，请您稍等，我去请经理来！"

刘天昊等人来的目的不是为了炫富，而是为了见大都会的大经理。王佳佳来这种场子的次数多了去了，她知道要想得到洛樱的下落，从底层入手很困难！

过了一阵，一名头顶光秃秃的男子走了进来，一进门冲着王佳佳的方向伸着手走过来，同时哈哈地笑着。

"原来是王大记者，要是知道您能来，别说皇家礼炮 50 年，100 年也给您弄来。"男经理很热情，和王佳佳握手时力道很重，以显示自己的热情。

"我们不是来喝酒的，是来找人的，洛樱，曾经在你这儿上过班。"刘天昊开门见山地说道，随后他把一张照片放在男经理面前。

男经理一愣，随即看了看照片，原本还带着笑意的脸瞬间沉了下来！

# 第十章　第二个男友

　　洛樱的确在大都会做过一段时间公关，除了不做陪睡之外，喝酒、摇色子、跳舞、唱歌等玩得非常嗨，最狠一次是一个客人要求她活吞一条泥鳅。洛樱二话没说，笑着把泥鳅吞了下去，还要求吞第二次！

　　她喝酒也从不怯场，客人敢喝多少她就敢喝多少，有数次喝到她昏迷不醒，每次都是经理带着人把她送到医院抢救。

　　令经理想不到的是，洛樱突然失踪了。按说一个陪酒舞女的失踪不会引起经理的注意，毕竟大都会那么多女人，少一个不少！

　　但一个男人却找上了门，非要经理交出洛樱，否则就砸了他的场子。经理也不是第一天混场子，见过的人多了去了，怎么可能在乎，让两名保安将其轰走了事。

　　没想到这人第二天又来了，虽然不敢进入夜总会，却在大门外一直守着，见经理来了便死缠着他放赖，告诉他要是不交出洛樱，就天天到夜总会门口等他。

　　经理没办法，只得和男人详细说了洛樱的情况。

　　男子叫肖艳登，几乎和杨派是一样的身份和地位。这一类人虽说没有太大能耐，但脸皮极厚，耍赖的本领一流。夜总会的经理黑白两道通吃，却也不愿意得罪狗皮膏药一般的人。

　　肖艳登不相信是洛樱自己离开的，仍然以为是经理在保护洛樱，不让她见自己，于是继续赖着不走。经理实在没辙，只好找到大都会的大老板处理这件事。

　　大老板出手自然不凡，很快就查出肖艳登的身份和背景。

原来他就是一个普通小混混，平时吃喝嫖赌样样精通，背后从事着帮人偷渡的买卖。

当经理把相关的资料摔在肖艳登面前时，他终于怂了，夹着尾巴灰溜溜地离去，从此以后再也没来过。

……

"洛樱工作是真卖力，有很多客户都指名点她的单，但麻烦也没少惹，有几次酒精中毒，差点没抢救过来，要是人死在我这儿，估计大老板能扒了我的皮！"经理埋怨道。

"洛樱是主动离开的还是被你辞退的？"刘天昊问道。

"嗨，我们这种地方哪有辞退不辞退的说法，愿意来就来，不愿意来就走呗，洛樱的客户比较多，就让客户经理盯着她，每天催着她、哄着她来上班，有些女孩固定的客人少，愿意来就来，不来拉倒！"经理介绍道。

"那个男人的资料你还有吗？"刘天昊问道。

"有，我存在保险柜里了，怕他以后再来找麻烦。"经理说道。

"你都拿住他的小尾巴了，他还敢来找你麻烦？"韩孟丹问道。

经理嘿嘿一笑，说道："一看这位美女就没来过夜场，不知道这里面的道道。他本人已经在这里露了脸，也落下了把柄，肯定是不敢来了，但他可能让他朋友来捣乱，或是有事儿没事儿地就匿名举报，我们这儿的营业你也看到了，属于灰色地带，要是警方天天来，生意就完了。"

"万一要是有人捣乱，你就把这些资料交出去？"韩孟丹终于明白了经理有多狡猾！

"手里拿着枪瞄着但不开枪，比一直开枪要有威慑力。"经理狡黠一笑，让人从保险柜里取出资料，同步拿来的还有一瓶红酒和几个水晶杯。

"我这儿真没有皇家礼炮50年，那玩意儿也不算太贵，但稀缺，弄不着，这瓶法国原产红酒您尝尝，绝对比礼炮要强！"经理讨好地说着。

"工作时间我不喝酒，谢谢。"刘天昊立刻翻阅着眼前的资料。

王佳佳却并未拒绝，从服务员放在茶几上的醒酒器倒了一杯放在韩孟丹面前。韩孟丹微微摇了摇头，也拿起一部分资料翻看着。

王佳佳一边品尝着红酒一边盯着经理看，眼神中充满了不信任。

经理见状急忙把王佳佳请到一旁的 VIP 包厢的小包房中，从口袋里掏出一张卡递给王佳佳。

小包房中虽说比较小，装修依然豪华，房间中最大的就属当中的一张巨大的水床，一旁还有一个小型的水池子，水池中里的水冒着热气，显然应该是天然的温泉水。

床头的小柜子放着各种各样的男女用品。

王佳佳一看到就知道这个包房是做什么的，随后又看了看手里的卡，是一张金色的大都会至尊卡，至尊卡有个好处，消费只要不超过限定额度，就完全免费。

"这是我们这儿的限量至尊卡，到目前为止，只发出去四张，都是 NY 市的达官贵人。"经理讨好地说道。

"我也不来你这消费，要卡干什么！"王佳佳对至尊卡没有任何感觉。一般来说，都是别人求着她、安排她来这种地方消费，不用她花一分钱，所以她对这种消费卡没什么概念。

"是个心意，您不用可以送给朋友啊，这张卡的分量可不轻啊！"经理说道。

"想要我做什么？"王佳佳问道。

"刘队和你关系应该很好，以后说不定还有和他合作的机会，所以……"经理嘿嘿一笑。

王佳佳冷哼一声，说道："好你个老狐狸，原来这张卡不是给我的！"

"就是给你的呀，你们都可以用嘛！"经理苦着脸说道。

"还有什么事儿一起说了！"王佳佳说道。

252

"我们这种做生意的也不容易，还请王大记者笔下留情喽！"经理笑着说道，虽说他看起来油腻腻的，但笑容的确有些亲和力，让王佳佳没办法再生气。

王佳佳白了经理一眼，说道："行，没问题，到目前为止，我们来的目的就是为了找洛樱，她失踪了。"

"哦，我知道这件事，你们现在查的是 NY 市那十七起神秘失踪案对吧？"经理说道。显然十七起神秘失踪案已经发酵到了极点，几乎无人不知。

"如果你要是有什么线索告诉我，也许咱们可以成为朋友！"王佳佳社交的手段可不是盖的，虽说她知道她永远不会和这名油腻腻的经理成为朋友，但嘴上依然这么说着。

"除了找洛樱的那名男子之外，洛樱有很多比较相好的客户，他们之间暧昧着呢，可能跟哪个客户出去旅游了也说不定。"经理说道。

"有这种可能吗？"

经理点点头："很多客户出去旅游时可能会带着她们，提出包月或是包一段时间，价钱非常可观，之前有几个客户都想带洛樱出去，但洛樱一直没同意，我们也不太愿意她跟着出去，洛樱真的跟着走了，可能就不会再回来了，对于夜总会也是损失！"

"有没有比较特别的客户？"王佳佳问道。

经理琢磨了一阵，才说道："还真有，开发商王青山，号称王百万！"

王佳佳冷笑一声，说道："王青山我知道，自打发生'画魔'一案，最大的开发商刘大龙和蒋小琴夫妇倒下之后，他就是 NY 市最大的开发商了，但为什么要叫王百万我却有些纳闷，他的资产按说不止百万吧，车库里随便一台车的价值也远不止于此！"

经理嘿嘿一笑，说道："看来王大记者也有不知道的事啊！"

"少卖关子，快说！"

经理点点头，又接着说道："王百万有一次来我这儿招待客户，两人吹上了牛，非要比比谁的钱多，那个客户说如果他把财产公开出来，世界富豪排行榜肯定会有变化。而王百万说他之所以叫王百万并不是他有百万元，而是有百万吨的钱！"

"百万吨！"王佳佳听后也是一笑，钱可以用数字衡量，也可以按沓来计算，但她从未听说按吨算钱的。

"就是有钱嘛！"经理哈哈一笑。

"他和洛樱怎么能扯上关系？"王佳佳问道。

"嗨，王百万喜欢洛樱呗，洛樱还是个雏儿，王百万就好这口儿，点名非要洛樱陪他去英国度假，一个月，三百万人民币！"经理说话间还假装不经意地向王佳佳的胸部看了看。

"洛樱跟着去了？"

"不知道啊，王百万有段时间没来夜总会玩了，王百万提出邀请后，洛樱也就没再来上班，所以我说她可能是跟着人家出国旅游了，你们也不用当回事，说不定过两个月，她就回来了！"经理挥了挥手说道。

王百万是 NY 市上层社会数一数二的人物，传言他为人很仗义，对金钱又不太看重，很多人愿意和他交朋友，唯一一个缺点就是好色，和当初的开发商刘大龙一样，只要见了好看的女人就走不动道。

洛樱是标准的大美女，又是模特出身，身材没的说。当王百万第一次在夜总会看到洛樱就喜欢上了她，随着洛樱转到大都会工作，王百万也把娱乐的场子转到大都会。

王佳佳点了点头，拿着至尊卡晃了晃，说道："卡你先拿回去，刘队肯定是不会要的，我也不会要，不过你放心，你提供了很重要的线索，我不会食言，一年内绝不会报道你们夜总会任何负面新闻。"

经理为难地看着王佳佳，但见她神色坚决，只好收起至尊卡。

王佳佳走出包厢，刘天昊一脸严肃地说道："洛樱的第二个男朋友肖艳登不但是个蛇头，还是个拐卖妇女和儿童的人贩子！"

"哎呀，那洛樱她……"王佳佳一惊。

# 第十一章　遭遇突袭

洛樱从事的职业注定要天天和小混混打交道，小混混没别的本事，但讨人欢心的本事比一般男人要强得多。

肖艳登名字不怎么样，但人长得还算帅气。洛樱刚刚和杨派闹掰，从他的魔窟里逃出来，一个女人没钱没势，一些小痞子有事儿没事儿地就来找洛樱麻烦，而一旁羡慕嫉妒洛樱容貌和身材的小姐妹们也乐于看热闹，在一旁嗑着瓜子聊着关于洛樱的闲言碎语。

肖艳登算不上大哥大，但在混子的小圈子里有一定名气，而且和大都会看场子的大哥大是表兄弟，一般的小混混都不敢惹他。肖艳登比杨派要高明得多，他并不急于得到洛樱，因为他发现洛樱对男人缺少信任。

几乎每天晚上下班，肖艳登都在大门口等着洛樱，把她送到楼下后便离去，绝不拖泥带水。洛樱邀请他吃夜宵，他也会找各种理由拒绝，时间久了，洛樱觉得亏欠肖艳登，便琢磨着如何还他的人情。

肖艳登偶尔还借着出差机会买一些小礼物送给她，虽说都是些不值钱的小玩意儿，却温暖了洛樱本已冰冷的心。

渐渐地，洛樱对肖艳登产生了好感和依赖感，两人终于走到了一起。

……

洛樱比较熟悉的一名小姐妹在言语中对肖艳登不屑一顾。

"你有肖艳登的住址吗？"韩孟丹问道。

小姐妹摇了摇头，说道："肖艳登就是一小白脸，平时偷鸡摸狗的什么事儿都干，保安队长是他表哥，我们也不敢说什么！他平时都住在他表哥的宿舍里，要是外面有了不知情的女人跟了他，他就搬到女人的家里住。"

"洛樱的住址你有吗？"韩孟丹问道。

"之前去过一次，但她总搬家，后来就不知道了。"小姐妹说道。

"你带我们去看看呗！"王佳佳说道。

小姐妹的眼睛一亮，她平时看王佳佳的微博比较多，同时也关注了她的抖音号、火山小视频的号，等等，算是铁杆粉丝。

她知道王佳佳是 NY 市第一大 V，职场女性的楷模，也是夜场女性争相模仿的对象，每个人都梦想着成为王佳佳式的人物，加上现在的直播软件比较多，也增加了这种可能性。

"只要佳佳姐一句话，赴汤蹈火都行。"小姐妹兴奋地说着，能和偶像一起，哪怕只是待上一小会儿也是件非常荣幸的事儿。

王佳佳笑着拉住小姐妹的手，两人有说有笑地向外走去。

韩孟丹终于看到了王佳佳的亲和力，知道了她为什么能这样出名，也知道了她在感性方面和王佳佳的差距。她看了看一旁的刘天昊，见他冲着自己笑了笑，便学着王佳佳的模样冲着刘天昊笑了笑。

刘天昊并未想太多，只是和韩孟丹礼貌地笑笑而已，但他却在她的笑意中感到了不一样的眼神，而这种眼神也出现在他和王佳佳之间。

......

王佳佳和小姐妹轮流敲了好半天门，房间里毫无反应。

"可能是没人吧，洛樱搬出去后应该就没租出去，这里比较偏僻，除了我们贪便宜来租之外，一般的上班族都不会跑到这里租房！"小姐妹说道。

洛樱和小姐妹虽说收入比较高，但都是穷人家的孩子出身，能省一分钱就省一分钱。王佳佳回头看了看刘天昊和韩孟丹两人，耸了耸肩准备放弃。

刘天昊看了看门口的鞋柜，伸手在鞋面上和鞋里面摸了摸，说道：

"房间里应该有人，你看这双鞋表面是干净的，而里面还有些潮湿，显然是有人刚刚穿过的。"

同时他拿起鞋看鞋底，鞋底上有一些未干的泥。

"鞋底的泥还没干。"韩孟丹说道。

刘天昊冲着王佳佳扬了扬下颌。

王佳佳再次敲门，同时夹着嗓子喊道："物业公司的，你家的自来水爆管了，把楼下都给淹了！"

王佳佳又敲了一次门，这才听到里面有脚步的声音。

小姐妹打开了抖音视频，准备开始录像，先是冲着王佳佳录了一阵，又把镜头转向刘天昊和韩孟丹两人。

开门的是一名年纪约五十岁的老女人，她的皮肤有些粗糙，三角眼中冒出凌厉的精光，身上穿着比较随意。

"你们干吗？"老女人眼神中满是不信任，操着南方口音盯着刘天昊。

"什么爆水管，我家的水管好好的，你们弄错了！"老女人瞟了众人一眼后用力地关门。

为了避免误会，韩孟丹把住门同时出示了警官证。

"我们是来找洛樱的！"刘天昊把洛樱的照片展示给老女人看。

老女人甚至连看都没看，一边关门一边说道："我不认识落鹰、落狗的，你找错地方了！"

老女人的表现让刘天昊想起了飞扬跋扈的蒋小琴。蒋小琴是因为财富，把除了她自己之外的人都不当人看，而老女人可能是因为不信任，或是一种漠视！

"我们是警察，现在有案子要调查，请你配合！"韩孟丹也有些看不下去。

"我说不认识就是不认识，你废什么话呀，警察又怎么样！"老女人嘴里喷出来的吐沫星子险些喷在刘天昊的脸上，同时又一次用力关门，却被刘天昊用脚挡住，她气急败坏地用力关了几下，把刘天昊的皮鞋夹得砰砰响。

刘天昊觉得老女人的行为有些不对劲儿，便说道："我们只是问几个问题就走，如果你不配合，只好请你到刑警大队走一趟了。"

说话间，刘天昊仔细地观察着老女人。

只见她脚上穿着的拖鞋有一只已经坏了，勉强穿在脚上，而身上的T恤衫也有破损的痕迹，而且看样子应该是刚刚被撕坏的。

"我不认识你们，也不知道你们是什么警察，我又没犯罪，凭什么去刑警大队！"老女人吼道，几乎可以看到她脖子上的青筋爆出，原本黑黝黝的脸上呈现出红色。

刘天昊又通过老女人和门之间的缝隙向里面看，发现里面灯全部黑着，房间里黑漆漆一片，看了看手表，指针指向晚上七点半。

天色已黑，按说这个时间应该吃完了饭，或是在做家务，或是在沙发上看电视，但老女人的房间中却是一片漆黑，明显不符合常理。

刘天昊鼓着鼻子闻了闻，一股若有若无的血腥味儿冲进鼻腔。

刘天昊和韩孟丹那对视一眼，两人几乎是同一时间微微点头。韩孟丹身为法医，每天和尸体打交道，对于血腥味非常敏感，闻到那股味道时，韩孟丹打了一个激灵——这是鲜血的味道！

如果洛樱在房间中，而且和老女人因为某些原因起了冲突……

老女人警惕地看着刘天昊，扶在门把手上的手一直没松开，看着刘天昊的眼睛也不时地转一下，微微突出的喉头上下攒动了一下，她的表现让刘天昊更加坚定屋里面有问题，于是再次出示证件，说道："我们是市公安局刑警大队的警察，现在我怀疑你与洛樱失踪案有关，对你的房间进行调查，请你配合！"

刘天昊说话时散发出不可抗拒的威严，让她不由得打了一个哆嗦。

韩孟丹几乎是在老女人哆嗦分神的一刹那猛地搡开门，刘天昊几乎下意识地掏出手枪逼住准备发火的老女人。

按说警察在没有拘捕令的情况下不会轻易私闯民宅，刘天昊和韩孟丹虽说年轻，但从事刑警数年，仅凭职业的敏感性就可以判断个八九不离十，假如老女人家中没有问题，两人最多道歉了事，闹到刑警大队也就挨一个处分，但要是事关人命……

韩孟丹在冲进门的一瞬间便将老女人控制住了，她发现老女人一直藏在门口的胳膊上有几道血痕。

王佳佳打开手机录像软件开始录像，在一旁早已准备好的小姐妹一直对着老女人录着像！

当刘天昊准备冲进房间时，一个人影突然从房间冲了出来，冲势快如脱缰的马匹，还未等刘天昊反应过来，就将他撞倒，随后朝着外面冲了出去。

倒地的刘天昊清晰地看到冲出来的是个男人，手里攥着一把寒光闪闪的杀猪刀！

# 第十二章　丧良心

韩孟丹的搏斗技巧不如刘天昊，对付普通人却绰绰有余。眼见着男子朝自己冲了过来，寒光闪闪的刀尖正好对准她的心脏部位，她急忙放开老女人，闪身的同时做出下蹲的规避动作，伸出腿绊男子。

男子反应很快，见一刀刺了个空，便跳起来躲过韩孟丹的绊腿向外冲去。老女人愣了一下，随即跟着男子向外跑去，奔跑的速度竟然不亚于男子！

刘天昊起身掏出手枪向外追去："孟丹留下，叫支援！"

要是在半年前，他肯定不会叫支援，对于一名神勇的侦探来说，叫支援属于侮辱他的能力，至少影视剧里面都是这么演的，但在实际办案中却不能搞个人英雄主义，作为一名领导，不但要抓住罪犯，更重要的是，要保证战友们的安全！

话音未落，刘天昊像离弦的箭一般冲了出去。被一名袭警的男子撞倒对他来说已经是一种耻辱，要是被他逃了，在 NY 市警界就无法立足了，但他也很奇怪，男子的速度并不快，他明明也看到男子冲了出来，却硬生生地没躲开！

王佳佳和小姐妹被连续冲出来的三人吓得愣住了，幸运的是，男子因为逃得急，并未伤害两人。

小姐妹哪见过这种场面，吓得连连拍着自己的胸部，喘了几口气后才算缓过神来，王佳佳稍加犹豫后，朝着刘天昊的方向追了出去。

韩孟丹用紧急微信群通报了情况，随后掏出手枪小心翼翼地向房间内走去，当她看到房间内的情况时，几乎气得她肺都要炸开了。

一名女子呈"大"字形绑在床上，身上的衣服已经不多，看模样也就二十多岁，脸上青一块紫一块，几乎看不出模样来，但从轮廓上还能看出女孩是个美人儿，身上也有抓痕和瘀伤，嘴里堵着一只厚袜子，眼泪噼里啪啦地流着，看到韩孟丹后，拼命地挣扎着，发出呜呜的声音。

韩孟丹抽了抽鼻子，脸上露出疑惑的表情，她闻到了一股略带甜味的味道，按照她的经验判断，可能是乙醚。

韩孟丹没有立刻解救女孩，而是在房间转了一圈，把窗户全部打开，新鲜的空气流进来后，房间中原本甜甜的味道和房间常年不打扫的霉味很快消失，随后她又去了另外一个房间查看，在确保安全的情况下，这才回到房间把女孩救了下来。

"我是警察，你现在安全了！"韩孟丹向女孩出示了证件。

当堵嘴的袜子离开女孩时，她几乎失控地大声哭出来，又扑在韩孟丹的身上，身体不住地颤抖着。

"发生了什么？能告诉我吗？"韩孟丹问道。

女孩抽噎了好一阵才算平静下来，冲着韩孟丹缓缓地点了点头。

……

女孩是刚刚毕业的大学生，应聘一家公司后准备回家，当她走到一条比较偏僻的马路上时，一名老女人从她的身后快速超过她，并在超过她时撞了她一下，还踩到了她的脚。

令她意想不到的是，老女人一头倒在地上，哎哟哎哟地叫了起来。

女孩愣了一下，随后立刻蹲下查看老女人的情况，拿出电话准备打"120"急救电话。

"没事儿，我没事儿，不用打'120'。"老女人捂着小腿说着。

女孩想起了引发热议的彭宇案，还有女孩被车撞倒没人管再次被碾压致死的案子，她犹豫了一下，但还是扶着老女人的胳膊搀她起身。

女孩比较单纯，没想那么多，对人世间的险恶并没有足够的认识，在她的眼里黑就是黑、白就是白，哪有黑白不清的概念。从老女人的言谈举止上来看，她还算是讲道理的，而且老女人脸上的慈祥让她想起了自己的妈妈。

"对不起，大妈，您没事儿吧？"女孩小心翼翼地问着，同时看着老女人的反应。她的内心是希望老女人没事，所以眼神中透露着一种渴望。

"没事儿，没事儿，刚才是我不小心撞到你，要说对不起的是我！"老女人的脸抽搐得拧在一起，同时她揉着自己的脚踝，嘴不断地吸着冷气。

女孩暗自松了一口气，她知道自己遇到了好人，这个社会整体的风气还是很好的，引发争议的只是个别人而已。

老女人冲着女孩勉强笑了笑，挣脱开她的手向前走了两步，脚下一个不稳，再次坐在地上。

"要不我送您去医院看看吧？"女孩一阵心疼，虽说是老女人撞了她，但毕竟两人之间有了瓜葛，老女人人又不错，引发了她的怜悯心！

"不用，我这脚也是崴的次数多了，老毛病，回家擦点红花油就好了！"老女人摆了摆手说道，眼泪也流了下来。

"要不给您家属打个电话吧……"女孩看着老女人流眼泪心里一酸。

"我的孩子都在外地，老伴儿也去世了，就我孤零零的一个人，哪有什么家属，你走吧孩子，我没事儿！"老女人看了看女孩说道，但眼神中依然充斥着渴望。

"您家在哪儿？要不我送您回家吧。"女孩说道。

"那就麻烦你送我回家得了！"老女人点头说道，扭曲的脸慢慢融化开来。

女孩搀扶着老女人向一个小区走去，两人走的速度很慢，老女人一路走一路和经过的居民们打着招呼，这样的举动更让女孩心安……

当女孩搀扶着老女人进入房间后准备离去时，老女人极力挽留女孩，从桌子上拿起一罐饮料递给女孩。

女孩的母亲不止一次告诉她，不能随便喝陌生人的水！

女孩放下饮料后准备离开，却发现桌子上有一个烟灰缸，烟灰缸里还有一些烟蒂，她又望向门口的鞋柜，发现鞋柜里有一双男人穿的运动鞋！

"大妈的孩子不是不在家里吗？怎么会有男人的鞋？还有桌子上的烟灰缸，烟灰缸的边缘很干净，显然烟蒂是今天的！难道说……"女孩望向老女人的眼神有些惊恐，同时她发现老女人原本慈祥的神色有了变化，其中夹杂着一些复杂的表情。

女孩在一瞬间便想起了那种表情是猫抓老鼠时才有的。

女孩有些害怕，她努力地拔腿准备向外跑去，此时她却闻到了一股甜甜的味道。

老女人几乎在她准备向外跑的同时恢复了行动力，以非常快的速度站在她面前，脸上带着冷笑，眼神像一把刀子一样刺进她的眼睛！她心里一惊，感觉事情有些不对劲，正要绕过老女人向房门跑去时，却感到身后一只异常有力的大手勒住了她的脖子，口鼻上被另一只手盖住了一张湿漉漉的毛巾，一股甜甜的味道钻入鼻腔中。

她拼命地挣扎着，但她终究是一名年轻的女孩，无论是力量还是体力都比不上成年男子，而此时老女人也冲了上来，双手抓着她的胳膊死死地按着。女孩胡乱地抓着，她听到了身后男人呼吸的声音和喷出的口臭味道，也听到了老女人被她挠了一下之后的叫痛声，但很快，她就感到身体有些软，一股久违的疲劳感冲上脑际……

当她再次醒来时，她感到头部有些痛、口干舌燥，身体还是一样的疲劳，她的视线逐渐清晰，她看到了老女人和一名长相还算帅气但有些邪气的男子。男子看她的眼光充满了邪恶，还时不时地看向她的胸部。

她重重地喘了一口气，发现口中和鼻腔中还有甜甜的感觉，而嘴里被塞进了一只袜子，导致她呼吸不畅，令她胸口憋闷得很。她想把嘴里的袜子取出来，却发现手脚都被绑了起来，呈大字形拴在床的四角的铁杆上！

她从老女人脸上抖动的横肉上终于知道她的善良是假的，是一层伪装，善良表面下面的是更深层次的恶！

老女人的手臂有几道清晰的抓痕，应该是被女孩意识半丧失时挠的。

"你好好配合我，我绝对亏待不了你！"男人露出了邪恶的笑容，同时把手伸向她的胸部，脸逐渐地靠近女孩的身体，鼻翼不断地扇动着，贪婪地吸着女孩身上的青春气息。

女孩左右扭动着身体，堵住的嘴呜呜地叫着，同时恶狠狠地瞪着男人。她把信任给了老女人，换来的却是伤害！

要是她现在手上有一把枪，她一定会毫不犹豫地开枪杀死老女人和这名男子。

男人扬起手狠狠地打了女孩两巴掌。女孩完全处于被动状态，但她骨子里面的倔强被这两巴掌打得彻底苏醒过来，她心里明白，对于这对母子，求饶是没有用处的。

"性子还挺烈！"男人并未着急动女孩，反而挥起拳头打她，边打她边撕扯着她的衣服。

男人的拳头很重，不断地打在她的胸腹部位，偶尔一拳还落在她的敏感部位上，令她痛苦不堪！

老女人在一旁冷笑着，同时对男人投去欣赏的目光。

这是一对什么样子的母子！

男人打累了，便慢悠悠地从桌子上拿起一瓶药，拧开盖子掏出药丸，药丸是蓝色的，他盯着女孩把蓝色药丸放进嘴里，拿起一旁的饮料把药喝了下去。

老女人咧着嘴角笑了笑，转身出了房间，轻轻地关上了门。男子解开腰带准备脱裤子，却听见门外响起一阵急促的敲门声，他皱了皱眉头："你去看看！"

老女人悄悄走到门口通过猫眼向外看着，发现是两名女子，便白了一眼未理睬，打开男子的房门冲着他做了一个嘘声的手势。

只要不开门，外面的两名女子就会离去，老女人这招屡试不爽，她对付收物业费和水电费的人就是这么做的。

男子叹了一口气，看了看还在挣扎的女孩，又提上了裤子，从桌子的抽屉里掏出一把明晃晃的杀猪刀，用手指不停地荡着刀刃，对女孩又投去骇人的目光。

女孩的眼神中再次露出惊恐，不敢再发出呜呜声，只是微微地扭动着身体。令他意想不到的是，两名女子竟然敲个不停。

男子不耐烦地挥了挥手，小声说道："打发她们走！"

老女人深吸了一口气，把脸上的表情变得更加凶狠，满脸的横肉几乎抖动起来，一双三角眼中写满了不好惹三个字，这才打开门。

女孩呜呜地叫着，男子扑到床上，一手拽住女孩的头发，另一手拿着尖刀冲着她的脖子上比画着。她吓得浑身颤抖，脖子尽力地向一旁躲着尖刀，不断地摇着头做求饶状。

# 第十三章　恶魔母子

韩孟丹气得浑身打战，老女人利用了女孩的善良将之诱骗到家中施暴，也许等待女孩的并非简单的施暴，可能这对母子最后为了掩盖犯罪事实，会将女孩杀死并将其分尸，最后抛弃在垃圾场喂野狗！

案子一旦公布于众，人与人之间的信任定会再次崩塌，可以设想一下，人们再遇到了需要帮助的人，到底是帮还是不帮？要是帮了会不会被麻烦缠身，会不会被人讹诈，会不会连命都搭进去？

人是社会型的生物，人帮人是出于本能，若连本能丢失，那人将不人！

社会上还真就有这样一部分人，在物质生活达到一定程度后，精神境界与之不匹配，出现了心理扭曲，这对母子正是其中的典型！

"你现在安全了，法律会还给你一个公正。"韩孟丹安慰着女孩。

在韩孟丹的安抚下，女孩情绪安定下来，但恐惧的感觉依然笼罩着她。

韩孟丹知道，要是这种感觉一直跟随着这女孩，她这一辈子就废了，人生观和价值观也会发生改变，对人的信任会大打折扣，于是她给大师姐赵清雅打了电话，让她在女孩录完口供之后做一些相应的心理辅导。

事后证明，韩孟丹此时的决定是正确的，女孩上学时有过一段极其悲惨的感情，若加上这次的打击，怕是从此以后一蹶不振。

安排好了一切后，韩孟丹开始对整个房间进行搜索。

整个房子是两室一厅的格局，收拾得还算干净，但给韩孟丹的感觉是，这房间阴气十足，总有一股背后发凉的感觉。

卫生间很小，除了坐便器之外还有一个洗衣机和淋浴器，当韩孟丹一进入卫生间时便闻到一股血腥味和解剖尸体时才会闻到的臭味儿，她仔细查看了卫生间的各个部位，从下水道的下水口发现了很多未冲下去的头发，还有一些疑似人体组织。

老女人的头发是枯黄的，那名男子的头发很短，而她发现的头发看起来质量很好，而且头发颜色各异、长短不一，显然不属于一个人！

"糟了，可能还有其他的受害者。"韩孟丹嘀咕着，心中想起泼辣耍混的老女人和疯牛一般拎着刀的男子就不寒而栗。

前来支援的同事推门而入，看到在卫生间蹲着发愣的韩孟丹便打了招呼。

女孩见到身穿警服的警察后，她的心彻底安稳下来，停止了抽泣，在一名女警的帮助下离开房间，跟着女警回刑警大队做笔录。

韩孟丹接过同事带来的箱子，打开后各种仪器呈现在眼前。她默默地祈祷着，希望她所推断的结果不是真正的结果。

其他警察开始对房间进行勘察，随着一声叫声，韩孟丹来到厨房中。一名男警察用手推着冰柜的门，眼睛死死地盯着冰柜里面看。

韩孟丹凑近一看，不禁倒吸一口冷气。

冰柜很大，但里面并没有家常的冻肉冻鲜之类的，而是人的手、脚和一些大腿、小腿等器官，经过两人的清点，找到断手一对、断脚一对、小腿一只、大腿三只！

"韩法医，咱们遇到大案子了！"男警察说道。

韩孟丹暗自咒骂了几句，转身出去把检测箱拎了进来。

……

也许是逃命的缘故，男子的肾上腺素暴增，奔跑的速度很快，而且耐力也大大增加，否则，凭借他的身体素质跑出五百米就会瘫倒在地了。街上有一些行人被男子撞倒在地，刘天昊的追击速度受到了影响，而街上不断出现的行人让他不敢轻易开枪。

男子边跑边回头，当他看到刘天昊就在自己身后不远处时，他再次加快了速度，同时挥舞着手中的尖刀，吓唬着拦路的人们。

人们的反应也是各不相同，有的人看到危险后立刻闪到一旁，但有些人反应比较麻木，不但没远离，反而还凑上来看热闹，认为凶手不是冲自己来的，绝不会伤害到自己。

当男子捅伤了两名路人后，路人们才明白眼前的这个人是一个危险人物，若不远离怕是会有生命危险。

刘天昊神探的光环背后是他无数次的学习和模拟推理，同时也离不开精准的枪法和过硬的搏斗功夫。

当人们叫喊着远离这个恶魔时，刘天昊终于抓住机会开枪，他只开了一枪，子弹就精准无误地命中了他的小腿，92 式警用手枪的 9 mm 子弹停留在他的腿部肌肉里，他又向前跑了几步，这才一个趔趄倒在地上。

刘天昊拿着枪走近男子，始终保持着随时射击的姿势。男子转过身来用刀对准刘天昊比画着，龇牙咧嘴地仿佛一头饥饿的野狼。刘天昊明白，男子一定是犯了命案，一旦被抓住后肯定是死刑，所以在逃跑时才会不顾一切，先是冲击自己，后又用刀刺韩孟丹，甚至伤害不相干的路人。

"放下刀！"刘天昊厉声喝道，他眼中已经冒出愤怒的火焰。

男子嘿嘿地笑着，拖着腿向后退着，并企图抓住路过的一名女性。

女人吓得尖叫着跑开，男子抓了个空，再次转身，面向这刘天昊，把刀换在另外一只手上挥舞了几下。

刘天昊果断开枪击中男子的肩膀。男子身体一震，随即脸上的笑容消失，取而代之的是一种解脱，他长长地舒了一口气后，瘫倒在地上。

王佳佳及时地赶到现场，看刘天昊没受伤才松了一口气，随后她掏出手机给中枪的男子拍了照片。

别看王佳佳平时嘻嘻哈哈，但她是打心眼里关心他。王佳佳的职业需要东奔西跑，刘天昊也是案不离身，两人偶尔一聚还可，若长时间在一起生活，恐怕距离最终会成为两人的断肠草。

对老女人的抓捕相对就容易多了，一则缉捕通告传遍所有的警力，在公安、交警和人民群众的合力努力下，老女人最终在火车站落网。

就在老女人被捕时，她展示了教科书式的耍泼典范，不但挠伤了缉捕的警察，而且还在火车站的大厅里当众便溺！

当众警察拖着她上警车时，她还在大喊大叫，企图用这种方式引起其他民众的注意。她成功地吸引了其他的民众的注意，民众把她的丑态发到了网站，配了一张带有马赛克的图片，还配了一条特别吸引人的标题：老女人为逃避特警抓捕耍泼，当众脱裤子便溺！

老女人被捕的场景被王佳佳一报道，立刻引发了一轮 NY 市的大讨论，隐隐还有上热搜的趋势！

……

疯狂男子叫肖艳登，无业游民，有过伤人的案底。在家中搜出来很多现金、手机、金银首饰、女士包、银行卡、钱包，等等，通过提取指纹对比等侦查手段，发现冰柜中其中一只断手的指纹和一部手机上的指纹完全吻合。

两只断手和两只断脚属于同一个人，一条小腿和两条大腿属于同一个人，另外一只大腿属于另外一个人，也就是说至少有三个人在这个房间里被害！

剩下的肢体和躯干、头颅的去向只能通过审讯凶手才能得知。

在一旁一直看着的民警小伙儿跑到卫生间吐了起来。

“别乱吐，卫生间应该是肢解尸体的地方，当心破坏了证据！”韩孟丹提醒着小民警。

小民警又跑到房间外，呕吐的声音再次响了起来。

三部手机都是价值不菲的苹果手机，没电无法开机，但手机上还遗留的香味儿也可以确定其主人是女人，其中一部手机的背壳上还有激光刻字：唐菲。

韩孟丹清晰地记着这个名字，她就是十七起神秘失踪案中的一个人，是一个公司白领，二十七岁，在一次下班的路上无缘无故失联，直到现在还没找到。

她站起身深深地吸了一口气，冲着民警们说道："大伙儿再查仔细点儿！"

随后韩孟丹听了刘天昊给她的留言，告诉她疯狂男子已经被抓捕归案，老女人在火车站落网，正押往刑警大队。

韩孟丹立刻给刘天昊拨了一个电话："昊子，你追的那名男子就是肖艳登，我在他家中有重大发现，可能与十七起神秘失踪案有关。"

此时的肖艳登已经进入手术室中，刘天昊的两枪打得很准，都准确无误地打进肖艳登的肌肉中，让他失去行动力的同时又不至于伤势过重。肖艳登的审讯是在特定的病房中进行的，他的手脚都被拷在床上，脸色略显蜡黄。

"我们在你家中发现了很多不属于你的物品，还有人体器官。"刘天昊逼视肖艳登。

肖艳登白了刘天昊一眼，不屑一顾地说道："除非让我也打你两枪，要不我什么都不说！"

说完话，肖艳登撇过脸去躺着一动不动，若不是微微起伏的胸口，还以为那是一具死尸。

"抗拒审讯只能对你不利，你……"刘天昊的话还没说完就被肖艳登打断。

"还能怎样，反正是一条命！"肖艳登冷哼了一声。

"唐菲，还记得这个女孩吧？"刘天昊边问边观察肖艳登的反应。

肖艳登依然波澜不惊："不记得，那么多女人，哪还记得谁是谁！"

按照从他家发现的断肢和物品来看，他们母子至少有杀害三人的嫌疑，加上他在逃跑时袭警、又捅伤两名路人，死刑是铁板钉钉的事儿了。

"刘队，王佳佳非要进来，我拦都拦不住！"一名女警从门外向刘天昊汇报着，她身后站着王佳佳。

王佳佳冲着刘天昊摆了摆手，又冲着女警吐了吐舌头。

"让她进来吧！"

王佳佳走进房间之后，一股淡淡的香水味混合着女人体香的味道便充斥了整个房间，肖艳登几乎第一时间扭过头，瞟了一眼王佳佳。

他也是混夜场的，知道这种香水一般都会被非常漂亮而有钱的女人所拥有，就算成了阶下囚，他也改不了职业习惯——人贩子，只要看到漂亮女人便会打她的主意，先是利用女人的同情心将其诱骗到家中，然后再……

"我叫王佳佳，可以和你聊聊吗？"王佳佳微微一笑说道。

王佳佳具有成熟女人所有的特征，加上多年从事采访工作，能够很快地和男人进入任何话题。肖艳登虽说已抱了必死之心，却无法逃过王佳佳的魅力！

肖艳登瞥了瞥坐在一旁的刘天昊，鼻子里哼了一声。

王佳佳冲着刘天昊使了个眼色，刘天昊犹豫一下后，还是起身离去。按照肖艳登目前的情况，能撬开他的嘴的人，也只有王佳佳了。

王佳佳轻轻地关上门，瞟了瞟墙角上方隐蔽的摄像头，脸上露出笑容。

对于抱着必死之心的杀人犯，她采访过很多，其中一类人有很强的表演欲望，渴望和世人分享杀人的经历，只要稍加引导，便会得到想要的审讯结果，以她的经验来看，肖艳登就属于这种人！

"愿意和我分享你的故事吗？"王佳佳装作毫不在意地问道，随后她点了一根烟，吸了一口后喷在肖艳登的脸上。

肖艳登贪婪地吸了一口烟雾，脸上露出享受的表情，说道："香！"

……

# 第十四章　虞乘风的磨难

人天生都是有第六感的，有人强烈一些，有人很弱，随着年龄的增长第六感逐渐减弱，直至消失。

刘天昊的第六感一向很强，这是他能成为神探的必要条件之一，刚才审讯肖艳登有些不顺，令他有些心烦意乱。他在特护病房外走来走去，眼皮不停地跳着，他努力地调整着自己的心态，却还是无法平静下来。

"一定有大事发生！"刘天昊的预感越来越强烈。

特护病房外站岗的警察盯着刘天昊看了一阵，才试探着问道："刘队，您没事吧？"

刘天昊冲着警察笑了笑，说道："没事。"

警察本想说两句安慰的话，看到刘天昊完全没有谈话的欲望，又把话咽了回去。

走廊中安静得让人有些窒息，两名警察显示出极强的专业素质，站在门外一动不动。

对于十七起神秘失踪案，原本刘天昊并无头绪，但随着肖艳登母子的出现，至少有三起案件与其相关。

按照韩孟丹询问受害女孩的情况来看，肖艳登母子是利用了受害者对弱者的同情心来谋害受害者的，但动机绝不是简单地把受害者弄到家杀掉那么简单。

一阵电话铃声打断了刘天昊的思绪，看到电话号码后，他的第六感再次强烈起来。

"刘队，乘风出事了，在市医院。"打电话的是一名社区民警，之前和刘天昊打过交道。

"人怎么样？"刘天昊几乎惊叫起来，声音像是变了一个人，把两名站岗的警察吓了一跳，几乎同时看向他。

"腹部中了两刀，人还清醒着，送进手术室了。"

刘天昊闭上眼睛紧皱眉头静了一会儿，随后睁开眼睛，对两名警察说道："一会儿王佳佳出来，让她立刻联系我，如果审讯没有进展，你俩接着审，审到他说为止！"

"明白！"

……

等待是最漫长的，尤其是手术室外的等待，让人的内心不断受着煎熬，手术室的门仿佛是一个生死门，生和死只有一门之隔。

坐着轮椅的姚文媛宁在手术室外，脸颊上的泪痕犹在，当她的目光扫到刘天昊的身上时，刘天昊只觉得一股很大的压力扑面而来。

他是虞乘风的上司，工作是他安排下去的，要是虞乘风有了意外，不知道该如何向虞乘风的父母交代，更不知道如何向姚文媛交代！

而此时的虞乘风在手术室内正经历着人生第一次生与死的较量，随着血液的不断流失，他渐渐进入昏迷状态，心脏停止、复苏，又停止、再复苏，周而复始。

一群医生和死神进行着竞赛。

……

当手术室的门打开时，刘天昊几乎是第一时间冲了过去，看到医生严肃的脸后，他的心一惊。

"怎么样医生？"刘天昊急忙问道。

在一旁坐着轮椅的姚文媛更是一脸期盼地盯着医生，生怕他说出那句不吉利的话来。

"手术比较成功，但能不能挨得过去得靠他自己，能挨过今晚，也许会有一线转机。"医生很平淡地说出这句话，仿佛虞乘风的生死与他并无半点瓜葛。

医生这个职业每天都要面对很多患者的生与死，也许是看得多了，无论患者是什么身份，他们都不会有太大的情绪波动。

姚文媛听了之后，眼泪噼里啪啦地流下来，惹得她的母亲也跟着掉眼泪。

当姚文媛来到虞乘风所在病房看到他时，泪点再次爆发，要不是护士再三提醒，恐怕她会失声痛哭一场。

虞乘风的身上到处都插着管子，心脏监测仪嘀嘀地响着，呼吸机的管子随着他的呼吸微微抖动着，而他却躺在病床上一动不动。

刘天昊叹了一口气，转身离开了 ICU 病房。

一名警察在 ICU 病房外站着，见刘天昊出来，便立刻上前问道："刘队，我是派出所的民警小侯，虞哥怎么样了？"

虞乘风基层经验丰富，在多个派出所任过职，小侯也是他带出来的徒弟之一。

小侯身上有很多血迹，应该是送虞乘风来医院时沾上的，他的手包着一层纱布，纱布上洇出了血迹。

"你的伤势怎么样？"刘天昊反问道。

小侯尴尬一笑，向病房里面看了看："没事儿，我没事儿。"

"乘风会没事的。"刘天昊说话的声音虽小却异常坚定。

小侯点了点头，又说道："捅伤虞哥的那人我们抓住了，送刑警大队了。"

"是谁？"刘天昊说话时咬牙切齿。

"文德忠，汽修厂的一个小老板，很低调的一个人，没有案底，不知道虞哥为什么和他有了冲突，我正好到社区有事儿，正好看到虞哥和他在搏斗，虞哥已经把手铐铐在他的一只手上，文德忠跟疯了一样，拿着刀不断地朝虞哥捅着，我上前帮着虞哥把他制服，后来才看到虞哥胸口和腹部中了刀。"小侯说道。

按照虞乘风的分工，他是跟着杨派和忠哥这条线的。

刘天昊最初对于忠哥的判断是对的，文德忠曾经是 NY 市第一建筑公司的设计师，当年第一建筑公司还是国企时，文德忠也曾是风光人物，参与了 NY 市很多标志性建筑的施工设计，在 1978 年时，他还亲自设计了 NY 市地下防空系统。

令人遗憾的是，在整个防空系统建设过程中，文德忠被人举报贪污建筑款项三十五万。

三十五万在现在来看就是一个小数，但在 1978 年可是一笔巨款。那时候不像现在的网络那么发达，举报信是匿名的，直接寄到了公安局长和检察院检察长的信箱里。因为涉及款项太大，公安局和检察院非常重视这件事，立刻联合审计局派人进行调查取证。

公安局和检察院联合执法引起了 NY 市日报记者的关注，一名记者将这件事搬上了 NY 市日报，引发了当时民众的热议。

令人意想不到的是，在防空系统建设的账目上并未发现问题，文德忠虽说有小贪的行为，数额却不大，但事情已经上升到一定层面，需要平息，建筑公司领导只得让文德忠辞职了事。

文德忠的妻子带着孩子回了娘家，而单位也把之前分配给他的房子收了回去。

文德忠辞职后便不知下落，有人说他去了国外发展，也有人说在 NY 市的江边看到过他，他很可能因为这件事情跳了江。

其实文德忠一直没离开 NY 市，而是投奔一家机修厂去做了机修工，等车辆大量普及后，他又自己独立出来，开了一家汽修厂，由一名修理工成了老板，但此时的文德忠已经不是当年的他，他摇身一变成了忠哥！

忠哥的汽修厂并不赚钱，却一直不温不火地开着，汽修工来了又走，走了又来，一茬又一茬，没人明白忠哥的钱是从哪里来的，只知道忠哥给他们的薪水从来没拖欠过！

……

"基本情况大约就这样。"民警小侯说道。

刘天昊点了点头，说道："小侯，你替我在这儿守一会儿，乘风这有什么事随时给我打电话！"

刘天昊打定主意要会一会这个忠哥，看看他究竟是何方神圣，就算是和杨派一起贩卖器官，也不致死罪，为何在虞乘风进行抓捕时公开杀害警察？

别看文德忠将近六十岁的人，但由于常年从事重体力劳动，他的体能还真不是一般年轻人能比得了的，从他坐在审讯椅上的姿态来看，整个人就好像一座小山一般，露出的胳膊比一般人的大腿细不了多少，脸上虽说被皱纹覆盖，却掩饰不住眼神中的凶狠之色。

他的脸上有几处瘀伤，应该是和虞乘风搏斗时造成的，左肩膀看起来比右肩膀要低一些，左肩部肿了起来，左手腕有大面积的瘀伤和血迹，应该是被虞乘风扭拉而脱臼的。

刘天昊走进审讯室，两名负责审讯的警察立刻站起来给他让了地方。

"文德忠，你的事儿杨派都和我说了……"

文德忠呵呵一笑，活动了一下左肩膀，说道："那就定我的罪吧，还等什么！"

刘天昊把一张文德忠和妻子儿子的照片放在审讯桌上，说道："一人做事一人当，别让你老婆和孩子受牵连，只要你如实说出你的罪行，我答应你，她们娘儿俩不会受任何影响。"

"哼，我做的事都是合法的，她们能受什么影响！"文德忠依然是一副赖皮的态度。

"还记得被你设计埋在防空洞里的王佳佳吧，NY市第一大 V，我答应她，我经办的所有的案子她都是独家，如果我把你的身份曝光，她的网友就会把你的家庭翻出来，相信那时候，她们娘儿俩也会被卷进来……"刘天昊说道。

"你身为一名警察，威胁一名守法公民，就不怕我告你吗？"文德忠反威胁着他。

"如果不是心虚，你也就不会和抓捕你的虞乘风搏命了吧？你觉得警方会轻易去抓捕一个守法公民吗？"刘天昊自信满满地说道。

虞乘风的办事风格他非常清楚，稳重、老练，既然敢出手抓他，就代表着有了确凿的证据，而文德忠也感到一旦被抓就再也出不了监狱，所以才和虞乘风玩儿命！

# 第十五章　慎独

文德忠虽说年纪大，思想却不落后，不但建起汽修的网站，还创建了抖音号、微博等来进行营销，他知道粉丝的力量有多强悍，看到王佳佳这种媒体记者的粉丝就知道了。

要是一般的记者也就是借着案子弄个噱头炒作一下罢了，但王佳佳和姚文媛差点被文德忠害死，从常人心态来分析，王佳佳肯定会利用一切手段报复他！

他原本嚣张的气焰顿时灭了一半，眉头皱成了一个疙瘩。

刘天昊拿起手机给王佳佳发语音："佳佳，你来趟刑警支队，你和姚文媛的案子破了！"

文德忠手臂猛地鼓起，用力挣了一下手铐，瞪着刘天昊的眼睛几乎滴出血来，若不是手铐铐着他，他会蹦起来和刘天昊玩儿命。

王佳佳的声音传来："我马上到，听说乘风受了伤？"

"他没事儿，手术很成功！"刘天昊又给王佳佳发了一条语音。

文德忠听到虞乘风没事儿便平静下来，思索了一阵才说道："我知道你现在正在查十七起神秘失踪案，我知道其中一起，所有的事我都可以和你说，但你答应我的事能做到吗？"

文德忠知道自己贩卖器官和袭警，但罪不至死，所以他的心动了，如果主动承认还落个自首，可以减轻刑罚。

"当然！"刘天昊说道。

刘天昊故意和王佳佳说虞乘风没事儿，就是为了给文德忠减轻压力。一般来说，一旦嫌疑犯知道受害者死亡，可能会抗拒审问。

"器官贩卖的国外买家都是我找来的，杨派只是牵线，并未真正参与整个链条，不过外国买家我不能说出他们的姓名，因为他们一样会杀了我家人。"文德忠说道。

刘天昊点点头，从供词上可以看出文德忠江湖义气很重，在这种情况下还不愿出卖杨派和外国买家。

"继续！"

文德忠叹了一口气，看了一阵天花板，才说道："我带过一个人到国外，他叫洪天琪，三十八岁，为了给孩子交大学的学费，想卖一个肾，他通过杨派找到我，我也帮他找到了买家……"

刘天昊听到"洪天琪"这个名字时，立刻想起了十七起神秘失踪案中的一名受害者就叫洪天琪，他嘴角露出一丝不易察觉的微笑，向另外一名警察要了一根烟，点燃了递给文德忠。

文德忠露出感激的表情，吸了一口之后，继续讲述着。

带人到国外贩卖器官是有风险的，首先是金钱上，作为贩卖者，要帮助捐献者办理出国手续，还要负责捐献者的路费，等等，要是捐献者反悔，贩卖者就会想尽一切办法让捐献者继续捐献，不排除使用暴力威胁等，往往这个时候，捐献者孤零零一个人在国外，叫天天不应、叫地地不灵，很有可能就会完成捐献。

但也有一些比较顽固的人，一旦反悔后就算打死他，也不会完成捐献，贩卖者就只好违约，把捐献者送回国内。

还有一种情况是捐献者捐献器官之后身体发生了不适甚至死亡，一旦遇到这种情况，贩卖器官者还得赔偿一部分死亡赔偿金，这部分费用是由国外客户支付，贩卖者会支付给捐赠者家属一小部分死亡赔偿金，大部分会留到自己的口袋里。

但如果遇到比较难缠的捐献者家属，器官贩卖者不但要把客户赔偿的钱赔给家属，还要额外付一笔封口费。

洪天琪的家庭条件很差，加上他的孩子上大学所需要的学费巨大，他就有了卖器官的想法，通过一个曾经捐赠过器官的老乡，他找到了杨派，而杨派在赚取了一定的中介费用后，便把他介绍给文德忠。

文德忠安排洪天琪做了全面体检，确认身体无恙后，便抽取了他的血液找一家合作的医院出配型报告。等配型报告出来之后，他会把报告传给国外的中介，剩下的事情就是等消息，一旦国外有客户需要捐赠，他就会安排洪天琪去捐赠器官。

洪天琪很快得到了回复，到某国捐献器官，报酬是三十万人民币，这笔钱对于他来说无疑是一笔巨款。

但他知道，如果让儿子和妻子知道他捐献器官的事，他们肯定会极力反对，所以这件事一直是瞒着家属进行的，当忠哥让他的家属签字时，他便如实相告。

文德忠不止一次遇到这种事了，便伪造了家属签字，完成了手续。

他签了合同并交纳一部分费用后，便在忠哥的安排下出了国，因为需要洪天琪和被捐献者有一定的亲属关系，出国时用的是伪造的证件，这就埋下了洪天琪神秘失踪的隐患。

在某国医院进行体检后又办理了相关手续，洪天琪住进医院等着手术。

捐献手术很成功，被捐献者成功治愈疾病，但洪天琪却没那么幸运，他手术后被感染，加上他身体本就有隐疾，感染后多症状并发导致昏迷，连一句遗言都没留下就死了。

客户按照约定给忠哥支付了洪天琪的死亡赔偿金，并安排了尸体火化，最后把骨灰交给忠哥。

人都是这样，当在众人面前时，表现的是一个样子，当没人看到他的行为时，表现的未必和人前一个样。

所谓的慎独就是这个意思！

文德忠本是一个有江湖义气的人，可他的孩子得了一种怪病，需要很多钱治疗，加上洪天琪的事除了杨派之外没人知道，便起了贪念。

犹豫了很久之后，他把洪天琪的骨灰埋在了国外的一座山上，随后把那笔死亡赔偿金揣在了自己的口袋里，用在自己孩子的治疗上。至于杨派，他没有任何顾忌。

本身杨派就大大咧咧，只要赚足了中介费，其他的一概不管，就算有家属找到了杨派，按照他以往的做法，肯定是死不承认。

当洪天琪的家属发现他失联后便报了警，警察进行了相应的排查，其中就包括进出境记录，但并未发现洪天琪的踪迹。

就这样，洪天琪彻底在人间消失。

……

"刘警官，请你相信我，这些年我都是在帮人，从未坑过别人，这是第一次，这些钱我可以还给洪天琪的家属！"文德忠哀求着说道。

刘天昊盯着他一阵，见他的脸上并未出现任何波动，便知道他并未说谎，说道："无论如何，买卖器官都是违法行为，还有你设计谋害姚文媛和王佳佳的事！"

文德忠叹了一口气，说道："我真没想弄死她俩，就是想给他们一个教训，我都已经计划好了，等她们昏迷之后，便把她们从防空洞里救出来，以恩人的形象出现在她们面前，这样她们就可以领我一个人情，就不会再追着杨派这件案子。"

"就算我相信你的解释，那你怎么解释持刀伤害虞乘风的事？"刘天昊问道。

文德忠再次长叹一口气，说道："为了我孩子的病，我借了高利贷，高利贷的人隔三差五就到我的汽修厂找麻烦，我本来想把汽修厂抵债给他们，但他们嫌麻烦，所以就只是单纯地找麻烦，根本不想要，有几次高利贷的人把我的员工打伤，甚至还威胁我的家人，所以当虞警官出现抓我时，我还以为他是高利贷的人，抓我就是想要钱，要是他穿着警服找我，我肯定不会动手的。”

“姚文媛腿部开放性骨折，和王佳佳两人差点死在防空洞里；而虞乘风胸部和腹部中了两刀，现在还在 ICU 抢救；洪天琪失踪后，他家属的世界完全坍塌了，他的孩子辍了学，现在去了工地做工。你为了你的孩子，害了这么多人，你平时所谓的江湖义气就是这样的吗？”刘天昊问道。

文德忠把脸撇过去，紧紧地闭着眼睛，身体微微颤抖着，显然是内心在极力挣扎着。

“这件事我会调查清楚的，要是你说了谎，罪加一等。”刘天昊说道。

文德忠连忙摇头，说道：“我向天保证，肯定不会撒谎，但您答应我的事一定要做到，否则，我的妻子和孩子就遭殃了。那帮人平时看起来文质彬彬，但实际上可怕得很，一旦有人触及他们的利益链，他们会不惜一切代价将其铲除！”

“中国是一个法治国家，不会允许他们那么做。”刘天昊并不相信贩卖器官的外籍人士有那么大的能量。

文德忠惨笑一声，说道：“我最初也不相信，可他们展现了足够的实力，在我之前的那个人就是因为触及了贩卖集团的利益才被追杀，他甚至进了监狱躲避，却还是没躲过去。”

“你说的是前段时间监狱的那起事故？”刘天昊问道。

前不久，NY 市监狱发生了一起锅炉爆炸案，整个锅炉房全部被毁，一名犯人当场死亡。蹊跷的是，锅炉在不久前刚刚检测过，并不存在任何隐患，锅炉爆炸时，所有的犯人都集中在操场上训话，只有受害者一人在锅炉房！

“所以您一定得答应保护我的家人，我犯了罪，得到惩罚是应该的，但我的家人是无罪的，她们应该好好地活着。”文德忠说道。

“好，我答应你。”刘天昊暗自下决心，等神秘失踪案结束以后，会全力以赴侦破贩卖器官案，将这些恶人全部绳之以法。

文德忠松了一口气，冲着刘天昊鞠躬致意，但受到审讯椅的限制，只是微微地弯腰低头，但能够看出，他是虔诚的。两名警察带走文德忠后，刘天昊并未离开，他站审讯室思索着，很久之后才缓过神来。

一起神秘失踪案破了，结果却不是他想要的，案子破了，人却死了，而且还是客死异乡，不知道洪天琪家属知道后会是什么心情。

抓住了凶手，可姚文媛坐了轮椅，虞乘风生死不明，残酷的现实让他心头不断地痛着，以往那个天不怕地不怕、什么事儿都无所谓的刘天昊突然感到心很累。

人的性格和行为方式并非一成不变，有时候会因为某些刻骨铭心的事发生而出现改变，经历过基层派出所工作的刘天昊现在又要面临失去战友，这种打击对他来说无疑是巨大的。

正愣着神，他的手机响了起来，是王佳佳打来的电话。

"哎，大侦探，你该怎么感谢我呀？"王佳佳的声音从电话里传出来，听她的声音得意十足，显然是在那对恶魔母子处得到了口供。

"你先说说有什么线索？"刘天昊语气很平淡，让电话另一头的王佳佳有些意外。

按照刘天昊以往的性格，肯定是调侃一番后，才会切入话题，但出乎意料的是，刘天昊的语气中充满了沧桑感，让王佳佳无论如何都提不起劲头继续撩他。

"嗯……肖艳登这对母子真是丧心病狂，要是这件案子报道出去，肯定会引起社会道德层面的倒退，人和人之间的信任危机会进一步加剧！"王佳佳说道。

刘天昊预感到肖艳登和他母亲与失踪案有关，却并未联想到社会道德层面上，毕竟他只是一名警察，关注的也只是案情本身。

"几个人？"

"唐菲、刘妍、王晓萌，三名妙龄女孩死在了他们手上！"王佳佳一语惊人！

# 第十六章  道德沦陷

肖艳登的母亲是死猪不怕开水烫，坐到审讯室的椅子上，依然是鼻孔朝天，不断地呵斥着审讯她的民警，脸上的横肉不时地抖动一下，凶神恶煞的表情与女性本应有的温柔善良完全不符。

负责审讯的两名民警并未着急，男民警用平静的语气问着，女民警也不紧不慢地做着记录。

要是审讯的节奏被嫌疑犯拖着走，就意味着这场审讯失败了，这是刑侦课的入门级知识。对于同一个问题，两名民警重复地问着，气得肖艳登母亲暴跳如雷，要不是被审讯椅控制住，怕是要冲过来把两人咬死。

她的嗓子嘶哑了，但仍旧歇斯底里地喊叫着。

刘天昊在审讯室的单向玻璃墙的暗室里抱臂而立，他的眼神越来越凌厉，到最后几乎变成一把刀子刺向肖艳登母亲。

单单从肖艳登母亲的表现就知道这个家庭的档次，肖艳登从小就接受母亲的熏陶，长大后就算没变成母亲那样，也好不到哪儿去。

两人在被抓之前肯定有过约定，绝不出卖对方。但经过王佳佳从另外角度采访肖艳登，把他内心的表演欲望全部激发出来，而那时的肖艳登心里更清楚，无论他招不招，都不会影响法律对他们的判决。

因为他家的冰柜里还有几个人的残肢断臂，至于是几个人，他也记不清楚了。

刘天昊之所以敢冷眼相看的原因就在于他心里有底，肖艳登已经供认罪行，王佳佳偷着做了影像资料，就算他想抵赖恐怕也不太可能，要是把肖艳登招供的模样放给肖艳登母亲看，估计她能气吐血。

又过了一阵，肖艳登母亲的嚣张气焰终于熄了火，面对审讯警察的审问，至少她不再歇斯底里地嚎叫，而是用另外一种方式对抗——沉默。

刘天昊嘴角露出一丝冷笑，他离开暗室，走进审讯室，负责审讯的男民警见他走进来，便主动站起身离开。

肖艳登母亲瞥了一眼刘天昊，冷哼一声，显然没将这名年轻的小伙子放在眼里。

刘天昊并未说话，而是将王佳佳偷偷录制的录像中的一段放了出来，肖艳登盯着王佳佳的邪恶目光和邪恶的笑声传了出来。肖艳登母亲年纪比较大，但眼神和耳朵依然好用，她听到肖艳登在王佳佳的诱导之下，一点点地说出两人设计诱骗女孩到家中谋害的过程，她的表情中开始出现恐惧。

刘天昊只是放了一小段视频，随后就把手机收起来，用笔敲着桌子。

审讯室因为墙壁都贴着隔音材料，房间中非常安静，只剩下刘天昊敲笔的声音，他敲的时候完全是按照节奏走的，时间短了还好，时间久了会对人的心理造成一定的冲击，甚至会令人发狂。

一旁负责做记录的女警听得有些皱眉，偷偷地看了看刘天昊，暗自叹了一口气以舒缓敲桌子声音带来的负面情绪。

肖艳登母亲感受却更加不同，本身她是受审者，又被控制在审讯椅上，加上刚才那段视频对她的冲击，已令她处于崩溃的边缘，刘天昊每敲一下都重重地敲在她的心坎上。

绝对的安静和敲笔的声音继续着，肖艳登母亲脸上的汗顺着脸颊流下来，那种感觉让她痒痒的，想挠又挠不着。

"你能不能别敲了？"肖艳登母亲几乎是用半哀求的语气求着刘天昊。

刘天昊停止敲桌子，慢慢地抬起眼睛看肖艳登母亲，冷笑一声说道："我们在你家发现了至少三个人的三只断臂，无论你招供或是不招供，罪行都一样成立。你配合一些，可能会舒服地度过最后这段时间。"

肖艳登母亲像一只泄了气的皮球一样，整个人萎靡下来，闷了一阵才说道："好吧，我都说，一切事情都是我做的。"

刘天昊嘴角再次露出冷笑，他知道，当事情发展到绝境时，母性的伟大开始发挥到极限，她要把全部的罪名揽下来，让她儿子肖艳登逃脱法律的制裁。

"如果我发现你的口供和肖艳登的不符，你们就是不配合调查，我们也只好一遍又一遍地审讯，直到你们完全说实话为止。记住，法律不会冤枉一个好人，但也不会放过一个坏人。"刘天昊说道。

肖艳登母亲点了点头，开始陈述起来。

……

肖艳登是一个懒惰的人，从小学习就不好，一直和社会上的小混混玩在一起，到了就业的年龄，同龄的小伙伴们要么踏踏实实地打工，要么自己创业成了老板，而他只能沦为街头偷鸡摸狗混日子的小偷。

在一次失手后，他被抓进了监狱，两年的牢狱生活让他老实了很多，但他依然没有任何生存能力，靠着母亲救济生活。

而肖艳登的母亲对儿子呵护有加，舍不得打舍不得骂。

当肖艳登靠着七拐八拐的亲戚在大都会夜总会混日子后，他发现这个世界完全不一样了，诸多身材美妙、相貌出众的美女围绕着他，对他隐藏许久的兽性有着巨大的冲击。

夜总会的美女们并不傻，都知道肖艳登的底，没人愿意和他接近，直到洛樱来到大都会之后。

肖艳登看到了洛樱的单纯，便找了几个人演了一场戏，他自然充当了英雄的角色，虽说几人的表演很拙劣，却骗过了单纯的洛樱，他又采取了欲擒故纵的手法，令洛樱更加死心塌地地跟着他。

人性总是需要时间考验的，任何人都是如此。

当洛樱进入他家后不久，终于发现了肖艳登并不是英雄，而是十足的草包，外界传说他是大都会保安队长的表弟，说得他神通广大的，但实际上他只是保安队长的一个八竿子打不着的亲戚，在大都会，没人瞧得起肖艳登。

肖艳登的母亲开始时还对洛樱展现出慈母般的笑容，随着时间的推移，她开始挑肥拣瘦，对洛樱指手画脚，既让她去夜总会上班赚钱，回到家后还要洗衣做饭。

洛樱在夜总会上班时常喝多，回到家中需要长时间的休息，但肖艳登的母亲却经常把她在梦中喊醒，无奈之下，洛樱还得拖着疲惫的身躯洗衣做饭。

当肖艳登与一名经常来夜总会的蛇头有了瓜葛后，他开始帮蛇头物色姿色比较好的女孩，贩卖到东南亚等国家获取巨额的利润。

但肖艳登的名声不好，很少有女孩上当，他的生意时好时坏，但只要做一单，就够他挥霍一阵的。当洛樱得知肖艳登做这种丧良心的买卖后，她和他大吵一架，她彻底凉了心，肖艳登表面似君子，但实际上就是一头吃人不吐骨头的恶狼，她对他失去了信心，趁着他和母亲不注意的空当，收拾了行李逃荒般地离开了肖艳登的家。

对于洛樱的离开，肖艳登像发了疯一般。也许是洛樱的美貌吸引了他，也许是她的纯真吸引了他，他发现自己竟然真的爱上了洛樱，从最初的只是想骗色，到爱得刻骨铭心。

从爱到恨，当他花光了所有的钱仍然找不到洛樱后，他想到了一条所谓的妙计，利用母亲诱骗女孩到家中，不但可以贩卖人口获得大量利润，还可以对像洛樱一样的漂亮女孩进行报复！

……

"你是说洛樱和肖艳登生活过一段时间，当他准备把洛樱贩卖到国外时，洛樱跑了？"刘天昊问道。

肖艳登母亲点了点头，说道："那小姑娘看起来单纯，实际上精明得很，我听说她的母亲身体不好，父亲常年瘫痪在床，需要她寄回家很多钱供养他们。"

"后来你们还有洛樱的消息吗？"刘天昊问道。

肖艳登母亲摇了摇头，说道："我儿子找了她好长时间，几乎把整个 NY 市的夜场都找遍了，但还是没有，从那些天起，他就犯了魔怔，整天就想着洛樱，其间干了几单生意，得了几笔钱。"

"几单？"刘天昊紧追不舍地问道。

肖艳登母亲眨着眼睛想了想，说道："应该是五单吧，有点儿记不太清楚了。"

按照肖艳登母亲的说法，至少有五名女孩被肖艳登贩卖到国外，加上在他家冰柜中发现的三名女孩的残肢断臂，至少有八名女孩被他们贩卖或是残害！

刘天昊之前也看过王佳佳发来的视频，肖艳登和他母亲的说法基本是一致的。

"被你们卖出去的人的名字还记得吧？"刘天昊问道。

在王佳佳讯问肖艳登时，肖艳登对于这个问题只是微微一笑，随后摇了摇头。

"记不住，那么多人，怎么记得住？"肖艳登母亲说道。

"你家冰柜里的残肢断臂是怎么回事？"刘天昊问道。

肖艳登母亲脸上露出一丝凶狠，当她看到更加凶狠的刘天昊时，这才缓和下来，说道："那三个不听话，药劲儿过了之后又喊又叫的，我儿子就把她们杀了！"

负责记录的女警听到这里，几乎把笔拍在桌子上，两只眼睛喷出愤怒的火焰。

也难怪女警愤怒，三条人命，三名如花似玉的女孩，都被父母奉为掌上明珠般地呵护着，而在肖艳登母子的眼里，她们就像牲口一样被贩卖，一旦触怒了她们就会遭受灭顶之灾，转眼间丢了性命，这种完全泯灭人性的事如何让人不愤怒！

"尸体怎么处理的？"刘天昊继续问道。

肖艳登母亲犹豫了一下，最后叹了一口气："搅碎了扔掉了，还有些没来得及处理的就放在冰柜里。"

女警与刘天昊对视一眼，又看向肖艳登母亲。肖艳登母亲完全没了之前的嚣张气焰，低下了头，不敢与女警对视。

"你们住的房子是洛樱租的吧？"刘天昊问道。

审讯是有讲究的，不能一直问一些特别关键的问题，否则可能会引发嫌疑人内心中的抵制情绪，时不时地要问一些比较能够轻松回答的问题。

"是洛樱租的，她付了一年的房租，还有三个月才到期。"肖艳登母亲说道。

刘天昊略加沉思，走出审讯室，随后男警察走了进来，和女警继续审问肖艳登母亲。

……

洛樱租住的房子是带仓库的，地下一层的仓库又潮又湿，地面看起来像是刚下过一场雨。

在物业人员的配合下打开仓库门，一进入仓库，便有一股奇怪的味道涌了过来。

在众人的仔细搜索之下，发现了三名女孩一些随身的个人物品和衣物，身份证上的名字分别是唐菲、刘妍、王晓萌，与肖艳登的供词一致。

这三人就是神秘失踪案的三名受害者，现在算是破案了，结果并不理想，案子破了，人却永远回不来，对于三名女孩的父母来说，这个消息无异于一道霹雳劈在心头。

不久后，韩孟丹找到了怪味儿的来源，是三名女孩的衣服，衣服上沾满了便溺，应该是肖艳登杀害女孩时，受害者大小便失禁造成的，因为衣物比较新，要是扔到垃圾桶容易引起别人的怀疑，所以就用塑料袋包起来放到了仓库中，在潮湿的仓库放得久了就发出一股怪异的味道。

……

肖艳登的上线蛇头也是 NY 市本地人，智商不高，但是胆子很大，因为钱来得容易，所以出手也大方，经常在夜场消费。

不得不说王佳佳具有超级神探的能力，肖艳登又臭又硬，但在王佳佳的几番攻势下便全盘投降，提供了上线蛇头的重要线索。

对于这个跨国贩卖人口集团，警方自然会出重拳打击，而且绝不会拖延！

当刘天昊带着警察把肖艳登的上线蛇头堵在包厢里时，上线蛇头还不敢相信，在他们看来，警方无论如何都不可能找上他们。

……

钱局看完肖艳登母子杀害三名女孩的案卷和贩卖人口的案卷后，一掌拍在办公桌上，发出"砰"的一声。

"该死，真是该死，这些人草菅人命，毫无道德底线，都该杀！"钱局也是性情中人，气愤之下居然发了真火。

"肖艳登的三起杀人案，加上之前的文德忠案，一共是四起案子和神秘失踪案吻合，洛樱和其他的案子的受害者还得继续查！"刘天昊说道。

"查，一查到底，必须把这些害群之马绳之以法！"钱局在房间里走来走去，显然是在宣泄着愤怒的情绪。

"经过初审，蛇头贩卖的妇女都是外来人口，不在十七起神秘失踪案之列，可以单独作为一个案子来查。"刘天昊说道。

"蛇头贩卖人口的案子就交给刑警大队的其他同志吧，你专心查神秘失踪案。"钱局拍了拍刘天昊的肩膀，又说道，"务必要把人找回来！"

"全力以赴！"

……

# 第十七章  反差

有时候民间媒体要比官方的效率要高一些，因为渠道不同，加上民间媒体纯是商业运作，要想生存下去，就必须讲究效率。

刘天昊从市局回到刑警大队时，看到王佳佳站在刑警大队门口冲着他摆手。

"佳佳！"刘天昊摇开车窗，打开车锁。

王佳佳上了车，说道："刘大神探这回可欠了我一个大人情，请我吃饭吧，我还有其他的消息告诉你！"

刘天昊微微点点头。

按说审讯肖艳登这种事应该警方来做，审一天不行就审两天，总有办法能让他招供，但时间却不等人，只要能在第一时间出审讯结果，对于案子的侦破是有绝对的好处的，记者出身的王佳佳正是最合适的人选。

王佳佳盯着刘天昊看了一阵，看得他有些不好意思。要是放在以往，刘天昊肯定会和她一直对视，直到有一个人投降为止。

"你变了！"王佳佳轻声说道。作为一名媒体人，洞悉人的情绪是最基本的能力。

近来经历的事情太多了，生生死死、分分离离，尤其是王佳佳和姚文媛遇险、虞乘风重伤两件事对他的冲击很大，加上肖艳登母子的人生观和世界观对他造成的冲击，让他感到心很累。

"我还是我，不是我在变，是这个世界在变，你也在变！"刘天昊很平淡地说道。

王佳佳耸了耸肩，俏皮地说道："好吧，你没变，那就像以前一样请我吃顿大餐吧！"

刘天昊微微点了点头，开车在刑警大队院里绕了一个圈，随后开到最近的饭店。

人的心性是会变化的，当人遇到了一些无法抗拒的事情，当人经历了诸多的磨难，当人的身体得了重疾，等等，诸多的因素都会让人的心性发生改变。

一名心性开朗的人在经历家庭巨变后可能会变得阴郁而少言寡语，一名憨厚的人在经历过数次被骗之后，可能会变得多疑而缺少信任。

刘天昊因为智商比较高，对事情看得比较透彻，原本还有些玩世不恭，但自打他叔叔刘明阳和他说了一番哲理后，加上虞乘风的事，让他原本坚不可摧的内心出现了一丝裂缝。

人最终还是要沉淀下来，不亢不卑、无欲无我才是心性的高境界。

也许是因为有案子要破，也许是虞乘风生死未卜牵着他的心，两人只是随意点了几样菜，快速而索然无味地吃完了饭。

王佳佳喝了一口饮料，满足地打了一个饱嗝，说道："有两个消息，和洛樱失踪案有关，是肖艳登说的！"

"什么？"刘天昊一听来了精神。

"肖艳登说他有个哥们儿看到洛樱离开时是坐着一台黑车走的，好像是大众迈腾，黑色。"王佳佳说道。

刘天昊心里一紧，忙说道："我记得洛樱离开杨派家的时候坐的就是迈腾！"

王佳佳点点头，说道："很可能是同一台车，黑出租车不像正常平台的车，每次约车都是随机分配，黑车就那么些人，所以很多人都会记下他们的联系电话，有事的时候提前预约或者直接打电话叫他们，比平台派车的速度会快一些，价格也便宜。"

"这说明洛樱和黑车司机很熟，只要找到这台黑车的司机，就有可能找到她的线索。"刘天昊说道。

"还有一个消息不太好，也是关于洛樱的。"王佳佳说道。

刘天昊微微点点头。

"肖艳登之所以那么疯狂地找她，不仅仅是喜欢她，还因为她骗了他的钱。"王佳佳一语惊人。

"不会吧！"刘天昊有些不太相信。

查了洛樱这么久，给刘天昊留下的印象是青春、单纯、敢于拼搏、苦命、孝顺，但"骗子"这两个字从未在他的脑海中与洛樱联系在一起过，而且肖艳登是什么人，那是靠着贩卖人口牟利的恶人，要想骗他，难度恐怕不是一般的大。

王佳佳早就料到刘天昊的反应，解释道："我也不相信肖艳登的话，但肖艳登母子两人的确没钱了，账户上一分钱也没有。肖艳登涉及杀人案，必死无疑，他心里比谁都清楚，没必要杜撰出洛樱骗他钱的事儿。"

肖艳登虽说处于贩卖人口利益链条的下游，钱却不少赚，毕竟是无本的买卖，到手的钱都是利润。这些年他一直暗中从事着这个勾当，虽说夜生活会耗费他大部分的收入，却不太可能没有存款。

"他前段时间把他母亲名下的一套房子卖了，房子不大，但也值个几十万。"王佳佳说道。

"你这样一说还真挺吓人的，我让经侦的同志查查洛樱的银行账户。"刘天昊说道。

王佳佳点点头，说道："洛樱的母亲来 NY 市后一直是我陪着她，据她所说，洛樱的确寄给家里很多钱，但那也只是相对于农村老家，放在城市里，洛樱每个月寄给家的两千元钱就算不上什么了。"

刘天昊立刻给经侦的一个兄弟发了微信，提供了洛樱的身份证号码和其他个人信息，他又突然想到一件事，如果洛樱从肖艳登处逃跑是蓄谋已久的，那她从杨派处离开是不是也是蓄谋已久？

"走，咱们再去会会杨派！"刘天昊结了账，和王佳佳两人匆匆离去。

……

虞乘风的伤很重，但他也是幸运的，两刀都未伤害到重要器官，加上他常年锻炼体质比较好，最终从死神手里逃了出来。

当他睁开眼睛时，看到的第一张面孔是年轻而精致的，其中包含了诸多的悲伤，他愣了一阵，看到那张面孔由悲伤转而变成惊喜，晶莹剔透的眼泪从漂亮的眼睛里流下来，滴在他的手上。

长时间昏迷会令人产生认知性障碍，虞乘风也不例外，他缓了好一阵才知道面前这张脸属于姚文媛。

姚文媛只要不打吊瓶，就会让母亲推着她到虞乘风的病房，她希望虞乘风醒来的时候能够第一眼看到她，她更希望能够用爱的力量唤醒他。

"文媛。"声音几乎是从他的嗓子里挤出来的，嘶哑而艰难！

"医生，医生，他醒了！"姚文媛激动地喊着。

一名男医生和几名护士从外面匆匆走进来，开始给虞乘风检查身体。

"他的体质很好，术后恢复得不错，好好休养吧！"男医生说道。

姚文媛连连表示感谢。护士们相继离去，男医生却并未离开，一副欲言又止的模样。

姚文媛把虞乘风的床摇了起来，用细嘴水壶给他喂了一些水，虞乘风咳嗽两声，吐出一口浓痰，呼吸声变得轻快起来。

"您有事儿吗？"姚文媛轻声问道。

"你们是不是在查十七起神秘失踪案？"男医生问道。

虞乘风费力地点了点头。

"我女朋友也失踪有一阵了，已经报了案，但一直没有消息，能不能帮我查一下她的下落？"男医生试探着问道。

此时的虞乘风完全清醒过来，听到医生的话后心里咯噔一下，问道："能具体说说吗？"

男医生点了点头，开始说起女友失踪的事情。

……

男医生的女友是这个医院的护士，她年轻而有活力，生活态度极其乐观，就像一个快乐的小天使一般，无论是谁，都会被她的乐观所感染，变得开心起来。

男医生是外科医生，工作压力比较大，经常睡不好觉，但只要她和他一起值班时，她会在他身边轻轻地哼着歌，而他在甜蜜而具有磁性的歌声中很快就会睡着，而且睡眠质量很高，醒来的时候精神气爽，工作效率也一天比一天高，水平日渐提升。

两人终于走到了一起，确定了恋爱关系，只要可能，两人尽量会安排同一时间值班，这样就有更多的时间在一起。

就算不能在一起值班，两人也会通过微信保持联系，热恋中的情人总会有说不完的话题。

这天，他值夜班，而她已经连续值了两次夜班，本来还想继续陪着他值夜班，但他看到她已经有些泛黑的眼圈心疼不已，就让她抓紧时间回家休息。

令他心痛的是，自打她离开医院后便杳无音信，第二天下夜班时，他给她打了无数电话，开始还能打通，到了后来电话变成关机状态，到家里去找，发现租住的房子锁着门，无奈之下报了警，警察约了开锁匠开锁，房间中整洁如新，却没发现人回来的迹象。

不久后，她给他发了一条微信，说两人不太合适，她有了更好的男朋友，已经到另外一个城市发展，让他不要再找她！

他根本不相信她会发这样的微信，因为他们之间彼此了解。

他向医院请了假，来到了她的老家，接待他的是她的父母，老实憨厚的山里人。父母说她并未回家，也没说去另外一个城市发展的事儿。

他知道她一定是发生了什么事儿，很有可能和十七起神秘失踪案有关，他把想法和派出所的警察沟通了一下，但派出所遇到的这种事儿多了去了，也许是小两口吵架赌气离家，也许是两情侣之间有感情纠纷，就没往神秘失踪案上去联想，立案是立案了，并未转到刑警大队。

……

虞乘风听完后心里咯噔一下，忙问道："你女朋友什么时候失踪的？"

"五天前，下夜班后就再也没见到她，从医院到她家沿路商铺的录像和天网录像我都查过了，除了看到她坐了一辆黑色的大众迈腾车离开后，就再也没有她的踪迹。"男医生说道。

虞乘风皱了皱眉头，说道："大众迈腾，怎么这么熟悉呢？"

姚文媛在一旁思索着，突然她一拍轮椅的扶手，说道："杨派，当初洛樱离开杨派家时坐的就是黑色的大众迈腾，是一辆黑车。"

"没错，医院附近总有一些黑车出没，因为他们方便，还便宜，很多上班族都坐，好像还真有一辆大众迈腾！"男医生说道。

"能联系到这辆车的车主？"虞乘风问道。

"我可以试试！"男医生说道。


# 第十八章　黑车


黑车是指没有营运车手续但从事营运行为的车辆，黑车见不得光，但很多黑车无论是价格还是服务都比出租车要好，二十四小时随叫随到，具有独特的优势。

男医生曾经找过这名大众迈腾的司机，虽然没找到人，但通过交警的朋友联系上了车主，两人通了电话，车主一口否认接过他女朋友下班，更否认跑黑车的行为。等男医生再打电话时，已被对方拉黑。

随后男医生又通过其他号码联系车主，却发现车主换了电话，而从这天起，那台黑色大众迈腾的黑车就再也没出现过。

"这件事好办，你把车主的电话号码和车牌号给我，我可以查到他。"虞乘风说道。

男医生翻看手机，报出了一个号码和车牌号。

虞乘风说干就干，立刻用姚文媛的手机给刑侦技术科小王打了一个电话。

小王听到虞乘风的声音很高兴，差点没蹦起来，得知他要查一个人后，便立刻行动起来，五分钟之后就给了虞乘风消息。

车主在区政府工作，是一名普通的政府职员，原手机号注销后换了一个新手机号码。

虞乘风给车主的新手机号码打了电话，响了几声后一个带着官腔的声音传来。虞乘风表明身份并简单说明情况，车主沉默了一阵后，答应一个小时后去刑警大队，他现在正在医院体检，脱不开身。

虞乘风听后眼睛一亮，忙问道："你是在市医院体检吗？"

"对，六楼体检中心。"

"我们去找你，十分钟。"虞乘风身受重伤，但做事风格依然雷厉风行。

男医生推着虞乘风，姚文媛母亲推着姚文媛，四个人两辆轮椅快速地上了电梯来到六楼。

体检中心的人很多，虞乘风再次拨打电话，看到在耳鼻喉检测室门口站着一个男人，大约四十岁，他掏出手机接听电话，听见电话里有回响，便向后看了看，正好看到给他打电话的虞乘风。

虞乘风和姚文媛向他摆了摆手。

车主无奈地摇了摇头，走到四人面前，问道："您是刑警大队的虞警官？"

虞乘风点了点头，勉强伸出手。

车主呵呵一笑，和虞乘风握了握手，说道："您这是……"

"因公负伤，这位是我的同事姚文媛，刑警大队技术科的警官。"虞乘风介绍道，他的声音还有些嘶哑，说话的底气有些不足，在嘈杂的大厅中有些听不太清。

"咱们到病房去谈吧,方便吗?"姚文媛说道。

车主看了看排得很长的队伍,叹了口气,点了点头。

车主是区政府的一名小领导,素质还算不错,双方的谈话比较顺畅。

车主的车是在前年买的,主要是上下班代步,前段时间总有人拦他的车,坐上车之后还报出目的地,让他送到地方。

虽说某平台有顺风车等业务,但他从未注册过,也未从事过这种营生,弄得他莫名其妙。

乘客也比较奇怪,说司机换了,而且态度不好,以后再也不坐他的车了。

这种情况发生过好几次,其中有两次还是几名醉酒的人,在大都会夜总会附近拦的他。

"您去过大都会?"虞乘风问道。

车主摇摇头,苦笑道:"政府职员就那么点工资,养家糊口还行,大都会那么高档的地方可去不起,而且我们也是有要求的,不能去那种地方,但我上下班都要经过那条路。"

"您上下班是不是也要经过医院前面这条路?"虞乘风立刻问道。

"对,上班时这条路比较堵,我绕个远,但下班时还好,就从这条路回去。"车主说道。

"您有没有过比较怪异的违章?"虞乘风问道。

车主立刻摇头,说道:"我开车从不违章,也不可能有怪异的违章。"

车主对于虞乘风的问题有些迷惑,但在一旁的姚文媛却听懂了。虞乘风怀疑有人套了车主的车牌跑黑车!

"哎,您还别说,有一次我同事说看到我在周末开车去了一趟中央百货,但那天我出差不在 NY 市,不可能去中央百货,而且我家属不会开车,也不可能开车去那里,我以为是同事看错了,但他一口咬定就是我的车。我回家查看后确认车没动过,所以就没当回事。"车主说道。

"那就是有套牌车了。这样吧,这件事由我来查,您随时保持和我的联系。"虞乘风说道。

车主点了点头，随后离去。

对于车主而言，也不希望有套牌车出现，万一扣了分都得算他头上。

"查套牌车可不是件容易的事，而且我发现这台套牌车车主好像有了警觉，医院的黑车点和大都会的黑车点他都不来了，因为怕遇到真正的车主！"虞乘风说完后感觉身体非常疲乏，打了一个大哈欠。

"我先送你回去休息吧。"男医生推着虞乘风回了病房。

其实虞乘风已经达到了忍耐的极限，安排了查套牌车的事儿后便陷入昏睡中。

姚文媛对男医生的印象很好，他对女友的爱既有烈火般的炽烈，又有流水般的温柔。

男医生在聊天过程中说曾经见过黑车司机的模样，姚文媛听后眼睛一亮，让母亲拿来画板开始进行肖像还原。

在男医生的配合下，一小时后，一张素描终于完成，男医生看后啧啧称奇，夸赞姚文媛的画功了得。

有了黑车司机的画像，查起黑车来就多了一条线索。

……

看守所的味道永远是压抑而阴鸷的。

杨派天不怕地不怕，住进了看守所后，他开始变得痛苦起来。有人会说不就是看守所嘛，在里面还安静，可以静下心来想想人生，这是典型的电视剧看多了造成的错觉，实际生活中的看守所的二十平方米会塞进二十多个人甚至更多，每人不到一平方米的空间，睡觉时连翻个身都困难。

当杨派听到有人要提审他时，几乎蹦了起来，险些踩到旁边躺着的犯人，惹得众人一顿骂声。

杨派几乎用哀求的语气苦着脸说道："刘队，我也没犯啥大错，你手下留情，把我放了得了！"

"洛樱为什么离开你？"刘天昊看门见山地问道。

杨派被问得一愣，随后说道："她……"

话说到一半，他停了下来，脸上露出为难之色。

"为什么离开你？"刘天昊再次问道。

杨派摇了摇头。

"骗了你的钱吧？"王佳佳问道。

杨派脸上露出惊讶之色，说道："你怎么知道？"

"三月份的时候，你的建行账户上还有四十万的现金，但到了五月份，你全部提走。我查过你，这期间你没买过车，也没有做理财，没有收购过任何房产，而五月份正是洛樱离开你的时间，就这么简单！"刘天昊说道。

杨派叹了一口气，说道："没错儿，她骗光了我的钱，然后跑了。"

"之前为什么不说？"刘天昊问道。

杨派切了一声，说道："一个大男人被女人骗了钱不是什么光荣的事儿吧，我说出来你们也拿不回钱，万一让道儿上的人知道了，我以后哪有脸混下去，还不如不说。"

"你还有什么线索瞒着我？"刘天昊严肃地问道。

杨派立刻摆了摆手，说道："没了，真没了，我好不容易当中介人赚点钱，都让她给骗走了，还骗了我的感情，但我对她恨不起来。"

刘天昊冲着看守所的民警点了点头，民警押着杨派离开接待室回到看守所。

"洛樱的很多事出乎我们的意料，这在之前是从来没想过的。"刘天昊说道，"也许还有其他人和洛樱有交集。"

"杨派的四十万，加上肖艳登卖房子和本身贩卖人口的钱估计有上百万了，这可是一大笔钱。"王佳佳说道。

刘天昊的手机响了起来，他看了看，说道："经侦的哥们儿给回信儿了，洛樱所有的账户上一分钱都没有。"

"她既不自己花钱，又没把钱寄给父母，她骗的这些钱都到哪儿去了？"王佳佳有些疑惑。

刘天昊的手机再次响起，是姚文媛打来的电话。姚文媛带来了两个消息，一个是虞乘风醒了，身体恢复得很好；另外一个消息是关于黑车司机的事儿，洛樱的失踪再次和黑车司机挂上钩，而且还有一名护士的失踪案也和黑车司机挂上钩。

当刘天昊看到姚文媛发送来的黑车司机素描时，他倒吸一口凉气，这人他见过，就在他之前交流代职所在的派出所辖区内，是个刚从牢里放出来的犯人，五年前因为故意伤害罪被判了五年有期徒刑，从时间来推断，应该刚刚被释放出来！

"文媛，这个人我知道，我马上去找他！"刘天昊发了一条语音，随后和王佳佳两人离开看守所，开车向刘夏区驶去！

# 第十九章　圈套

黑车司机叫洪庆苕，名字很奇怪，人也比较奇怪，他早出晚归，很少与人接触，社区里的居民都知道他因故意伤人案蹲过监狱，都敬而远之。

刘天昊和王佳佳到小区门口时，民警小杨和另外一名警察早在一旁等候，指挥着他的车停靠在路边后，四人向小区里面走去。

另一名警察是社区民警，对社区的情况非常熟悉，也很关注洪庆苕的生活和工作情况，还为他介绍过工作。

但这段时间工作比较忙，就疏忽了洪庆苕的事儿，只听说他在跑出租车，具体情况却说不好。

四人来到一个单元的三楼，社区民警敲了敲门，喊着洪庆苕的名字，敲了几次之后房间内还是没有反应。

"可能不在家！"社区民警说道。

"有他的联系方式吗？"刘天昊问道。

"有，所有的刑满释放人员都建立了联系方式，我现在就给他打电话。"社区民警说完开始拨打电话，听筒中传出："对不起，您拨打的电话已关机……"

"不可能啊，您稍等我一下。"社区民警又拨打了另外一个电话，向对方问了洪庆莒的联系方式，却发现和他刚才拨打的电话号一致，他又打了两个电话询问，发现所有人提供的号码都是关机的那个号码。

"这个家伙！"社区民警嘟囔了一句。

刘天昊蹲了下来在门口看了看地面，又看了看门口的鞋柜，随后他站起身在门把手上摸了一下，随后说道："他已经好几天没回家了。"

他伸出手指给小杨三人看，说道："你们看门把手上的灰尘，还有鞋柜上的拖鞋也沾满了灰尘，至少有一个星期的时间没用才会积累这么多的灰尘。"

"不会是畏罪潜逃了吧？"王佳佳在一旁问道。

"正常来说，像这种犯罪一般都是有预谋的，罪犯对自己的行为比较有自信，不会轻易逃走。小杨，洪庆莒在 NY 市有亲戚吗？"刘天昊问道。

小杨摇了摇头，看向社区民警。

社区名警思索了一下，说道："原来他和父母一起住，这套房子也是他父母的，后来他出了事，他父母就搬回老家去了，这套房子就一直空着。"

"黑车司机之间一定有联系。"刘天昊向民警小杨说道。

"好，我现在就去查。"小杨说道。

黑车本身就是违法的存在，经常会被道路交通管理大队等执法部门查处，加上他们影响了正规出租车的生意，所以也被出租车司机们集体抵制，甚至会发生出租车围堵黑车的现象。黑车司机们自觉地组建了一个小团队，有事情发生时，至少还能通风报信，还能在关键时刻相互解救。

他们的保护意识比较强，尤其是警方和交管部门的人，要想从他们口中得知同伴儿的信息会很难。

"佳佳去比较合适，还可以做一期节目，揭秘黑车司机背后的故事。"刘天昊看向王佳佳。

王佳佳思索了一阵，才笑着说道："的确是个好主意，其实你的敏感性很强，比我更适合做记者这个行业，等你干够了警察后，到我公司帮忙吧？"

刘天昊没敢应声，只是摊了摊手，转向小杨："你俩帮我盯着洪庆苕，一旦有了他的消息就立刻告诉我。"

小杨冲着坐在车里的刘天昊做了一个"OK"的手势。

回到了刑警大队，见韩孟丹坐在他办公椅上看着一本刑侦方面的书，他咳嗽两声，韩孟丹却并未理会，看完了一页，将书签放好之后才看向他。

"从肖艳登家提取回来的人体组织和血液以及毛发等物分析结果出来了，发现了第四个人的 DNA，也就是说，除了被害的三人外，还有第四个人，经过 DNA 对比，第四个女孩也在十七名失踪者的行列，这是她的资料。"韩孟丹轻轻地拍了拍桌子上的一摞子资料。

肖艳登母子俩肯定有一个人没说实话！这是韩孟丹得出的结论。

"应该是肖艳登没说实话，他是主犯，他的母亲属于从犯，可能是在他母亲不在的时候，他杀了第四名女孩。"刘天昊分析道。

"要不要咱们再审审他？"韩孟丹问道。

"让队里其他的同志审问吧，反正他已经知道自己是死刑跑不了了，早晚都会说出来的，咱没必要浪费精力在他的身上。去看看虞乘风吧，他醒过来了。"刘天昊说道。

"真的呀，走！"韩孟丹一听立刻来了精神，站起身就向外走。

……

人在年轻时都冲动过，十七八岁的年纪生死无惧，热血冲脑后会做出许多不可思议的事情，当人得到教训或者是上了岁数懂得反思的时候，才会意识到自己的错误。

洪庆苕多年前就是这样一个人，因为一点点小矛盾把对方打成重伤，家人积极赔偿对方赢得了谅解，但法不容情，最终还是判了他五年有期徒刑。

当他从监狱重新回到社会时，他发现一切全变了，社会的进步令他目瞪口呆，原来住的地方已经被高楼大厦所包围，已经习惯了监狱的规律生活，反而对自由生活有些不适应，五年的时间足够改变一个社会，也足够改变一个人。

为了生计，他开始四处找工作，但他有了案底，没有单位愿意接收他，四处碰壁之后他有些灰心，甚至一度想重新回到监狱。

后来还是一个狱友提醒他可以跑黑车，只要从二手市场买一辆廉价的没有手续的车，然后套一个和它型号一样的车的牌子，就可以跑黑车了，就算有些违章也是原车主进行处理，黑车本身也不需要手续，如果遇到查黑车的就一跑了事，反正事后也查不到他的头上。

洪庆苕虽然不愿意再做违法的事，但迫于生计，也只好答应先做着看看。于是两人到附近的车市寻找到一辆没有手续的大众迈腾买了下来，又找到专门制作假牌照的人套了牌子，重新打了大架子号和发动机号，开始在家的附近跑起了黑车。

黑车的好处在于运营成本很低，除了油钱，剩下的都是利润。洪庆苕的要求并不高，只要能保证一天的生活所需就可以了，所以最初跑黑车的时候他还是比较轻松的。

但随着赚的钱越来越多，他的心开始不安分起来，他跑到夜总会附近和医院附近拉客，这两个地方人员比较多，而且大部分人都不会在乎钱，在出租车有限的情况下就会选择黑车来坐。

洪庆苕开始非常谨慎，开车非常稳，几乎从不违章，为的就是不惹麻烦，因此他也在医院这些医护人员和夜总会的客人那得到了很好的口碑，很多人愿意主动约他的车，这其中就包括洛樱。

洪庆茗最喜欢接的活儿就是长途，但现在的交通很发达，若是出远门大部分人会选择高铁或者是飞机、轮船等，很少有坐出租车跑长途的，除非是特殊情况。

洪庆茗最近走了狗屎运，还真就接到了一单长途的活儿。曾经的一个客户找到他，说有些贵重的古董要送到邻省的一个市里进行交易，看洪庆茗开车比较稳，而且客户要得太急，无法通过高铁等进行运输，就租了他的车。客户所开出的价钱也是极具诱惑的，五千元一个来回，三天左右的时间。

跑黑车一个月的收入也就在五千元左右，三天赚了一个月的钱，他怎能不答应。

令他意想不到的是，客户和古董商之间的交易出现了问题，足足在外地等了八天的时间也未回来，中间他数次提出要回 NY 市，客户便给他加了钱，让他继续等着。

好不容易等到客户交易完成，客户把钱付清后让他带一些土特产给客户的朋友，客户说有其他生意要做，便坐飞机独自离开了，他只好独自往回赶路。

当他行驶到 NY 市高速口时，等待他的是一群特警。

他以为这就是临时检查，并未放在心上，他害怕的是交通管理的人。令他意想不到的是，特警在检查他的车辆后，立刻将其戴上手铐扣押起来。

一名穿便装的人出现在他面前，出示证件后表明身份——缉毒警察！

缉毒警察查看了他车后备厢放的土特产，数个塑料袋里面装的是一袋袋白色晶体状的东西。

贩卖五十克以上的毒品就要枪毙，他估算了一下几袋毒品的重量，至少有一千克以上。

"完了！"他第一次体会到绝望是什么滋味！

# 第二十章 冰释前嫌

经历过生死的战友才是真正的战友,这句话是谁说的已经不重要了,重要的是这句话说得有道理。

虞乘风和刘天昊多次经历和匪徒搏命,绝对的过命交情。

心情好,诸事皆顺,几乎是一路绿灯。

就在刘天昊在医院门前的左转区等待时,两辆警车呼啸着开了过来,中间还有一辆黑色的大众迈腾。

自打知道黑车大众迈腾和两起失踪案有关后,刘天昊对这款车特别敏感,他下意识地向车牌子看了一眼,发现这辆车正是他们要寻找的那辆套牌车,驾驶着这辆车的是一名年长的警察,后面的警车里,一名男子坐在后座中间位置,两边坐着的都是警察。

"洪庆茗!"刘天昊说道。

"好像是缉毒科的车,开那辆大众车的好像是姜科长。"韩孟丹说道。

说起姜科长,两人的渊源要延伸到刘天昊的叔叔刘明阳身上。

姜科长当年还是实习警员时就是刘明阳带的他,刘明阳把一身的本领毫无保留地教给姜科长,后来姜科长当上了刑侦科的科长,刘明阳已经是刑警大队的副大队长。

两人在工作上是战友关系,在生活上像亲兄弟一般,两家人交往频繁。令姜科长想不到的是,NY市五号案件被一名记者的报道推到社会层面,竟然引发了全社会的关注,而负责办案的刘明阳在关键时刻犯了一个致命的错误,利用职权之便给主要嫌疑犯通风报信,同时延时抓捕，造成嫌疑犯逃脱，至今仍在逃。

由于主要嫌疑犯逃走，导致证据链无法形成，原本很有指向性的嫌疑人突然全部洗清嫌疑，不但恢复了原岗位，有的甚至还被组织提拔，多年以后，当年的几名嫌疑人都成了 NY 市数一数二的权贵和富豪。

刘明阳身为警察知法犯法，又赶上严打，于是被媒体推上了风口浪尖，公安局不得不做出异常严厉的处理，姜科长亲自抓的他，最终把他送上了法庭。

也不知为何，姜科长的仕途仿佛被冷冻了一般，从五号案件发生开始直到现在，他的警衔一天一天地提升着，岗位从刑侦科跳到了缉毒科，但仍是一个科长。

刘天昊到刑警大队任职后，多次找到姜科长询问 NY 市五号案件的细节，姜科长却只字不提，同时告诫刘天昊最好别管这件事儿，把现在的案子做好就好！

刘天昊年轻气盛，和姜科长大吵了一架，从此以后，两人虽然都在刑警大队工作，却从不说话，就算在工作上有交集，也是由其他人对接，绝不见面。

……

绿灯亮了，刘天昊左转调头向三台车追了过去，边开车边拿出手机，界面上是姜科长的电话，他犹豫了好一阵，放下电话又拿起，最后还是拨通了电话。

电话通了之后，姜科长的声音从话筒传出："小刘，有多久没给我打过电话了，今天怎么想起我来了？"

刘天昊叹了一口气，沉默了好一阵。

"喂，你不说话我挂电话了，我这儿还有案子要办。"姜科长的声音有些沙哑。

"姜科长，刚才我在市医院门口看到你们的车了，抓了人吗？"刘天昊问道。

"还是你眼睛毒，我这么低调都被你看见了！"姜科长的声音从话筒传来，呵呵笑了两声后随即说道："刚抓了一个毒贩，大案子，估计这家伙背后还能牵出一串大毒枭来。"姜科长经验丰富老道，只要是犯罪分子，经他的眼睛一看，准跑不了。

"您抓的人叫洪庆苕吧？"

"那个字念'tiáo'？我看他身份证后愣是认成了'召'，没错儿，就是他，你怎么知道？"姜科长自嘲着说道。

对于刘天昊能打来电话，他非常高兴，甚至比破了一桩特大贩毒案都高兴，连说话的语气都显得很年轻。

"我马上回刑警大队，这事儿咱们见面说吧。"刘天昊放下电话开车朝着刑警大队方向疾驶而去。

"咱不看虞乘风了？"韩孟丹问道。

"先把事儿处理了，虞乘风和姚文媛也在找这个人，咱总得带点礼物去见他们俩吧！"刘天昊微微一笑，显然，他对姜科长的态度有了缓和。俗话说得好，时间会冲淡一切，更何况姜科长当年也是履行职责而已，就算姜科长不抓刘明阳，也会有其他人抓。

至于 NY 市五号案件的细节，刘明阳不肯说，姜科长也不肯说，这说明其中一定有苦衷，既然两人不说，那就只有拿到五号案件的档案再说。

当年的老局长下了一道命令，把五号案件的档案作为绝密档案封存，无论任何人、任何时间都不得打开。

这道命令并未随着老局长的退休而失去效力，接任的钱局一如既往地执行着这道命令，甚至把五号案件的档案塞进他办公室的保险柜里。

这个保险柜是他特意从德国购买的 doettling 品牌，最大的特点就是它拥有除了钥匙以外永远无法开启的机械锁！

……

姜还是老的辣。

刘天昊和姜科长见面后有些尴尬，最后还是姜科长用一连串的笑声打破僵局，话匣子打开之后就好办多了，尤其是两个工作狂，谈起案子

306

来可以不眠不休。

两人聊了好一阵，把洪庆荟的事儿基本弄清了，很明显这是毒贩下的套，先是让洪庆荟送一些不值钱的假古董到另外一个城市，再拖他一段时间，当洪庆荟失去耐心时，把车费付清再让他给所谓的朋友带些东西，而毒品就藏在东西里。

如果安全到达 NY 市，朋友自然会找上门把东西拿走，如果半路上被警方截了，所有的罪名都由洪庆荟一人承担，而洪庆荟刚刑满释放，按照惯性思维，做这些违法的事儿也是理所应当，一切便顺理成章了。

"看来这帮人盯上洪庆荟已经有段时间了。"刘天昊说道。

"嗯，时机成熟后他们才会找到他，因为是黑车，还是辆套牌车，所以就算有问题，洪庆荟也不敢报警，要是正规平台的车，他们应该不敢。"姜科长说道。

"你们打算怎么办？"刘天昊问道。

如果真的按照运毒和贩毒来定性，估计洪庆荟这辈子就完了，肯定要在监狱渡过余生，他从监狱出来后已经洗心革面，准备迎接新的人生时却碰到了这种事儿，可惜，可惜。

姜科长没说话，点了一根烟，抽了两口后才说道："利用他钓大鱼。"

"他呢？"刘天昊最关注的还是洪庆荟的命运。

"他的事儿不好说，我得报领导，你也知道，咱们……"

刘天昊摆了摆手，打断姜科长的话，说道："我明白，这件事我同步和领导沟通一下，您多帮帮忙，一个人能痛改前非不容易，不能毁了他，对吧？"

要是放在一年前，刘天昊一定会严厉质问姜科长，但现在他懂得了迂回作战的道理，有些事复杂得很，绝不是看到的那么简单。

事后证明，刘天昊的做法是正确的，要毁掉一个人很容易，只需要在纸上签个字就完成了，但要拯救一个人，却要付出很大的代价。

"咱们作为执法人员，要做的是拯救人，而不单单是把犯罪的人送进监狱。抓人是手段，拯救才是目的！"刘天昊又说道。

姜科长是个明理人，知道刘天昊的意思，点了点头："小刘，你的心思我懂，尽量配合你，还有什么需要我做的？"

　　"我有些事得问他。"刘天昊说道。

　　"行！"姜科长看了看手表，时间指向下午两点，他点了点手表，说道："晚上六点我来和你交接，给你四个小时。"

　　刘天昊向姜科长伸出手："谢谢。"

　　姜科长一巴掌打在刘天昊的手上，说道："说啥呢，赶紧干活去吧！"

　　姜科长走了几步，回过头说道："小刘，你叔叔的事儿我很抱歉，这么多年他都不肯见我，看来对我的怨气一直没消，有空见到他替我道个歉。"

　　刘天昊微微点了点头。

　　"其实我应该叫您姜叔。"刘天昊说道。

　　姜科长摆了摆手，又点起一根烟。

　　"我叔叔的事儿我也问过您，当年您是办这件案子的刑警，对 NY 市五号案件最熟悉不过，您明明知道我叔叔不是那种人，为什么还要抓他？"刘天昊问道。

　　姜科长吐出一口烟，说道："有些事不是你想的那么简单，就像洪庆苕的案子，背后藏着的真相也许是很惊人的。"

　　说完话，姜科长头也不回地离开。

　　刘天昊愣了一阵，转身进了刑警大队的大楼，径直走向审讯室，韩孟丹早早在审讯室门口等着了。姜科长手下的警员见刘天昊来了，打了个招呼便相继离开。

　　刘天昊和韩孟丹推开审讯室的门，他们看到了一张苦闷的脸和一双散射出渴望的眼睛！

# 第二十一章　苦心

"那些东西不是我的。"洪庆苕向刘天昊和韩孟丹说道，他的表情充满着渴望，渴望对方能理解他内心中的冤屈。

"介绍一下，我是刑警大队第五中队中队长刘天昊，这位是法医韩孟丹。"刘天昊说道。

洪庆苕脸上一喜，急忙说道："我听说过您刘队，您是 NY 市的大神探，罪犯的克星。"

刘天昊摆了摆手，说道："客套的话咱不说，我的时间有限，我来问，你来答。"

洪庆苕猛地点点头。

"认识她俩吗？"刘天昊拿出洛樱和女护士的照片问道。

洪庆苕曲着眼睛看了看两张照片，说道："认识，都认识。一个是在夜总会上班的小妹，叫……洛樱；另外这个是护士，在市医院上班，经常坐我的车。"

"两人都失踪了，神秘失踪。"韩孟丹说道。

洪庆苕瞪大眼睛看着二人，过了好一阵才说道："这件事儿和我无关，我只是一个黑车司机，想谋个生而已。"

说到这里，他顿了一顿，眼神黯淡下来。这次他涉及的案子是贩毒，一旦罪名确凿，别说出去，能不能保住性命都难说。

"你的事儿我和姜科长都说了，他尽量帮你争取。"刘天昊说道。

洪庆苕苦笑一声，说道："谢谢了！"

涉毒的案子本身判得就重，如果真的按照运毒来定罪，就算争取也是个无期。

"如果你能帮助姜科长抓到真正的毒贩,也许,你可以做无罪辩护。"刘天昊说道。

洪庆苔咬了咬嘴唇,点点头,眼神中又多了些生气。

"洛樱和护士最后坐你的车是哪天,去了哪里?"韩孟丹接着问道。

洪庆苔解了心里疙瘩,心情好了很多,他思索了一阵,才说道:"哪天我记不住了,但我记得洛樱最后一次坐我的车是去了王百万的集团总部。"

"王百万?"

"对,就是那个很高调的地产商人。我对他印象很深,而且洛樱进入总部时,是王百万的助理迎她进去的,我当时心里还嘀咕,从此以后少了一个客户。"洪庆苔说道。

"怎么少了一个客户?"韩孟丹有些不解。

"嗨,洛樱本来是在夜总会上班,王百万经常去捧场,现在她去了他的集团总部,就代表着已经投靠了他,王百万不可能再让她到夜总会上班,车、房子什么的也自然不是问题,洛樱以后肯定不需要打黑车了,就这么回事。"洪庆苔说道。

"从那儿以后,你就再也没见过洛樱?"刘天昊问道。

"没见过,也没听其他哥们儿说过洛樱。"洪庆苔口中的哥们儿是他们一起跑黑车的司机。

"护士呢?"韩孟丹问道。

"护士叫小昭,具体名字我不知道,大伙儿都叫她小昭,人很好,最后一次坐我的车是在前不久,具体时间记不住了,护士和医生有时候下班比较晚,所以经常约我的车,她回了家,就在离医院不太远的地方。"

"直接回了家?"韩孟丹问道。

"对,直接回了家,她每次打车都是直接回家。"洪庆苔说道。

"我们会对你说的话进行核实,如果你说了谎……"

"放心刘队,我绝不会说谎。"洪庆苔说道。

刘天昊点点头，随后又向洪庆苕核实了一些情况，却没有太大的收获，见时间已经接近晚上六点，便和姜科长的人进行了交接。

两人来到刑警大队的后院，两名警察对大众迈腾进行着检测。

"小李，有结果吗？"韩孟丹问道。

两人都是鉴定中心的警察，检测车辆也是韩孟丹安排下去的。

"丹姐，还没有，估计今晚够呛了。"警察小李说道。

"那辛苦你们了！"韩孟丹客气了几句后与刘天昊回到办公室。

"洪庆苕应该没有撒谎。"刘天昊说道。

韩孟丹点点头，说道："我同意你的意见，按照他目前的处境，撒谎对他一点儿好处都没有。"

"我感到洛樱好像是这十七起神秘失踪案的一条引线，一直牵着咱们向前走，最终一定会找到真相。"刘天昊说道。

"现在是十八起了，别忘了护士小昭。"韩孟丹提醒道。

刘天昊点点头，叹了一口气："但愿她们都平安无事！"

想起失踪的这些人，两人心情沉重了很多，看着窗外的夜景沉默着。

"昊子，昊子！"王佳佳的声音从外面传来。

当王佳佳进入办公室的时候，她感到韩孟丹冰冷的目光，她尴尬一笑，冲着韩孟丹和刘天昊摆了摆手。

"我进了黑车司机的群，了解到一些情况，应该很重要，所以就跑来找你了。"王佳佳说道。

刘天昊干咳了两声，看了看墙上的钟表已经指向七点，于是说道："要不一起吃个晚饭吧。"

让他没想到的是，两人居然异口同声地说道："好！"

三人互相看了看，笑了起来。

……

黑车司机的生存并不容易，黑车没有运营手续，一旦被人举报或者是被运营管理部门抓到，不但要罚款，甚至可能连车都被没收。

王佳佳了解到黑车司机的不易之后，便撰写了一篇文章，名为《没人愿意在黑暗中生活》，其中用了大篇幅的感人段落描绘了黑车司机的生活，引发了大批网友的同情和支持。

虽说对黑车司机们的状况没有太大的改善，但至少赢得了一部分人的同情，也算是一种进步吧。

黑车司机们也加入到王佳佳的粉丝群中，对她更加疯狂地热爱着。有名黑车司机给王佳佳提供了一条线索，是关于洛樱的。

他数次开车带洛樱到一个孤儿院，孤儿院是一个私人办起来的，主要是收留那些不符合政府孤儿院收养条件的孤儿们。

……

"孤儿院？"刘天昊对洛樱的行为越来越不解。

"这家孤儿院我调查过，是民间人士自发组织的，就在 NY 市南郊的一栋废弃别墅里，所在的别墅区因为开发手续的问题全部废了，土地六次易主，最后也没人能解决问题，只能荒废掉。"王佳佳说道。

"那个地方我知道，因为没人管理，很多外来人员就搬了进去，治安比较乱，前年公安局为处理这件事出动了大批警察，最后把所有人都清离了出去。"刘天昊说道。

"那怎么还有个孤儿院在那儿？"韩孟丹问道。

"节约成本啊，那么多孩子需要照顾，加上医疗费用等，生存很艰难的。最初的时候孤儿院是在市内的一栋楼里租了一个单元，但后来随着孩子越来越多，成本也越来越高，要是继续租下去，连运营都很难，所以他们才搬到废弃别墅区的。"王佳佳说道。

"难道说洛樱是孤儿院的志愿者之一，她所骗的钱都是为了缓解孤儿院的经济危机？"韩孟丹说道。

"有这种可能，咱们还是去看看吧。"刘天昊说道。

三人快速吃完饭后，开车前往孤儿院所在的别墅区。

……

这几年正值 NY 市经济发展的大潮，很多开发商大力开发地产，盲目开发的结果就是产生了大片的废弃工厂和大量烂尾楼，其中就包括这片别墅区。

别墅区的规划还是不错的，一亩地一栋别墅，整个小区大约能有一百栋别墅。小区的中心有个巨大的坑，看起来应该是一座人工湖，只是没人维护，水干了之后就成了一个巨大的土坑。

孤儿院就在土坑边缘的一栋别墅里，其他的别墅都是灰色的水泥色，而这栋别墅却刷上了蓝色。

别墅的灯光很暗，一根电线从一根简易的木杆上接到别墅里，应该是志愿者帮着接的电。

接待他们的是孤儿院的院长，也是志愿者之一，孤儿院的发起者，她叫齐菲菲，三十多岁的模样，戴着眼镜，看起来比较理性。

"您是记者王佳佳吧？"齐菲菲一眼就认出了王佳佳。

两人虽然没见过面，却通过网络联系过。王佳佳上前拉住她的手，热情地聊了几句，又顺便介绍了刘天昊和韩孟丹。

"你们……"齐菲菲得知了刘天昊警察的身份，立刻警觉了起来。

"我们只是来了解情况的，没有其他的意思。"刘天昊急忙解释道。

齐菲菲这才松了一口气，问道："我还以为你们是来撵我们走的，说吧，需要我配合什么？"

"我们想了解一下洛樱的情况。"刘天昊说道。

"洛樱？"齐菲菲一脸茫然。

刘天昊拿出洛樱的照片，放在齐菲菲面前。

"哦，是她呀，她是我们的志愿者之一，但我们都不知道她叫什么，她从来不说话，来了也只是待一阵，把钱给我之后就离开。"齐菲菲说道。

"多少钱？"韩孟丹问道。

齐菲菲眉头皱了皱，说道："每次都不一样，有时候几千，有时候几百。"

刘天昊有些疑惑，洛樱从杨派和肖艳登两人那里骗来的钱不可能这么少，难不成她把所有的钱都挥霍了不成？

"哦，不过她还有些东西放在这里，说是等孤儿院支撑不下去的时候可以打开。"齐菲菲说道。

刘天昊微微一笑。

人总是有好奇心的，如果真有这种事，齐菲菲很难忍住不提前打开，这就是刘天昊笑的原因。

齐菲菲白了刘天昊一眼，说道："你不信我？"

刘天昊看齐菲菲一脸严肃，知道自己可能错了，于是很郑重地说道："对不起。"

齐菲菲叹了一口气，说道："也不怪你，其实我大约猜到了洛樱留下的是钱，但我还是忍着自己的好奇心没打开，承诺就是承诺，我答应她不到关键时刻绝不打开的。"

"洛樱失踪了，她留下的东西可能会给我们一些线索。"刘天昊说道。

"好吧！"齐菲菲犹豫了一阵，随后点了点头。

……

当齐菲菲打开洛樱留下的箱子时，刘天昊三人明白了洛樱的苦心。

# 第二十二章　王百万

人心隔肚皮，说的就是人性永远隐藏在皮囊之内，除了自己没人能看透，甚至有的人连自己也看不透。

人善于伪装自己，这是自人类起源开始就具备的能力。

从接触洛樱失踪案以来，大家先是可怜她的母亲，又可怜她的经历，但经历杨派、肖艳登两人被她骗光了钱之后，她的形象也毁了所有人的三观！

在夜总会陪酒、陪跳舞，骗子，感情玩弄者！

洛樱没有接受过高等教育，没人帮助她树立正确的世界观和价值观，她的行为可以追寻到其轨迹，但通过线索找到孤儿院时，突然发现事情又发生反转。

一箱子人民币的冲击力是很大的，她可以用这些钱买一栋房子，换一台豪车，买喜欢的衣服和皮包；可以开一间小店静静地享受生活，可以给老家的父母买一份养老保险；可以翻修已经摇摇欲坠的房子，再也不用忍受夜总会客人毛毛躁躁的手摸来摸去，再也不用一瓶一瓶地啤酒灌进肚子，再到卫生间吐出去，再也不用每天过着醉生梦死的生活……

但她选择的是另外一条路，一条常人无法理解的路——把钱捐给孤儿院。

这种行为没有人能够理解，毕竟人性中最重要的一部分就是自我属性，"人不为己，天诛地灭"说的正是这个意思。

杨派的钱是靠着给器官贩卖者当中介得来的，而肖艳登就更不用说了，母子两人简直就是恶魔的化身，所有的钱都是一条条鲜活生命换来的。

虽说是不义之财，但洛樱完全可以忽视钱的属性，拿着这些钱过属于自己的生活。

齐菲菲不知道洛樱的名字，也不知道她的职业，但她突然明白了洛樱的苦心，明白了就是明白了，也明白了为什么洛樱要她在孤儿院遇到困难时才启动这笔资金。

"这一箱钱怕是得有几百万吧？"齐菲菲惊讶着。

四人在一个比较暗的房间里盯着一张桌子上的箱子，箱子里整整齐齐地摆放着一沓沓的人民币。

房间是特意为洛樱留的，平时都锁着，只有她来的时候才打开，她也有些个人物品存放在这儿，刘天昊查看一番后，发现都是些化妆品和生活用品，没有特殊的线索。

韩孟丹翻了一下箱子，大约估算着钱的数量，箱子并不是影视剧中装钱的那种小文件箱，而是平常装衣服的软质旅行箱，这一箱钱至少得有三百万以上。但她从杨派和肖艳登手里骗来的钱也就一百多万，还有二百多万不太可能是她从夜总会赚到的！

刘天昊和韩孟丹、王佳佳对视一眼，又问道："除了这些钱，她还有其他东西吗？"

齐菲菲摇了摇头，说道："她一直都很低调，也很神秘，我问过她好几次姓名，她都只是摇摇头不肯说。"

"她是怎么找到你们的？"王佳佳问道。

"这个……不知道，也许是缘分吧！"齐菲菲说道。

回答完这个问题后，房间中突然变得安静下来，安静得可以听到自己的心跳。

"先这样吧，如果你想起其他的事儿随时联系我！"刘天昊打破了沉默，同时递给齐菲菲一张名片。

齐菲菲接过名片看了看，郑重其事地放进钱包里，随后看着箱子问道："那这些钱……"

"我们都相信洛樱的选择是对的，你说呢？"刘天昊意味深长地看了一眼齐菲菲。

齐菲菲点了点头，说道："放心吧，孤儿院不到绝境时，这笔钱我绝不会动用。"

"去存上吧，我们相信你，但万一要是被别有用心的人看到，怕会对你不利。"韩孟丹提醒道。

刘天昊接着说道："我会安排同事陪你把钱存上。"

此时的刘天昊才有空仔细打量齐菲菲，她穿的衣服都是一百元左右的地摊货，但看起来还算整洁，双手比较粗糙，显然是常年干粗活儿造成的。再看她的脸上，眼角的鱼尾纹和两鬓偶尔飘出来的几丝银发与她的实际年龄严重不符。

从事公益事业不是件容易的事，它处于灰色边缘地带，没有政府的支持，没有社会层面的支持，只是靠着志愿者和主办人员的能力维系这样一座孤儿院已属不易，耗费心血亦属正常。

　　"我带你们看看他们吧？"齐菲菲小心翼翼地问道。"他们"指的是孤儿院的小孩子们。

　　门外面传来一阵窸窸窣窣的声音，刘天昊向门上的玻璃窗看去，几个小脑袋露了出来。

　　"好，去看看！"

　　……

　　三人离开孤儿院后原本沉重的心情舒畅了很多，见了太多的孤儿，也听了齐菲菲讲了太多悲惨的故事，也许在这个社会上值得人们去做的事太多了。

　　王佳佳作为一名媒体人，有她的使命和任务，她感到自己有义务承担起应该承担的担子，靠媒体的力量来呼吁社会，呼吁人们心中的良知，从而让这个社会变得更加美好。

　　韩孟丹的电话突然响起来，她看了一眼手机，看到是钱局打来的，她心头一紧。钱局和韩忠义关系很好，两家人经常在一起做客，但在工作上他很少和韩孟丹直接联系，毕竟还隔着刑警大队这一层。

　　"钱局。"韩孟丹接了电话。

　　"小丹，你马上到化工厂家属楼，情况比较紧急，到了现场我和你解释。"钱局说话的语速很急，看样子是发生了大事。

　　"刘队也在，需要一起去吗？"韩孟丹看了看刘天昊问钱局。

　　"不用，让他忙失踪案吧，这儿暂时还用不到他。"钱局说完便放下电话。

　　韩孟丹看了一眼王佳佳，随后说道："我得先回去了，局里有事儿。"

　　"那咱们分头行动，有事随时联系！"刘天昊说道。

　　韩孟丹有些失落，暗暗地叹了一口气，向主干马路方向走去……

　　刘天昊也感到了韩孟丹的不快，但碍于王佳佳也在场，他无法言明，目送韩孟丹离开后，他向王佳佳说道："我送你回去吧，这几天辛苦你了！"

王佳佳一直在盯着手机看，对刘天昊的话只是应了一声。

"王百万回来了，刚下飞机过海关！"王佳佳突然说道。

"只有王百万一人吗？"刘天昊急忙问道。

"其他人不知道，但肯定没有洛樱。"王佳佳答道。

刘天昊有些失望，他希望能听到洛樱跟着王百万一起回来的消息，虽然他并不希望这样一个女孩跟了王百万这样的人。

"弄不好，箱子里面的钱有一部分就是王百万的。"刘天昊说道。

洛樱的钱数额太大，肯定还有其他的钱在里面，王百万痴迷洛樱，出手又一向大方，很有可能也被她骗了钱！

"去会会他。"刘天昊说道。

"好，但不能以警方的名义，否则，肯定没有好结果。"王佳佳说道。

对于这些富人，刘天昊打了很多次交道，由于钱太多，可以调用的资源也非常多，他们大多数都是目空一切。

王百万的传奇致富经历被很多人津津乐道地传着，自打刘大龙和蒋小琴家族没落之后，王百万便隐隐地成为 NY 市第一首富，成为焦点是理所应当的事儿。

在女人方面，他比刘大龙要强很多，还没听过他和其他的女人有过不正常的勾当，洛樱的事儿要是没有失踪案勾着，恐怕到死都不会有人知道。

当然他也逃脱不了富人的毛病，除了能大侃特侃各种商业模式之外，就是讲排场，要讲排场还得装低调。

当他坐着迈巴赫 S600 回到他的总部大厦时，王佳佳和刘天昊甚至连他的身边都无法靠近，十几名保镖紧紧地把他围在中间，出行的架势堪比某国的元首了。

王氏集团的前台无疑是刘天昊见过的最豪华的前台，一进门几乎被金灿灿的光芒笼罩住，前台的两名美女也都是国际名模级别的，身材好、脸蛋儿漂亮，就连王佳佳这种级别的美女都有些黯然失色。

"你和王总说，就说王佳佳要采访他。"王佳佳冲着前台美女说道。

前台美女瞪大眼睛看了看王佳佳，问道："你就是 NY 市第一大 V 王佳佳？"

王佳佳得意地点了点头。

前台美女立刻从桌子里掏出本子，又拿起一支笔，冲着刘天昊说道："那您一定是神探刘天昊了？"

刘天昊微微点点头。王佳佳被美女的一惊一乍弄得不明所以。

"给我签个名好不好，我可是你的忠实粉丝，你所破获的案子我每一件都认真研究过。"前台美女说道。

王佳佳白了美女一眼。她原本以为美女是冲着她才兴奋起来的，没想到人家是冲着刘天昊。

刘天昊也没客气，接过本子在上面签了名，问道："我们想见你们王总，有件案子想向他咨询。"

"没问题，我这就去请示。"美女冲刘天昊眨了眨眼，拿着笔记本边看着边向电梯走去。

王佳佳捅了捅刘天昊，小声说道："哎，眼睛都看直了，有什么想法吗？"

刘天昊憨憨一笑，说道："我从头到尾可都没说什么。"

两人调侃着，过了没多久，就见前台美女从电梯上下来，冲着两人招了招手。

"王总在十五楼的会客厅等你们。"前台美女说道。

"哇，这也太神奇了吧，一个前台就把事儿报到总裁那儿，而且还同意了！"王佳佳边走边小声嘀咕着。

前台美女似乎听到了王佳佳的话，冲着刘天昊伸出手，笑着说道："我叫王晓冉，你们要见的王百万是我父亲，我在前台工作不过是来了解集团每个部门的运营情况的，不久后，我就会成为集团的执行总裁。"

刘天昊恍然大悟，礼貌地和王晓冉握了握手。

王佳佳瞪大了眼睛看着这位千金大小姐，说道："您就是从英国留学回来，三个月内创造了王氏集团商业奇迹的那个……"

"没错，就是我。"王晓冉冲着两人做了一个请的手势，随后迈着大模特步子回到了岗位上。

"了不起！"

……

王百万并没有想象的那样难以接触，加上王佳佳的亲和力，三人接触之后，很快便聊到了一起。

"你们问的是洛樱的事儿啊。"王百万皱起了眉头，点起一根雪茄抽了两口，见王佳佳脸上露出一丝不快，便道着歉把烟掐了。

"洛樱这女人可不简单，我和她的事儿……你们答应替我保密，我才能说！"王百万说道。

"当然没问题。"刘天昊和王佳佳异口同声地说道。

"她骗了我一些钱！"王百万的话并未出乎两人的意料。

"能具体说说吗？"王佳佳问道。

王百万喝了一口茶，叹了一口气后才慢慢说道："其实也算不上骗，毕竟我对她也有心思，那点钱对我来说也算不上钱。"

刘天昊点点头："王总，洛樱失踪了，她既然和您有瓜葛，那就得麻烦您……"

王百万无意义地挥了挥手，闭上眼睛深吸了一口气，随后说道："我和她认识有三个月零七天了……"

……

洛樱和王百万的相识并不意外，一个是在夜总会陪酒的小妹，一个是经常陪客户出入高档夜总会的商业大佬，两人的相遇实在是再普通不过。

但洛樱纯真的气质吸引了王百万。

王百万自打妻子病故之后就再未娶，他身边的女人一茬又一茬地扑过来，但他对她们一点儿感觉都没有，在他的眼里这些女人都是冲着他的钱来的，要是没有钱，没人会多看他一眼，可洛樱的出现令他改变了看法。

洛樱虽然认识他，但对他并没有其他女人的暧昧态度，她并未因为他的身份和地位就降低自己的尊严和人格。

王百万私下约了洛樱好多次，但被洛樱以工作忙而拒绝，王百万只得每天晚上到夜总会买她的台。

随着时间的推移，王百万越来越喜欢洛樱，她的骨子里自带着一种媚感，甚至超过了王佳佳。

王百万要到某国出差谈一个项目，便邀请洛樱一同前往，告知所有的费用按照夜总会的最高费用来算，还付给她一笔不菲的小费。

令王百万意想不到的是，洛樱一口答应了下来，而且要求先付钱，现金，两百万。

两百万对于王百万来说算不上什么，但他也不会轻易给一个玩夜场的女孩，本想和洛樱谈谈条件，却不想洛樱直接拒绝了他。

王百万的心动了，于是给了洛樱两百万现金，给她安排在集团大厦里面住了下来，并派人二十四小时盯着她，以防止她逃走。

这就和黑车司机洪庆若送洛樱到王氏集团的叙述完全对上了。

王百万还是低估了洛樱的能力，她居然在王百万出差的前夜逃走了，而且是在四名专职保镖的严密守护下逃走的。


# 第二十三章　集体中毒


洛樱逃跑时整个大楼监控全部失效，事后王百万查起来也未发现任何异常，只是在那一段时间里监控系统莫名地失效。

王百万的话令王佳佳想起了她的黑客朋友老蛤蟆，这个世界上有很多老蛤蟆这样的高手存在，黑一个民间的监控系统应该不在话下，如果按照这个理论，洛樱还应该有个同伙才是。

按照这个推论，那洛樱就可怕得多了，也许她背后的人还充当着军师的角色，帮助她制订行骗计划和探查行骗的目标。

目前而言，杨派是个混子，肖艳登属于无脑型的罪犯，那不太可能是军师的人选；洪庆苕刚从监狱里出来，一直在开黑车，不但没有营运手续，连车的手续也是假的，足见洪庆苕不但胆子大，而且拥有一定的智商，加上他和洛樱数次接触，嫌疑最大。

王佳佳看了一眼刘天昊，两人几乎是心有灵犀一点通，立刻明白了对方想的都是洪庆苕的事儿。

两百万的现金不是一个小数目，一个弱不禁风的小女孩带着这么大一箱子钱还能从四个专职保镖手下逃出去，王百万真是有苦说不出。

但王百万这次出差是要谈一个重要的项目，迫在眉睫，不可能因为洛樱的事儿而耽搁，所以就委托了其中一名保镖进行查找，这名保镖曾在特种部队服役过，头脑聪明，侦查能力很强。

"有结果吗？"王佳佳急忙问道。

王百万示意两人喝茶，他按下电话上的一个按钮说道："让小李到我办公室来一趟。"

不一会儿，一名身穿笔挺西装的小伙儿走了进来，他相貌一般，但脸部棱角分明，身体不高，但整个人有股向前冲的气势，走路时带着一股豹子的劲儿，仿佛随时可以扑咬猎物。

小伙儿向王百万的方向鞠躬。

"小李，你把调查洛樱的事儿和两位警官说说。"王百万示意小李坐下。

"王总，您出差后我就立刻着手进行调查，发现她在一家化工厂附近失踪，之后就再也无迹可寻。"保镖小李说道。

保镖小李并未提及两百万现金的事儿，显然是不知道，应该是王百万顾及面子不愿和保镖说，这么大一个集团的董事长，对一名在夜总会上班的小妹情有独钟，还被她骗了钱，要是说出去，怕是让其他同行笑掉大牙。

"失踪？"王百万质疑。

"对，失踪，听说现在警方也在查这个案子。"保镖瞥了瞥王佳佳和刘天昊说道。

"是哪家化工厂？"刘天昊问道。

保镖看了看王百万，见他点点头后，才说道："南郊一家废弃的化工厂，三年前破产，之后就再没经营过，工人隔三差五地聚集在化工厂门口讨薪水，后来这件事儿还闹到了市政府，怎么解决的就不知道了，她最后出现的地点就是那里。"

"具体什么情况？"刘天昊问道。

保镖说道："刘警官您好。洛樱很狡猾，我费了九牛二虎之力才找到她，并在她的身上安放了一个微型定位器，微型定位器的功率比较小，超过三公里就会失效，我按照定位器的指示一直跟着她，但每次我追踪到她后，她总能想办法摆脱我的追踪。我不是警察，没有执法权力，只好暗中跟着，其间她去过一间私人开办的孤儿院，还有商场和医院，最后在商场的地下车库我跟丢了，等我再次找到她时，信号出现的位置就是南郊的一家化工厂附近，信号出现一次后就彻底消失了。我到化工厂找了一遍，也没找到人，微型定位器也没找到。"

"辛苦你了小李，你继续查吧，争取把人找到。"王百万挥了挥手说道。

保镖鞠躬后离开。

提到南郊的化工厂，刘天昊突然想起刚才韩孟丹和钱局对话中也涉及到了化工厂，难道真的那么巧合吗？

"刘警官，王大记者，我和洛樱之间的事儿还请二位替我保密。"王百万苦笑着说道。

上层社会人士也有他们的苦衷，老百姓要是有个小绯闻最多在小圈子里传传也就过去了，像王百万这种级别的公众人物可不一样，出现任何绯闻都会被别有用心的媒体恶意炒作以博取眼球，一旦事件发酵，影响到的可不只是事件主角本人，还会影响到其所在的集团和周边企业的利益，损失可就不是两百万能解决得了的。

王佳佳和刘天昊对视一眼，他们对眼前这位大商人很有好感。首先是他很有礼貌，没有传说中那么高调、能吹嘘；再者就是他从来不居高临下地做事，给人的感觉就像是邻居大爷一样平易近人，两人本就心善，没理由因为洛樱的事把王百万推到前台。

刘天昊点点头，说道："王总，要是您还有洛樱的消息，请立刻告诉我。"

"好，那我就不送二位了，还有些事情要处理，等有机会，我安排一下，咱们一起坐坐聊聊天，向你们学习一下经验。"王百万笑着说道。

王百万的话是成年人聊天的潜台词，有机会坐坐就意味着绝不可能在一起坐，毕竟双方的差距太大，就算勉强坐在一起也无话可谈。

见王百万下了逐客令，两人也不好再问什么，只好告辞离开。

王百万已是年近半百，丧妻之苦只有他心里最清楚，虽说有诸多的女人围在他身边，但他却不肯沾染，一方面可能是对亡妻的怀念，另一方面就是这些女人都是为了他的钱，而不是冲着他的人。

洛樱虽说也提出了钱的需求，但给王百万的感觉却是清纯的，她要钱的目的不是爱钱，而是另有目的，所以他爱上了她，肯在什么承诺都没有的情况下付出两百万。

送走了二人，王百万告诉秘书拒绝一切来访客人，一个人坐在巨大的办公室里发呆，而放在他眼前的正是洛樱的照片！

两人离开大厦后上了车，刘天昊插上车钥匙却并未点火。

"钱的事儿怎么办？"王佳佳问道。

孤儿院中除了杨派和肖艳登的钱之外，其余钱的主人算是找到了，王百万虽然不在乎这点钱，但钱毕竟是人家的，也不能随意处置，哪怕孤儿院需要也不行。

"还需要考证一下，看看那部分钱还有没有其他人的，如果没有，钱就得还给王百万，等回头我去找孤儿院的齐菲菲说吧，其余的钱就先放在她那儿，以备不时之需。"刘天昊说道。

"好容易查到洛樱的线索，现在可好，又断了。"王佳佳叹了一口气。

"还没断，化工厂可能就是下一个线索，我先送你回去，然后回刑警大队梳理一下线索。"刘天昊说道。

......

韩孟丹虽说是法医，但最不愿意看到的就是尸体，因为一具尸体就代表着一条鲜活生命的离开。

眼前的两具尸体是从化工厂家属区直接运来的，甚至都没经过医院的抢救。

助手在一旁拿着检测报告念着各种数据，韩孟丹则是在尸体旁继续检测着。

"死者口腔中有大量的粉红色泡沫痰，肺部有严重的水肿，死因是反射性呼吸中枢抑制或者是心脏骤停导致的猝死。"法医助手说道。

"从其他人的病状反应加上尸检结果来判断，很可能是氯气中毒。"韩孟丹说道。

"血液化验已经送到检验科了，下午应该能出结果。"助手说道。

"市医院那边有结果吗？"韩孟丹问道。

这次中毒事件涉及的群众有四十多人，多数是年纪比较大的留守老人，因为他们身体比较虚弱，抢救难度相对比较大，有两人当场宣布死亡。

"我同学刚好参加了这次急救，说是像氯气中毒的症状，处置的方法是雾化5%的碳酸氢钠，并进行地塞米松静脉注射以缓解症状，大部分人经过抢救已经脱离危险，办了住院观察。"助手说道。

韩孟丹点点头，说道："基本可以确定就是氯气中毒了，但有一点我很奇怪，化工厂都已停产多年，为什么突然间出现了氯气中毒的现象，而且还是在离化工厂有一定距离的家属区？"

"派出所不是已经在住宅区调查了吗？"助手问道。

韩孟丹摇摇头，拿起手机给刘天昊拨打电话："刘队，我觉得你得回来一趟，有些情况我需要和你沟通。"

"孟丹，我也正要找你，钱局让你跟的化工厂的案子，化工厂是不是在南郊？"刘天昊在电话里问道。

"你怎么知道？"韩孟丹问道。

"咱们见面说吧，你在哪儿？"刘天昊问道。

韩孟丹看了一眼忙碌中的法医助手，说道："我还能在哪儿！"

……

刘天昊看到两具尸体的尸检报告之后陷入了沉思中。对于氯气中毒他见过很多，但中毒致死的却很少见，这种死亡也只有在化工厂中才会出现，而出事家属楼附近的化工厂停产好几年了，化工原料早已运走，整个化工厂就是一个空壳。

"咱们到现场去看看吧。"刘天昊隐隐地觉得这件案子可能和洛樱失踪案有关，虽说现在还找不到任何线索。

"好。"韩孟丹和助手交代了一些事宜后便和刘天昊两人离开。

刘天昊在路上把调查洛樱的事儿说了一遍，当韩孟丹听到洛樱失踪前最后出现的地点就是化工厂附近时，她的心头一紧，隐隐觉得两件事之间有着一丝难以言喻的联系。

想到这儿，她看了看开车的刘天昊，两人互相点了点头，看来是想到一起去了。

# 第二十四章　端倪

化工厂家属楼距离化工厂大约一公里，远远地可以看到化工厂的几个高耸入云的大烟囱和巨大的厂房。

家属楼是早年的建筑，砖混结构，楼外墙的漆面经过多年的风吹日晒已经变得斑驳。出事的是最靠近化工厂的一栋楼，刚走到楼的单元门口，便有一股刺鼻的味道传来。

韩孟丹皱了皱眉头，说道："是氯气，也有可能是盐酸挥发出来的味道。"

刘天昊向楼顶方向看了看。

楼的顶部是平顶的平台，上面立着几个破烂的排气孔，早年建筑上的排气孔和下水道的设计不合理，经常会导致气体倒灌到住户家中，如果不是有人故意释放氯气，那氯气的来源很有可能就是下水道反上来的。

楼体周围已经拉起了警戒带，楼前不远处有两名警察在执勤，他们戴着防毒面罩，疏散着前来围观的群众。一名警察看见刘天昊和韩孟丹便急忙迎上前，把两个防毒面罩递了过来。

"刘队，韩法医，这里味道太大了，不戴防毒面罩都靠不近楼体。"派出所的民警说道。

"人员都疏散了吗？"刘天昊问道。

"附近几栋楼的居民都疏散了，社区已经安排到附近的体育馆和几家民宿住下了，市局让我们尽快查出原因，可这案子已经超出了我们的能力……"民警说到这里脸上露出惭愧之色。

刘天昊摆了摆手，说道："市里派的专家组到了吗？"

"来过了，抽取了气体说是拿回去化验了，到现在还没消息。"民警说道。

三人正说着，警戒带外来了一位大妈和一位大爷，两人吵着要回家，和执勤的另一名民警争吵起来，情绪相当激动。

刘天昊和韩孟丹走到警戒带附近，说道："大爷、大妈，这里太危险，你们还是等排查完之后再回来，生活上有什么困难可以找社区解决。"

大爷连连摆手摇头，说道："我就想回家，哪儿都不去！"

刘天昊正要说话，大爷又把话抢了过去："小伙子，我跟你说，这件事儿很好解决。"他指了指远处的化工厂又说道，"肯定是化工厂的盐酸原料泄露了，倒灌到我们这里的下水管道，弄些氢氧化钠溶液倒进下水道里就能解决。我原来就是化工厂的技术员，这都是小菜一碟！"

刘天昊点了点头。

"这房子是老房子，规划的时候没做好，和化工厂共用一个下水管线，原来通畅的时候还好，后来工厂黄了，下水管堵了，经常会出现反味儿的事儿，但这次反的是氯气，的确有点儿奇怪。"老大爷又说道。

"我可和你说，我离开这房子都活不下去，在体育馆待着浑身难受，你要是不让我回去，我就死在这儿！"大妈一屁股坐到地上，眼泪噼里啪啦地流了下来。

两名社区人员从远处跑过来，和执勤的警察劝着大爷大妈，大爷还好一些，大妈的情绪却越来越激动，加上附近还有一股浓浓的氯气味道，没几分钟她就晕了过去，吓得大爷和两名社区人员抬着大妈离去，不一会儿，一辆"120"急救车到来，带着大爷和大妈呼啸离去。

"兄弟，有这个小区和化工厂的地下管线规划图吗？"刘天昊问道。

"有，之前那个大爷就提过，我们把图纸从规建局弄过来了，就在化工厂的社区里。"民警回答道。

民警小杨气喘吁吁地从远处跑了过来，边跑边喊着刘天昊。

"刘所，不……刘队，我查洪庆苔的时候查到了一条线索，是和洛樱有关的。"小杨气喘吁吁地说道。

洪庆苔被抓后刘天昊已经审过了，目前的线索说明他和洛樱失踪案没关系，至于运毒的案子转交给姜科长了。

小杨摆了摆手，说道："洪庆苔被抓的事儿我知道，是洪庆苔黑车群里的一个司机，他说有一次拉活儿的时候看到了洛樱，就在这个化工厂附近，因为化工厂附近都是留守的老年人，生活条件一般，穿的衣服比较破旧，洛樱所穿的衣服比较艳丽，而且长得又漂亮，一眼就认出来了，当时黑车司机还问她坐不坐车。"

"后来呢？"韩孟丹问道。

"洛樱没坐那台黑车，所以黑车司机也不知道后来的事儿。"小杨说道。

刘天昊点点头："看来几条线索都对上了，洛樱失踪的地点就在化工厂附近！"

十七宗人口失踪案的分布图已经清晰地印在刘天昊的脑海里，现在洛樱的失踪地点添加在化工厂附近。

"要我搜一下化工厂吗？"小杨问道。

"先不用，你回去等消息，我随时叫你！"

……

社区里聚集着很多人，都是几栋家属楼的居民，人们还算是通情达理，小声地在大厅里交头接耳地议论着。

会议室里面的讨论声音不断传出来，是区分管领导和社区人员交谈的声音。

刘天昊和韩孟丹进入会议室，和领导们打了招呼后就看向图纸，图纸上的管道架设图已经被红色的笔标记出来，很明显，居民区和化工厂用的是一条下水管线！

"咱们去化工厂看看！"刘天昊预感化工厂才是整个事件的源头。处理氯气的事儿有专家组和应急管理的人，他们在与不在意义不大。

刘天昊话音刚落，就听见韩孟丹的手机响起。两人向众人告辞，走了出去。

"丹姐，我们在洪庆苕的黑色大众迈腾车的后备厢的缝隙里发现了不明血迹，已经提取样本拿去实验室化验了。"打来电话的是刑警大队鉴定中心的一名年轻法医。

"还有其他线索吗？"韩孟丹忙问道。

"后座和副驾驶发现了大量的人的毛发，属于很多不同的人，也送到实验室做 DNA 检测了。"年轻法医说道。

"好，有消息随时联系。"韩孟丹放下电话又向刘天昊说道："是洪庆苕的车，毛发这个应该问题不大，他开的毕竟是黑车，乘客掉几根头发也正常，但后备厢的血迹……还是等化验结果出来之后再说吧。"韩孟丹说道。

刘天昊点了点头，但没有说话。

"哎，我感到你最近有些变了。"韩孟丹说道。

"是吗？我没变啊，好像最近有很多人都说我变了！"刘天昊冲着韩孟丹一笑，但笑意已经没有了曾经的浮躁。

刘天昊到派出所代职半年多，加上虞乘风的事儿令他的心态发生了质变，原本的轻浮和躁动去得一干二净，留下的则是稳重和智慧。

对比以前，韩孟丹更喜欢现在的刘天昊，男人终究还得有个稳重的样儿。

"还有谁说你变了？"韩孟丹语气中透着一丝寒意。

"啊……是韩队。"刘天昊笑了笑。

"我哥才不会管你变不变，他要的就是破案率。"韩孟丹说道。

"你这么关心我可是头一次哎！"刘天昊感觉心情大好，嬉笑着说道。

"得了吧你，少臭美！"韩孟丹说完话便走向汽车。

刘天昊呵呵一笑，随后赶着追了上去。

虞乘风的身体恢复得很快，已经可以推着姚文媛在医院大院里慢慢地绕圈子了。两人平时都忙于工作，很少能有时间享受一下阳光和悠闲，现在两人可好，虽说都受了伤，却可以尽情地享受着大自然带来的愉悦感。

姚文媛自不必说，无论是相貌还是气质都非常出众；虞乘风虽说长相比较憨厚，却一身正气，两人在院落里溜达引来了不少人羡慕的眼光。

"医生说我的腿有很大概率好不了，可能会瘸一辈子。"姚文媛细声慢语地说道。

虞乘风憨憨一笑，说道："那我就天天推着你，每天就这样陪着你！"

姚文媛听后眼圈一红，微微扭过头同时伸手抓住虞乘风的手。

一切尽在不言中。

两人经历过这段生死经历，虽说还是没有挑明关系，但实际上已经承认恋爱关系，就差最后有个人在中间撮合一下，成全这段美好姻缘了。

"我可不想一辈子坐在轮椅上。"姚文媛又说道。

"那我就把我的腿给你，我坐轮椅上，你推着我！"虞乘风虽说脑筋没转过来，却是真情流露。

"也不好，我还想着咱们一起去大森林和大草原写生呢，没腿怎么行？"姚文媛假装嗔怒着。

"好好好，那就把腿治好，不惜一切代价，然后咱们一起休假，我陪你到草原、海边、大山里去写生！"虞乘风笑着说道。

"这还差不多。"姚文媛虽说文静而知性，但仍是个小女生。

"黑车司机找到了，叫洪庆苕，听队里的兄弟说，他好像涉及一桩贩毒案。"虞乘风调整了话题。

"哎呀，那洛樱和小护士落到他手里岂不是……"姚文媛有些着急。

"好像他和两人的失踪案没什么关系，单单就是贩毒。"虞乘风叹了一口气，他非常渴望归队和刘天昊一起查案，但身体却不允许。

"先养好身体吧，以后的路还长着呢！也不差这一时。"姚文媛劝道，她把手轻轻地握在他的手上，柔软而细腻的感觉让他的心逐渐平静下来。

两人正说着话，就听到身后一阵熟悉的咳嗽声传来，姚文媛回头一看，是男医生从大楼走了出来。

虞乘风心里跟着一紧，虽说找到了黑车司机，却和小护士的失踪没关系，一个神秘失踪了数天的人，生存的概率变得很小，但这话要怎么对男医生说出口呢？


# 第二十五章　盗窃


人口失踪的原因有很多种，有自己躲起来的，还有可能被人拐卖，也有可能被人绑架，最坏的一种就是遇害。

警方在侦破这类案件时，首先要假设失踪者还活着，能早一分钟找到，失踪者的生还概率就会大一些。

刘天昊基本上是争分夺秒地工作着，甚至来不及去看望虞乘风，只好在途中打了个电话问候。

化工厂大门口有一名打更的老大爷在值班，六十多岁的模样了，走路不太利索，看到警车来了也是慢悠悠地走出房子，爱搭不理地站在门口。

刘天昊叹了一口气，下车出示了证件。

"大爷，我们要到厂子里勘查现场，麻烦您把门打开。"刘天昊大声地说道。

大爷白了刘天昊一眼，说道："我能听得见，你那么大声干吗！"

刘天昊一愣，随后笑着和老大爷道歉。

"你们不能进去，得我们单位领导同意才行。"老大爷虽说年纪大了些，但职业原则性很强。

"我们是警察，是来办案……"

"警察也不行，我就听单位领导的。"老大爷很倔。

"那行，我给你们单位领导打电话，大爷……"

老大爷反应很快，用手指点了点墙上贴的一张白纸，上面有几个人的姓名、职务和电话。

刘天昊拨打了负责人的电话，沟通了一阵后，他把电话给了大爷，大爷应了几声，便冲着刘天昊点点头。

"大爷，里面的厂房都上锁了吗？"刘天昊不敢再大声。

"锁了，但很多大门都坏了，你们先进去，我去拿钥匙！"大爷说完话不再理会刘天昊，径直走进保卫室，按下按钮，电动拉门吱吱嘎嘎地向一头儿滑去，大爷打开一个铁皮柜翻着钥匙。

刘天昊和他挥了挥手，开车进入厂区。

厂区的面积很大，厂房非常多，大部分的厂房是锁着的，但木门都已破损，有的甚至可以钻进一个人去。厂房内还有很多设备，设备上灰尘很多，有的厂房刘天昊几乎是进入后转一圈便出来，速度非常快。

"下一间！"刘天昊在门口喊着。

韩孟丹勘察得很仔细，见刘天昊出去后便追了出去。

"天昊，怎么这么快？我还没检查完呢。"韩孟丹问道。

"你看这间厂房，满地都是灰尘，设备上也都是灰尘，除了咱俩的脚印没有其他人的脚印，厂房内没有任何异味儿，说明没有含氯的化工原料，可以断定近期内没人进去过！"刘天昊分析道。

"明白了，那咱们分头行动，加快速度。"韩孟丹向另一个厂房走去。

"孟丹。"刘天昊喊住韩孟丹，"小心些！"

"你怎么和我哥一个样，我又不是小女孩！"韩孟丹说了一句继续朝着厂房走去，说归说，但心里还是很温暖的，尤其是来自刘天昊的关怀！

分头行动后，效率高了起来，基本上把大门破损的厂房都勘察完了。老大爷拿来了钥匙，慢慢悠悠地把厂房都打开。

当两人进入一间厂房后，几乎同时看向对方，举起手臂用衣服捂着鼻子。

他们闻到了一股盐酸挥发的味道！

老大爷也闻到了味道，一愣，忙说道："快出来！"

刘天昊和韩孟丹快速地离开厂房，到外面后才喘了几口气。

"大爷，厂房里还存放盐酸吗？"刘天昊问道。

大爷摇了摇头，说道："我是厂里的老职工，这间厂房是不可能存盐酸的，怎么会有这么大的味道。"

刘天昊调出手机中拍的规划图看着。

从规划图上看，这间厂房处于厂区的最里面，离保卫室的距离大约能有一公里，厂房的地下水管道通过整个厂区的地下管道和市政管道连在了一起。

刘天昊向市政的同志了解过，当年设计地下管线时正处于"大跃进"时期，为了确保工期的进行，下水管线就没按照工业设计标准进行，而是设计并入普通市政管线中，但家属楼的地下管线年久失修并堵塞，这才使化工厂管道中的有毒气体反钻到家属楼的管线中，导致家属楼中毒事件发生。

韩孟丹跑到一旁给局领导打电话汇报情况。

刘天昊再次来到大门口向里面观察情况，发现厂房里面的一堵墙有破损的痕迹，破损的部位上盖着一块破木板。

"大爷，厂房的墙有人破坏过吗？"刘天昊指着那处破损问道。

大爷向破损处看了看，可能是距离太远，厂房内光线比较暗，大爷摇了摇头，随后他顺着厂房的围墙向后方走去。

两人来到厂房后围墙处，果然发现了一处破损的大洞，洞口刚好能容下一个人进出，这个厂房又紧挨着厂区的围墙，同样在附近的厂区围墙也发现了一个被砸开的洞，也是用一张破木板挡着。

刘天昊把两块木板推开后，两个大洞露了出来。

"哎呀，这是什么时候的事儿啊，我都不知道，是哪个狗日的这么大胆，敢偷我看的场子！"老大爷惊叫起来，他原本慢吞吞的悠闲劲儿已被气愤和惊讶所代替。

"您先别急，先冷静下来想想，最近有没有异常的事儿发生？"刘天昊劝着老大爷。

老大爷抹了一把额头上的冷汗，想了一阵才说道："厂子荒废了好几年了，因为设备都很大，从没人打过主意，原来我还养了一条狗，每天都绕着厂区巡逻一圈，这两年我身体不行了，狗也死了，所以就懒了一些，唉！"

"厂区有监控吗？"刘天昊又问道。

"有是有，早就坏了，和领导汇报，领导说没钱，不修，而且就算修好了也没用，厂区内没电啊，没承想有人还真进来了。"大爷有些懊恼。

"厂区内还存有化工原料吗？"刘天昊问道。

"没了，当年厂子黄的时候，原料都被另外一个厂子给买走了，就剩下厂房和一堆机器。"老大爷说道。

"附近还有没有其他的化工厂？"

老大爷琢磨了一阵，一拍脑门说道："原来厂子的地下仓库储存罐可能还有一些原料，好像就是盐酸和硫酸之类的！"

刘天昊点了点头，说道："大爷，您去找仓库的钥匙，等我们勘察完现场，您带我们去仓库看看。"

老大爷点了点头，转身向保卫室小跑而去。

由于厂房大门和墙体的窟窿产生了对流，厂房内的味道很快淡了下来。刘天昊让韩孟丹在外面等着，他用衣服捂着鼻子，猛地憋住一口气独自一个人走进厂房内。

厂房的地面上有很多灰尘，但也有一些脚印，在厂房中央设备之间的空地上放着一个比较大的浴缸，浴缸看起来很脏，应该是被人扔掉的垃圾，里面放着一些不明的液体，而浓浓的酸味儿就是从浴缸发出来的。

"天昊，你怎么样？"韩孟丹从门外喊着。

"我没事，马上出来！"刘天昊又转了一圈，随后走到大门处和韩孟丹汇合。

刘天昊出来后急喘了几口气，才说道："呛死我了，里面应该有大量的盐酸之类的物质，快从局里调一些防毒面具来。"

韩孟丹立刻打电话给鉴定中心安排来现场勘察的事。

刘天昊缓了一阵，感觉好些了，才说道："厂房中心位置有一个大浴缸，酸性液体就在浴缸里，浴缸周边有一些脚印，其中一名身高在一百八十厘米，体重九十公斤左右，另一人比较瘦小，身高应在一百七十厘米，体重六十五公斤左右。高大男子穿的鞋可能是军用的作战靴，瘦小男子穿的是普通的旅游鞋。在浴缸附近有些喷溅出来的液体和泥土混合在一起，应该是有人向浴缸里面倾倒东西所致。线索就这么多，更加细致的勘察还得等防毒面具和专业工具！"

韩孟丹心中升起一股不好的预感，一个废弃的浴缸里装着强酸，放置在工厂厂房的正中间！

看门大爷从保卫室小跑着过来，他手上拿着一把钥匙，气喘吁吁地说道："警察同志，这就是地下仓库的钥匙，仓库就在外头的山脚下！"

……

大爷手忙脚乱地把大门打开，正要拉开大门，却见刘天昊一把抓住大爷的手。

"等等！"刘天昊阻止了大爷继续开门，随后让大爷和韩孟丹到一边等着，他用力拉大门，大门应声而倒，"砰"的一声拍在地上，飞起了一大团尘土。

"这是怎么回事？"大爷有些发蒙，要是他继续拉开这扇门，怕是要被门拍在下面了。

"孟丹，你看这入口处的脚印。"刘天昊指着砸下的大门旁说道。

韩孟丹蹲下来看了看，又用手比量了一下，说道："这处脚印和厂房里发现的脚印应该是一样的，一高一矮，一胖一瘦！"

"仓库很可能被盗了，盗窃犯就是进入厂房那两个人！"刘天昊打开手机手电照着，憋住一口气冲进仓库中。


# 第二十六章　血雾


工厂废弃已久，除了保卫室是从其他地方私自接的电之外，整个厂区都断了电。由于储存化学物品的需要，地库并未设置窗户，几个很大的通风设备在地库中格外扎眼。

"不要进来！"韩孟丹和大爷刚想进去，却被刘天昊喝止。

大爷停住脚步，说道："地下仓库常年没开门通风，里面都是酸雾。"

韩孟丹知道刘天昊不愿让她冒险，但她身为法医，又和刘天昊是战友，怎么可能任由他一个人进去冒险，于是打开手机电筒踮着脚走了进去。

地库中有很多个玻璃钢大罐子，从材质上可以判断出应该是酸或碱性物质的储存器，墙边有一道水槽，通往地下一个巨大的池子，是为了防止酸性液体泄漏设计的。

韩孟丹正要深入进去，却被冲出来的刘天昊拉了出来。

"厂房浴缸里面的酸性液体应该是从这里弄出去的。"刘天昊经过厂房和地库中酸雾的洗礼，有些发晕，嘴唇渐渐变得发紫。

"你也太鲁莽了，万一在里面……"韩孟丹有些发火。

身为法医，她知道酸雾的威力，盐酸对呼吸道、眼角膜等损伤极大，会对人体造成不可逆的伤害。

"我没事！"

刘天昊边说边拉着韩孟丹的手向大门侧方通风处跑去，看门大爷身手也突然灵活起来，紧紧地跟着两人。

三人来到大门侧方一处空地，地面上有几块青色的条石，刘天昊一屁股坐在石头上大口地喘着气。

"地库里面有七个玻璃钢罐子，在其中两个罐子周边发现了两个人的脚印，就是在厂房里发现的两人脚印，附近还有一个可以装酸性液体的PE材料的桶，厂房浴缸中的液体就是从地库中取来的。"刘天昊说道。

"仓库里面存放的是酸和碱、盐酸、硫酸、硝酸，等等，还有些碱性的液体，曾经是保卫科重点看管对象。"老大爷说道。很明显老大爷对工厂内部的运作情况很熟悉。

"大爷，我看仓库和厂房里都有排气系统，能送上电吗？"刘天昊问道。

要想勘察厂房和地库，首先就要通上电，排气系统运转起来后，密闭空间中挥发出来的酸性气体很快就会被排掉。如果是现在这种浓度，就算戴上防毒面具，皮肤也会被酸雾腐蚀。

"酸碱的储存要求之一就是通风，仓库设在地下也是防止一旦泄漏，酸碱液体流到地表伤人。不过，电肯定是送不上，是电业局把电掐了，工厂的电闸推上去也没用。"大爷为难地说道。

"这个我来解决，您负责通电之后把排气系统打开就好！"刘天昊说道。

大爷点点头："没问题！"

刘天昊被酸雾熏得头有些不太舒服，好在他出来得比较及时，韩孟丹在一旁给他检查了眼角膜和口腔等，又给他把了脉，检查完才轻舒一口气。

"我真没事儿，进去后就喘了一口气，然后就跑出来了。"刘天昊说道。

"你知不知道里面有可能是酸雾和其他的毒气，对人体伤害很大，办案心切也不能傻愣愣地冲进去，以后别这么冒险了，我不希望你躺在我的解剖床上！"韩孟丹说道。

刘天昊明白韩孟丹的心意，对自己的鲁莽行为有些悔意，表面却仍是不肯认错，歪着头看着韩孟丹，说道："刚才你给我检查的时候，我怎么就感觉自己像一具尸体呢！"

这句话说完，韩孟丹扑哧一声笑了，惹得一旁的大爷也跟着笑起来。刘天昊缓过劲儿来后开始联系电业局，但他还是低估了电业局内部的复杂性。

电业局的体制系统非常复杂，刘天昊找的是电业局比较底层的管理人员，经过层层传达之后，他费了九牛二虎之力还是没能说通对方。无奈之下，他只得求助钱局。

几分钟之后，钱局给他回了电话，告诉他十分钟之后送电。

实际上这是刘天昊不懂电气施工造成的错觉，一个工厂需要大量的电，一旦停止供电之后，有的机械设备可能还处于开的状态，加上电缆、电闸箱、开关等年久失修，要是不经过检查后盲目送电，很可能会造成短路失火，或者机械损毁，甚至造成人员伤亡等事故。这里是化工厂，万一厂房内有易燃易爆气体，电火花引发爆燃就麻烦了。

"还是钱局好使，这要是从底层开始协调，没有一天的时间都搞不定！"刘天昊说道。

很快，四名电业局的工人来到现场，了解了基本情况后，便开始针对地下仓库和厂房进行了部分送电，随着吱吱的电流声，大爷合上了排风系统的电闸，幸运的是，排风设备居然还好用，浓浓的酸雾很快被排出地库和厂房。

刘天昊正要进入，韩孟丹却把他拦住了，说道："我知道你破案心切，但一切得以安全为主，要是咱俩出了问题，这件案子谁来跟？为了保险起见，还是等送来防毒面具后再进去！"

刘天昊点点头："好吧，听你的！"

过了不久，一辆警车闪着警灯来到了工厂大院，两名法医鉴定中心的法医带着防毒面具来到现场。

刘天昊拿起防毒面具准备向厂房走去。

"你能不能不那么心急？"韩孟丹和两名法医打开测试仪，开始对厂房和地库的空气质量进行检测。

过了一阵，韩孟丹才向刘天昊点点头，说道："没问题了，不过为了防止意外，防毒面具还得戴着。"

刘天昊戴好防毒面具："兵分两路，孟丹和我去厂房，你俩去地下仓库，大爷，麻烦您盯着电闸和排风系统。"

灯打开之后，厂房内的可见度好了很多，韩孟丹和刘天昊走进厂房中勘察着。

之前刘天昊进来的时间太短，勘察得并不仔细，只是观察到地面有两人的脚印，现在细看之下，除了两名男子的脚印外，还有一些其他不清晰的脚印和拖拽过的痕迹。

浴缸中的液体大约有三分之一，看起来要比水浓厚一些，颜色是墨绿色。

"天昊，我发现了血迹和一些不明的组织！"韩孟丹蹲在浴缸的附近喊着！

刘天昊急忙走了过去，看向韩孟丹所指的地方。

地面上由于尘土比较多，血迹早已和泥土混在一起，形成一个个的小疙瘩，明显与周边的尘土不一样，在旁边还有一块类似皮肤角质层一样的物体和几根比较长的头发，头发长短不一，且发质和头发颜色完全不同，应该属于不同的人。

韩孟丹小心翼翼地把它们放进证物袋中，随后她拿着试管在浴缸内提取液体，发现浴缸边缘有疑似手印的痕迹。

"天昊，你看看这里！"韩孟丹指着痕迹说道。

刘天昊看了一眼立刻说道："是人的手印！拇指在浴缸的内侧，这说明是在浴缸内的人抓出来的。”

通过初步判断，浴缸的液体是强酸，要是里面有人……简直无法想象这种场景究竟有多可怕！

刘天昊蹲下来用手电照着浴缸下方，发现下面还藏着一根铁锹把儿，铁锹把儿一头保持完好，另一头有些炭化的痕迹。铁锹把儿的旁边还有一颗小扣子，应该是从一件衬衫上掉下来的，从扣子的质量来看，衬衫的价钱应该很高。

浴缸的下面有一个下水道口，下水道口是铁质的，有腐蚀过的痕迹，用一根铁棍向下水道里面捅了捅，发现下水管道是塑料材质的，旁边还有一节洗衣机用的软质下水管。

浴缸旁有两个木箱，应该是装化工原料用的，在两个箱子中间，有一段绳子，绳子是麻绳，两端有些弯曲，中间的部分有一些暗黑色的污迹。

刘天昊戴着手套把绳子放进证物袋中，同时脑海中形成一个恐怖的画面。

……

一个强有力的男人双手缠着绳子勒住一个女人的脖子，女人身上穿的衣服很职业化，每一件都价值不菲，可以推断出她的经济条件不错，但在生死面前，这些钱却无法给她再带来任何生机，反而是促使她死亡的诱因。

她尽力挣扎着，头脑中不断地闪现着一生的荣华富贵，不断地想着爱恨情仇，但这一切即将离她而去。对于男人强悍的力量来说，她的反抗力量几乎等于无，挣扎过程中，她衬衫上的一颗扣子掉了下来，被她不断蹬着的双脚踢到浴缸下方。

另一名矮小的男子从一旁跑过来，手里拎着一根铁锹把儿，他正要拿铁锹把儿砸女子的头，女子却在这时候用尽全力蹬了几下腿，随后她的身体瘫软下来，便溺从身体渗出来，污染了干净的裤子。

高个子男人松开绳子，女人倒在地上一动不动。矮个子男人朝着女人吐了一口唾沫，蹲在地上翻女人的皮包，从里面掏出一些现金和几张卡，他正要把这些物品收起来，高个子男人一把将现金和银行卡抢了过去，把现金放进兜里，又把其他的物品连同皮包扔进了浴缸中。

矮个子男人嘀咕了一句，配合着高大男人把女人的尸体扔进浴缸里，尸体在强酸里开始冒泡。

女人突然醒过来，在浴缸里剧烈挣扎着、嚎叫着，整个厂房充满了绝望而痛苦的叫声，女人两只手扒住浴缸的边缘，想从浴缸里站起来。

矮个子男人急忙拿起铁锹把儿，用力地戳向女人的身体，将她死死地按在浴缸中。女人挣扎了几下后，再次恢复了沉寂！

矮个子男子并未松手，过了好一阵，女子的衣物一点点被腐蚀消失，皮肤与强酸发生反应，渐渐熔化在液体中，最后在浴缸上方升腾起一阵雾气，而雾气的颜色隐隐地带着些许红色，仿佛一阵血雾！

# 第二十七章　守株待兔

刘天昊一个激灵从联想中醒了过来，他轻叹一口气。

从目前得到的线索看，这个厂房很有可能是一个杀人毁尸的现场，如人的头发、人体组织、酸性液体、浴缸上的手印、炭化的铁锹把儿，等等。

"酸性液体应该就是从这里进入市政下水管线的。"刘天昊指了指一下水道和一节软质下水管说道。

韩孟丹立刻把软质下水管里面残留的液体提取了一些，同时"咦"了一声，把手伸向浴缸下方，从浴缸和地面的缝隙里掏出一张卡。

"是银行卡。"韩孟丹把银行卡放进证物袋中。

另外两名勘察地库的警察走了进来，向两人说道："刘队，韩法医，地库中我们已经检查过了，部分玻璃钢储存罐中还存放有硫酸、硝酸和盐酸，储存罐的出水口和 PE 材料桶上都发现了人的指纹，现场的脚印已经拓取了，未发现其他的线索。"

刘天昊走到厂房后墙的洞口处，从墙边拎起一根铁钎子，在洞口比画了一下，微微点了点头，说道："除了必要的证物之外，现场其他的东西不要带走。"

两名警察应了一声，立刻转身向地库走去。

韩孟丹虽说不知道刘天昊葫芦里卖的是什么药，但也立刻执行了他的命令。

刘天昊走到大爷跟前，说道："大爷，有件事儿还得麻烦您。"

大爷咂了一下嘴，说道："这叫什么话，有事儿尽管说。"

"您就当我们从没来过，也当不知道厂房的事儿，该干啥干啥，不要和任何人说，包括厂领导！"刘天昊说道。

"那厂子再丢东西怎么办？地库里放的可都是危险品！还有厂房里的这些机器。"大爷有些不明所以。

"放心吧，我们会做好防范措施的。"刘天昊说道。

大爷勉强点了点头。

刘天昊仔细地打量着大爷，随后又说道："大爷，您现在回到保卫室，我一会儿再去找您！"

大爷犹豫了一下，随后离开厂房。

韩孟丹把现场恢复得七七八八，边清理自己的脚印边退出了厂房。

"你怀疑嫌疑犯还会回到这里？"韩孟丹问道。

"有这种可能。"刘天昊说道。

"那我们安排人在厂房外的洞口蹲守不就行了？"韩孟丹质疑道。

"我怀疑看门的大爷和这件案子有关，也许厂房后墙的窟窿并不是偷盗用的，而是用来通风的！"刘天昊说道。

韩孟丹想了想，点点头，说道："也有道理。厂区的围墙不算太高，寻常的壮年男子翻墙也不难，而且厂房大门已经破损得比较厉害，有锁头和没锁头都一样能进来，没必要非得在后墙费力地砸个洞出来！"

"就是这个意思。最初大爷的行动蹒跚而迟缓，可他从地库跑出来时却行动敏捷，不比咱俩慢多少。他对厂子这么熟悉，厂房后墙多个洞他能不知道吗？"刘天昊说道。

韩孟丹想了想，说道："让你这样一说还真是这样，看门大爷身上都是疑点。"

刘天昊笑着说道："咱们先回去吧，所有的推断都基于这个厂房是杀人现场，需要你的数据！"

韩孟丹点点头，与处理完地库的两名警察汇合后，开着车离开了工厂。

……

天渐渐黑了下来，把整个工厂吞没在夜色中，只有保卫室的灯仿佛萤火虫一般地亮着。

民警小杨和两名警察已经在化工厂外蹲守了八个小时，别说见到人，就连一只鸟都没见着。

三人正小声说着话，就见远处两个人鬼鬼祟祟地出现在工厂围墙外，他们向四下望着，随后一头钻进围墙的破洞中进入了工厂。

小杨放下红外望远镜，冲着脖领子上挂着的耳机说道："一组，一组，目标已经进入工厂。"

小杨向两名警察招了招手，三人掏出手枪慢慢地向后墙洞口潜了过去。

两组警察悄悄地从两个方向接近厂房，厂房已经断了电，陷入一片黑暗中。黑暗中一束光亮不断晃动着，伴随着的还有细碎的脚步声和急促的呼吸声。

不久之后，厂房中传来叮叮当当的声音。

"小点儿声啊，也不知道那老头儿睡熟了没有。"一个声音传来。

"放心吧，半斤白酒加上安眠药，老头儿酒量再大也得过去，就算把厂子拆了，他也醒不过来。"

"白酒加安眠药，不会弄死他吧？"

"快干活吧，死不了！"

正当二人说话时，厂房中的大灯突然亮了起来，两人吓了一跳，本能地扔下家伙向外跑，可迎着他们的却是六名荷枪实弹的警察。

两人被按在地上戴上了手铐，刑警们的力气出乎了他们的意料，被别在后背的胳膊痛得厉害，两人忍不住嚎叫起来。

……

刘天昊和韩孟丹盯着矮小的张小三，他一副贼眉鼠眼的样子，坐在审讯椅上哆哆嗦嗦。

双方都沉默着，审讯室里的空气像凝固了一般。

刘天昊把笔重重地拍在桌子上，正要开口，张小三却率先说话："我说，警官，我什么都说！"

"你杀了多少人？一个也别漏！"刘天昊的眼睛像是两把尖刀，狠狠地刺向张小三。

张小三却瞪大了眼睛，说道："杀人？警官，我只是起了贪念，绝对没杀过人！"

刘天昊冷哼一声。

……

张小三和王老六从未像今天这样兴奋过，因为他们知道这里面的机器很多都是铜制的，要是能拆下来可以卖很多钱。

消息是张小三无意中从一个人的口中听到的，那人在一个小酒馆喝多了，和另外一个女性朋友胡乱吹牛，说废弃化工厂厂房中有很多闲置的机器，如果要是能去台车拉出来，就可以给她买一台十万元的车。

女性朋友说酒客吹牛，就算化工厂废弃了，也有高墙大院，还有看门的保安，不可能把机器运出来。

酒客却咻地一笑，说工厂后面的围墙和厂房的后墙已经被他弄了两个窟窿，但洞口太小、机器太大，运不出来，要不早就搬走卖掉了。

说者无心，听者有意，酒客可能是当吹牛说的，但张小三却当真了，因为穷还有好赌的习惯，让他对钱的渴望达到了极致，可他的胆子小，所以他找到了发小儿王老六。

王老六人看着老实，却胆大包天，家里上有老下有小，对钱的需求极大。王老六是老机修工，对化工类机械非常熟悉，知道哪些部件值钱，哪些部件卖不上价格，因此两人一拍即合，带着工具借着夜幕的掩护就来到了工厂。

想不到的是，等待两人的是六名警察！

……

"我也是鬼迷心窍，这绝对是头一次，不信你看王老六的口供去，保证一点儿不差！"张小三说道。

"交代你的问题，我怎么做用不着你提醒！"刘天昊冷冰冰地说道。

"都交代完了，就这些呀！"张小三说道。

一名民警走了进来，冲着刘天昊耳语了几句，随后把一张检测报告放在他面前。

刘天昊看了一眼报告，又冲韩孟丹点点头，把审讯的事儿交给警察后，两人走出审讯室。

韩孟丹看了看报告，说道："从脚印上分析，张小三和王老六两人的脚印与之前发现的两名嫌疑犯的脚印不吻合，两人的供词也完全一样，基本可以排除两人提前串供的可能，这就意味着他们不是嫌疑人，只是两个小偷。"

刘天昊点点头，说道："张小三口供中的那名酒客可能是嫌疑犯，让姚文媛给他做个画像吧。"

韩孟丹白了刘天昊一眼，说道："文媛现在还在医院呢！"

刘天昊一拍脑门，说道："你看我这记性，这段时间忙得还没去医院看他们，出检验报告还得一阵，先去看看他们！"

韩孟丹点了点头，说道："我就不去了，还得去盯着他们，别出什么差错！"

......

刑警大队鉴定中心永远是忙碌的。

一名法医拿着一份报告看了几眼，最后把报告重重地拍在桌子上，叹了一口气走到窗户前。

"建国，检测得怎么样了？"韩孟丹从外面急匆匆地走进来。

她看到叫建国的法医一声不吭后，径直来到办公桌前拿起报告看：第一页是浴缸里液体的成分，浓盐酸和浓硝酸的比例是三比一，王水！第二页是人体组织 DNA 对比结果，有十几个名字，其中有一个名字是孙小昭，孙小昭是男医生的女朋友，市医院的护士。

名单最后一个名字让韩孟丹不禁一愣，她闭上眼睛深吸一口气，最后长长地呼了出去。

最后一个名字是洛樱！

# 第二十八章　毁尸灭迹

当姚文媛听到 DNA 对比结果中有洛樱时，她的眼泪唰地一下流了下来。按照目前的线索，工厂的厂房就是一座杀人的修罗场，洛樱的名字出现在其中，也就代表着她的生命已经终结。

男医生的反应比较理性一些，他慢慢地坐在椅子上，摘下眼镜用手背抹着流出来的泪水。

刘天昊和虞乘风的心里也不好受，跟着洛樱这条线索找了这么久，却没想到是这种结果，神秘失踪的人都死了，尸体被王水溶解。

众人沉默着，房间内安静极了，甚至能听到四人的心跳声。

"凶手抓到了吗？"姚文媛打破了沉默说道。

"抓到了两个人，从目前的审讯结果来看，他们不是凶手，那名叫张小三的嫌疑犯口供中有个酒客嫌疑比较大，队里的其他同志已经去饭店附近查监控了。"刘天昊说道。

"需要我做什么？"姚文媛和虞乘风异口同声地说道。

"我安排队里其他同志还原嫌疑人画像了，也没什么事儿，你俩先调养好身体吧。"刘天昊说道。

"刘队，带我回队里，我亲自来做画像。"姚文媛说话间语气异常坚定。

刘天昊看了看姚文媛，又看了看虞乘风，两人几乎同时向他点头。

"姚警官的腿伤不要紧，路上注意些安全就可以了。"男医生戴上眼镜说道。他说话的声音非常平静，但可以看出他的手和嘴唇一直是颤抖的，显然是内心极力控制着情绪。

……

在张小三的配合下，姚文媛的嫌疑人酒客画像和陪酒女子的画像很快画好，复印了上千份散发到各个辖区的派出所、街道、社区，发动所有的社会力量来寻找嫌疑人。

王佳佳也利用她强大的粉丝团进行查找，粉丝们听说是案情需要，更加热情高涨。

可出人意料的是，几乎半个NY市都动了起来，却并未找到那名酒客，陪酒女子却找到了，她住在柳家胡同，三十五岁，由于工作性质，让她看起来足足有四十岁。

陪酒女子对酒客的印象很深刻。

酒客叫柳飞龙，出手很大方，NY市本地人，无业游民，好像因为故意伤人坐过牢。他从不讨价还价，也不耍赖，还说等过一段时间发了大财就娶陪酒女子。

前不久，他还给陪酒女子买了一个钻戒，虽说是莫桑石，却代表着他的一番心意，这在之前接触过的客户中是从来没有过的。

奇怪的是，给了她这个钻戒之后，他就失踪了，再也没联系过她。

她打电话联系他，却发现电话关了机！

陪酒女子对柳飞龙的失踪很失落，她甚至一度以为柳飞龙为了逃避她而远遁他乡。

与此同时，对于张小三和王老六的调查已经完成，两人的确是初犯，而且就是冲着化工设备里的铜件去的，和王水杀人案没有任何关联。

刘天昊把调查柳飞龙的任务布置下去后，独自开着车来到工厂，值班的保安仍是那名大爷，他和大爷打了招呼后，便独自前往工厂厂房中。

浴缸中的王水已经做了处理，厂房中还略带些酸味，刘天昊蹲在浴缸前盯着下方的下水道口发愣。

他仿佛看到了浴缸中一个个挣扎的人，被矮个子男人用铁锹把儿压回王水中，慢慢地化成一团血雾，最后和王水融为一体，随后王水又通过下水管道流进市政地下管线中，和其中的化学成分发生反应，产生剧毒气体，让家属楼的居民中毒。

两个男人身强力壮，可以在社会上找到很多工作养活自己、养活家人，可他们却偏偏选择谋杀别人来获取很少量的金钱和物质，为了掩盖犯罪事实，他们还把尸体用王水进行销毁，生不见人，死不见尸！

大部分的犯罪都是由于贪念造成的，要是人类能克服贪婪，就会减少大多数的犯罪。但贪婪是人类的天性，从古至今又有几人能够屏除贪婪和欲望？

韩孟丹从外面走了进来，边走边说道："就知道你会在这儿，有什么收获？"

刘天昊站起身，叹了一口气："你先说。"

"从现场提取的指纹进行了对比，其中一个人的指纹和柳飞龙完全匹配，那段绳子两段也有部分血液和人体组织，经过对比也是柳飞龙的。另一人的指纹不太清晰，进行技术还原后也没能对比出来。"韩孟丹说道。

"如果高个子男人长期从事的是化工职业，指纹很可能会被一些液体侵染变得模糊，这样就和浴缸中的王水对上了。"刘天昊说道。

"没错，王水的配比是一个常识性的问题，很多人都知道，但是真正配这么大的量却不是一件容易的事儿，需要有配过王水经验的人才能做到。柳飞龙只有小学文化，一直是无业状态，不太可能掌握王水的配置方法。"韩孟丹说道。

刘天昊点点头。

"在现场发现的银行卡是护士小昭的，里面有一些钱，但不多，近期没有存取过钱的记录。技术科查了她的其他银行卡和微信、支付宝等账号，也没有支付和提取记录。其他几名确认身份的受害人的银行账号也没有提取记录。"韩孟丹说道。

"不是为了钱财，这两人又是为什么杀人呢？"刘天昊低声自问道。

"也许是激情杀人。"

刘天昊摇摇头，说道："杀一个人可能是激情杀人，但杀了这么多人，还绞尽脑汁地用王水把尸体销毁，绝不可能是激情杀人。孟丹，被害人中，有多少人能确定身份？"

"十一人，其中包括洛樱和小昭。"韩孟丹说道。

刘天昊长叹一口气，说道："两名凶手、一高一矮，柳飞龙也失踪了，你说会不会是另一名凶手把他杀了？"

韩孟丹略加思索后点点头，说道："很有可能，两名凶手可能因为一些事发生争执，于是高个子凶手杀死了柳飞龙。"

"首先可以肯定的是，两人能一起杀人，说明很熟悉，不太可能是临时凑在一起作案。再者，从柳飞龙的经历来看，他应该是处于从犯的位置，是出苦大力的。高个子男人有过化工厂工作的经历，有一定的反侦查能力，心狠手辣，处于主导地位……指纹……指纹……"

"另外一个人究竟是谁？"韩孟丹嘀咕着。

刘天昊从思索中缓过神来，说道："到监狱一趟，查查柳飞龙的资料，也许会有线索。"

......

监狱高墙电网,加上大门的围墙和岗楼上还有站岗的民警,给人特别压抑的感觉。

副监狱长接待了刘天昊,柳飞龙的相关资料很快就送到监狱的小会议室中。

柳飞龙是因为盗窃和故意伤害罪入狱,在监狱内表现较好,数次立功得以减刑。柳飞龙动手能力很强,缝纫技术非常好,他还说等出狱后做一个私人订制的裁缝,专门给大明星、大富豪做定制衣服。

然而事与愿违,柳飞龙出狱后没有任何一家服装厂肯用他,由于手里没有资金,更不用提自己成立裁缝店的事儿了,家人不太愿意收留他,最终他落个流落街头,日子是得过一天且过一天。

刘天昊又拿起其他的资料看了看,最后把视线定在一张第三监区人员名单上,名单上不但有柳飞龙的名字,还有洪庆苔!

洪庆苔和柳飞龙在一个监区!

这个信息立刻引起了刘天昊的注意,他向副监狱长详细了解了两人在监区的表现。

洪庆苔人高马大,下手狠,监区里的犯人都害怕他。柳飞龙没有文化,加上身材比较瘦小,便成了众犯人欺负的对象。

洪庆苔冒着被关小黑屋的风险帮着柳飞龙打了几次硬架,被监区取消了原本的减刑。经过这几件事后,柳飞龙就跟着洪庆苔混,唯他马首是瞻,两人在监区里也算是敢打敢干,由于两人表现较好,数次得到减刑的机会,先后离开了监狱。

"他们都是什么时候刑满释放的?"刘天昊问道。

"柳飞龙是后出来的,去年十一月份。洪庆苔出来得比较早,是去年八月份。两人都是社会闲散人员,档案已经送到市劳动局了。"副监狱长说道。

"洪庆苔在进监狱之前是做什么的?"刘天昊问道。

"做化工的。这个我印象很深,监狱里不是有个小型化工厂嘛,洪庆苕一直在里面工作，他技术很好，比外面聘请的专家还大拿。柳飞龙没什么手艺，在监狱里学的缝纫技术，做的衣服很好，监狱里很多人的衣服都是他给做的。"副监狱长介绍道。

"能再说说洪庆苕吗？"

"他给柳飞龙出头浪费了一次减刑的机会……哦，不过他的手因为一次事故遭到了酸的腐蚀，十个手指的指纹都不太清晰，出监狱时按手印都按不上。"副监狱长说道。

刘天昊听到这里一下子站起身。

没有指纹！

工厂厂房内只有两名男子的脚印，却只有柳飞龙一个人的指纹，这条线索已经把嫌疑犯指向了因贩毒案被羁押的黑车司机洪庆苕。

刘天昊匆匆向副监狱长告辞，出了监狱后立刻拿起手机给缉毒科的姜科长打电话。电话接通后，姜科长苍老的声音从话筒传出。

"姜科长，我小刘，洪庆苕的案子怎么样了？"刘天昊问道。

"洪庆苕积极配合我们的侦查工作，已经把栽赃他的人抓到了，嫌疑犯对此事供认不讳，洪庆苕无罪释放。怎么样？这下你满意了吧？"姜科长呵呵一笑。

"什么时候放走的？"刘天昊听后心里一惊。

"两个小时前，咱们缉毒科办事讲究效率，不过他的车我们已经移交给交管部门了，对他的处罚应该不会太大。"姜科长完全不知道刘天昊的调查结果，语气很轻松。

"他是不是指纹不太清晰？"

"是啊，你怎么知道？这人很奇怪，十个手指居然没有一个完整的指纹。"姜科长说道。

"您把他的联系方式发给我，我有急事！"刘天昊语气有些急。

"需要我们帮忙吗？"姜科长问道。

"要是能再见到他立刻拘留他！"刘天昊说道。

姜科长预感事情有些不妙，挂断电话便连忙把洪庆苕的号码发给了刘天昊。

如果洪庆苔是高个子嫌疑犯，他身上背负着十几条人命，这次又被没收了黑车，说不定会做出极端的事，一定要在第一时间抓到他！

姜科长能够这样迅速地破案并释放洪庆苔，这也是刘天昊的功劳，否则，就算洪庆苔是冤枉的，怕是也要在看守所蹲上几个月的时间。

一切都有因果！

通缉令很快下发到各个辖区的派出所，高速口也加派了警力，对来往的车辆进行检查和排查，飞机场、火车站、码头自不必说，警方如临大敌一般。

刘天昊马不停蹄地赶到劳动局，提取了洪庆苔和柳飞龙的档案。

果然不出他所料，洪庆苔是正是那家废弃化工厂的工人，根据劳动局提供的线索，他找到了废旧化工厂的保卫科科长，已经办了退休的一位老工人。

老工人很热情，较为详尽地介绍了化工厂的前前后后二十年，上到厂长下到职工，就没有他不熟的。说到洪庆苔时，他连连感叹，说要不是当年那场不应该出的事故，洪庆苔至少能干到副厂长级别，弄不好还能坐上厂长的位置。

老工人拿出一张照片，那是一张陈旧的彩色照片，上面是工厂劳模和厂领导的合影，老工人指着一个人说道："这个就是洪庆苔，他旁边站的是他师傅，老黄，黄芩！"

刘天昊看到黄芩的照片感到非常熟悉，想了一阵，他一拍脑门。

黄芩正是看门大爷！

当年正当洪庆苔意气风发时，化工厂出了一桩意外事故，由于工人操作失误，半桶盐酸洒了出来，把一名小姑娘的半边脸给毁了。那名工人是一名大领导的亲戚，所以这件事最终只是赔了一些钱，给小姑娘办了残疾证了事。

肇事的工人依然在岗位上，小姑娘却毁了一生。

洪庆苔一直暗恋小姑娘，本来准备要找媒人上门提亲的，没想到出了这档子事儿。

洪庆苕气不过，便找到肇事工人理论，两人打了起来。洪庆苕人高马大，把工人揍得鼻青脸肿，肋骨也断了四根。

最后公安局以故意伤害罪逮捕了洪庆苕。

"被打的工人叫什么名字？"刘天昊问道，他预感被打的工人和十七宗失踪案有关。

"叫牛过！"老工人说道。

牛过！

十七宗神秘失踪案其中一人正是牛过！


# 第二十九章　报复


从目前的线索看，十七宗神秘失踪案已经变成了王水杀人案，洛樱、护士小昭、牛过等人都由失踪者变成了受害人。

从受害者失踪时间来推算，牛过应该在比较靠前的位置，甚至有可能是第一名受害者，他被害的原因就是多年前化工厂的那起事故。无论后续的案件性质如何，至少初始案件的性质是报复杀人。

"当年那件事故究竟是怎么回事？"刘天昊问道。

老工人神色一黯，说道："一切都逃不了一个'色'字！"

牛过仗着和厂领导的亲戚关系在工厂里横行霸道，遇到硬茬子就找他的哥哥来。他哥哥叫牛东，也是一个二世祖，无恶不作，出了事父亲就出面、出钱为两人摆平，滋养了他们跋扈的性格。

牛过还喜欢欺负小姑娘，化工厂里面稍有姿色的小姑娘他都欺负过，但由于他家族的势力，没人敢报案，只得默默忍受着。

金小环是刚进厂不久的女工，人漂亮、身材好，还是有文化的大学生。牛过有一天在厂子里游手好闲，便把主意打到金小环的身上。

金小环是个烈性女子，不像其他女工那样好欺负，每次当牛过对她动手动脚时，她都会剧烈反抗，让牛过扫兴而归。

但牛过越是吃不到就越眼馋，于是便在下夜班后悄悄地跟踪金小环，在一个偏僻的胡同里，他终于露出了真面目，欲对金小环用强。

女人再怎么厉害，毕竟力气有限，几个回合后，金小环就被牛过压在身下，正当牛过准备进一步下手时，洪庆苔恰好路过此地。

牛过对洪庆苔压根就没放在眼里，让他立刻滚蛋，少管闲事。洪庆苔本来还对牛过有些忌惮，但听他像骂狗一样地骂他，心里一股无名火升了起来，再加上金小环的哀求、痛苦的眼神，洪庆苔决定管这件事。

牛过和金小环厮打已经耗费了不少体力，洪庆苔本身就身高力壮，没几个回合，牛过就被按在地上弄了个狗啃屎。

金小环挣脱后，立刻找到保卫科的人。

牛过也缓过劲儿来，和洪庆苔打在一起。洪庆苔虽说身高力壮，但平时就没打过架，没过一会儿，拳脚上就吃了亏，加上闻讯赶来的牛过的哥哥牛东做帮手，洪庆苔被打得鼻青脸肿。要不是金小环带着保卫科的人赶来，估计他能被这哥儿俩打死！

洪庆苔养了足足半个月才出院，对于赔偿的事儿，老牛家一字不提。牛过照样对金小环进行骚扰，令其苦不堪言。

洪庆苔本是老实人家的孩子，不愿意惹事，但牛过的行为也引发了他的倔强。出院后，他基本天天盯着牛过，只要牛过骚扰金小环，他就挺身而出和牛过打架。

两人打架的事儿保卫科虽然知道，却不敢管，保卫科的科长，也就是现在的老工人，只能劝说洪庆苔，不要正面和牛家哥儿俩对着干。

洪庆苔通过多次和牛过交手，慢慢地身手好了起来，每次打架，牛过都占不到便宜。当牛过和哥哥找洪庆苔算账时，洪庆苔便躲起来玩消失。

经过这样一折腾，牛过对金小环的兴趣越来越小，转而把注意力放到其他姑娘身上，但他并未忘了对金小环的恨意。

经过牛过事件后，金小环对洪庆苕产生好感，两人开始互相了解，进而产生了爱慕之情。

不幸的是，在一次工作中，牛过故意把一桶浓盐酸打翻，溅到金小环的脸上。虽说事后经过抢救，但金小环的脸是毁了，原本花一般的容貌变得丑陋无比。

工厂方面最终下的定论是金小环不按规定擅自离开岗位，是导致事故发生的主要原因，最终只是帮着她评了残，象征性地给了点赔偿金了事，对于牛过的处理也就是在全厂工人大会上做了个简短的检查。

金小环知道自己的一生完了，带着恨意，她辞职离开化工厂回到了老家。当洪庆苕千里迢迢找到金小环的老家时，金小环已经不知所踪。

原来金小环回家后受不了乡里乡亲的指指点点，只好再次离家出走，这次出走后，她彻底和家里失去了联系。

洪庆苕回到了化工厂，正赶上牛过又欺负一个女工，愤怒之下，洪庆苕出手没轻重，把牛过的一只眼睛打瞎、胳膊折断，子孙根也被他踢残废！

洪庆苕被保卫科扭送到派出所，准备提交公诉。但令人意想不到的是，半夜里牛过的父亲和哥哥竟然冲进派出所，把洪庆苕打个半死，正当二人准备挖下洪庆苕眼睛时，派出所的所长赶了回来，及时阻止了二人的行为，这才保住了洪庆苕的眼睛和小命。

洪庆苕最终被判了刑，牛过的父亲和哥哥却只是蹲了三天拘留所。

……

"情况大约就是这样，牛过的父亲前年得了脑血栓，瘫痪在床上不能自理。牛东前几年在大街上斗殴，挨了几刀，后来被抓起来关了两年，出狱后身体一直不好，基本残了。牛过就不用说了，没有生育能力，有哪个女孩还肯嫁给他，一家三个光棍。"老工人说道。

"牛家住在哪儿？"刘天昊问道。他预感牛过只是被报复的对象之一，弄不好还可能牵扯到牛家其他几口人。

"就在我家不远处的一栋三层小楼。"老工人说道。

能在十几年前盖一栋三层小楼的家庭肯定不一般，后来村子动迁时，因为赔偿款的问题没达成一致，老牛家就一直没动迁，最终开发商也放弃了这块地，老牛家的三层小楼就孤零零地立在众多的高楼大厦中间，一年四季不见阳光。

社区民警和社区工作人员陪着刘天昊来到牛家大门口，发现大门紧闭，敲了好一阵也不见动静。

刘天昊抽了抽鼻子，他好像闻到了一股尸臭味道。民警跳墙进入大院后，发现院子里有一只狗已经死了，狗肉已被蚂蚁和昆虫啃食干净，只剩下一副狗骨头架子。

透过房间的窗户向房间里看去，民警大吃一惊，只见一名老人躺在炕上，身上盖着被，露出来的头部已经完全腐烂，滴答滴答地流下脓水，尸臭味道从窗户缝中不时地飘出来，令人作呕！

民警赶忙把大门打开，刘天昊看到房间内的情况后，不由得叹了一口气。按照目前的情况看，很有可能牛家老大也被洪庆苔杀死并毁尸灭迹了，导致牛家的老人没人照顾，最终死在床上！

刘天昊给韩孟丹打了一个电话："孟丹，我在牛家，你来一趟吧。"

"好，我正好也有事要和你说！"

刘天昊放下电话，戴上手套和鞋套进入房间中。

……

牛家的房间很多，大约一层的平层能有两百平方米，牛家老人因为行动不方便，这才搬到了一楼来居住。除了牛家老人所居住的房间外，一楼都是功能性的房间，并没有住人的痕迹。但房间内的设施和物品都摆放整齐，显然是经过精心的收拾。

来到二楼，第一个房间的门敞开着，房间中非常乱，物品和家具东倒西歪，地面上还有一些血迹，有明显的搏斗过的痕迹，地面上还有很多脚印，通过初步判断，与工厂厂房的两种脚印相同，另一种脚印应该是牛家老大的脚印。

"房间中只有滴落状血迹，应该是受害者遭到打击后滴落的，从滴落血迹的密集程度来看，应该是口鼻出血，而非开放性出血。"刘天昊说道。

韩孟丹从另外一个房间走过来，说道："天昊，其他的房间并未发现异常，没有被盗窃过的痕迹。"

"从目前所掌握的线索来看，凶手应该是直奔目标，是冲着牛家老大来的，两名嫌疑人经过一番搏斗后，把牛家老大制服并带走，但没有碰他家的任何财物！"刘天昊分析道。

"嫌疑犯知道，一旦牛家老大离开家，得了脑血栓瘫痪在床的老人肯定就是个死！"韩孟丹接着说道。

"核对一下厂房内有没有和牛家老大DNA匹配的人体组织或者血液吧。"刘天昊向韩孟丹说道。

韩孟丹点点头，说道："已经在做了！"

"你刚才在电话里说你那边也有消息，是什么？"刘天昊突然问道。

"之前从洪庆苫的黑车后备厢检测出血迹，经过初步排查对比后，发现是家禽的血迹，我又让他们进行了一次提取和检测。"韩孟丹说到这里顿了一顿。

"发现了什么疑点？"

"是人血，但经过对比并不知道属于谁的，现在知道了，应该是属于牛家老大的，只要对比一下就都知道了。"韩孟丹晃了晃手中沾了地面血迹的棉签说道。

"案情基本清晰了，现在就差抓到人了。"刘天昊说道。

"火车和飞机、码头都查过了，没有洪庆苫离开的记录，高速口一直在排查，到目前为止还没有消息。"韩孟丹说道。

刘天昊正要说话，手机突然响了起来，是老蛤蟆的电话。

"刘队，事儿有些不妙啊，佳佳不见了！"老蛤蟆的语气非常焦急。

"你慢慢说，别急！"刘天昊心中升起不祥的预感。

"佳佳的粉丝好像得到了一条关于洪庆苕的线索,她就跟了过去,到现在也没消息,我给她打了电话,关机了。"

"多长时间的事儿了?"刘天昊问道。

"六个多小时了,所以我才找你!"老蛤蟆说话间带着哭腔。

"怎么不早说!"刘天昊吼了一声,挂了电话向外冲去。

他知道洪庆苕只有一个地方可去,最危险的地方就是最安全的地方!

# 第三十章　超级炸弹

法医鉴定中心几乎是连轴转,很快,牛家的检测结果出来了,一份份报告通过内网发到韩孟丹的手机中,几乎所有的结果都被刘天昊说中。

牛老大是在卧室被打晕绑走的,洪庆苕的黑车后备厢里面的血迹也是牛老大的,牛老大房间中的脚印是洪庆苕和柳飞龙的,还有柳飞龙的血迹。

浴缸上的那个手印经过技术还原和指纹对比,最终确认是柳飞龙的。也就是说,柳飞龙也死在这个浴缸里,而且是活着被扔进浴缸中的,当他极力挣扎着想出来时,双手扒在浴缸边缘,被洪庆苕用铁锹把儿给打了回去,最终溶解在王水中。

至于两人之间产生了什么样的矛盾却随着柳飞龙的死不得而知。

与此同时,刘天昊、韩孟丹带着特警来到了化工厂厂房将其重重包围,而看门的老大爷并不知道发生了什么,睡眼蒙眬地看着全副武装的特警。

"洪庆苕您认识吧？"刘天昊趁着特警们布置的机会向老大爷询问着。

老大爷一愣，随后点点头，说道："他是我徒弟，怎么了？"

"您知道他多少事儿？"刘天昊问道。

老大爷犹豫了好一阵，神色渐渐黯然下来，叹了一口气，说道："看来你们都知道了，那我也没什么好说的了，他的事儿我基本都知道，他帮我把牛家哥儿俩骗了来，是我杀了牛家的哥儿俩，就在那个厂房里。"

"还有吗？"刘天昊紧追不舍地问道。

"没了，那哥儿俩早就该死，既然法律惩戒不了，我惩戒他们也没啥问题吧！"老大爷毫不在乎地说道。

刘天昊知道在整个神秘失踪案中老大爷不可能一点儿问题没有，否则洪庆苕和柳飞龙不可能在工厂做这些事却不被发现。

但老大爷究竟参与多少却不好说，按照目前他供述的，牛过哥儿俩死在他的手里。

"洪庆苕在里面吧？"刘天昊问道。

"不知道，他不是被你们通缉了吗？民警来我这儿询问过好几次，工厂里面也查过好几次，什么都没查到。"老大爷说道。

"十七宗神秘失踪案，其中有十三起可能和洪庆苕有关，可不单单是牛家两兄弟的事儿。"刘天昊说道，说话间，他盯着老大爷，发现老大爷身体猛地一震，随后又恢复平静。

"牛家两兄弟的事儿我知道，其他的事儿……我真不知道。"老大爷说道，他努力地控制着情绪，但身体还是不由自主地颤抖着。

"毁尸灭迹的办法是你想出来的吧？"刘天昊问道。

"你怎么知道？"老大爷问道。

"工厂厂房大门破损、围墙被破坏这个我可以理解，但地库的门很结实，却倒了，这种门的门轴都是在里面的，要想弄倒，只能打开门锁从里面进行破坏才行，如果没有你的钥匙，地库大门的门锁肯定是被破坏的。我们第一次来勘察地库时，门锁是完好的，所以我断定你肯定参与其中，您一直担任的是技术员的职务，配置王水这种事儿对您来说易如反掌。"刘天昊说道。

老大爷点点头："没错儿，我恨不得把牛家两兄弟挫骨扬灰，把他们溶解在王水里，流到污秽的下水道是他们最好的结局。"。

"你是厂里的老职工，很有责任心，每个月只有几百元的工资，却还坚守在岗位上守着工厂，说明你对厂子有感情。如果不是你睁一只眼闭一只眼，怎么可能让人在工厂围墙和厂房各打了一个洞还不知道呢？还有你养的那只狗，并不是死了，而是因为洪庆者的事儿，你担心狗叫会引起他人的注意，所以才送给别人寄养了，对吧？"刘天昊说道。

"这你也知道？"老大爷一惊。

"我去过你的保卫室，里间的狗粮不但没扔，还用卡子卡好了防潮，狗食盆这些都还在，这说明那条狗以后还会回来。"刘天昊说道。

"你太可怕了，太可怕了！"老大爷眼神有些飘忽不定。

"你还记得当时咱们从地库里跑出来的时候吧？"刘天昊问道。

大爷点了点头："地库里都是酸雾，不跑不就是等死吗？"

"其实我进入并不是为了探查，而是为了试探您。您平时看起来走路蹒跚，但实际上奔跑起来的速度并不比我慢，这说明您平时经常在厂区内巡逻，腿脚太差的话，怕是不行吧！这就意味着您以腿脚不好未巡查厂区的事儿是不成立的，院墙和厂房后墙的窟窿您一定知道。"

大爷原本比较黑的脸突然红了起来，羞愧地点点头，说道："没错儿，你说得对，但有一点是你不知道的……"

大爷说到这里低着头呜咽起来，过了一阵才说道："当年那场事故的女孩是我的侄女，我侄女失踪后，我弟弟两口子也因为悲伤过度没多久就去世了，他们的命谁来负责？牛家三父子那么恶，却安然无恙地生活着，原来在村里就是恶霸，后来碰到拆迁就变成钉子户，好不容易盼着他们进监狱了，可没过几年，牛家老大又出来了，变本加厉地欺负人，这样的人不应该死吗？"

大爷越说越激动，脖子上的青筋都暴了出来。

刘天昊呼出一口气，对于目前的结果他不知道该说什么好。对于作恶的牛家父子究竟是该死还是不该死，不太容易判定。单从法律上来讲，无论如何，都不应该用私刑进行报复。但从感情上来说，洪庆苔的一生被毁了，金小环的一生被毁了，金小环父母两人的命也没了，还有诸多被牛过欺负过的女孩，就算要了牛家三父子的命也不为过。

　　"当年我是化工厂的技术员，洪庆苔为我侄女出头时，我却胆小怕事什么都不敢做，眼睁睁地看着牛过欺负我侄女，看着牛家三父子殴打洪庆苔，我恨我自己。后来，牛家三父子还找到我，威胁我，让我做我侄女的工作，让她跟着牛过，我不答应，他们就把我打了一顿，我的要害部位也被他们打坏了，不能再生育！"老大爷说道。

　　"当洪庆苔从监狱里出来，准备报复的时候，你就答应了？"刘天昊问道。

　　大爷点点头，抹了抹眼泪，说道："这些年我也想通了，牛家三父子是恶人，法律既然惩罚不了他们，老天爷惩罚不了他们，那就我来！警官，人是我杀的，小洪只是把他们骗来，和他没什么关系。"

　　刘天昊摇摇头，说道："您的身手再好，也不可能弄死牛家两兄弟，而且还有一个柳飞龙。"

　　大爷瞪大眼睛问道："小柳！小柳怎么了？"

　　刘天昊说道："他也遇害了，您不知情？"

　　大爷摇了摇头，嘴里小声念叨着："不可能是小洪，不可能是他。"

　　从目前的线索看，大爷参与了杀害牛过兄弟两人的事儿，但对其他的事情一概不知。

　　一名特警抱着冲锋枪跑进了保卫室，向刘天昊说道："刘队，所有人都已经就位，我们发现嫌疑犯躲在地库里，里面的情况不明，没敢贸然进攻。"

　　"地库里有几个人？"刘天昊问道。

　　"用热成像技术还原地库里面的情况，有两个人在里面，一人呈站着的状态，另外一个人坐着，坐着的应该是女性。"特警说道。

"狙击手就位了吗？"

"就位了，但地库没有窗户，只能从大门向里面射击，射击的条件不好，估计用不上。"特警汇报道。

"走吧，过去看看！"刘天昊走出门的同时给门外一名警察示意。

警察进入保卫室，给大爷戴上了手铐。

"刘警官，我能不能过去看看，或许我能说服小洪。"大爷冲着刘天昊喊了一句。

刘天昊停住脚步，思索片刻后，转头对警察说道："带着他一起过来吧！"

……

地库的门已经恢复了原状，数名警察拿着防爆盾牌全副武装地站在地库门口警戒着，一名特警向刘天昊敬礼，随后说道："刘队，我们已经向里面喊话，但没有得到回应。"

"把话筒给我。"刘天昊说道。

拿过话筒后，刘天昊略加思索，随后冲着地库喊道："洪庆峇，我是刑警大队的刘天昊，咱们可以谈谈吗？"

众人都屏住呼吸等待着地库里面的回信。

"不行就强攻吧？"特警队长说道。

大爷从一旁挤了过来，说道："警察同志，绝对不能强攻，里面的几个玻璃钢罐子都是装强酸的，一旦打破，整个地库的人都活不了！"

"里面的几个罐子相互交错，墙壁是高强度钢筋混凝土的，一旦开枪，很有可能击中玻璃钢罐子。"刘天昊说道。

"里面的是不是王佳佳？"韩孟丹问道。

刘天昊向热成像仪看了看，随后点点头，说道："从身材和体型看，应该是她。"

"刘警官，把话筒给我，让我和小洪说两句。"大爷说道。

刘天昊点点头，把话筒送到大爷的嘴边。

"小洪，我是你师父老金，你能听见我说话吗？"大爷说道。

一阵风吹过，尘土飞扬，众人纷纷捂着眼睛躲避着。

"师父，这事儿和你没关系，事儿是我做的。地库里安装了炸药，我进来就没打算活着出去，您快走吧，别伤着您！"洪庆莒的声音从地库里传了出来。

"有啥事儿咱自己担着，别再连累别人了。"大爷喊道。

洪庆莒没再说话，过了好一阵，才又传出声音，是王佳佳的声音："刘队，我现在没事……唔……"

王佳佳只说了一句话便被堵住了嘴。

炸药加上强酸威力成几何倍增长，成了一颗超级炸弹，用枪不行，用其他武器更不行，对于营救人质来说，几乎是难于登天。


# 第三十一章　谈判


"大爷，金小环失踪后再也没出现过吗？"刘天昊向大爷问道。

大爷有些犹豫，过了一阵才说道："我知道她在哪儿，但她不想见洪庆莒，所以一直躲着他。"

"金小环还在 NY 市？"刘天昊问道。

大爷点了点头。

刘天昊向一名警察招了招手，警察凑了过来。

"带着大爷把金小环找到，无论如何要把她带过来，这对于稳定洪庆莒的情绪很重要！"刘天昊说道，随后又将目光望向大爷。大爷想了一阵，最终还是点点头。

警察带着大爷到一旁进行具体询问。刘天昊又拿起了扩音喇叭。

"洪庆莒，我知道你现在想要什么，我进入地库和你面谈！"刘天昊冲着地库喊着，见里面没有声音反对，便向前走去。

"站住，我不希望你身上有任何武器。"洪庆苔的声音从地库里传出来。

当他走到距离地库五米左右的距离，慢慢地把手枪和防弹背心都拿了下来，举着双手转了一圈，随后向地库大门走了过去。

"哎，天昊……"韩孟丹喊了一声。

刘天昊摆了摆手，依然迈着步伐向前走去。

地库中没有窗户和照明，几乎没有光线。刘天昊推开门进入后便立刻关上大门，他的眼睛适应了很长一段时间后，才借着从门口散射进来的光看清里面的情况。

几捆炸药状的物体分别绑在玻璃钢罐子上，相互之间有数条线连接着，黑暗中还有一个红色的二极管不停地闪着，仔细一看，闪着的二极管就在王佳佳身上。

王佳佳的身体和腿都被绑在椅子上，双手是自由的，手上拿着一部手机，朝着大门方向照着。

"唔……唔……"王佳佳脸上尽是焦急的神色，显然她并不希望刘天昊进来，洪庆苔已经变得疯狂，根本不和王佳佳讲理。

"把手电筒打开。"洪庆苔的声音从黑暗中传出来。

王佳佳立刻打开手机手电筒功能，刺眼的光芒让刘天昊的眼睛有些不适应，连忙用手遮挡着。

随着"嘀"的一声，架设在一旁的录像机开始录像，红色的呼吸灯不断地闪动着。

"刘警官，咱们又见面了。"洪庆苔仍然藏在黑暗中不肯出来，他的声音有些嘶哑，听起来好像黑暗中的幽灵一般。

"我们可以换个地方好好谈谈。"刘天昊语气轻松地说道。

黑暗中传出一阵凄惨的笑声："审讯室或是看守所吗？手铐脚镣都戴上，你们轮番来审讯我？"

洪庆苔进过监狱，经历过审讯过程，显然这个过程并不美好，甚至可能还有一些黑幕在其中，所以给他留下的印象深刻。

"可以不是，地方由你来选。"

"别闹了刘警官，警方的策略我懂，只要我一出地库，所有的事儿都由不得我控制了。我不想再进那种地方了，人生没了自由的滋味并不好受，这一点你没体会过吧！"洪庆苔语气中充满了无奈。

"王佳佳和整件事都没关系，不如你放了她，我来和你谈如何？"刘天昊试探着说道。

"刘警官这是要当英雄啊，哈哈哈，不过我不给你这个机会，我还需要她记录下我的最后一刻和我的经历，直播出去，我要更多的人看到我。我知道我肯定会死，但我希望用我的死让更多的人警醒，让更多的人受益，让这个社会更美好一点儿，少一点黑暗。还有她，我希望她能看到我，感受到我这么多年来的心意。"洪庆苔说到"她"的时候眼睛里满是柔情。

刘天昊知道让大爷和警察把金小环找来的决定是正确的。

洪庆苔并不是一个表演欲望非常强烈的人，但他有一肚子苦水却没人愿意聆听，当这种情绪达到极致时，就需要一个宣泄口，要是方法不得当，就会造成犯罪，而洪庆苔恰恰就选择了犯罪这条路。

"我已经叫人去请她来了，如果你还是藏在黑暗里，恐怕你没法看清她的眼神。"刘天昊说道。

"谁？"

"金小环！"

洪庆苔沉默了好长一段时间，才打破沉默："刘警官，贩毒那件事儿上，我欠了你一个人情，有问题你尽管问吧。"

刘天昊向前走了两步。

"你再向前一步，就有可能碰到我设计的触发装置，用不着我按动开关，你就可以把整个地库炸上天。"刘天昊低头看了看，果然，在王佳佳手电的光照下，隐约可以看到地面上有多条横纵相交的细铜线，要不是洪庆苔提醒得及时，怕是已经碰上了这几条线。

洪庆苕是化工厂的工人，能够很熟练地利用各种化工原料，加上他心灵手巧，制造爆炸物对于他来说易如反掌。

刘天昊抹了一把冷汗，随后又按照原路退回两步，定了定神，问道："你一共杀了多少人？"

"十六人，牛过兄弟俩，柳飞龙，还有十三人都是女孩，漂亮、性感、会骗人，最终他们都化成了水，和废弃的王水一起流到下水道里。"洪庆苕的声音异常冷静，仿佛他说的只是杀了十六只鸡一样。

"牛过兄弟俩我知道，是因为金小环的事儿，可柳飞龙是你的同伙，为什么？"刘天昊问道。

洪庆苕冷哼一声，说道："我们杀了人之后，得了一些钱财，为了避免暴露，银行卡、首饰、手机等物品一律扔进王水中融化掉，我们只留下现金，我用这些钱买了那台没手续的迈腾。他看着眼馋，就屡次用这个来要挟我，让我把那台车给他开，否则就去公安局自首，和我同归于尽。这时候我还没杀牛过兄弟俩，任务没完成，所以我还不能死，那就只能是他死！"

"其他人呢？"

"还是因为小环。"

"那些无辜的女孩子和金小环有什么关系？"刘天昊语气严厉了起来。

"很多事出乎你的意料的，巫婆作恶背后的真相不一定都是王子和公主的美好爱情。"洪庆苕说道。

……

刘天昊进入地库是有目的的，他脱下防弹背心的时候，已经在衣服上安装了微型无线红外监控摄像头，而此时在地库外的特警们，正通过刘天昊胸前的摄像头观察着地库中的一切。

绑在玻璃钢罐子上的炸弹无法辨别真伪，但炸弹引线的接线方式却与传统的定时炸弹接线方式不同，虽说还是比较原始的纯机械设计，但极为灵敏，而且洪庆苕还设计了多个可以触发炸弹爆炸的陷阱，只要满足任何一个条件，炸弹都会爆炸。

从炸弹的当量来看，足以把整个地库化为灰烬，而玻璃钢罐子中的各种强酸也会覆盖整个化工厂的范围，在场的人都会受到波及。

就算没被炸弹的冲击波击碎内脏，也会被各种强酸活活烧死，所以决不能让炸弹爆炸！

"刘队，刘队，爆破专家已经通过你身上的摄像头看过炸弹了，没有二十分钟怕是拆不下来，里面所有的触发设计都是纯物理结构，拆卸相对来说比较简单，但也需要时间，而且洪庆苔手上有直接引爆的开关，强行拆弹和强攻恐怕都不行了。现在我们只能让狙击手准备击毙洪庆苔，这种方案也比较冒险，一旦触发爆炸装置，后果不堪设想。"特警队长小声地通过警用电台说着。

……

刘天昊通过耳朵里戴着的隐形耳机听到了专家的答复，冲着洪庆苔的方向一笑，便用手指点着麦克风，用摩斯密码边给外面边做指示边说道："洪庆苔，你能具体说说吗？"

摩斯密码告诉外面的特警队长千万不要强攻，里面的情况非常复杂，一不注意就会万劫不复。

"我知道你在拖延时间寻找机会，是想让狙击手把我击毙对吧？我告诉你，只要我死了，炸弹照样会爆炸。不过我答应你，因为我做这些就是为了说出这些事儿。"

……

事情的真相往往是惊人的，这也就造就了事件一次又一次的反转，类似于彭宇案，到了案件的最后，案情本身的真相已经不是最重要的了，彭宇案让整个社会的道德线后退了五十年，以至于后期又发生了各种各样的彭宇案，也发生了各种各样的奇葩案件。

金小环事件在洪庆苔的叙述中又有了变化，这是刘天昊意料不到的。

洪庆苔是爱金小环的，就算她被硫酸毁了容之后，他依然爱着她，他并不计较她的容貌，也不计较世俗的目光，但金小环却逃得无影无踪。

而此时洪庆苔因为暴打牛过的事儿已经被警方通缉，他本想找到金小环回到农村老家过生活，没想到当他找到金小环时，事情却出乎他的意料。洪庆苔发现了金小环的秘密。原来牛过强行和金小环有了关系，金小环还因此有了孩子。

当金小环毁容之后，她知道自己不可能再和洪庆苔结婚，以后更不可能和他人再有孩子，于是便瞒着所有人藏了起来。

她的决定是惊人的，把孩子生下来！

洪庆苔想问清楚金小环的孩子究竟是怎么回事，可金小环却趁着洪庆苔上厕所的时候，只身逃了出去。

洪庆苔被警方抓了回去，坐了几年的牢。

当洪庆苔再一次找到金小环时，金小环的孩子已经能在地上跑着玩了，而孩子的模样居然和牛过非常相似。

洪庆苔气愤极了，他痛骂金小环，为什么为了一个仇敌的孩子放弃他？

金小环只是一味地哭，并不和洪庆苔对话。

洪庆苔气愤至极，便伸手打了金小环，当他看到金小环已经毁了的脸和冲过来护着她的小孩时，他的气慢慢地消了，他觉得自己失去了应有的冷静。

洪庆苔无奈之下只得暂时离去，可当他第二天再次找到金小环的住所时，发现她的家中已经是人去楼空。

洪庆苔明白金小环的心思，但他不能容忍金小环为了一个仇敌的孩子抛弃他，抛弃一切！

自此以后，他开始对骗人的女人异常仇恨，只要让他知道女人骗人，他就会盯上她，再慢慢地想办法将其骗走杀死，最后毁尸灭迹！

"我知道杨派和肖艳登都不是好人，但洛樱骗人也是不对的，骗子就不应该存活在这个世界上。"洪庆苔嘿嘿地笑着。

"那护士小昭呢？"刘天昊问道。

"护士小昭也骗了男医生，她在和男医生交往的时候，又和另外一个包工头儿有往来，每次都是我拉她去包工头儿的家里，男医生还不知道，他戴了绿帽子好几年！"洪庆苕说道。

"其他人呢？"

"她们都一样，都一样，都是骗人的货色，我是在替老天爷清除她们。"洪庆苕开始咆哮起来。

其实每个人的心底都有一个秘密，没有人可以例外，洛樱、小昭、等等，因为每个人都年轻过，都曾经犯过错，人无完人，不犯错的也只有圣人才行，但不能因为一次错误就剥夺这个人的生命。

"如果世界充满真实该有多好，每个人都能以诚相待，没有过多的心思，没有计谋！"洪庆苕叹了一口气说道。

"还有其他的原因吗？"刘天昊又问道。

"当然，我犯过错误，但在监狱里我已经诚心悔改了，可人们还是不给我机会，每个人都用有色的眼光看我、歧视我，让我无法在社会上生存。刘警官，你知道这种感觉吗？"洪庆苕这是第二次问刘天昊。

刘天昊叹了一口气，他虽说没有亲身经历过，但他知道出狱的犯人在社会上生存的确不容易，所以会造成他们二次犯罪。

"如果能多给我一次机会，也许我的生活不会如此，也许我内心中的仇恨不会蒙蔽我的双眼，也许我真的会有一个新的开始。"洪庆苕说话间带着哭腔，显然是心中有了悔意。

"当你杀人时，考虑过十三名受害者家属的心情吗？"刘天昊问道。

洪庆苕轻哼了一声。

"洛樱的母亲千里迢迢地从老家赶来 NY 市，为了寻找洛樱，她身无分文流落街头，她的父亲在家望眼欲穿地等着女儿回家……"

"不要说了，反正已经这样了，你再说一句废话，我就引爆这里。"洪庆苕吼道。

# 第三十二章　终结

"我能见见我师父吗？"洪庆苫突然泄了气。

"可以，你稍等一下，我马上安排，但我也有个请求，能不能先把王佳佳放了？"刘天昊问道。

黑暗中又恢复了平静，洪庆苫想了好一阵，才说道："好吧，不过你答应我，让王佳佳把整个事件直播完。"

"我答应你！"刘天昊立刻说道。

和匪徒谈判就是这样，一点点地侵蚀，不能奢望一下子达到预期的目标，否则很有可能会引起匪徒的抵抗。

"那你先安排我和师傅见面的事儿，我给她拆炸弹装置。"洪庆苫说道。

……

刘天昊再次走出地库时，感到外面的阳光很温暖，大爷和一名戴着面纱的妇女站在不远处，妇女还领着一个半大的孩子。

"您是金小环？"刘天昊走到大爷身边向妇女问道。

金小环点了点头。

刘天昊又看了看孩子，孩子已经是十几岁的模样，但从面相上来看，居然隐约有洪庆苫的影子。

"这孩子……"刘天昊皱了皱眉头。

金小环长叹一声，微微点了点头，说道："事儿我都听说了，但这孩子不是牛过的，是大洪的孩子，他误会我了。"

金小环一语惊人。

刚刚从洪庆苕口中得知金小环为了牛过的孩子隐姓埋名躲着他，结果现在却是他的孩子！

"那你为什么躲着他不见？这样对孩子来说不是很残忍吗？"刘天昊问道。

金小环凄然一笑，说道："你看看我现在的样子，就知道当年我受伤后是什么样子，我这样子会让他抬不起头来，我希望他能够重新找一个姑娘生活，按照他的性格是绝对不肯的，所以我才……"

金小环把面纱掀了起来，她的一边脸还算正常，依稀能看出当年是个美人，可看到另外一边脸的时候，刘天昊倒吸一口冷气。

脸上麻麻点点尽是大坑，除了大坑之外，都是连在一起的疤痕，眼睑和嘴角也耷拉下来，鼻孔基本是朝着前的，要是晚上遇见，恐怕会以为遇到了罗刹鬼！

刘天昊点点头，说道："我会把这件事告诉他的。大爷，洪庆苕想要见你，您能陪我进去吗？"

刘天昊本想说让金小环也跟着一块儿进去，他已抱着必死的决心，一直没动手就是因为心里还念着她，但作为一名警察，他无论如何也张不开口。

大爷立刻点点头，说道："没问题。"

金小环也站在大爷面前，说道："警官，我能不能跟着一起进去？"

刘天昊通过面纱看到金小环的眼神是极其渴望的，心里犹豫一下后，说道："好吧，都一起进去吧。"

……

当金小环的声音出现在地库中时，洪庆苕几乎在第一时间发出了呼应的声音，他的声音很怪，像是从嗓子里挤出来的。

"大洪，放手吧。"金小环说道。

洪庆苕并未说话。

"之前你说金小环的孩子是牛过的，但实际上他是你的孩子。"刘天昊说道。

"什么？"洪庆苕语气激动起来。

"你可以看看。"刘天昊把手机电筒打开，照向孩子的脸。

洪庆苕终于从阴影中走了出来，他的脸色煞白，嘴唇有些发抖，定睛看了看孩子，他扑通一声跪了下来，眼泪顺着脸颊流下来，他身上的引线跟着向前一拽，发出"啪"的一声。

"洪庆苕，你别动。"刘天昊急忙说道。

洪庆苕也缓过神来，轻轻地扭转身体慢慢地站起身，又看了看玻璃钢罐子绑着的炸弹，转身把王佳佳身体上的最后一根引线拆了下来。

"你们快出去吧，这里还有三分钟就要爆炸了！"洪庆苕眼中出现了不舍。

"咱们可以一起出去的，我还有很多话要和你说。"金小环哭道

洪庆苕摇了摇头，说道："没时间了，我只要倒下，这根线就会断，会立刻爆炸。刘警官，你不用担心，爆炸后酸液不会飞溅出去，炸药的威力也仅限于地库中，随后酸液会沿着下水道流进地库下面的沉淀池，不会流到市政管线中，更不会对环境造成任何危害。"

"大洪……"

"小环，这么多年是我误解你了，我还杀了那么多人，该死，该死。"洪庆苕情绪又开始激动起来，双手毫无意义地挥舞着，随时会打到绑在他身上的线。

"小洪，你怎么这么傻，牛过兄弟俩该死，其他的人是无辜的呀！"老大爷说道。

洪庆苕朝着老大爷磕了一个头，说道："师父，事儿都是我做的，和您没关系，现在我就给大伙儿一个交代！"

说到这里，洪庆苕伸手握住了那根线。

"快走！"刘天昊一手搀扶着王佳佳，一手拉着小孩的手向外跑去。

金小环却没有半点要离开的意思，反而一步一步走向洪庆苕。

"我们这一辈子没能走到一起，现在咱们终于可以在一起了，没有

任何人可以阻挡咱们！"金小环走到洪庆莟的身前，握着他的手，深情地看着他。

"不，不行，咱们的孩子……"

金小环用手指轻轻地贴在了他的嘴上："孩子有人会照顾他的，我已经安排好了。你有今天的下场，大部分原因是我造成的，我现在最大的愿望就是和你一起去。"

"两个傻孩子！"大爷又向前走了两步，眼泪流了下来。

"师父，您快出去吧，出去！"洪庆莟额头上的青筋爆出来，攥着铜线的手开始发抖。

大爷叹了一口气，转身向外走去。

……

"所有人快散开，退出厂区！"刘天昊和王佳佳出了地库后大声喊着。

王佳佳依然没有忘记自己的职业——记者，她边向外跑边举着手机向地库的方向照着。

又过了三十秒左右的时间，当所有人都已经撤离到安全区之外，一声闷响突然从地库方向传来，整个地库一震，两扇大门摧枯拉朽地破碎成碎片飞向半空，一股浓浓的酸雾随后从地库的大门涌了出来，瞬间覆盖了半个厂区。

案子破了，凶手也随着爆炸声和心爱的人一起被吞没在强酸混合液中，最终化为强酸的一部分流入沉淀池，可刘天昊等人的心情却异常沉重。

经过缜密的侦查，在洪庆莟的临时住所发现了一封告罪信，将杀害牛过兄弟俩以及其他人的经过讲得一清二楚，大爷只是提供了场所，对洪庆莟杀害牛过兄弟俩未加以阻止并报案，也算是洗清了冤屈。

大爷的认罪态度较好，加上身体诸多的病症，最终保外就医，和洪庆莟的儿子生活在一起。

面对女儿的死讯，洛樱的母亲并未哭泣，依然在街头上继续寻找着女儿，因为她并不相信警方的通报，认为自己的女儿还活着。当老伴儿找到她的时候，她才停止寻找女儿的脚步，此时的她已经形容枯槁，一阵风就可以把她吹上天。

刘天昊和韩孟丹等人号召大伙儿捐了一些钱，加上王佳佳和粉丝们捐的钱一起给了两位老人，买了一些衣服、洗了澡，又买了两人的返程车票。

两位老人是带着笑容离开的，因为他们依然坚信女儿还活着。

长途公共汽车上已经坐满了人，随着调度员一声哨响，汽车发了车。老两口坐在靠前排的位置相互依偎着。

坐在靠窗户位置的老太太冲着送站的刘天昊、姚文媛、虞乘风、韩孟丹、王佳佳还有很多网友等人笑着挥手。

众人看到老人憔悴的面容和凌乱的头发心酸极了，却强忍着挤出笑容，当车辆离开众人的视线后，三名女生几乎不约而同地流下了眼泪，虞乘风轻轻地抓住姚文媛的手，慢慢地把她搂在怀里轻声安慰着。

长途汽车很快出了城市，乡村的气息迎面扑来，老太太靠在老头儿的肩膀上，眼泪噼里啪啦地流下来，但她极力忍着不去哽咽。

虽然两人表面上不相信女儿没了，但心里清楚得很，女儿真的没了，永远地离开了这个世界，离开了爱她的父母。

"他娘，想哭就哭出来吧，别憋着。"老头儿轻轻地帮老太太捋着头发。

"老头儿，咱闺女没了，呜呜呜呜呜呜……"

……

王佳佳把洪庆苕和金小环的事情整理后发到了网上，事件引发热议，舆论几乎是一边倒，在讨伐洪庆苕的同时，把矛头几乎一致地指向牛过一家。

现实中这样的恶人很多，他们懂得一些法律，会在法律的空子和灰色地带游历，同时他们也具备一些人脉，可以让他们的犯罪成本极大地降低。他们就像社会的一剂废弃的狗皮膏药一样，让人贴着难受，摘又摘不干净，只有熊熊烈火才能将他们全部焚毁。

洪庆苕事件的发酵让政府部门加快了扫黑除恶的步伐，对 NY 市从上到下的黑恶势力进行了一次彻底的大扫荡。

阳光更加明媚了，空气也更清新了，贯穿 NY 市的白河清澈见底。

虞乘风和姚文嫒两人也赢得了姚父姚母的支持确定了恋爱关系，两人经常在白河边手牵着手漫步，早晨看升起的太阳，晚上看太阳落下时的红霞满天。

刘天昊利用局里给他的休假时间来到孤儿院做义工，在和孩子们接触的数天之中，他终于明白了洛樱的苦心，孩子是未来的花朵，是祖国未来的希望，孩子们的新生代表着洛樱的又一次新生。

洛樱留下的钱经过几轮公证后正式捐给了孤儿院。

经过王佳佳的曝光，原本无力生存的孤儿院也暴露在人们的视野当中，政府开始出面干预此事，让民政部门立刻给孤儿院办理了手续，并寻找资金支持让孤儿院逐渐走上了正轨，孤儿院也有了一个好听的名字——洛樱福利院！

福利院剪彩的这天，虞乘风和姚文嫒也赶了过来一同庆贺。

刘天昊独自站在福利院的别墅区外看着一片荒凉的建筑群发呆，他忽然感到人生的无常，生死不过是转瞬之间，珍惜当下才是生活的真谛。

“昊子！”韩孟丹的声音传来。

两人早已约定好，在众人面前时，韩孟丹叫他刘队，没人的时候，随便怎么叫都行。

“忠哥在监狱里自杀了，国际贩卖器官集团的案子就此断了。”韩孟丹说道。

刘天昊拿着一块石头扔向远方，眼睛中散发出冷峻的光芒：“有罪之人必将得到法律的严惩，天网恢恢疏而不漏！”

“这里的环境真好，陪我到山里走走吧。”韩孟丹笑得很灿烂。

刘天昊正要说话，电话刺耳的铃声响起，接通电话后姚文嫒焦急的声音传来：“刘队，乘风出事了，你快来医院。”

刘天昊心头一颤，和韩孟丹对视一眼，定了定神：“出了什么事？”

“传言医院发生诅咒杀人，乘风去查，结果……你还是快来吧！”姚文媛说话时已有了哭腔。

“我马上过去！”刘天昊放下电话冲着韩孟丹抱歉一笑：“真抱歉……”

韩孟丹又恢复了冷若冰山般的神色，转身向别墅群外走去，见刘天昊还愣在原地，头也不回地说道：“动作快点儿！”

刘天昊耸了耸肩，向韩孟丹追去。